中国当代儿童文学整体观

侯 颖◎著

长春出版社

全国百佳图书出版单位

图书在版编目（CIP）数据

中国当代儿童文学整体观 / 侯颖著. -- 长春 : 长春出版社, 2025. 1. -- ISBN 978-7-5445-7593-5

Ⅰ. I207.8-53

中国国家版本馆CIP数据核字第2024W5G305号

中国当代儿童文学整体观

著　者　侯　颖

责任编辑　赵宇鹤　李玺楠

封面设计　宁荣刚

出版发行　长春出版社

总 编 室　0431-88563443

市场营销　0431-88561180

网络营销　0431-88587345

地　　址　吉林省长春市南关区长春大街309号

邮　　编　130041

网　　址　www.cccbs.net

制　　版　长春出版社美术设计制作中心

印　　刷　长春天行健印刷有限公司

开　　本　880mm×1230mm　1/32

字　　数　254千字

印　　张　12

版　　次　2025年1月第1版

印　　次　2025年1月第1次印刷

定　　价　69.80元

目 录

第一章　多元建构的儿童文学理论

一　诗性品质与儿童成长的自洽

当下城市化进程的加速促使儿童游玩空间缩小，现实生活的功利化教育使儿童被体制化为没有围墙的"囚徒"，电子媒介时代成人私生活过早植入儿童精神世界，使儿童的不知情权受到干扰，越来越多的儿童被异化而早熟，童年生态受到了严重的破坏，导致人类童年的消逝。[①]文学不能改变世界，却可以创

①美国著名媒体研究者尼尔·波兹曼在《童年的消逝》（广西师范大学出版社，2004年版）一书振聋发聩地指出，电子媒介时代由于图像的传播方式，一些原本在印刷术时代儿童经过漫长的学校学习才能掌握的知识和信息，通过图像让儿童过早接触，尤其是作为儿童和成人界限的"性"毫无遮蔽地传播给儿童，模糊了成人与儿童的边界，造成了人类童年的消逝。英国学者大卫·帕金翰在《童年之死——在电子媒介时代成长的儿童》（华夏出版社，2005年版）一书也指出，以商业获利为目的的电子媒介越来越控制儿童生活，使儿童成为商品、暴力、色情和政治的俘虏，童年精神开始死去。尼尔·波兹曼和大卫·帕金翰都认为童年不是生物学上的概念，而是文化学的概念，童年是一个发现的历史。

造一个诗意的家园。"儿童文学的意义就是要引导儿童走入诗性的世界，培养儿童的诗性的体验能力，将儿童由于与现实功利的天然距离产生的萌芽性美感变成自觉的审美能力，从源头上反抗现实生活、理性等对人的异化，为人生保留一点诗性的绿洲。"①而我们有些儿童文学不但没起到保护这片绿洲的意识，反倒助桀为虐，同质化、类型化、机械化、成人化、图像化、架空性、雷同性、低俗性等作品大量存在，儿童文学创作被商业潜规则，甚至变成了电子媒介互文性的商业同谋，以物质代替精神、以思维代替感觉、以观念代替方法、以情绪代替情感、以欲望代替理想、以未来代替当下、以图解代替意象等等问题大量存在，儿童文学的价值判断出现了混沌状态，背离了儿童文学的诗性本体。再加上成人文学中伪童年视角的泛滥与狂欢，不用说保护童年生态的危机，就离健康的文学底线也渐行渐远，那么，呼唤儿童文学的诗性品质，确乎成为拯救儿童文学和童年生态危机的双重诉求。

（一）诗性与儿童精神生命的自洽性

认识儿童是理解儿童文学本质的关键，没有对儿童的认识就没有对儿童文学的认识，一方面会忽略儿童的感觉、知觉、情感、心理和精神，另一方面也降低儿童作为一个独立生命个体童年期的存在价值，把丰富复杂的儿童个体共性化、概念化。

---

① 吴其南：《守望明天：当代少儿文学作家作品研究》，宁夏人民出版社，2006 年版，第 6—7 页。

如果把人生看成一个过程，每一个阶段的人生都有意义，作为一个独立人生阶段的童年，儿童享有自己独特的人生权利。相对于成人世界，儿童世界是一个诗意的国度，诗性与儿童精神生命具有自洽性。

儿童思维与原始人相似，具有泛灵性，认为事物是有生命的，天上的小星星、月亮和太阳都是生命体。皮亚杰研究儿童心理时发现，儿童的泛生论一直到12岁左右还存在在他们的心里。儿童文学作品中的小桌子小椅子会说话，又哭又笑在儿童看来是司空见惯的事。诗性不是寓居在儿童生活之中，诗性即儿童生活本身，日常生活的诗化是儿童独有的生命体验。儿童在对现实生活有限的认识中，他的思维充满了幻想，往往现实和幻想混杂在一起，分不清哪些是幻想，哪些是真实，会认为玩具与自己一样是有生命的，但这种生命似乎又不同，在亦真亦幻、似是而非、似有若无之间形成一个审美的空间，诗意随着语言流淌出来。当一辆夜行的火车行驶在城市的立交桥上，火车车厢的灯光亮着，一个6岁的小男孩从远处看见，写下了一首诗《夜间的火车》："有一列长长的长长的火车／妈妈说／火车像蜈蚣在爬／爸爸说／火车正慢慢爬进车站／我说／火车有许多许多眼睛／却看不见我／我只有一双眼睛／就把火车全看见了。"成人把握这种题材的诗，往往写火车怎样驶进车站，火车的形态，即"我看"，作为诗的主要意象，但儿童创作的这首诗，不只写火车的动态，而通过火车进站这样一个独特的情境，重点写的是"看"，这种"看"是火车和"我"相互交流地"看"，"火车有许多许多眼睛，却看不见我"，把夜行火车车窗里的灯光想象成眼睛，赋予了火车以生命。"我只有一双眼睛，就把火车全看见了"。[①]火车的许多许多的眼睛却不如"我"的一双眼睛，在物我不分的泛灵性的思维中，又分出了我与物的不同，儿童思维和感觉达到了一种诗的意境，令人回味无穷。骆宾王7岁作的《咏鹅》在中国可谓家喻户晓："鹅，鹅，鹅，曲项向天歌，白毛浮绿水，红掌拨清波。"白鹅、绿水、红掌、清波这些意象组合叠加，构成一幅清新美丽的画面，而语言的声音节奏又谱写了一首天籁的交响曲。

儿童在自我的情感表达和认识世界的过程中，也是最艺术化诗性最为丰沛的过程。不仅情感泛灵、泛生，还善于把抽象的概念、原理，甚至感觉、知觉具象化，在认识和情感的转换时把这些形象放在具体的事件当中，形成故事性思维。"实验心理学中曾有过这样的发现：对于许多年龄在六至七岁的，'能够理解音乐，找出节拍、旋律和节奏的儿童'，他们大多把音乐看成是'关于某种东西的'，换言之，他们把音乐当成是在讲故事。事实上我们得承认'一个讲故事的人即是生活诗人，一个艺术家'，因为他能'将日常生活、内心生活和外在生活、梦想和现实转化为一首以事件而不是语言为韵律的诗'。"[②]流传在中国上千年的传统儿歌："小老鼠，上灯台，偷油吃，下不来，吱吱吱，叫奶奶，奶奶不肯来，叽里咕噜滚下来！"与其说是儿歌的语言节奏浅显有趣吸引幼童，还不如说小老鼠偷油吃时出现了意

---

①高则远：《夜间的火车》，载《诗刊》，2004年6期，第37页。
②徐岱：《故事的诗学》，载《江汉论坛》，2006年10期。

外事故，一个"滚"字描摹了这种滑稽可笑的场面，产生了强烈的喜剧效果，引起儿童的共鸣，从而让儿童感到好玩亲切，温润心灵。

游戏是儿童日常生活的主课，游戏的生成通常是来源于日常生活的审美化和儿童自由自在的闲适心态，儿童会动用身体的一切感觉器官来积极配合这种思维狂欢的演出。英国作家格雷厄姆的《柳林风声》写蟾蜍为了搭乘便船，声称自己能洗衣服，但实际上又不会洗衣服，经过了漫长的半个小时，"他能做的一切似乎都不能让这些衣物满意，给它们带来好处。他试图拍打，试图用拳击。它们从盆中对他回之以微笑，没有丝毫的转变，仍然沉溺于原罪之中快乐逍遥"①，俨然一个顽皮淘气的小男孩在洗衣服，把这个日常生活的事件游戏化童趣化，令人忍俊不禁，诗意被机智风趣的语言营造出来。儿童对现实生活许多事物的接触往往是第一次的，会感到新奇，他们没有成人先入为主的偏见，也不会用概念和思维来置换感觉，他们与世界接触是全身心地感受，调动自己的视觉、听觉、味觉、嗅觉等，感觉作为认识世界的基础，认识事物之间的物理位置、事物之间的相互转换、人与各种生物及各种环境的关系，儿童经过观察、感受内化成一种认识世界的模式。

另外，儿童又是不满足于现状的群体，他们要么希望自己是巨人，与大人一样平起平坐，拥有与成人一样的力量智慧和能力，要么想象自己是一个小人儿，小到拇指那么大，可以钻

----

① [英]格雷厄姆:《柳林风声》，译林出版社，2008年版，第196页。

来跑去，甚至隐形，他们永远不满足于现有的身体和能力，当认识到自己的身体和能力是相对的固定存在时，他们会很失望，如小孩总是说我长大了怎么样。儿童的这种审美心理状态，可以称为"儿童反儿童化"，即精神的儿童反抗肉身的儿童，《西游记》中的孙悟空成为世界范围儿童喜爱的形象，一个很重要的原因就在于他的肉身可以有七十二般变化，每一次变化都给儿童提供一次换位认识世界的机会，孙悟空多重身份的转换，是儿童精神游戏的一种具象化过程。当下中国儿童文学离儿童现实生活太近的生活戏仿，娃娃腔、小儿语、撒娇派都会让读者感到不自在，像照镜子一样照出相同的自我，儿童会失望，会有一种成长的挫败感。

儿童思维的幻想性、游戏性、形象性、生命性和感觉的新鲜独特，使他们的日常生活审美化，诗性也成为他们成长的精神特质。换句话说，诗性与儿童精神生命具有一种自洽性，反映儿童生活、儿童心理和儿童精神状态的儿童文学作品，必须具有诗性的品质，与成人文学相比，也具有自己独特的存在范式。

（二）儿童文学诗性的独特存在范式

儿童文学的诗性与成人文学的诗性有内在的一致性，即通过对人类的生存状态和精神生活的一种终极关怀，从而在作品中形成一种感动人心的审美力量。一切真正的艺术本质上都是诗，诗性是文学赖以存在的基础，但儿童文学的诗性与成人文学的诗性相比又有自己的独特表现方式和存在范式。因为儿童思维的突出特点是好奇，好奇是儿童学习和认识世界的源泉和推动力。好奇常被看作儿童的一种性格特征，海德格尔却发现"好奇"具有存在论的意义，是人类"此在"的"明敞"，属于"在之中"的视见方式。"自由空闲的好奇操劳于看，却不是为了领会所见的东西……而仅止为了看。"①"不逗留在操劳所及的周围世界之中和涣散在新的可能性之中，这是对好奇具有组建作用的两个环节。"②好奇的性质为"丧失去留之所的状态。好奇到处都在而无一处在。这种在世样式展露出日常此在的一种新的存在方式。此在在这种方式中不断地被连根拔起"③。好奇决定着儿童文学诗性的流向，儿童好奇"到处都在而无一处在"的一种存在状态，决定了儿童文学的诗性也是一种"到处都在而无一处在"的存在状态，诗性与空间、人物、故事、反复、幻想、游戏、童趣、语言等形成共同体，产生神奇的效果和审美范式。

故事能够满足儿童这种"到处都在而无一处在"的好奇的存在状态。"听故事的欲望在人类身上一直就像对财富的欲望一样根深蒂固。有史以来人们就一直聚集在篝火旁或者市井处相互听讲故事。"④童话和儿歌是儿童文学独有的体裁，与儿童的精神一脉相承，也与人类原始的文化理想愿望紧密相连，是独特的诗。童话的诗性也与故事互为表里，这是成人文学诗性中很少强调的内容。一篇最富有诗性的作品，也往往是最有趣的故事，故事与童心密不可分。"故事与专制势不两立、水火不容的原因不言而喻：一个故事承纳和要求个性。没有独一无二的、互相间可以区别的个人，故事永远不可能顺利进行。因此，个性和故事像如胶似漆的双胞胎那样不能分离。它们具有一个共同的住所：多元化。"①故事作为一个生命体，具有不可复制性，故事的生命与儿童生命一样具有独一性，正像世界上没有相同的两片叶子，经典的故事也不可以替代，都有它们存在的理由。儿童文学的诗性来源于故事性，缺乏故事性，使中国的儿童文学缺乏诗性。如果没有与儿童精神生命相契合的故事本体，就无从谈诗性。中国儿童文学常常把抒情性与诗性相混淆，实际上，抒情性与诗性有本质的区别，抒情性是人生的一种慨叹，可能产生诗性，也可能不产生诗性，而诗性是人生的一种境界。对于极富有抒情色彩的中国抒情派童话来说，被儿童接受的部分，不只是因为它们以抒情性作为作品的主调，而是以诗性的境界表达了对童年生态的一种悲悯情怀。

诗性需要一个属于儿童自己的独立生命空间，才能尽情释放能量，才能使儿童精神自由飞翔。中外经典儿童文学作品无不重视这个空间的建构，形成了一系列幻想世界的乌托邦。杰姆·巴里《彼得·潘》中的永无岛、古田足日《鼹鼠原野的小伙伴》中的鼹鼠原野、J.K. 罗琳《哈利·波特与魔法石》中的霍格沃茨魔法学校、佐藤晓《谁也不知道的小小国》中的小小国等等，在这个世界中，所有的价值判断都是儿童化、理想化的状态，儿童们制定游戏规则而又执行规则，这是一个极富有诗情画意和

---

①徐岱：《故事的诗学》，载《江汉论坛》，2006 年 10 期。

梦幻的所在，同时，也潜藏着巨大的困难需要儿童去挑战；在这个世界中，儿童才成为真正意义上的人和自我的上帝，这里是属于儿童心灵的秘密花园。在一些描写现实生活的儿童文学作品中，作家也营造了一个属于孩子们自己的童年乐园，鲁迅《从百草园到三味书屋》中的百草园、萧红《呼兰河传》中的后花园、金曾豪《高家竹园》中的美丽竹园、汤素兰《奇迹花园》中的花园等，都属于童年的伊甸园，这里的孩子可以尽情玩耍，成人也极富有童心童趣。如《高家竹园》中年近四十的高叔逮住一只百年老龟，发现龟没有前爪，就给龟装了一对小轮子做"义肢"，而这只老龟自如地在高家竹园"吱吱"地出出进进，一点不怕人，还被赠予一个见多识广的名字"马老四"，仿佛家中的一员。年轻姑娘凤姐最愿意与老乌龟逗趣，在它的背上粘了饭粒，"它拼命地伸出脖子也够不到背上的饭粒，却准会引来老母鸡一晌争啄。鸡啄雨点般敲在硬壳上，直震得它肠子发痒"[①]，这场面可谓竹园的奇观，属于孩子们自己童心世界的快乐。

儿童文学需要营造一种诗意的氛围，当下中国的儿童文学也取得了一些成绩。金波的《乌丢丢的奇遇》《蓝雪花》本身就是诗体童话，陈丹燕的《我的妈妈是精灵》营造了母亲与"我"从相遇到离开的情未了人永在的伤感气氛。青年作家汤汤的《天子是条鱼》，写出了母子之间一种神秘的亲缘关系，以一个姐姐的口吻来叙述，弟弟天子13岁那年飞走了，离开了这个充满爱和温暖的家，回到了属于自己的星星上，字里行间充盈着浓

---

①金曾豪：《高家竹园》，载《儿童文学》（上），2010年2期，第63页。

浓的诗意，把母爱的悠长写得情真意切，读来令人动容，能够拨动读者心底沉潜的爱，从而珍视生命中的所有。反映现实生活题材的作品也离不开诗情，青年作家吴洲星的小说《老潘》，把少年良子对父亲情感的变化写得丝丝入扣、细腻生动、感人至深，尤其能够从日常平凡小事中，突显人物性格和丰富的情感世界，一股生活的气息扑面而来，父子两个人的形象鲜活饱满，少年的自尊、自立、自强的阳刚之气也令人敬佩。周锐的童话《变种鞭炮瓜》写一只从小被骂大的瓜成熟后会爆炸并发出鞭炮一样的巨响，小个子猫养育瓜时却每天给它唱一支歌，使瓜产生变种，成熟后向四周喷出耀眼的火花，变成美丽的焰火瓜。作家不动声色的叙述、巧妙的构思、有趣的情节、诙谐的语言，使童话故事诗意盎然，读者会反复咀嚼回味，惊诧于小故事后面所蕴藏的巨大而丰富的人文情怀。沈习武的《狐狸的集市》充满了传奇魅力和神秘气息，是一篇传递爱心的温暖故事，弘扬了中华民族的传统美德，故事中的集市、木匠、裁缝、烧鸡、扒鸡等，带有鲜明的中国元素和民间色彩。朱自强和左伟合著的《属鼠蓝和属鼠灰》，直接用汉语多音字的丰富内涵来形成童趣，小学生属鼠灰不知道新来的夏老师，是"下雨、下雪"的"下"，还是"吓一跳"的"吓"，每天他都想到一个新的词语来称呼夏老师。郑春华利用汉字的结构来形成诗情画意，在《非常小子马鸣加》中，一年级的马鸣加写不好自己的名字，有一次发作业的时候，老师念"马口鸟力口"没有人答应，最后马鸣加发现自己没有得到作业，才想到那个"马口鸟力口"原来是自己。儿童文学的诗性可谓"大音希声、大巧若拙、大智若愚"，"无处不在而又无一处在"，对儿童的精神生命润物细无声。

然而，儿童文学作家毕竟是成人，作为成人，如何回望自己的童年并瞩目当下的儿童且以一种诗性境界与童年和自我进行交流呢？

（三）回望童年与成人的诗性表达

儿童文学作品主要是成人写给儿童看的，成人与儿童是完全不同的文化拥有者，他们在认识世界和感受自我方面，与儿童有很大的区别，但儿童又是生活在以成人为主宰的世界中，儿童和成人是矛盾统一的整体，随着人的社会性增强，人的价值认同感也不同，大多数成人已经阻隔了和切断了与儿童的联系。这些大人"对数目字有一种特殊的爱好。当你对他们谈到一个新朋友时，他们从来不会向你打听主要的情况，也绝对不会这样问你：'他说话的嗓音怎么样啊？他喜欢做什么游戏呀？他是采集蝴蝶吗？'而是问你：'他几岁啦？他弟兄几个呀？他体重多少呀？他爸爸一个月挣多少钱呀？'他们以为经过这么一问，就了解这个人了。如果你对他们说：'我看到一座漂亮的粉红色的砖房，窗前开着绣球花，屋顶上落着成群的鸽子……'他们怎么也想象不出这种房子是什么样儿的。你必须这样对他们说：'我看到一座房子，价值十万法郎。'那他们就会叫起来：'啊！怎么这么豪华啊！'"[1]功利主义的成人世界与儿童诗性

---

[1]［法］圣·埃克絮佩利：《小王子》，载《世界童话名著文库》（第八卷），新蕾出版社，1989 年版，第 594—595 页。

心理背道而驰，沟通成人世界与儿童世界的天使是儿童文学作家，经典儿童文学是成人送给儿童和自己最好的人生礼物。"诗性主体贯穿人生各个阶段，它突破年龄的屏障和时间的制约，成为儿童意识与成人意识相契合的精神桥梁。"[①]儿童文学诗性的展露往往是作家自我的真实表达，没有沉潜的爱心和对世界的终极关怀，不可能产生真正意义上的诗，而走入儿童心灵深处的文学作品，往往是符合儿童心理的诗。

儿童文学要调和肉体本能与精神愿望的矛盾，还要调和成人期许和儿童个体能力愿望的关系。儿童文学存在着两个或者是多个价值判断，有儿童原初的本能，比如吃喝玩乐等身体生活，不劳而获的轻逸愿望和付出沉重的美好，这两种选择在儿童的心理一直在挣扎，前者是本能，后者是成人的希望，或者说前者是儿童的，后者是成人的，成人代表了社会的集体的愿望，也是儿童从自然人向社会人行进过程中必然要付出的代价，经典儿童文学往往两者兼顾。法国民间故事《列那狐的故事》，以动物作为故事的主人公，人的道德律令和生活伦理无处不在，但是，每个人物的性格鲜明生动，幽默风趣，带有法国人特有的日常性，对话语言精彩富有个性特征，随着岁月的打磨，这部流传下来的经典字字珠玑了。

安徒生的童话大都写出了人的本性与社会价值判断之间的矛盾，求真求美求善的人类理想是他追求的永恒主题，但人的

---

①仇敏：《当下儿童文学与诗性主体》，载《浙江师范大学学报》，2010年2期，第37页。

本能欲望与社会诉求之间往往形成了一个巨大的矛盾。《海的女儿》中的人鱼公主消除了自己的肉身换取永恒精神，即是放弃个人生存本能来实现社会性价值判断和伦理诉求，个人的幸福牺牲给集体性的社会愿望。这篇童话不只是为爱情献出生命的凄婉的言情童话悲剧，也可视为一篇个人伦理和社会伦理挣扎的故事。文学最撼动人心灵的不只是那些伟大而空泛的理想，而往往是人之常情。质言之，个体的生命感觉又千差万别，这种伦理要求带有鲜明个性色彩，是人自由意志的表现，尊重人之常情就是尊重常人的本能或天性的伦理，是一种现代性的人生观和世界观。德国作家于尔克·舒比格的《邀请》[①]，写了人与不同物种间的交流，蜜蜂邀请"我"去参加女王的新婚并主持婚礼，"我"穿什么衣服去呢？蜜蜂说"翅膀"。翅膀是蜜蜂最美丽的衣服，恰恰是人所不具备的东西，虽然受到了盛情邀请，但"我"无翅膀，陷入了一种尴尬的境地。因为仁爱与平等"我"倾听到蜜蜂的呼唤，也是这种良善让"我"陷入深深的苦恼中。每一个物种都有自己的存在方式，生命体之间的尊重是儿童文学现代性的诉求。如果儿童文学创作背离了这个原点，儿童文学将会"向死而逝"，而不可能"向死而生"。"作家把自己对世界的价值取向、审美立场和叙事方式表达在文本中，通过文本与读者形成对话，如果这样的对话是真诚的、平等的、友好的、有启发性、有意义的甚至是有趣味的，我们就把这样的叙事称

----

①［德］于尔克·舒比格：《邀请》，载《当世界年纪还小的时候》，四川少年儿童出版社，2006年版，第71页。

为伦理叙事，否则，成人作家通过文本表现出一种高高在上的权力意识，叙事时使用教训的、挖苦的、讽刺的、打击的霸权话语，我们就称之为非伦理叙事。经典的儿童文学作品往往能够很好地进行伦理叙事。把作家自我的心灵感受通过平等的方式传递给读者，既不高高在上，又不故意蹲下来装腔作势，形成一种相对和平的对话氛围。"①用著名诗学理论家叶维廉的话说："一篇作品是一个语言事件用对话的方式完成，用对话的方式达致两者不同'意境的融汇'。"②文学的诗性在意境的融汇中洋溢出来。

儿童文学的诗性是一个不断被建构的过程，是儿童和作家双向选择的结果。符合儿童思维的文学被孩子喜欢，不符合儿童思维的孩子不会喜欢。儿童文学的诗性会在一种反复中得以生成和强化，这在成人文学中会被视为枯燥与贫乏，儿童文学却乐此不疲。因为儿童的好奇是线性的一串串糖葫芦似的思维，呈现追踪性而不是因果性，前面的事件不一定是后面事件的因，后面事件也不一定是前面事件的果。这些事件往往是一个个单独的事件，但事件要有一个线索连接起来，用追踪一个事件或者是历险这样的线索来串联，这就决定了儿童文学作品中系列故事、历险记、奇遇记、三段式故事的大量存在。比如说民间童话中的反复故事和三段式的模式，如科洛迪《木偶奇遇记》、罗

①侯颖：《图画故事对儿童诗性心灵的守望》，载《文艺争鸣》，2010年6期，第168页。

②［美］叶维廉：《中国诗学》，人民文学出版社，2006年版，第194页。

大里《洋葱头历险记》、马克·吐温《汤姆·索亚历险记》等，这些被儿童喜爱的经典儿童文学基本是重复性的事件，事件本身变化不大，重复性很强，在这反复的过程中儿童的追踪性思维得到了满足，但因时间地点人物这些事件或单单是环境发生了变化，儿童感觉事情就发生了变化，故事的核心没有变，依旧为人类古老的愿望：真善美战胜假恶丑。这种反复和强化的过程，会提高儿童认知能力和想象力，使他们的精神丰富起来。在故事中，往往是好心办坏事最让儿童喜欢，因儿童自身经验不足，心地善良，但办事能力有限，与他们愿望的达成还有很大差距，他们希望作品中的主人公能够担负起这种责任，以一种英雄行为实现自己的梦想。即使进入后现代社会消解价值消解英雄的时代，儿童文学依旧在呼唤英雄，英雄是儿童崇拜的楷模和成长的目标。没有英雄的民族也不会是一个高贵的民族，但英雄的时代性很强，每一个时代对英雄的构筑都不一样。超出一般人能力的个体性英雄，表现对人类未来充满坚定的信念，这是儿童文学的一种积极向上的精神特质。

　　总之，"真正的儿童文学并不产生在对儿童的教育意识里，而是产生在儿童文学作家追寻自我的儿童梦的内在需求中，产生于他对儿童的亲切感受中，产生在净化自我心灵的愿望里，产生在对更美丽的人类社会的理想中。他展开的是一个儿童的心灵世界，也是他沉潜在内心深处的求真求美的愿望。"①儿童

---

①王富仁：《呼唤儿童文学》，载《现代中国儿童文学主潮》序言，重庆出版社，2000年，第13页。

文学作为整个文学家族里最富有诗质的语言艺术，一方面它的文学史年龄较小，充满了勃勃生机而又脆弱娇嫩，另一方面它与人类的童年一起诞生，它的精神力量古老悠长而又容易被忽视。当电子媒介时代人类的童年出现危机时，拯救儿童文学的诗性，无疑是维护我们人类童年的一片绿洲。"童年持续于人的一生。童年的回归使成年生活的广阔区域呈现出蓬勃的生机。"①只有童年永驻，人类才可能建立真正梦想的诗学。

二　对一种文体合理合法性的"确认"

自从十七八世纪儿童文学诞生以来，各种不同的动物形象被儿童文学广泛书写，动物拟人化成为童话幻想诗学的主体。随着 19 世纪人类对动物认识加深，逼真的动物生活描写成为儿童小说创作的潮流。20 世纪以来，随着幻想儿童文学的迅速崛起，动物奇幻文学把童话的浪漫想象与小说的逼真写实成功融合，以奇致幻，以幻传奇，以幻喻实，亦真亦幻，呈现出前所未有的巨大审美空间，释放了人类无限的想象力。

动物奇幻小说是幻想小说（Fantasy）的一个分支，既不属于拟人体的传统动物童话（动物穿上人的衣服做人能做的事并说人话，如米尔恩的《小熊温尼普》），也不同于动物小说（以动物为主人公，动物行为以动物天性和自然法则为主，动物不

---

① ［法］加斯东·巴什拉：《梦想的诗学》，生活·读书·新知三联书店，1996 年版，第 28 页。

能开口说话，如西顿《狼王洛波》）。动物奇幻小说以动物为书写线索，虽忠于动物的自然本性，但在这一种类动物的天性上付诸了超自然、非现实、魔法力、幻想性的要素，动物除了靠他们的本能交流以外，还与人一样思考并开口说话。英国是儿童动物奇幻文学的肇始者，意·奈士比特《许愿精灵》里的精灵是一个集行走飞翔于一体的小动物，畅销世界的巨作 J.K. 罗琳《哈利·波特》系列里面充满了各种神兽，送信的猫头鹰、宠物老鼠、独角兽、喷火龙、幻化成猫的麦格教授等。C.S. 刘易斯《纳尼亚传奇》中的狮子阿斯兰，已经成为智慧和勇敢的代名词。理查德·亚当斯《沃特希普荒原》中的兔子榛子与整个兔子家族经历了一系列历险，最后兔子王国的臣民们走出了一个又一个危险境地，进入到沃特希普荒原，开始了崭新的生活。艾琳·亨特《猫武士》系列，把家猫和野猫的生活进行大胆神奇的想象，在宠物猫拉斯特主人花园的外面，有一个幽静的森林，森林深处竟然存在着雷、风、影、河、星几个大家族的野猫，他们从族长到普通武士，都有严密的社会组织，每个成员各司其职。美国幻想小说开山之作弗兰克·鲍姆《奥兹国的魔法师》，胆小的狮子和只有头的魔法师奥兹也是动物形象。至此之后的美国幻想小说，以动物作为主人公居多，如伊丽莎白·寇茨沃斯《上天堂的猫》，E.B. 怀特《小老鼠斯图亚特》《夏洛的网》，露丝·加内特《我爸爸的小飞龙》《埃尔默和龙》《蓝地之龙》三部曲。畅销书作者凯瑟琳·拉丝基《猫头鹰王国》系列，把不被人熟知的猫头鹰的世界逼真地展示在读者面前。获德语大奖的幻想文学"彩乌鸦"

系列 16 册登录中国二十一世纪出版社，从 2004 年到 2011 年六年时间平均每册印刷 24 次之多，作品大多以动物奇幻文学为主。韩国金津经的《奇境猫王》是韩国首部动物奇幻系列小说，亦畅销韩国十年之久。当下，动物奇幻文学题材开发范围之大，主题内蕴之丰富，幻想功能之齐全，对读者阅读影响之深，被其他媒介开发利用之广，达到了前所未有的程度，动物奇幻文学正在悄然改变世界幻想儿童文学的格局。毫无疑问，动物奇幻文学将成为世界范围内儿童幻想小说的一支劲旅。

（一）幻想和动物两个儿童喜爱的儿童文学元素，反映出繁花似锦的动物奇幻文学

幻想和动物两个经典的儿童文学元素，其活跃程度不亚于化学元素周期表中的氢气和氧气，与各种主题的儿童文学融合产生了一系列的化学反应，形成了各种新奇有趣的奇幻动物文学。这些新的幻想文学往往不是单一主题的作品，呈现出复合型主题和多维价值选择，其文学内蕴极为丰富，下面主要列举几种类型：

1.动物历史幻想小说。《猫武士》，描写了四大猫族的发展历史，各个猫族在成长的过程中，既有自己猫族内部争夺领导权的斗争，又有与其他猫族之间的斗争。在错综复杂的斗争中，每一个猫族又形成了自己的部族特点和文化特征，如为了战胜其他部族，猫族的国王可谓煞费苦心，既有正面战场的斗争，又有暗地里派去敌国的奸细，里应外合，才取得了一个又一个

胜利。但是，建国容易守业难，总有儿女不听祖辈的遗训，生活萎靡颓废不求上进，使国家一次又一次陷入危难之中。这种动物历史小说，具有史诗般的宏大叙事和具体的生活细节，故事情节极为曲折紧凑，在描写事件的过程中亦有丰富的人物性格描写，猫的神秘王国如一幅幅历史画卷展现在读者面前，动物世界中的社会性因素，也是儿童走向社会拓宽社会视野的一条管道。理查德·亚当斯《沃特希普荒原》中的兔群不断地迁徙生存领地，被人们称为动物世界的《出埃及记》，也是一部关于兔子的史诗。

2. 动物校园幻想小说。动物成长的过程中要学习许多生存的本事和技能，有的在家里要爸爸妈妈来教育，有的要去学校学习。《奇境猫王》中的猫咪进入魔法学校，学习了一系列本领，成为一个猫咪英雄。《猫头鹰王国》中，谷仓猫头鹰在成长的过程中，有比较严格的课程规划，比如刚出世不久的小猫头鹰伊兰，爸爸妈妈要为她举行初肉仪式，比依兰大二十多天的哥哥赛林举行的是初毛仪式，比依兰大半年左右的哥哥昆郎举行的是初骨仪式，而这三个仪式是随着猫头鹰成长吃食物能力的增强而设置的不同课程。到了一定的时期，小猫头鹰的拨风羽长出之前，爸爸还要像老师一样教孩子们学习跳枝，就是从一个树枝跳向另一个树枝。谷仓猫头鹰赛林被抓进圣灵枭孤儿院开始了学校生活，这个猫头鹰学校有校长、老师和严格的课程训练，甚至还有极不人道的校规，不许学生提问题，只能无条件地服从老师，学生都有自己的编号，赛林的编号是12–1，他的同学吉菲的编号是25–2。有的教师极为严格，学生做不好就被体罚——两只黄色眼睛的猫头鹰露出凶恶的目光，一起俯冲向赛林并把他揪起来飞向空中，让赛林感到这种押送方式痛苦极了。有的老师对学生还比较友善，芬妮老师喜欢赛林，赛林练习睡眠齐步走的时候差点累晕了，芬妮老师就让他躲到石头缝里偷偷休息，逃过了监管员的目光。一个善良和蔼对学生体贴入微的猫头鹰教师形象，一下温暖了赛林痛苦的内心，让离开爸爸妈妈的赛林有了一个阿姨般的亲人。赛林的同学也各有性格，他们之间的关系错综复杂，一个活脱脱的儿童学校生活的翻版。但因为是猫头鹰的学校，他们所学的课程也都与猫头鹰生活相吻合，如喙姿训练、月光催眠、睡眠齐步走等等，所讲的故事也是很久很久以前，还没有猫头鹰王国时的"珈瑚传奇"。

3. 动物家庭生活幻想小说。家庭是儿童情感的港湾，爸爸妈妈是儿童人身安全的保护神，动物小的时候一样需要爸爸妈妈生活的照顾与情感的呵护。在 E.B. 怀特《夏洛的网》中的小女孩在爸爸的斧头下救下了小猪威尔伯，当小猪威尔伯面临着喂养大了会被杀头之时，蜘蛛夏洛像一个勇敢的妈妈来救护小猪，整个谷仓里的动物亲如一家。没有人参与的动物奇幻小说，同样需要温馨的家庭气氛。《猫头鹰王国》中谷仓猫头鹰诺图一家是一个温馨快乐勤劳善良的大家庭，有盲蛇皮圈太太做保姆，每天把窝里收拾得干干净净，猫头鹰爸爸和妈妈偶尔温和地拌嘴，早餐桌上，一家五口人围坐吃饭，小猫头鹰都喜欢一边吃东西一边说话，最小的孩子依兰小姑娘总是话太多，妈妈不得不提醒她赶紧吃饭。"吃那只甲虫的腿，依兰，快吃腿。

你说话太多了，把甲虫最好吃的部分都错过了。"[1]这哪里是猫头鹰在吃饭，分明是人类和谐家庭的早餐桌。虽然哥哥专横跋扈甚至把赛林推倒掉到大树下，甚至被圣灵枭的猫头鹰抓到孤儿学校，但一想温暖的家，猫头鹰赛林就"满脑子都想着爸爸妈妈。似乎每个小时他都会以一种新的更痛苦的方式思念他们"[2]。母爱和父爱在动物奇幻文学中丝毫没有减弱的趋势，因为以动物的自然属性来表现这一情感，反倒增加了爱的丰富性和他者化，以一种全新的方式给读者新奇的情感体验，爱，应该是儿童文学永恒的主题。

4. 动物成长幻想小说。以动物为主角的成长小说，也与人为主角的成长小说在叙事上极为相似，动物主人公大多经历了"离家——历险——迷茫——引导——顿悟"这样的一个成长过程。《夏洛的网》中的小猪威伯一听到自己要被杀掉就什么办法都没有，只有呜呜呜地哭，后来在夏洛织网救助威尔伯的过程中，小猪不断地认识了世界的残酷也开始认识自我的力量，知道许多人生道理，直到在去参加比赛的过程中，小猪成为一个英雄，他不仅自己活了下来，还能在冬天里照顾夏洛留下的子囊。小猪从无力担当的孩子形象成长为有责任感有担当的男子汉，就是一个人典型的成长过程。《猫头鹰王国》中的赛林在家的时候是一只还没有学会跳枝的幼儿，到了圣灵枭孤儿学校，受尽了

---

①［美］凯瑟琳·拉丝基:《猫头鹰王国》第一卷,湖北少年儿童出版社,2009 年版, 50 页。

②［美］凯瑟琳·拉丝基:《猫头鹰王国》第一卷,湖北少年儿童出版社,2009 年版, 48 页。

无数的折磨，后来与好朋友精灵猫头鹰吉菲一起，保持清醒的头脑，不被圣灵枭孤儿学校洗脑的课程所毒害，努力保持自我，并学会了飞翔，团结同学与学校的恶势力斗争，挑战杰特和加特两个比自己大几倍的猫头鹰老师，与其他三个好朋友一起逃出了圣灵枭孤儿学校，回到了家中，并把圣灵枭孤儿院所有侵害其他猫头鹰王国的罪恶昭示天下。在这个过程中，赛林成长为一个身体健壮、经验丰富、意志坚强的猫头鹰，他的理想就是成为猫头鹰历史上的真正的勇士——歌佬时代的骑士猫头鹰，飞入夜空，行善除恶。从一个孩童成长为勇士的过程，就是猫头鹰赛林的成长史。《猫武士》中宠物猫经过一系列的历练，加入了雷族的训练，到作品结尾，他已经成长为一名叫火心的武士，"再也不是几个月前初到营地时那只天真的小猫了，他已经更加高大，身体更加强壮，身手更加敏捷，头脑更加灵活"①，而且，随时随刻准备迎接敌人的挑战。

　　动物奇幻小说还有以励志、武侠、科幻、魔幻、探案等等为主要内容的小说，可以命名为不同的动物幻想小说。可以说，动物奇幻小说的题材极为广泛，主题也往往不是单一的，在小说的叙事中都以复合型主题为主，动物在家庭中得到了父母的关爱，在学校生活中与老师和同学相处，在成长的途中会遇到一个又一个危险，他们的生命成长也和人类一样，充满了艰难险阻。通过动物的性格行为和语言，可以看出作家们在处理这

---

① ［英］艾琳·亨特：《猫武士·呼唤野性》，中国少年儿童出版社，2009 年版，287 页。

一类型作品时所做的种种努力。

（二）以动物为主体的奇幻世界的建构，沟通着人与动物的情感生活

动物奇幻文学在一个新奇有趣充满幻想的时空背景和自然环境中，建立一种与人类生活相仿的社会关系和社会生活——一个二次元的世界，主人公通常要克服重重困难去完成一项伟大的使命。在叙述手法上，不同于以往的童话写动物时的概况性和幻想性，完全用小说写实的笔法，利用动物的天性和环境的关系，展开充满现实矛盾的故事情节，动物的性格饱满立体，多面性复杂化，动物之间的亲情、友情、爱情等情感关系都描写得充满人情味，给读者的感官体验细腻传神，有一种身临其境之感。

1. 对待人们比较熟悉的动物。在奇幻动物小说中，作家对人们熟悉的动物以创新性的手法重新演绎，呈现出完全新奇陌生化的叙事故事类型。如《小老鼠斯图亚特》把人们熟悉的老鼠变换了身份，成为人类家庭里一个普通的孩子，他要像普通的孩子一样去学习和成长。艾琳·亨特《猫武士》系列颠覆了普普通通家猫的日常生活，把他的生活带入一个全新的野猫世界，而且，野猫的世界也不是普通的日常生活，他们组成强大的武士社会来保卫森林，并与其他国家的猫族进行殊死搏斗。令人不可思议的是，这个普通的宠物猫也变成了雷族猫的学徒，后来发展成一个武士，得名火爪，火爪用自己的勇气和智慧与同伴们一起参加战斗，实现自己伟大的武士梦。理查德·亚当斯《沃

特希普荒原》中的主人公是一群普通的兔子，但当兔子先知小多子预知了族群的危险之后，整个兔群就开始了斗争，一方面是兔子内部的权力和政见之争，一方面是外部环境遭到破坏的生存斗争，两种力量和危险一直伴随着兔群。囿于吃喝拉撒睡等生物本能的兔子被赋予一种崇高的人类使命感和道义感，把小动物的生命力量神圣化传奇化，便会产生出乎人们意料之外的神秘而奇异的审美艺术感受。C.S. 刘易斯《纳尼亚传奇》中的狮子阿斯兰除了具有王者的智慧和勇气之外，它还是一个慈爱的父亲形象，当小女孩露茜见到久违的阿斯兰，她不顾一切地向它跑去，"用双臂紧紧地搂住阿斯兰的脖子，不停地呼唤它，亲吻它，并且把自己的脸埋进那美丽而有光泽，像缎子般柔软光滑的鬃毛里面"①。阿斯兰也把头伸过来，用舌头轻轻舔舔小女孩露茜的鼻子，"那温暖的气息立刻遍布了她的全身。她抬起头来，眼望着那巨大的、充满智慧的脸"②。这种爱的温暖，带给女孩心灵的安慰，同时，彻底颠覆了现实生活中作为百兽之王凶猛残暴的形象，一个善良敦厚的狮子长者形象，给人类带来一种愿望的满足和情感的享受。

2. 对待人们不太熟悉的动物。在动物奇幻文学中，把不熟悉的动物行为习惯进行人类的日常性情感化叙事。E.B. 怀特《夏洛的网》中的蜘蛛夏洛不仅有一个人类的名字，而且拥有超常

---

① [英] C.S. 刘易斯：《纳尼亚传奇·凯斯宾王子》，译林出版社，2005 年版，105 页。

② [英] C.S. 刘易斯：《纳尼亚传奇·凯斯宾王子》，译林出版社，2005 年版，105 页。

的智慧和舍己救人的奉献精神，蜘蛛夏洛的传奇行为都被日常生活化了，她想救助小猪，但是不是像传统童话一样依靠魔法的力量，而是发挥蜘蛛结网的天性，她不舍昼夜地织网，在网的中间形成"王牌猪"三个字，使看到这些字的人不敢怠慢小猪，小猪的主人朱克曼先生甚至有些神魂颠倒了，"这几个字是'王牌猪'，再清楚不过。一点也错不了。一个奇迹已经出现，一个信号已经降落人间，就降落在这里，就降落在我们农场，我们有一只非比寻常的猪"①。蜘蛛形态的丑陋和不为人所熟知的习性与她奉献精神相比，形成一个巨大的反差，人们更容易被蜘蛛的精神所感动。凯瑟琳·拉丝基《猫头鹰王国》系列故事中的主人公猫头鹰，可以说远离人们日常生活，人们很难认识和理解这种夜行动物，对人类来说神秘而恐怖——昼伏夜出很难接近。小说写了猫头鹰们的学习生活和饮食习惯，如小的猫头鹰要吃妈妈带回的肉作为食物，稍微大一点就可以吃带毛的肉了，再大一些的猫头鹰就可以吃带骨头的食物了，作品形象地把这些命名为初肉仪式、初毛仪式和初骨仪式。这是猫头鹰的动物习性与人类感觉完美结合。大哥哥猫头鹰昆郎自私自利，性格暴虐，对弟弟妹妹充满了仇恨，爸爸每次教他学习跳枝课他都不虚心。弟弟赛林性格温和，喜爱妹妹，听爸爸妈妈的话，不做违规的事，是一个谦谦君子，小妹妹伊林顽皮可爱。所有猫头鹰都拥有自己独特的性格特征，和人一样会思考会做梦会与其他猫头鹰交流感情，更主要的是，每个猫头鹰都拥有并会表

---

① ［美］E.B.怀特:《夏洛的网》，上海译文出版社，2004 年版，80 页。

达喜怒哀乐等情感，把这种情感流露于眉宇之间和表现在行动上，赛林吃了活的蜈蚣之后，感觉喉咙痒痒的非常舒服，就唱起了开心的蜈蚣之歌。这使读者认识到这三个小猫头鹰的性格与我们人类的孩子何等相似，其实，那就是我们人类自己的世界。但是，猫头鹰又不同于人类，他们认识和理解世界的行为方式只能在黑夜中发生，翅膀是他们思想的力量，胃部才是他们情感、思想和感觉的渊源，猫头鹰的这些行为和感觉又只能属于他们自身。陌生而神秘化的猫头鹰世界，亲切而隔膜化的亲情、友情、爱情等情感体验，激发读者对动物世界强烈的好奇心，特别能够使人类对不同于自己的生命多一份了解，多一份尊重，敬畏生命便不再是一句空谈。

3. 创造了一个不同于人类世界也不同于动物世界的崭新的第三世界，这是一个艺术的世界。《纳尼亚传奇》中的纳尼亚王国、《猫头鹰王国》中的提托森林王国、《沃特希普荒原》中的沃特希普荒原、《猫武士》中的雷族领地、河族领地、影族领地、风族领地等等。这个世界既是属于动物们生存的家园和乐土，属于他们自由自在成长的世界，也是他们生儿育女和发展自我的空间。但是，这个世界除去自然环境的恶劣之外，也像人类社会一样充满了真与假、善与恶、美与丑的激烈斗争，有时全动物家族都要面对环境恶劣的灭顶之灾，有时还被人类侵蚀和外族入侵。但是，只要有一线希望，动物们就在积极进取，表现了一种积极乐观的生命态度，这对成长中的儿童建立正确的世界观和人生观，起到了引领作用。无论是舍己救人的蜘蛛夏洛、突破重重困难的猫头鹰赛林、一心为全族兔子着想的小榛子，还是尽心尽力的小保姆盲蛇皮圈太太、足智多谋的小雌猫头鹰吉菲、未卜先知的预言家兔子小不点、服务热情周到的医生猫斑叶等等，这些动物都以其特有的动物属性、自身的性格特征以及职业特点，成为世界儿童文学人物家族的鲜活一员，丰富着世界儿童文学的人物画廊，逐渐成为儿童读者和成人读者熟悉的好朋友，甚至是人们学习和生活的榜样。

（三）世界动物奇幻文学对中国儿童文学的意义启示

世界范围内的动物奇幻小说都得到了长足的发展，而我国的动物奇幻小说的创作才刚刚起步，中国的幻想小说很少以动物为主人公，还无法把人类自身的问题与动物的问题联系起来思维。尤其是在儿童文学理论界，对动物奇幻小说的认识还比较模糊，要么把它归为传统意义上的童话，但其现实主义的笔法，尤其在表现生死、搏杀、暴力、爱情等问题上又有很强的现实感和逼真性，不似传统意义上的童话。要么给这些小说归为动物小说，它们又不同于西顿、黎达、杰克·伦敦、椋鸠十等动物小说家的作品，动物小说家笔下的动物自然属性鲜明，不可能说人话，更不可能像人类一样思考，非常忠实于动物的情感和行为。我国一些作家的作品中的动物虽然不开口说话，但它们的智谋、道德、情感、行为、思想境界等等甚至超出了人类，让人感觉不可信，被有的理论家称为"带着动物面具"的类人小说，也有的理论家称这种动物小说是"兽面人心"的小说。如果能够把动物奇幻小说文体在中国确立下来，将为中国儿童文学的创作和理论研究带来一场深刻的变革，因为，这种动物奇幻小说，在世界范围内已经形成一种潮流，其重要的现实意义和理论价值不可不重视。

1. 在创作上，可以大大开拓动物小说和传统童话的审美空间。如果把动物奇幻小说纳入幻想小说之列，在幻想小说中可以对动物学知识进行创造性的人性化的处理，动物奇幻小说突破了传统动物小说的种种限制条件，动物行为的不确定性和非理性会使童话的幻想增加动力源泉。幻想作为一个常数，参与一种新的文学的生成与发展，动物的加入又使幻想拓宽了内涵与外延。实际上，幻想没有对错之分，没有美丑之别，更无善恶之界限，动物奇幻文学建立在童话幻想和动物小说写实的基础之上，对童话幻想艺术的借鉴，使得奇幻文学的风格呈现出一种指向自然、浪漫唯美、情感丰富的空灵世界。另一方面，小说的写实手法又使这种诗意情怀与现实的复杂矛盾对接，小说的写实笔法又使动物的幻想走向现实。幻想与动物两个儿童文学因素融合之后，做的不会是简单的加法，而应该是乘法运算，中国的幻想儿童文学会得到一次质的飞跃，而不是量的积累。在理论研究上，对动物奇幻文学文体的确立，使得在评奖分类和读者阅读上更明晰。中国作家协会的全国儿童文学优秀奖评奖分类上，只有童话、小说、科幻文学等，个别文学性极高的动物奇幻文学很难走进评委的视线，因为没有办法使其归类。在儿童文学研究者的认同上，对被读者普遍接受的畅销书有一个客观准确的定位，如沈石溪、金曾豪、常新港等创作的许多以动物为主角的作品，不属于传统意义上的动物小说，也不属于童话，应该归于动物奇幻文学之列。亦真亦幻的动物世界，是人类世界的一个隐喻。幻想文学的另一个非常重要的特征就是儿童幻想和成人幻想很难区分，儿童文学理论家帕米拉.S.盖茨认为："儿童幻想作品与成人幻想作品并没有一条清晰的界限，二者区别很小，用在成人幻想小说中的创作手法，儿童的幻想作品中也可以使用。"[①]也就是说，儿童幻想和成人幻想会强强联手，为动物奇幻文学打造一个更广阔的发展空间。

2. 在思想深度上，动物奇幻小说表现的往往不只是关于动物的科普知识，阅读动物小说也不仅仅是为了获得关于某一种动物的科学知识，而是通过动物来思考人与人、人与动物、动物与动物、动物与环境、动物自身以及人自身发展的种种问题。动物小说呈现出完整的生命和艺术世界，并通过这个世界努力探索和尝试着解决这些问题。当人类意识到有一个动物世界与自己并存时，人类便不会孤单，也会形成"去人类中心主义"的广阔胸怀，对动物的同情心同理心亦会加深。特别是以动物作为主人公的小说，每个动物所面临的最残酷最现实的问题就是生存问题，那么，生存便成了最富挑战意味的话题，看似动物吃喝拉撒睡玩的小事情，实际上，每一项都是关乎"国计民生"的大问题，所有的生命都"向死而生"。动物奇幻文学所面对的当然不只是动物问题，也是人类自身的问题，动物奇幻文学在审美空间上加入人性化情感化的因素，会潜移默化地引导读者向更深更广阔的领域思考，人从哪里来，到哪里去这些形而上

① ［美］帕米拉.S.盖茨、苏珊·斯特菲尔、弗兰西斯·莫尔森：《给儿童和青年的奇幻文学》，稻草人出版公司，2003年版。

的哲学问题会通过"他者化"的动物,有更深层次的思索,文学的仿生学无疑会对文学的人类化固定化的空间扩容增量。"把其他物种的成员当作'个人',当作具备远远超出我们通常所期望的潜能的生命体来对待,就能使它们作出最佳表现,而每个动物的最佳表现包含了我们未曾预料到的天赋。"[①]动物文学虽然一直不属于主流文学,但是,其思考人类问题的深度和广度丝毫不亚于以人类为主角的小说。

3. 对人类文化的贡献上,动物奇幻文学丰富并壮大了文学认识和表达世界的方式。不同的作品,建立了一个又一个叙事符号系统,既属于人类的语言被读者阅读体会,又属于动物自身生命的感觉符号系统,对人类的文学语言来说,是一次又一次冲击。《猫武士》中把人类居住的房屋称为"两腿动物领地",《沃特希普荒原》中专门在小说的附录中列了一个词汇表[②]共有29 个词语,如"安布赖"解释为"臭的,比如用来形容狐狸的气味等","弗瑞斯"解释为"太阳,另外也指兔子的太阳神","呼噜嘟嘟"解释为"机动车船(本书中指的是车辆)","佐恩"解释为"完蛋了的、毁灭了的,用于指一些可怕的大灾难",这些被称为"拉帕恩词汇",拉帕恩是兔语的意思,是兔子之间交流信息表达情感传递思想的一套语言符号。《沃特希普荒原》《猫头鹰王国》《猫武士》等奇幻动物小说每本书的前面,都展示了

---

① [美]汤姆·睿根、彼得·辛格:《地球也是它们的》,宁夏人民出版社,2007 年版,152 页。

② [英]理查德·亚当斯:《沃特希普荒原》,人民文学出版社,2005 年版,436-437 页。

一张动物王国的地理位置图，如《沃特希普荒原》中恩波恩河、桑德弗德领地、弗瑞斯矮树林、艾金威尔、纳桑格尔农场、沃特希普荒原、坎农·希思农场、海尔·沃伦农场等等，所有这些地名都是兔子们活动的场所和故事情节发生的源发地，亦能看出兔子迁徙路途的遥远以及中间的艰辛生活，给人一种直观的印象，而地图的方向标记又不同于人类的习惯，是用兔子头像标注了上东下西后北，而没有南边的方向，一方面展示了兔子生活确实性和特殊性，与人类生活地点的相异性与相关性。另一方面也创造了一套属于《沃特希普荒原》文学世界的符号系统，这是一套具有原创性特殊含义的语像系统。在法国思想家米歇尔·福柯看来，"语言表象思想，如同思想表象自身一般。构造一种语言或者从内部赋予语言以生命，并不需要基本的和初始的指称活动，而只需在表象的核心处，表象拥有一种表象自身的力量，即表象凭着在反思的目光下一步步把自己与自己并置在一起，来分析自身，并且以一种作为自己的延伸的取代形式来委派自己。"①语言的生命、文学的生命、兔子的生命都在这一整套的符号系统中获得了重生，而人创造性思维的获得也往往从命名开始，人类符号系统的建立成为一种新的文学语言和对动物生命世界认识的基础，从而实现了文化与现实相似性的对接和交流。

总之，动物奇幻文学为幻想文学的意义生成和保护想象力

①［法］米歇尔·福柯:《词与物——人文科学考古学》,上海三联书店,103页。

提供了无限可能性，为幻想、为动物、为文学都提供了一个新的发展空间和诗性表达的场域，是儿童文学作家和儿童双向选择的过程。当今世界，随着科学技术的迅速发展，人类理性的日益强大和高度制度化，生态环境日益恶化，动物和人类的家园逐渐锐减，人类思考动物的问题就是思考人类自身，放动物一条生路在现实中成为考验人类心灵的道德和法律命题。只有在奇幻动物文学的世界中，动物和人类的精神和情感可以一起飞翔，动物奇幻文学，无疑将成为幻想儿童文学的一支劲旅，算是这个世纪人类对地球上的动物朋友们一次深情的告白吧！

三　成人表达"儿童"的多种可能

《光明日报》曾经发文，"请成人文学的评论家参与到儿童文学当中来。从事儿童文学的人，如果有机会听听成人文学评论家的想法，或许也能从中受益"[①]。从评论的角度号召成人文学和儿童文学进行互动。从创作实践来看，成人文学作家早已向儿童文学迎面走来，集体亮相带有纪实性的丛书为"我们小时候"，包括王安忆《放大的时间》、苏童《自行车之歌》、迟子建《会唱歌的火炉》、张梅溪《林中小屋》、郁雨君《当时实在年纪小》、毕飞宇《苏北少年"堂吉诃德"》、阎连科《从田湖出发去找李白》、张炜《描花的日子》，其中张梅溪和郁雨君是儿童

①饶翔：《儿童文学与成人文学该如何互动？》，《光明日报》2015年2月8日。

文学作家，其他六位均为中国成人文学当红作家，亦不乏国内外文学大奖的获得者。2014年6月《人民文学》开辟儿童文学专号，刊载马原的中篇小说《湾格花原历险记》、张好好的长篇小说《布尔津光谱》等，虚构类的儿童小说还有张炜的《少年与海》、赵丽宏的《童年河》、虹影《奥当女孩》等，成人科幻文学作家刘慈欣的《三体》、王晋康的《古蜀》、胡冬林的《巨虫公园》成了儿童文学一道亮丽的风景。[①]一方面，这些作家在进入儿童文学之后，从思想价值、叙事技巧、审美趣味、语言风格等等，呈现出与原有的成人文学作品迥异的创作气象；另一方面，"名家们跨界介入儿童文学写作，让儿童文学能够更充分地从当代文学的整体经验中汲取写作资源"[②]。儿童文学的活力和想象力，也激发着成熟的成人作家的好奇心和勇于突破自我的探索精神。他们积累的人生体验、故事话语、童年想象在表达时呈现出与儿童文学作家和而不同的创作倾向，形成一个摇曳多姿、令人回味的"准儿童文学"或"准成人文学"地带，在"像与不像""是与不是"的儿童文学之中，显示出文学整体的时代共性和个体作家无限的可能性，他们真诚而为的写作给中国儿童文

---

①刘慈欣的《三体》和胡冬林的《巨虫公园》获得了"第九届全国优秀儿童文学奖"，王晋康的《古蜀》获得了"第一届大白鲸世界杯幻想儿童文学特等奖"，在儿童文学界产生了不小的震动。儿童科幻文学从某种程度上说，与儿童文学可以并肩而立的门类，与成人科幻沾亲带故，又不是成人科幻的亚种，它们有自己的一种存在方式，儿童科幻文学又不容易被儿童文学这个母亲所涵养，总是旁逸斜出，不同于一般意义上的儿童文学，笔者将另文展开这个话题。

②李东华：《2014年儿童文学：瞩望高峰 不断成长》，见中国作家网。

学界不少启示。

（一）迈入儿童文学界的成人作家

20世纪80年代的中国文学，"伤痕文学""问题小说""反思文学"中一部分以少年儿童为书写对象，卢新华的《伤痕》、宗璞的《弦上的梦》、刘心武的《班主任》、张洁的《从森林里来的孩子》、王蒙的《最宝贵的》等。张炜八九十年代的中篇小说《他的琴》《黄沙》《童眸》《海边的风》等基本上也以少年儿童为主人公，生命激情充沛儿童的求知欲和探险精神强烈。迟子建文学天空中，童年是与自然和生命并置的一个重要主题，如她的《雾月牛栏》《北极村童话》等，围绕着童年、童心、童情、童眼，甚至用童语来构筑她文学世界的底色。无一例外地，这些作家在中国被禁锢的时代中成长着自然的生命，但是，他们步入文坛时恰逢80年代思想解放和追求自由的个性时代，那个时代人们对文学的敬畏和对自我的认同是与责任、使命、理想、民族甚至与人类的命运息息相关，不会小姿小态地迈入文学的殿堂，他们的文学使命与苏醒的人一起被"大写"。这一次成人文学作家集体向童年出发，应该是文坛重返80年代文学呼声的实践和创作的不自觉，亦可以视为成人文学主流下的一条波涛汹涌的暗河。王安忆理性深邃个人心灵史诗的记录、苏童悠远缠绵的情感透视、迟子建温暖抒情的自然絮语、毕飞宇带有鬼才般的另类人生把脉、阎连科在神奇与平常中发现人性的荒谬、张炜在历史传说与现实生活之中的志怪传奇，虹影文学书写的自足与诗意、赵丽宏散文的清丽优美等，均构成了当代文坛个性鲜明的文学博物馆，在这次集体重返童年的书写中，读者诸君亦能清晰地辨识出他们文学的故事品质、地缘文化、时代精神、语言风味，甚至情感的俗世与繁华。

童年经验无疑成为这一代作家书写的逻辑支点，即使是非虚构的"宣称"，人们还是从作家讲述的选点中看出了明显的审美取向。王安忆可谓写流言的圣手，她在《长恨歌》中看到了流言与鸽子之间的精神血脉，发现了流言与心灵之间的博弈是复杂而多变的，鸽子飞翔需要天空，流言成长需要胡同中的人们。在儿童中，流言一样生命力茁壮，作家意味深长地告诉你儿童之间的流言是不可靠的，却能够衰而不亡，即使成年之后，还在蛊惑着人心，上海狭窄逼仄的胡同里流言就从儿童中间起飞。苏童的香椿树街少年成长小说，始于 20 世纪 80 年代的《桑园留念》，这些故事大都发生时代背景为 20 世纪 60 年代末 70 年代初，与苏童的童年记忆和少年的生命体验有一种暗合。苏童近 30 年的少年成长小说的写作，"见证了一个作家从先锋到民间，从逃离到回归，从人性恶到人性善，从晦暗到澄明的写作变迁"[1]。作家的心路走了一条与作品中的人物成长相辅相成的路，可以看出苏童从"爱上层楼强说愁"的青年作家走到"知天命"的中年作家人生观的演化过程，与荒唐残酷的现实相比，童年应是人生的一个避难所，重返这个诗意朦胧

---

[1]吴雪丽：《从晦暗到澄明——论苏童的香椿树成长》，《东方论坛》2009 年第 5 期，第 49 页。

的避难所，苏童反问"童稚回忆是否总有一圈虚假的美好的光环？"①他遇见了在游泳池中程式化标准化游泳的"我"，童年是那么乏味和不快乐，倒是一家三口的狗刨使泳池中激荡着快乐的音符；群众点心店的小伙子与胖女人的风化案子在街上流传；在幸福就是红烧肉的年代，肉铺店操刀卖肉的中年妇女就是一个"权力与智谋兼备的人"——与煤球店的女人互通有无损公肥私；一群少年对一个骑自行车姿势不雅的人齐声大骂"乌龟，乌龟"，骑车人想追打少年又怕自行车丢失，只能忍受无端的侮辱，苏童永远记住了那个可怜人的眼神；孤身一人挎着篮子在余晖的街道上行走的女裁缝，竟是一个尼姑，当家人用黄鱼车把她载向火车站，"我"永远忘不了她愤恨的眼神。苏童的童年从来没有离开民间和社会这所大学校，一个人的童年经验带有鲜明的终身性，"童年持续于人的一生。童年的回归使成年生活的广阔区域呈现出蓬勃的生机"②。

童年经验在作家那里，成为他们创作的永远挖不尽的矿藏，坚硬的童年情结有的成为作家一生绕不开的话题，面对童年经验，童年的"我"、叙述人的"我"、故事中的"我"这三重叠加的视角和话语，构成了童年经验文学艺术空间的丰富多彩，同时也在这个空间内，童年经验经过不同作家的"翻炒"和治理，呈现了迥异的创作风貌。成人文学作家余华对自己的童年

---

① 苏童：《自行车之歌》，明天出版社 2014 年版，第 6 页。

② ［法］加斯东·巴什拉：《梦想的诗学》，生活·读书·新知三联书店 1996 年版，第 28 页。

经验可谓"执迷不悟","童年生活对一个人来说是一个根本性的选择，没有第二或第三种选择的可能。因为一个人的童年，给你带来了一种什么样的东西，是一个人和这个世界的一生的关系的基础——我们对世界的最初的认识都是来自童年，而我们今后对世界的感受，对世界的想象力，无非是像电脑中的软件升级一样，其基础是不会变的——一个人的一生都跟着他的童年走。他后来的所有一切都只是为了补充童年，或者说是补充他的生命。"①余华的小说中的暴力和血腥来源于他童年生活造成的创伤性记忆，他的家在医院附近，看到了太平间太多的死亡。世界儿童文学大师林格伦的创作却是为心灵深处那个永远长不大的孩子——一个原生态的小女孩，她的创作动力来源于她要满足童年期自我的阅读愿望，她的每一部作品都帮助儿童满足一次心底的愿望，以及激发儿童更加善良和美好的情愫。童年是作家可以随性自由往来的精神原乡，在成人文学可能是血腥暴力和黑暗，在儿童文学可能是取之不尽用之不竭的"真""纯""美""乐"。儿童文学中有生就的天才型作家，有后天努力形成的勤奋型作家，他们的内在性格和精神气质也有一定的区别，有时他们仿佛行走在永远不能相遇的两个平面上。

（二）自我童年经验的治理

这一批作家的童年，大多生活在"文化大革命"时代，却没

---

①余华、洪治纲：《火焰的秘密心脏》，见洪治纲《余华研究资料》，天津人民出版社 2007 年版，第 3-6 页。

有妨碍他们对童年快乐的回忆和品味。有那么一片属于自我的天空，这天空里虽有乌云翻滚，但童年澄明的眼睛还是发现了世界的霞光，不耀眼，或明或暗，却依然闪烁着温暖。农村儿童毕飞宇可谓广阔天地大有作为，童年生活丰富得如一座工程浩大的百科全书，吃喝拉撒生老病死无所不包。自然界长养了他的肉体，更滋润着他自由自在的心灵。"红蜻蜓真的是红色的"，当这些精灵在孩子们的头顶飞过时，"它们密密麻麻，闪闪发光，乱作一团。可是，它们自己却不乱，我从来没有见过两只蜻蜓相撞的场景"①。谁见过呢？这是孩子的天问，这是儿童心理的真实表达。更神奇的是，谁看过桑树会议呢？毕飞宇是参会者或者是会议主持人，他对会议现场有清晰的记忆，你看那会议的规格，在桑树上，"一到庄严的时刻"，也就是村里的孩子商量到哪里偷桃，到哪里偷瓜，这些会议带有一定的"秘密"性质。"我们就会依次爬到桑树上去，各自找到自己的枝头，一边颠，一边晃，一边说"，何等逍遥自在，"我们在桑树上开过许许多多的会议，但是，没有一次会议出现过安全问题。我们在树上的时间太长了，我们拥有了本能，树枝的弹性是怎样的，多大的弹性可以匹配我们的体重，我们有数得很，从来都不会出错。你见过摔死的猴子没有？没有"。②树不只是孩子的玩具，简直成了是孩子身体的一部分，在孩子与树之间建立了怎样的身体的、物质的、情感的、精神的关系呀。这个精彩的

---

①毕飞宇：《苏北少年堂吉诃德》，明天出版社 2014 年版，第 109 页。
②毕飞宇：《苏北少年堂吉诃德》，明天出版社 2014 年版，第 86 页。

细节，我们在世界著名的儿童小说黑柳彻子的《窗边的小豆豆》里似曾相识，巴学园的孩子每人有一棵属于自己的树，下课时或者是体育课可以爬上去，与毕飞宇的桑树会议比起来，可以说小巫见大巫了。我们在惊叹当下孩子物质生活的丰富，学校现代化装备齐全，孩子拥有海量电脑信息，课后补习班辅导班林林总总，与那个时代童年的自由自在相比，现在的都市儿童仿佛生活在"囚笼"里，缺少身体生活。孩子正是通过他们的身体体验来认识世界和人生，没有与自然相拥抱的童年是何等匮乏和苍白。在《猪的死亡》中，毕飞宇说："我最早的关于死亡的认识都是从家畜那里开始的，无论是杀猪还是宰羊，这些都是大事"，"和天性里对死亡的恐惧比较起来，天性里的好奇更强势。这就是孩子总要比大人更加残忍的缘故"。①毕飞宇把杀猪过程娓娓道来，从猪出生到变成猪肉的过程，完成了一个生命的一生，作者深有感受："因为我们人类，猪从来就没有在这个世界上生活过，它的一生是梦幻的。它的死支零破碎。"②在看似轻描淡写风趣幽默的叙事中，生物种群之间的关系，生命的价值、生命的意义和生命的本质早已力透纸背了，使读者的心灵有了大震撼。

阎连科在接受《天天新报》记者采访时说："童年，其实是作家最珍贵的文学的记忆库藏。可对我这一代人来说，最深刻的记忆就是童年的饥饿。从有记忆开始，我就一直拉着母亲的手，

---

① 毕飞宇：《苏北少年堂吉诃德》，明天出版社 2014 年版，第 122 页。
② 毕飞宇：《苏北少年堂吉诃德》，明天出版社 2014 年版，第 128 页。

拉着母亲的衣襟，向母亲要吃的东西。贫穷与饥饿，占据了我童年记忆库藏的重要位置。"①考虑到儿童读者，阎连科的《从田湖出发去找李白》一书中关于饥饿着笔并不是很多，贫困中的诗意篇章倒是比比皆是，对人性的淳朴善良、对儿童的天真和梦想、对一段少男少女的朦胧恋情，充满尊重又饱含深情。一个又一个平凡的生活细节被作者讲得花团锦簇，城里来的女孩见娜随父母建设大桥到"我"家，对一个农村少年来说，"发生得惊天动地，突如其来，宛若刚刚一片阴云中，猛烈静静地云开日出，有一道彩虹悄然地架在我头上，拱形在了我家院落里，一下把这个农家小院照得通体透亮，五光十色，连往日地上墙角的尘埃都变得璀璨光明了"②，使小连科的内心世界产生了巨大的变化，两个人之间产生了如诗如画纯真美丽的情感。后来，见娜随父母不辞而别回到了城里，贫乏单调的农村少年生活中如天使"快闪"，却给阎连科的精神和情感打下了深刻的烙印，丝毫不亚于《少年维特之烦恼》中纯真美好的情感，经过这样的情感历程，"我"长大了，亦激发了走出乡村到大城市去寻梦的美好愿望。那虽是一个物质生活极为匮乏的时代，但没有因为这种匮乏影响情感生活的丰富和人性的美好。寂寞里有喧嚣，荒诞中不乏暖情，他文学后面的童年背景，无疑成为阎连科小说神秘色彩后面永远的情感原乡。把一个个细小如沙的日常生

---

①阎连科：《童年的最深记忆是饥饿》，《天天新报》2011 年 4 月 7 日。

②阎连科：《从田湖出发去找李白》，明天出版社 2014 年版，第 56—57 页。

活事件打磨得如金子般闪闪发光的故事，这也许会给一些胡编乱造的儿童文学作家敲起警钟。

"《十月》杂志副主编、作家宁肯发现当前的成人文学和儿童文学创作是脱节的：儿童文学基本上有非常确定的主题，真善美、友谊、道歉等等；成人文学，尤其到了现代主义文学之后，作家惯于写人性的丑恶，写人的精神分裂和变形，惯于解构传统价值。'作为一名成人文学作家，我总是把真实放在第一位，而真实里面有很多不确定的东西，丑恶与美好是夹杂在一起的。当我读到儿童文学作品的时候才突然意识到，我一直是沿着与儿童文学相反的另外一条路在走，这是我应该反思的。'"①童年经验无疑会架起儿童文学与成人文学的彩虹桥，孩童的天性是游戏，游戏的自由和自由的游戏为孩童健全的童年生活插上了一对翅膀，这双翅膀把孩童从自然人的世界到审美人的天空飞翔。游戏的人和自由的人才可能是审美的人。世界上没有绝对的黑与白、对与错、真与假、善与恶，难道成人文学中的以丑恶为"真"的美学原则不值得思考吗？

（三）儿童本位的创作诉求

儿童文学通常包括两种写作倾向，一种是童年经验型，如林海音的《城南旧事》，通过小英子的眼睛来看这个令孩童好奇而神秘的世界。既表达作家自我的人生观和价值取向，又把儿

---

① 饶翔：《儿童文学与成人文学该如何互动？》，《光明日报》2015年2月8日。

童的心理和情趣放置其中，把童年经验和成人感受进行有效而完美地融合，这种童心主义的文学被大人和儿童所共享，如李白《古朗月行》有云："小时不识月，呼作白玉盘。又疑瑶台镜，飞在青云端。"童心童趣童情演绎得浪漫唯美而多情。另一种被称为"儿童本位"的儿童文学，创作者完全潜入孩子的世界中，以孩子兴趣、愿望、感受为主体，他们从生命之中升腾出一种强烈的力量，推动着故事向前发展，作家信任自己笔下的孩子并忠实地记录他们的成长，可谓纯粹的儿童文学，在儿童文学界被称为"无意思而有意味"的儿童文学，那意思不是成人作家添加在作品里的"意思"，而是童年天空的星星在闪烁。这是两种不同的儿童文学创作管道，童年经验型的儿童文学是人生的既定性加上回忆的浪漫性，故事的结局已经大白于天下。儿童本位的儿童文学如儿童的生命状态一样，具有无限的可能性，如梦幻般的色彩斑斓。

童心是可以溜在时局之外，即便灾难深重的时代，在复杂的时局中，只要有孩子出现，这世界就与众不同，如王尔德的《巨人花园》一样，有孩子有春天，无孩子无春天。成人文学作家在进入儿童文学之后，他们无论是表现自我还是书写世界，都表现得过于成熟老到，阅读时没有一丝跌跌撞撞的意外在场，倒是让人心生几分"不满"。大多数读者是怀有小坏的顽童，希望看出点破绽，儿童文学中的童年书写需要意想不到的效果，增添一些喜剧和闹剧的气氛。儿童文学毕竟是快乐的文学，而这些成人文学作家过度的矜持严肃和责任意识，把自己的童年生活讲述与读者"隔膜"起来。倒是王安忆《放大的时间》里的一个小故事，深得儿童文学之味，写她小时候，在一个招待所里与父母朋友家的小男孩一起玩牌，因为自己要输掉了，把珍稀的全套的牌撕坏了几张，撕完之后自觉理亏，便大哭大闹，一直闹到大人孩子不得安生，自己睡去，大人无法责怪惩罚自己。这种无理取闹的孩童把戏，读了之后让人觉得有力道，那是一种真实的儿童生命状态。在这一批成人文学作家的笔下，儿童都有些太过"懂事"，大都是长大了成熟了的儿童，成为儿童的完成时态，而不是正在进行时态。顽童成长的母题是儿童文学的一种力量，也是一个重要的美学纬度。张炜的儿童小说《少年与海》，写了一群行动中的不满现状的少年，他们在"听说"妖怪的故事中成长，又不满于"听说"，他们是怀着巨大的好奇心和行动力的群体，在探索的过程中勘破了成人的一个又一个的秘密，在成人的"情""性"被看见之后的喜悦与恐惧中成长起来。看林人"见风倒"是一个弱不禁风带有女性气质的男人，在偷偷地爱恋一个小妖怪——长着翅膀像兽像鸟又像人的小爱物，三个少年在猎人的帮助下捕捉到小爱物，小爱物遭受了令人难以想象的折磨，"见风倒"的精神和情感世界也行将坍塌，三个少年不忍心看到这种惨状，偷偷地放走了小爱物，看林人和小爱物再续前缘。在这个看似极为荒诞传奇的故事后面，是少年"无意作恶——内心迷茫——良心受谴——忏悔自责——积极行动——精神释然"的心路成长和精神救赎之旅。《少年与海》在结构上比较散淡，由五个不相联系的故事构成，只是故事的经历人——三个少年，"我"、虎头和小双没有变化，在每一篇故事里他们都是故事的倾听者和探秘者，并不主导故事。与张炜的成人小说结构故事的方式有一定的相似性，有许多情节在他的中篇小说中也反复出现，正如宇文所安所说："作家们复现他们自己。他们在心里反复进行同样的运动，一遍又一遍地讲述同样的故事。他们用于掩饰他们的复现，使其有所变化的智巧，使我们了解到他们是多么强烈的渴望能够摆脱重复，能够找到某种完整地结束这个故事、得到某些新东西的途径。然而，一旦我们在新故事的表面之下发现老故事又出现了的时候，我们就认识到，这里有某种他们无法舍弃的东西，某个他们既不能理解也不能忘却的问题。"可以看出，作家真正的对手永远是他自己，而不是他者，"看一个作家是否伟大，在某种程度上要以这样的对抗力来衡量，这种对抗就是上面所说的那种想要逃脱以得到某种新东西的抗争，同那种死死缠住作家不放、想要复现的冲动之间的对抗"①。民间故事和传奇色彩也许是他童年精神文化生活的主要形态，在儿童文学创作中，无疑也成为张炜复现的核心意象。

经营散文的作家赵丽宏一迈入儿童文学领地，仿佛就找到了"儿童本位"的入口，显示了儿童文学的创作天赋，作品的主人公均为第三人称，儿童主体性建立起来。他的《童年河》是一部感人至深唯美浪漫的儿童小说，亲情的至善、友情的纯真、人与人之间的无私互助，在上海六七十年的小胡同里，像一朵朵纯洁美丽的莲花，在苏州河上绽放。作家亦不回避时代和社

---

① ［美］宇文所安：《追忆：中国古典文学中的往事再现》，生活·读书·新知三联书店 2007 年版，第 114 页。

会的复杂，突如其来的风暴把许多人的童年生活拦腰斩断。因带有鲜明的自传性质，这部小说鲜明的写实性和细节的可感性，成人经验和儿童生命体验融合反应后的升华，使《童年河》结晶成"质地纯正"的儿童小说。虹影的《奥当女孩》显出了自觉的文体意识和高超的叙事技巧，把现实中的少年桑桑与梦想中的奥当兵营中女孩的友谊，亦真亦幻、亦实亦虚地刻画出来，儿童的梦想成为每一个人存在的理由，也可以作为一部可以疗伤的心理小说。但是，与陈丹燕的幻想小说《我的妈妈是精灵》并置阅读，这部小说对儿童生命和生存困境的把握还显得不太准确有力，尤其在幻想的独特性和内容的丰富性方面还差强人意。

（四）童年经验与儿童生活同构

成人文学作家基本上形成了自己的创作个性和风格，当转入一种新的创作环境下，他们会在文本中表现出矛盾对立的心态。一方面保持自己已经形成风格的前提下渴望创新和突破，另一方面，这种确定性又阻断了多种神性和可能性，在儿童文学的空间内，把"儿童文学"作为一个过程和一种方法，还是作为本质的独立的儿童文学，对作家新的艺术作品的生成，会产生一定的影响。

童年经验经过"儿童文学化"的治理，至少要思考以下几种关系。首先，个人童年经验与整个人类童年愿望之间要保持一种良性互动，在互动中把自我经验的独特性和人类理想的普遍性相结合。安徒生《海的女儿》的个人愿望是人鱼公主对爱情的追求，人类普遍的理想是人类不仅有高贵的灵魂，还有为了追求高贵的灵魂而牺牲个体生命的大无畏的勇气，这种深刻的思想和情怀是人类精神的本质力量，也是童话故事成长的内在生命动力。其次，在童年经验与儿童生活现状之间建立一种内在的关联性，将作家的自我童年经验与当下儿童生活的困境互动，避免成人作家"童年经验的自说自话"，甚至"独语"的文学，没有阅读对象"儿童"的文学，在以"儿童"为主体的儿童文学世界中难以容身。曹文轩的《草房子》虽写了六七十年代中国江南乡村儿童的生活，所指涉的却是儿童生存面对的永恒问题：疾病、苦难、隔膜、孤独、歧视、关爱等等。回忆性的童年经验写作，会给人们情感的积淀带到一个遥远的时空，带有诗与梦的色彩，同时也坚守了古典的浪漫。亲情、友情、爱情等可以不变，但是，表达对当下儿童成长的深切关怀时，如若与当下儿童生命主体和日常生活产生断裂，形成儿童文学中的悬置和虚化，也是一种巨大的危机。儿童文学作为一种独立的文学存在，与主流文学实际上有一种内部勾连，作为正能量的审美价值往往是孩子成长的一种力量。"在当前'全球化'和文化多元的语境中，文化如果不能与经济生活、社会生活和日常生活的根本价值取向相结合，它就变成了一种毫无意义的抽象。离开'我们要做什么人'的问题，离开我们'如何为自己的文化做辩护，说明它存在的理由'的问题，文化就会沦为一种本质主义的神话，要么蜕变为一种唯名论的虚无。"[1]中国儿童文学对当下儿童生活现状的回避，也是不得不让人警醒的一种创作

---

①张旭东：《全球化时代的文化认同：西方普遍主义话语的历史批判》，北京大学出版社2006年版，第2页。

倾向。最后，成人作家的"童年经验"所暗含的"理性""启蒙"，要与儿童文学的"感受性""趣味性"和语言的独特性产生良性互动，用儿童文学理论家朱自强的话来说，"儿童文学作家应是儿童的同案犯"，共同面对人生和人性的大问题，一起在困境中成长，不能是高高在上的"教育者"。马克·吐温在《汤姆·索亚历险记》中，曾严厉谴责那些自以为是的大人，这些附在事情之上的道理，从某种程度上说，是观念的泛滥或成人保守僵化的表征，离"儿童本位"的感性的艺术的儿童文学大相径庭。

儿童文学的生命力，来自那种创造性的想象和妙趣横生的表达。儿童本位的儿童文学，是用梦的无限可能和快乐削弱着成人世界守成的价值观，是生命力和幻想力的爆发，演奏出的华美乐章将成为人类文明进步的一个又一个文化符码。为获得灵魂甘愿牺牲生命的丹麦"人鱼公主"，为挽救"小猪威伯"而牺牲性命的美国"蜘蛛夏洛"，在沙漠中出现并带着真善美感动世界的法国"星王子"，童心永驻的英国男孩彼得·潘等——是世界文学一个又一个不灭的灯塔。面对这些，中国的成人文学界和儿童文学界亟须思考的是，我们中华文明为世界文学和文化贡献了什么样的儿童文学形象？儿童文学作家要带给人类怎样的"中国儿童"去感动世界？"一个作家不可避免地要表现他的生活经验和他对生活总的观念；可是要说他完全而详尽地表现了整个生活，甚至某一特定时代的整个生活，那显然是不真实的。"①这些作家童年经

---

① ［美］勒内·韦勒克，奥斯汀·沃伦：《文学理论》，江苏教育出版社 2005 年版，第 101 页

验书写的意义也就在于对童年的注视是一种人生态度，源于人们生命长河中沉淀的河床中金灿灿的金沙，作家可以不断打捞玩味自省。在对童年经验的想象与阐释中，这一批成熟成人文学作家书写童年的意义就在于，把五六十年代中国人的生活从一种社会的概念化的观念中还原为一个个鲜活的生命体验，避开了社会学意义上对童年苦境的定性，进而转换成一种审美的想象和诗意，突显出童年生命的本质意义和多彩气象。真正的童年经验不是来自时代和社会给定的责任和义务，而是来自对生命本体的认知和超越自我的重新出发，把童年经验从个体的过往，上升到一种形而上的精神的情感的和美学的高度。

纵览中国现当代文学史，成人文学作家从来就没有远离过儿童文学，五四时期现代大作家中，鲁迅、周作人、叶圣陶、冰心等都有经典的儿童文学作品，"十七年文学"中，也有一些游离于和主流意识之外的经典儿童文学作品，新时期文学的代表作刘心武的《班主任》，从思考儿童的命运开启了伤痕文学之后的反思文学。近20年来，出现了儿童文学和成人文学所谓的"壁垒"，不只是也不可能是人为的壁垒，从某种程度上来说，这是文学发展到一定时期的必然结果。儿童文学读者对象的年龄跨度大，从0-3岁的婴幼儿到15-16岁的青少年，需要与他们年龄段相适应的文学作品，读者的需求也越来越精细。有像奶粉一样的婴幼儿文学，也有像牛奶和可乐一样的青少年文学，两者都很难互换。当下的成人作家集体向着儿童文学出发，是儿童文学的母集？并集？交集？子集？补集？最好不是空集。

因作家的鲜明创作个性和多种复杂的因素使然，现在下结论还为时过早，还需假以时日。无论如何，这一次成人文学作家"以对逝去童年的诗性回望，把个体经验提炼为可与今天的孩子亲密交流的共同话语，为儿童文学提供了更多的艺术可能性"①。事实上，在世界文学经典的榜单上：安徒生《海的女儿》、王尔德《快乐王子》、圣埃克絮佩里《小王子》……永远是儿童文学和成人文学互动成长的硕果，你中有我，我中有你，经典的儿童文学应该是空气、水和阳光，成为不同年龄、不同种族、不同时代人类成长的生命元素，当下中国文坛亟须这样的文学：像空气、水和阳光一样，滋养人的一生。

四　死亡作为成长的一种固化与超越

20 世纪 30—40 年代，中国的儿童文学作家曾坚守着"一片净土"，只写正面、光明、快乐与温暖，读者的诉求也局限在这些方面，当时，有一位家长提出来他的孩子在看了儿童文学名著班苔莱耶夫的《表》后偷了母亲的一支自来水笔，引发了"儿童读物如何描写阴暗面的问题"的讨论；20 世纪 80 年代，随着中国的改革开放，文学的审美场域越来越宽，儿童文学作为文学的分支也枝繁叶茂地成长起来。但作品的审美趣味还是囿于阳光和快乐，作家们觉得儿童单纯的心灵上接受不了悲剧的"打击"，死亡更是离孩子很遥远的事情。常新港在 1984 年 11 月发

①李东华：《2014 年儿童文学：瞩望高峰 不断成长》，见中国作家网。

表在《少年文艺》上的《独船》因涉及主人公石牙子的死亡，引发了儿童文学如何表现社会生活广度、深度甚至是悲剧问题的讨论，反映了人们对儿童小说艺术特性强烈的困惑和追求。21世纪初，《儿童文学》杂志举办全国"中青年作家小说擂台赛"发表的48篇作品中，有18篇涉及死亡问题，占全部作品的三分之一强，其中7篇是以死亡作为小说的主要情节，另外11篇以死亡作为小说的功能。

在生与死的二元对立结构中，对生命的赞誉和对死亡的贬斥，构成了人类文化的一个基本特征。但因中西文化不同的追求，对死亡的认识也迥然有别。在《论语》中子路问生死，孔子曰："未知生，焉知死？"其实意在言外，亦即告诉人们要做好本分的工作，如果心有余力再关心死后的事。但是，至圣先贤对生死的这种回答，成为我们对现实强烈追求和不问死亡的人生观和价值观的至高法则，遮蔽了我们对死亡话题的深度探讨，在中国的民俗里谈论死亡也是一个不吉利的话题。在西方的文化中，对死亡研究从古至今都是对生之意义的一种给予，海德格尔认为，人从诞生之时起，就具有了"向死性"特征，弗洛伊德在强调生的本能时，认为人有一种死亡本能。美国学者萝丝认为："死如同生一样，是人类存在、成长及其发展的一部分。它是我们生命整体的一部分，它赋予人类存在的意义。它给我们今生的时间规定界线，催迫我们在我们能够使用的那段时间里，做一番创造性的事业。因此，从正面的积极意义来看，死亡的意义可说就是'成长的最后阶段'，也就是说：'你是什么，都在你的死亡中达到了高潮'。"如何教育儿童正确认识死亡，不要让孩子从小就蒙上阴影，应该说是儿童成长教育的重要一课。

近年来，世界范围内的青少年犯罪率和自杀率正以每年11%的速度攀升。2004年6月9日《中国青年报》报道，距被执行死刑不足48小时，记者采访了杀人犯云南大学学生马加爵，记者问："四个年轻同窗的生命在你的铁锤下消失了，你对生命有过敬畏吗？"马加爵回答："没有。没有特别感受。我对自己都不重视，所以对他人生命也不重视。"特别在科技至上的今天，人们对技能和知识的尊崇超过以往任何时代，但对生命的意义和生命价值的大命题似乎淡漠了。文学是人学，儿童文学更是关注儿童成长赋予儿童感情源泉不绝的文学，我国以往的儿童文学排斥"死亡、黑暗、悲剧"等，事实上，哪怕是在严格禁止悲剧的阳光般的儿童文学后面，也有死亡和悲剧真实人生的影子，只不过在儿童文学诉求中以一种极端恐惧的和禁绝的形式出现，是虚伪人生的另一种版本和描摹。加拿大著名儿童文学评论家利里安·史密斯认为："赋给作品文学价值的，是技巧而不是素材。"苏联作家波罗耶波利斯基也认为："我主张写全面，不能只写善，那么恶就会成为绚丽的珍品；如果只写幸福，人们就不再去注意不幸的人，最后对他们也都麻木不仁了；如果只写那些美好的，一本正经的东西，人们就不再去讥讽生活中的丑恶。"《儿童文学》杂志小说擂台赛集中关注死亡问题，似乎可以标志着中国儿童文学向现实和成长迈进，说明我国的儿童文学作家越来越关注生命、关注现实，在反映生活的全面性和深刻性方面向纵深发展。其独特视角主要表现在以下几个方面：

第一，对待死亡的态度上，能够坦诚客观，不再遮遮掩掩，把一个真实的人生现象展示给孩子们。如黑鹤的动物小说《饲狼》中主人公其其格老人的死就表现得很好。其其格是一位住在草原上远离人群的小木屋中的老妇人，一天夜里有位司机把两只小狼遗留在老人那里，老人爱惜这两只小生灵，精心地饲养它们，取名为牙和石，当老人发现牙和石是两只小狼时，他们已经结下了浓厚的感情，老人孤独的心灵由牙和石得到了慰藉，当牙和石长大之后，老人自己的生命也慢慢地走向了终结。一天黄昏老人像往常一样坐在屋前的台阶上，"当太阳完全被地平线隐没时，其其格却没有像往常一样慢慢地站起来，回屋子里生火做饭。牙轻轻地叼住其其格的衣袖，老人慢慢地倒在台阶上。"死是自然的缓慢的过程，牧人的生命来源于草原，如草原上其他有生命的物种一样，也是自然的一景，小说写得恬淡静美，其其格爱的伟大如雕塑般凝固在她抚养长大的两只小狼——牙和石的记忆中，也凝固在读者的记忆中。

不仅生命的自然死亡，儿童文学能够坦诚面对，而意外的残酷死亡，世界经典的儿童文学作品，也能以审美的眼光，引领儿童理智地认识。日本著名儿童文学作家加藤多一的中篇小说《白围裙和白山羊》描写了小学生小透和他心爱的白山羊之间的生死离别的故事。弗洛伊德在探求儿童的精神成长中发现，儿童与母体分别之后，有一阶段移情给他最喜爱的物品，出现"恋物情结"，这物包括儿童最喜爱的物品、有生命的宠物和友谊挚深的朋友等。随着物品的丧失，儿童的心灵也经受一次次痛苦的洗礼，逐渐变得坚强和成熟起来。小学生小透有一只精心喂养的小山羊淘卡，在妈妈死后，淘卡成了与小透密不可分的伙伴。小透去城里不得不与淘卡分开，他不忍让淘卡到小松家送死，就偷偷地把它放到水草肥美的森林中，过了一段时间等他再去乡下寻找淘卡时，淘卡已经死去。小伙伴们都回避淘卡已遭不幸的现实，这时小松伯伯大声骂道："混账东西，不许自欺欺人！""小透！好好听着！你的山羊已经死了。""我估计，还没到冬天就死掉了。"小透听了这个消息，忍受着心中的伤痛，但淘卡的死是小透的"善良"造成的，小透必须正视现实、忍受伤痛、战胜伤痛，他才能长大。

第二，在探索死亡的原因时，儿童文学作家不再单纯地归结为社会自然等外部原因，或单纯的自身内部原因，而是努力寻求内部原因和外部原因的纠结点。韩青辰的《水自无言》是一篇"摄人心"的艺术作品。主人公形象、情节安排和主题思想都与常新港的《独船》相似，《水自无言》的主人公哑巴与《独船》中的石牙都是农村贫困的少年，哑巴没有父亲，石牙死了母亲；哑巴想上学，渴望正常孩子的生活，石牙想与王猛等同学一起玩球获得友谊。结果，哑巴和石牙双双死去，并以死唤起了人们的警醒。但这两篇小说在结尾的处理上有本质的区别：石牙是为了救人而亡，面对洪水的一刹那，同学们的"石牙来了，石牙划着船来了"的呼喊，打破了石牙与同学们的隔阂，使他从孤独中解放出来；而《水自无言》中的哑巴被人们怀疑偷了校长家名贵的手表，被警察抓走，在他死后，人们发现他写在纸上"不是我"的这句话，这句话表明了哑巴从肉体到精神的双重毁灭，他对人生绝望了，临死前处在被误解的孤独与绝望之中。这种悲剧的震撼力是巨大的，结尾老瓦匠恶狠狠地骂秋桃说：

"你这个孩子太没志气，还不如人家哑巴。"既是世人送给不能为自己辩解而冤死的哑巴的墓志铭，也表现了作家对活着的所谓正常人的辛辣讽刺，这些正常人既包括成人世界的校长、警察、瓦匠们，也包括儿童世界的秋桃、惠惠和山竹们。从而，引发人们对生命的深度探求和对人性的拷问，比起《独船》中张木头以儿子的死惊醒起来的光明的尾巴要意味深长。哑巴和石牙都是少年，同样面临着美国精神分析学家 H·埃里克森在《同一性：青少年与危机》一书中所说的"自我同一性"的建立，积极地令人满意的同一感就是"一种个人身体上的自在之感，一种自知有何去何从之感，以及一种预期能获得有价值的人们承认的内心保证"，不能确立"自我同一性"的人，就会陷入双重人格的纠结，从而造成角色定位的混乱。如果说哑巴在成长中追求"自我同一性"，从而断送了精神和肉体的双重自我，那么石牙则在断送肉体自我中完成了精神"自我同一性"的建立，所以说《水自无言》与《独船》体现了作家对生命死亡外与内纠结的深层思考。哑巴和石牙比起斯坦贝克的《小红马》中的主人公乔迪，他们都没能勇敢地面对苦难，也没能成长下来。事实上，与单纯的死亡相比，关注人生许多突如其来的打击和考验，能够坚韧地活下来对儿童成长更有意义。石牙和哑巴的死亡绝不是简单的、单纯的死亡，他们的死涉及心理层面和文化层面的许多问题，值得我们继续纵深思考下去。

第三，在面对一系列的死亡问题时，儿童文学在叙述手法和思想倾向上与成人文学有很大区别。谢华良的《落雪无痕》和余华的《一种现实》都写了家庭内部成员接连的死亡。在小说

《一种现实》中，死亡与鲜红的血是连在了一起的，而且伴随着老人骨头腐烂的声音，让人觉得死的恐惧和不可抗拒。一个4岁男孩皮皮因抱不动襁褓中的堂弟而撒手摔死了他，婴儿父亲为了给儿子报仇，用脚踢死了侄儿皮皮，皮皮的父亲也为了给儿子报仇又害死了弟弟。每个人死的过程、死的细节都描述得逼真细腻，作者的笔触如手术刀般肢解着死亡的因素，表现了作者对人生的不满和愤懑，一种压抑与绝望的暗流通过作品流向成人读者。而谢华良的《落雪无痕》写到的死亡，也是一系列的，父亲因车祸而死，爷爷因思念父亲而死，父亲死后，大家都瞒着奶奶，怕让她知道受不了丧子的打击，奶奶也装作若无其事的样子，直到年后，奶奶临死才流露出已经知道儿子死了，奶奶怕大家悲伤才装着那么乐观的。为了一个"爱"字，所有活着的人都在"制造"幸福地活着，作品反映出人间的温暖与美好。通过对死亡迥然不同的描写，可以看出儿童文学是积极、乐观、向上的，而成人文学可以表现作家对人生消极、冷漠和绝望的态度，它们的艺术手法和思想倾向明显不同。

第四，在对死亡具体描写的审美层面上，儿童文学作品往往流露出宁静之美，淡淡的忧郁之美。在阅读左泓的《永远的约定》时很容易使人联想起我国经典音乐《化蝶》的旋律，小说中的小女孩陈小囡，得了不治之症，但她喜欢在病房里画仙鹤，背景是"胭脂红的云霞，一只仙鹤正从云边落下来……"因为三年前陈小囡捡到一枚鸟蛋，孵出一只毛茸茸的小仙鹤，陈小囡给小仙鹤起名叫欢欢，并把它放回扎龙自然保护区，等第二年再去时，那仙鹤认出了陈小囡。陈小囡知道自己得了绝症之后，对好友何谐说："死没什么了不起……如果有一天，我……你要是在扎龙看见一只仙鹤，长着一双我的眼睛，那只仙鹤准是我。"何谐替病重的小囡去见欢欢，何谐沉浸在与仙鹤欢欢相会的喜悦中，可这时传来了小囡病逝的消息，何谐思念好友，但她深信小囡的话："有一天，我死后，就变成一只仙鹤，又高贵又美丽，在天上自由自在地飞啊飞……"这是一篇凄美的故事，但在作家轻松优美的语言中，描绘得如诗如画。日本著名儿童文学作家黑柳彻子的《窗边的小豆豆》，用了整整一章篇幅，通过主人公小豆豆的眼睛写泰明同学死后，大家对泰明的悼念，校长小林先生"好像哭过一样，终于，先生缓缓地开口说道：'泰明死了。今天，我们去参加他的葬礼。泰明是大家的好朋友，真是可惜，老师们也都难过极了……'""巴学园的空气中第一次充满了悲伤。""小豆豆想起了泰明的影像，还想起了两个人一起玩耍的日子，但是，小豆豆知道，泰明再也不会到学校来了。""死就是这样的。"一向活泼淘气的小豆豆在参加泰明同学的葬礼时，只是"静静地低着头"，"把悼念泰明的小白花轻轻地放进泰明睡着的棺材里面"。作品直接描写了死者的形象，"泰明睡在棺材里，被花朵围绕着，闭着眼睛。但是，泰明虽然死去了，却像平时一样，看上去那么温和，那么机灵。小豆豆跪下来，把小白花放在泰明的手边。然后，轻轻地抚摸了一下泰明的手，这是小豆豆曾经摸过多少次的手，是令小豆豆留恋不已的手。"泰明同学平静安详，"抚摸"写出了小豆豆对泰明的爱和留恋，更表现了她的天真善良，直到葬礼结束走出教堂，小豆豆"脸颊上沾满了泪水"。作品充满了对死者的深深怀念之情，这种情感不断激发出人灵魂深处的情感的波率，仿佛是灵动的小溪，清澈透明，温柔可亲，令人动容。

中国儿童文学对死亡的关注意识越来越清晰明了，作家在表现技巧上，是纯儿童文学式的，作品在直面人生的悲悯情怀和美学追求上，也是纯中国式的。与世界经典的儿童文学作品相比，中国儿童文学死亡叙述的符号意义远远大于它的审美意义，对生命意义生命存在状态缺少宗教般形而上的思索和诉求，往往停留在现实和精神世界的交叉点上，进一步说，只是拘泥于人物的偶然命运和个人性格，没有西方文学的悲剧意识和对人存在和异化的精神求索，更没有西方现代作品中为当下的人寻找一个精神的出口。

五 透视网络儿童文学的正负文化价值

网络儿童文学这个概念的界定现在似乎还没有统一的说法，就我们的理解，网络儿童文学似乎应该包括以下三种形态：第一种，儿童文学网站将中外传统儿童文学经典作品在网络上登录出来，供读者阅读、欣赏和评论；第二种，当代儿童文学写手乃至作家们将自己已经写作完成并发表在正式儿童文学刊物上的作品登录在网上，供读者阅读、欣赏和评论；第三种，当下一些作家或爱好者将自己的儿童文学作品首先在网络上原创发表出来，供读者阅读、欣赏和评论，便于自己快速听取读者与受众的反馈意见，从而使自己极大缩短了获取读者反馈意见的时间和修改的周期，乃至有的作品在网络上发表三五分钟之后便可获得相应的反馈意见，这些作者中的部分人不仅有文字稿，还有画片、插图乃至 flash 动画和影视视频的制作相配合，试图通过此种方式吸引读者眼球，以达到通过现代技术领先于文化竞争市场的目的。本文拟以网络后童话写作这一网络儿童文学的典型代表作品进行教育性与反教育性的正负文化价值的辩证思索，并试图深入到中国文化的深层，以透视出网络儿童文学作家的创作心态，分析出他们创作的优长与不足，以此为网络儿童文学的健康、持续与稳定的发展，做一点基本的文化上的梳理与铺路的工作。

（一）净土坚守的尴尬

首先，这些作家作品中的优秀之作是极具文学性和教育性的，同时又能辅之以娱乐性与审美性，确乎是网络时代儿童文学佳作的代表。这类作品虽少，但由于其有超凡的艺术魅力，而给人过目不忘的深刻印象，在成人读者的世界里确乎有着更强大的影响。比如濛濛和小筱小筱的《想吃熊猫到兔子的饭店》，讲述了一个维护自然、保护动物的故事，由于人类对熊猫等动物的猎杀和肆意残害，导致兔子们的义愤，促使颇有侠义心肠的兔子群起而攻击人类。小说采用了拟人化手法，对愚昧无知、纵欲无度和贪口腹之欲的人类进行了酣畅淋漓的讽刺，乐感和悲感相互渗合并渗透于字里行间，令我们慨叹小作者纯净的内心世界，他们在以自己的纯净的心笔勾画着心中的一方净土。从本质上说，这个故事不但具有人道主义的关怀，而且具备世界主义的关怀，因为它关涉了包括人类在内的所有生灵的生命生存关怀。

再比如小碗的《是谁邮给了我一只小象》，亦是一篇人道主义与世界主义关怀兼具的佳作。话说由于人类野蛮砍伐森林、猎杀大象并获取象牙，促使象妈妈担心自己孩子未来的生存，在自己生命的最后时期，象妈妈知道远方有个好心的姑娘叫阿熏，于是将自己的孩子小象打包邮到阿熏家里，让她帮忙照顾，虽然阿熏对照顾小象有些不大在行，但她还是全力以赴、竭尽所能。

这样的作品确乎充满了智慧的因子，通过人们愚昧行为造成的可怕后果，来起到发人深省的教育意义，加上带有某种未来幻想的成分，其文学性、审美性、娱乐性与教育性融合得近乎完美。

但这类努力维护心中净土、勿使沾惹尘埃的优秀作品毕竟相对较少，不足以代表网络儿童文学的大气候与滚滚主潮，且这些优秀佳篇中精华与糟粕同在，促使我们梳理和分析网络儿童文学文化价值与内涵的工作变得尤为重要。更不容忽视的是，由于"网络后童话写作"的这部分优秀佳篇深受小读者喜爱，其糟粕与精华的文化强势影响会同样强大，因此，不可不重视，也不能不关注这部分作品的文化梳理工作。

（二）媚俗的时尚

在网络儿童文学中，各种童话作品或在浪漫传奇的演绎中，或在悲剧的抒写中，或在"无忌"的童言中，或在冷静的叙事中，演绎着色彩斑斓的多元图景。透过重重的迷雾与斑斓的色彩，其核心精神似乎一反中国儿童文学传统以教育性为核心，以此向外衍发出审美性与娱乐性的文化价值取向，而是以反教育性为导向，给予中国孩子的是一个另类的世界。这无疑给我们教育根本的儿童文化领域敲响了一记"万不要走错路"的警钟。

那么，在网络信息通信技术异常发达的今天，人们的心态也异常浮躁、生存环境异常喧嚣的当下，这些反教育性因子对孩子们究竟意味着什么？限于篇幅，本文所要透视的网络儿童文学姿态只从中择取了以下 4 种：

1. 浪漫传奇的娱乐姿态

这部分作品似以娱人娱己为主要目的，带有空灵之美与奇特曼妙的想象，但却似乎是由于对现实观察与思考不足所带来的突兀式的浪漫传奇，这构成了"网络后童话写作"的一种主要潮流与姿态。比如疾走考拉的《入梦羊》，这部作品写了一个想离开现实世界到梦国去的女孩，通过数羊，并与第 107 只羊对视，最后与第 107 只羊互换了身体而常驻梦国。在梦国，她真心思念起现实世界，因为梦虽美，但永远无法触及、无法拥有自己的所爱。所以，她体悟到"梦国再美丽，我也会更加幸福于每个醒来的清晨，比梦乡更迷人的是真实的生活"。整个故事充满了空灵之美与曼妙的想象，同时也形象地表达了作者对梦与现实的思考，如果从纯艺术价值上来衡量无疑这是篇上佳之作。而从教育价值这个角度来看，斩获却会有所降低。我们在这种作者所渲染的空灵曼妙的气息里，难以切实感受到作者对梦与现实思考的根基，从而，很容易就将作者诉诸读者的人生领悟如虚幻般轻弃，这样的接受效果似乎与作者娱乐化的创作初衷有一定的关联。

当然，她们的作品中没有以拼杀和征服为标志的男性儿童作家印记，但其至阴至柔的柔弱与缠绵有时虽无爱情之名，却有着爱情的情感心理状态之实，这也是我们的隐忧所在。比如：小碗的《小巫婆的故事》确乎凄楚动人，小巫婆因为对王子的爱，而颇具自我牺牲精神。可见，作家自己首先建立起理性精神的重要，特别是建立起以智慧为皈依的意志品质体系尤为重要。当然，我们也不能说儿童文学的全部指归就在于理性、智慧与品德的教育，但作为儿童文学作家，应该有这种"虽不能至、心向往之"的较高的精神追求与道德责任。儿童文学教育如果不能为理性精神和以智慧为皈依的意志品质教育体系建立做有力助缘的话，那么，这样儿童文学的负面价值定会在审美想象等教育旗帜下彰显出来。

我们都不想让自己的孩子沉溺于妄念与无根的幻想之中，不想让孩子以失之理性与智慧的眼光情绪化地来看待这个世界。儿童文学的存心长善、知性养性的救失、动心忍性的意志培养、寡欲淡泊的人格养成、知耻改过的勇气造就，这都是作家应给予孩子的。如果儿童文学不能为这些意志品质的铸就提供强大的助力，至少不应该先培养孩子们的妄想性情感和欲望型想象，即使这些情感与想象确实令人炫目与眩惑。

事实上，我们认为，儿童文学的理性精神的建立和以智慧为皈依的教育的最后完成，主要是通过家庭教育中的文化经典的教育和父母对经典演绎的言传身教来完成，而后才是父母为之拣择的文学、音乐、美术和书法等审美教育作补充似较为妥当。

2. 叙传式悲剧审美姿态

"网络后童话写作"存在着一种准叙传式的贵族化悲剧，这种悲剧的效果能令成人都为之动容，其美学效果令人称道，但由于对个性化自由写作的追求，有使儿童陷入是非善恶混淆乃至易位的泥淖中的嫌疑，因为，毕竟儿童文学从根本上还是良心的事业，所以，建议作家在这一点上应慎之又慎。比如：小碗的童话《我的小鲸，永不沉没》中讲述了生活在鲸背上的人鱼族，他们都长着美丽优雅的鱼尾。其中一个叫陶子的女孩，她出生时就长着畸形的鱼尾，因此，她受到人鱼族其他成员的歧视，她为此难过和自卑。可是，有一天，老天让充满爱心的陶子获得了一颗生命的种子。她将种子放在自己的衣兜里，在外仔细缝好，并每天让它接受阳光呵护、风儿抚临与雨露的滋润，终使这小生命得以孕育和诞生。当这个小生命小鲸第一次叫陶子"妈妈"的时候，陶子是何等的欢跃与幸福啊！但小鲸出生后三十天就生病了，小鲸拼尽最后一丝力气将陶子带到了传说中的陆地，只活了四十天的小鲸自己却沉入大海，而陶子最终获得了人生命的依托——陆地，这也是因为小鲸的存在和帮助才使她获得了新生与人生的新感悟。陶子在心里高声呼喊："小鲸，你在妈妈心里，永不沉没。"无疑，这是生命感悟的悲剧，因作者那充满爱心的情感诠释，使这个故事弥漫着凄楚之美与真诚之爱。个人凄惨的境遇，给人以启迪和思考，并促使人们对生命的价值与意义有了新的领悟。无疑，作者运用了转移与变形的笔法，但我们还是看到了这种叙传式的痕迹。实际上，青少年读者往往感受不到生命的苦难与阵痛，而能感到的与可能效仿的恰恰是那种传奇的现实经历。

作者小碗在给竖琴天使的信《谢谢你喜欢我的童话》中说："过于善良便可能软弱，而一颗真的充满爱的心要能做出一些事情来，一定要有力量，我现在正在努力使自己变得更有力量，这样才爱得更智慧，生活得也更好。"诚然，作者也意识到仁、勇、智三者一而三、三而一的关系，实际上作者的感悟早在中国传统文化典籍《大学》里就已经阐释透彻，这个道理可以指导、印证我们从事各项事业，包括童话的创作。而我们绝大部分的"网络后童话作家"大都是凭一时之灵感、灵动之想象、创作之冲动与充沛之情感来创作，她们对于生活中那些真正属于平民的苦难和人生路上的苦难却没有深刻的体验，加之没有高度智慧文化的引领与提升，这都决定了"网络后童话写作"的贵族化倾向与悲剧精神根本的滑落。

3. "童言"无忌式的无礼姿态

这种"童言"无忌式的无礼姿态具体表现为：作品情感动人有余，文化底蕴不足；清澈坦率有余，含蓄蕴藉不足；无忌式"童言"有余，礼仪之美不足。比如童话《两只鱼的故事》中有这样一段：

小鱼也看到他了，很热情地打了个招呼："嗨，老头鱼，你好啊？"嗯？这只鱼吓了一跳，我有这么老吗？她居然叫我老头鱼？他很生气地说："你好没有礼貌啊，我还很年轻呢，怎么能叫我老头呢？"小鱼哦了一声，装作明白了的样子，重新打招呼说："你好啊，老爷爷鱼。"他气得咬牙切齿。小鱼嘻嘻笑着说："再敢提意见，就叫你老不死的鱼。试试哦。"他没办法……

无疑，篇中的小鱼连基本做人或做"鱼"的礼貌都谈不上，那就更不用说什么礼仪之美了，再加上作家潜在欣赏态度的描绘，我们可以了解到文本具有某些媚俗的价值取向。这媚俗形态的成因是作家的文化底蕴与礼仪修养有待于进一步提高？还是作家在市场经济的强势之下所做出无奈之举？我们认为，无疑后者的可能性更大，这种潜在欣赏态度及其文化底蕴状态衍生到他们的具体创作中，还会有种情感紊乱心理状态存在。比如：《装象》中是"我"让爸爸装象，"我"装爸爸的妈妈等，角色互换让人感觉"我"对爸爸的感觉很奇异，不仅仅是父女之间的感觉，还有天真无邪的朋友间的感觉，和角色互换之后的微妙感觉。这些微妙情感确乎令我们动容，但动容之余总感觉有种种缺憾，这些缺憾促使笔者真情感动之后，感到了人与人之间礼仪的消失与距离的消泯，人与人之间微妙过界的情感，致使读者在面红耳赤之余，在记忆里只留下了一个复杂变化的情感轨迹，而没有留下更有益的文化上的深度智慧启示、心灵净化与升华以及持久的感动与震撼。

4. 冷静乃至冷漠语言叙事姿态

流火的作品《啊呜》是一篇冷静叙事的童话，其冷静程度几乎达到了冷漠程度，而当冷漠成为一种叙事习惯，甚至是一种时尚的时候，阅读的影响力就应该遭到质疑。比如其中一段：

> 啊呜尖叫着往同桌啊呀的座位上缩呀缩，弄得啊呀的桌子要倒下去了还不够，索性推开他跑下位来。
>
> "啊呜同学，请你回座位！"
>
> 啊呜咬着嘴唇看老师，站在走道里不肯动。
>
> "它不会咬你的，蜜蜂蜇了人自己就会死掉。"
>
> 啊呜咬了唇瞪大眼，站在走道里更是不肯动。
>
> 老师生气了，走过来把啊呜拉回座位，摁她坐下。
>
> "它不会蜇你的，你又不是一朵花！"

面对啊呜的恐惧，老师的反应没有太多的同情与爱心，而是冷静以至于冷漠地强迫啊呜回座位，最后是将他按在座位上。当然，这种描绘充分显示出网络传媒时代人们的内心状态，适当的时候也需要用冷静与冷漠来衬托热情，但是，如果通篇冷漠的话，似乎就会形成所谓的"冷漠美学"了。但其形成的根本是想通过某种新鲜而陌生的风格吸引大众的眼球，其过度娱乐以至于残忍的情感，会浸淫儿童的心灵。问题是这样的作品在网络儿童文学中比比皆是，甚至有蔓延到纸质儿童文学创作之中。其残酷冷漠如果成为常态，其负面文化价值不言自明。

综上所述，当下网络儿童文学确实取得了一定的成绩，比如：具有娱乐性、审美性与教育性结合较为完美的佳作，并以真情动人，为我们开拓出一片心灵的净土，从而让人眼前一亮。

但由于很多作品从最初的心灵追求，到最后公开发行而对销量的追求，于是有了作家心态的转化，表现在文本上有了喧嚣热闹好看和充满曼妙想象的呈现，但这些表面的好看由于文本深度智慧和教育因子的缺乏，导致了作品思想教育价值的降低，事实上也使作品的艺术价值停留在浅薄的表面，而使这些作品常常成为好看的空洞或唯美的花瓶，这似乎已经形成了我们当下网络传媒时代的一个时尚的潮流，势必难以阻挡。而且这些作品也没有给我们塑造出理想人性的中国儿童文学的人物形象，似乎还存在着传统文化底蕴不足的嫌疑。当然，我们相信，网络儿童文学作家有能力来弥补这些缺憾，使他们的童话作品既有高度智慧的教育性又有极具审美高度的娱乐性，可以达到贺拉斯所推崇的"寓教于乐"。如果我们的作家只能以激情和各种奇特复杂的故事动人，以浪漫传奇和曼妙奢华的想象让我们晕眩和迷惑，以对西方童话的模仿与追随来获得网友的支持和点击，这样的写作永远不会成为大气的写作，且终有黔驴技穷的一天。

六　中国原创儿童文学的现实困境

儿童文学是关注儿童精神生活，关怀儿童心灵成长的文学。这样的儿童文学就必须面对特定时代中的儿童的生存状况并对此做出能动的反应。

著名儿童文学学者朱自强近年来一直关注中国当代儿童的童年生态问题，他以《童年和儿童文学消逝以后》《儿童文学与童年生态》《童年的诺亚方舟谁来负责打造——对童年生态危机的思考》等系列论文探究了当前童年生态的危机现状及其深层原因。我赞同他的童年生态出现了根本性危机的观点,同时认为,如果我们的原创儿童文学不能坦率地承认、清醒地面对当前童年生态的危机,并且从自身的立场解决这场危机,那么,这场危机就会转化成自身的危机。

(一)童年生态文化语境

近来,随着美国学者尼尔·波兹曼于 1982 年出版的《童年的消逝》一书介绍到中国,"童年消逝"问题开始受到儿童文学界的注意。按照童年历史学的观点,"儿童""童年"都是历史的概念,是成人关于儿童的普遍假设。儿童文学的产生是以"儿童""童年"概念的产生为前提的,没有"儿童""童年"的发现,就没有儿童文学的"发现"。按照这一历史逻辑,"儿童""童年"的消逝,将直接导致儿童文学的消逝。英国学者大卫·帕金翰在《童年之死——在电子媒体时代成长的儿童》一书中,用极其敏锐的目光进一步发现,在电子媒体时代成长的儿童,"童年的公共空间——不管是玩耍的现实空间还是传播的虚拟空间——不是逐渐衰落,便是被商业市场所征服。这样一个不可避免的后果是儿童的社会与媒体的世界变得越来越不平等"。童年在泛商业的成人世界的侵蚀下逐渐走向死亡。因此,儿童文学要确保自身的发展,就必须承担起保护"童年"生态的历史使命和现实责任。

要保护"童年生态",需要儿童文学作家具备思想力。比如,今天的孩子，特别是城市的孩子，拥有着较为丰富的物质生活，但是，很难说，他们的童年比50年代、60年代出生的那代人更快乐、更幸福。因为精神上的愉悦比物质上的享受更具有人生的质量，同样，精神上的痛苦也一定比物质上的匮乏造成的身体痛苦更为难以承受。今天的孩子的痛苦是心灵的痛苦，这种痛苦并不是夸大出来的。造成这种痛苦的原因也不在儿童自身，而确定无疑的是成人社会的责任。对这一问题，应该说，很多作家还没有清醒的认识，有些作家甚至还有似是而非的错误观点。儿童文学作家以这样一种思想状态，要创作出超越时代的优秀之作是不可能的。

就整体而论，当下中国的儿童文学作家的艺术表现力也存在着问题。儿童文学是立足于儿童生命空间的文学。我们检验那些称得上世界儿童文学经典的作品，就能够发现，其作者都具备一种可以自由往来于成人世界和儿童世界的飞翔能力。因为有这种能力，他们能够将两个世界有机地融为一体，作品中成人作家对人生问题的洞察，就蕴含在对儿童生活、儿童心性的生动表现之中，比如巴里的《彼得·潘》、林格伦的《淘气包艾米尔》、诺索夫的《马列耶夫在学校和家里》等等。但是，我们的儿童文学作家则少有这种艺术能力。执着于成人化的艺术感觉，陋知于儿童心性，是很多儿童文学作家的通病。

儿童文学的繁荣必须有儿童的阅读作为保障。只有被儿童读者阅读，儿童文学才可能对当下中国儿童的精神成长发生影响。那么，中国原创儿童文学的被阅读状况如何呢？

据2003年少儿图书的零售市场调查报告显示，每年的少儿图书品种大约都在 1 万多种, 2 亿多册, 80% 的图书变成了库存, 剩下的 20% 中平均每年只有 400 万册左右的儿童文学销到读者手中。以 3 亿 6 千万的少年儿童计算, 平均每个孩子阅读的儿童文学作品不足 0.01 册, 与欧美等发达国家每个孩子平均 5 至 6 部儿童文学作品的阅读量来比较, 我们的孩子阅读儿童文学的数量是相当可怜的。

问题还不止于此。在中国图书市场流通的每年平均 400 万册左右的儿童文学作品中, 外国儿童文学经典作品如《安徒生童话》《格林童话》和当代的儿童文学作品如《冒险小虎队》和《哈利·波特》等, 又占有了 80% 多的市场空间。受市场销售利益的驱动, 国内有 100 多家出版社在出版少儿图书, 而且大部分是引进外国的版权图书, 儿童文学中引进版权的儿童图书占有绝对的销售优势, 如《哈利·波特》和《冒险小虎队》等书连续成为图书市场的主打产品。中国的儿童读者, 越来越不愿意读我们自己国家的儿童文学。儿童文学评论家周晓波《素质教育中的小学生文学接受现状的调查与分析》一书中研究发现: "对当代儿童文学作品的冷落现象相当严重。在我们所列的中国当代较有影响的儿童文学作品中, 读者阅读比例基本上未能超过 50%, 大约只有百分之二三十。而在其他孩子们首选的排位列前 23 位的作品中居然连一部中国作家创作的当代作品都没有。"

中国原创儿童文学的读者市场的萎缩, 必然造成出版社出版原创图书的热情下降, 出版社出版原创图书热情的下降又会影响中国儿童文学作家的创作热情。这种恶性循环影响着整个中国儿童文学的发展。

以上的数据表明，中国原创儿童文学面临双重困境：一方面，相对于我国这么大数量的儿童读者市场来说，创作、出版数量远远满足不了孩子的需求；另一方面，退一步讲，就算中国原创儿童文学作品的数量达到了发达国家儿童文学作品的平均阅读数量，我们的孩子也不愿意阅读自己国产的儿童文学作品。我们的儿童在大量地阅读外国的儿童文学作品，中国原创儿童文学作品对中国孩子的现实生活和精神世界几乎没有起到应有的影响作用。从儿童的生存成长状况、儿童文学作家的思想力及表现力、儿童的阅读状况这些角度来看，中国原创儿童文学在表面繁荣的背后，其实潜藏着巨大的危机。如不及时认清形势，冷静客观地探究造成危机的内在原因，在市场经济全球化的趋势下，中国儿童文学的前景将令人担忧。

（二）透视困境产生的原因

中国原创儿童文学的危机交织着历史与现实的多重原因，如不及时剖析，还陶醉于表面的繁荣，那么对中国原创儿童文学的进一步发展相当不利，甚至会障碍儿童文学的发展。我认为，中国原创儿童文学出现的问题，主要有以下几个原因：

1. 中国儿童文学的主体性贫弱的问题

发端于五四新文化运动的中国儿童文学，无论是理论上还是创作实践上，都明显地受动于西方，属于外源型的现代化。拿五四时期儿童文学理论的代表人物周作人来说，他的儿童本位理论，是直接受西方文化的影响而产生的。离开西方儿童学、生物学上的进化论、英国浪漫派诗人、日本白桦派的人道主义思想的影响，周作人的理论就不会是这样一种面貌。儿童文学出版和创作上与外国文化的关系更为密切。中国第一部儿童读物《童话》主要是孙毓修集编辑、编撰、编译于一身，从1908年开始出版一直到1923年9月，历时15年，一共出版了三集共收录了102种作品，其中外国儿童文学作品编译占了64种，也就是二分之一还多。而被称为我国现代儿童文学开山之作的《稻草人》，更是受到了西方儿童文学的影响，叶圣陶在《我和儿童文学》一书中回忆说："五四前后，格林、安徒生、王尔德的童话陆续介绍过来了。我是小学教员，对这种适宜给儿童阅读的文学形式当然会注意，于是有了自己来试一试的想头。"

中国儿童文学在发展过程中的每一个波峰都有西方文化的冲击，中国原创儿童文学胎带的外源型血统一直伴其成长。五四时期的西方民主与科学催生了儿童文学的产生。新时期儿童文学突飞猛进的发展也与中国改革开放后，西方思想的大量涌入密不可分。世界经典的儿童文学作品的大量翻译出版，给我们的儿童文学创作以很大的震动，学习西方儿童文学的经典越来越成为普遍意识。应该说，西方儿童文学经典有许多我们可资借鉴的东西。但是，问题出现在我们自身，那就是如何将西方经验转化成我们自身的能力。可以说，中国的儿童文学在每一次外来文化的影响之后，都有了长足的发展，但是，也存在着顶礼膜拜、模仿重复、小心谨慎地步国外儿童文学的后尘，表现出相当的不自信，自身的品格并没有明显提高的问题。我们的儿童文学始终处于学习西方的阶段，这个过程十分坎坷而漫长，飞速成长的新一代儿童再也没有耐性等下去，所以才大量地接受外国的儿童文学。特别是近10年，我们创作了许多平庸的儿童文学作品，扩充着出版社越来越大的库存。

2. 在新的传播媒介、传播方式面前儿童文学缺乏竞争力

现代科技革命的发展，知识经济席卷整个世界，传媒信息的爆炸，不仅分散了读者群落，使他们转向电视、电影和网络，更造就了中国一大批外向型的读者。孩子崇尚科学，推崇发达国家的文化和文明，如好莱坞的大片，融高科技和先进文化于一体，给儿童耳目一新的感觉，那种造神的英雄主义电影如《超人》《蜘蛛侠》《蝙蝠侠》等无疑为儿童自我精神世界的实现创造好了最佳的诠释园地。而我们国家的科技落后，在从计划经济向市场经济转制的过程中，文化和高科技的结合才刚刚起步，制作出的产品相对于我们自己是发展了，但与发达国家比还有相当一段距离。于是，儿童这一活跃的文化消费群体便把视线投向国外的作品，中国本土的文化不被重视，原创儿童文学无疑也要承受当代消费者无情的冷眼和排挤。

3. 中国原创儿童文学的作者队伍老化问题

这里所论中国原创儿童文学的作者队伍老化问题，主要是指观念老化和创作的作品老化。占中国文坛主流的作家大都是计划经济体制下就已确定了文坛地位的作家，习惯于写稿子按千字赚稿费或是挣工资，至于作品卖不卖出去不太关心。现在进入市场经济，按版税付酬劳，作家开始关心自己作品的销售量，但思维的惯性还没有调整过来，还不知道如何适应市场经

济的模式。不太关注读者群，不研究儿童，写出的作品往往在儿童文学作家和评论者的小圈子自娱自乐，没能与广大的儿童读者互动。事实上，网络文学的出现，也是电子民间文学的诞生，儿童的集体无意识会在网络文学中自然流露出来，给了我们作家零距离接触读者的机会，但我们的文学文本的作家往往瞧不起网络文学，不与为谋，也使自己失去了一个了解读者的窗口。中国当代原创儿童文学在反映现实的作品中，与当代的儿童的精神需求相去甚远，往往记述作家自己儿时的生活，用十几年甚至几十年前的审美标准衡量当代的儿童。随着时代的发展，变化最大、观念最新的应该是最富活力的儿童，再用以前的标准创作作品，读者很难买账。更有一些作品秉承中国儿童文学固有传统，板着脸孔教训人，让儿童感到压抑和不快。在描摹幻想空间的作品方面，儿童文学作家想象还没有读者丰富，没有新奇和"意外"在场，粗制滥造严重。表现手法、题材、体裁、语言风格故步自封，这一切又羁绊了儿童文学作家前进的脚步。作家皮皮在翻译德国作家雅诺什绘本《噢，美丽的巴拿马》时说："雅诺什是个为孩子写作的作家，尽管他也有许多成人读者，在中国像他这样与儿童有天然亲近感的作家几乎没有。他把孩子能够表现却无法表达的故事尽可能用孩子自己的方式写出来，孩子看了觉得亲切，成人看了会展开回忆。"智慧的语言在作品中俯拾皆是，"我无论如何需要一把摇椅，不然，我就不能让自己摇晃起来"；"直线距离准确说大约还有 7 米"；"后来小熊钓到两条鱼，他决定把其中的一条带回家做晚饭，把另一条鱼放回水里，让这条鱼高兴一下"。皮皮充满钦佩地写道："我已写出近百万字，但还没写出让鱼高兴一下的句子。"

4. 儿童文学理论批评和研究的落后，致使儿童文学作家作品的评判尺度模糊。

五四时期，周作人起步很高的儿童文学的文化研究没有得到接续，从当下众多的儿童文学理论书给儿童文学下的定义可以看出，理论研究还是停留在儿童文学创作主体作家上，研究方法也多用反映论一种。方卫平、王昆建主编的《儿童文学教程》认为："儿童文学是专为儿童创作并适合他们阅读的、具有独特艺术性和丰富价值的各类文学作品的总称。"浦漫汀的《儿童文学教程》认为："广义的儿童文学即适合于各年龄阶段儿童的心理特点、审美要求以及接受能力的，有助于他们健康成长的文学，其中以特意为他们创作、编写的作品为主，也包括一部分抒写作家主观意识却能为孩子们所理解、接受又有益于他们身心发展的文学作品。"蒋风的《儿童文学概论》认为："儿童文学是根据教育儿童的需要而专为少年儿童创作、编写的、适合他们阅读的文学作品。"《辞海》的儿童文学词条是："适合不同年龄的少年儿童阅读的各种体裁的文学作品……是向少年儿童进行审美教育、思想品德教育和增长科学文化知识的重要手段。"这些定义大都从创作的主体论出发，忽视儿童文学的服务对象——儿童这一阅读主体的存在，"专为儿童创作"和"适合儿童阅读"两个关键词频频出现，可以看出我们的儿童文学理论研究者意识中还有儿童和阅读，但在操作中就忘了儿童，至于儿童阅读和儿童阅读心理的分析，尤其是对儿童读者的研究非常少，仅方卫平一本《儿童文学接受之维》的专著，蒋风主编的《儿童文学原理》仅用很少的篇幅提及了"接受论"。而外国儿童文学研究的方法可谓琳琅满目，心理分析的观点如贝特尔海姆的《魔法的作用》、原型理论如富莱的《伟大的代码》《语言的力量》，还有结构主义、功能论等，这些研究不仅提升了儿童文学自身的理论品格，对整个人类文化精神建设而言，也是一笔巨大的财富。

理论与创作是文学腾飞的两翼，儿童文学也不例外。而对中国这样的儿童文学外源型国家，理论对于创作的影响尤为重要。中国儿童文学理论批评和研究的滞后状态，对儿童文学创作进一步向上攀升相当不利。

（三）摆脱危机与困境的路径

中国的原创儿童文学要想摆脱面临的危机，当然应该标本兼治。但是，我们当前的首要任务应该是寻找前行的根本方向。这个根本方向定位准确，我们的一切作为才可能形成一股合力，收获事半功倍的成绩。

在中国儿童文学历史上，有着多种形态的儿童文学观，比如儿童本位的儿童文学观、教训主义的儿童文学观、教育主义的儿童文学观、工具论的儿童文学观等等。历史的经验越来越证明，"儿童本位"的儿童文学观才能把我们引向广阔而光明的道路。

"儿童本位"理论最早是由中国儿童文学理论的奠基者周作人在五四时期创立的。在那个时代，周作人倡导的儿童本位论是最具有现代性的理论，只是由于时代的原因，它被搁置了起来，没有收获创作上的实绩。

在当代，儿童文学理论家朱自强继承并发展了儿童本位的理论，他以专著《儿童文学的本质》系统阐释了他所主张的儿童本位理论的当代形态，并在发表的一系列论文中，赋予它新的时代含义。他主张用儿童文学"教育成人""解放儿童"。朱自强在《中国儿童文学的困境和出路》指出："真正的儿童本位的儿童文学，就不仅是服务于儿童，甚至不仅是理解与尊重儿童，而是更要认识、发掘儿童生命中珍贵的人性价值，从儿童自身的原初生命欲求出发去解放和发展儿童，并且在这解放和发展儿童的过程中，将成人自身融入其间，以保持和丰富自己人性中的可贵品质，也就是说要在儿童文学的创造中，实现成人与儿童的相互赠予。"

1. 如果中国的原创儿童文学真正走向了儿童本位，中国儿童文学将与世界儿童文学同步发展，就会形成一种充满现实关心和理想情怀的高品质的儿童文学。立足于儿童本位，中国的儿童文学作家将获得观照人生、社会以及儿童心灵世界的独特而有效的方法。这样的儿童文学将以独特的站位的人文精神，像西方儿童文学那样，影响社会发展的进程，书写一部以儿童为视角的中国社会发展史也会指日可待。

2. 如果中国的原创儿童文学真正走向了儿童本位，信息高速公路上的一切传媒都将成为中国儿童文学的积极协作者。以儿童为本位，中国的儿童文学作家就不会排斥网络文学等电子传媒和动漫卡通等影像文化，并进一步增强读者参与意识，实现创作主体和阅读主体零距离接触，从而实现创作主体和接受主体的良性互动。

3. 如果中国的原创儿童文学真正走向了儿童本位，中国儿童文学将成为人类儿童精神的共同财富，世界各国的儿童文学都会得到同步的阅读。在这种不同文化的碰撞中，现代作家故事资源的匮乏也会从根本上得到改观，具有本民族特色的儿童文学会受到广泛的欢迎。成人和儿童越来越多地进行共识阅读，满足9至99岁读者的儿童文学的作品将成为儿童文学最有机的组成。

4. 如果中国的原创儿童文学真正走向了儿童本位，现代传媒技术的广泛应用，使儿童文学作品以最快捷的速度进行传播，以最大的范围进行阅读，名品精品传播迅速而久远，平庸作品淘汰加快，儿童文学的审美体系和自身的价值也会得到最有效最迅速的实现。

5. 如果中国的原创儿童文学真正走向了儿童本位，阅读主体口味的差异性会带来作品创作的多样化和小众化的阅读倾向，文学固有的体裁将被打破，审美形态也越来越丰富鲜活。儿童文学将会出现历史上从未有过的灿烂景观。

信任儿童的本性，寄希望和未来于儿童，通过"儿童本位"的思想，激发所有成人自身生命的活力，开创人类更为合理、健全、美好的明天，这是以儿童为本位的中国儿童文学作家、理论家和出版工作者共同的历史责任。这也正如波尔·阿扎尔在《书·儿童·成人》一书中分析安徒生的童话所说："在安徒生诗情充沛的童话里，浸透着梦想更加美好的未来的坚强信仰。这一信仰使安徒生的灵魂和孩子们的灵魂直接融合在一起。安徒生就是这样倾听着潜藏于儿童们心底的愿望，协助他们去完成使命。安徒生和儿童们在一起，并依靠儿童们的力量，防止着人类的灭亡，牢牢地守护着导引人类的那一理想之光。"

第二章　经典文本的现代性阐释

一　经典抑或难题：重读叶圣陶的《稻草人》

《稻草人》是叶圣陶先生 1922 年 6 月 7 日完成的一篇童话，刊登在 1923 年 5 卷 1 期的《儿童世界》上，而后作者把 1921 年至 1922 年上半年创作的 23 篇童话结集出版名为《稻草人》。叶圣陶自言："我之喜欢《稻草人》较《隔膜》为甚，所以我希望《稻草人》的出版，也较《隔膜》为切。"可见作者对这篇童话的珍爱。郑振铎在为《稻草人》作序时认为："在描写一方面，全集中几乎没有一篇不是成功之作。"再加上鲁迅《〈表〉译者的话》序文中说："叶绍钧先生的《稻草人》是给中国的童话开了一条自己创作的路的。"《稻草人》作为中国现代儿童文学史开山之作的经典的位置得以确立，这是无可争辩的事实。

事隔近百年，我们再来看童话《稻草人》讲了怎样的故事呢？童话开篇以抒情的笔调写了田野里的一个稻草人，夜晚忠于职守，看到稻子长得茂盛，想着可怜的老妇人曾经死了丈夫和儿子，几乎哭瞎了眼睛，用六年时间好不容易还清了丧葬费，庄稼又连年受灾。当下的境况却非常好，稻子长得非常茂盛，将要有一个好收成，于是替老妇人高兴起来，想象着收割时老妇人看到稻穗又大又饱满，"脸上的皱纹一定会散开，露出安慰的满意的笑容吧"。突然，一只蛾子在稻叶上产卵，稻草人心如刀割，拼命地摇着扇子，做出啪啪的声响，想赶走小蛾子，告诉老妇人，但是，他既没有办法扇走小蛾子，也没有办法让老妇人知道。稻草人的内心承受着巨大的痛苦。"他的身体本来很瘦弱，现在怀着愁闷，更显得憔悴了，连站直的劲儿也不再有，只是斜着肩，弯着腰，好像害了病似的。"等到看见大量的蛾子咀嚼的稻子只剩下光杆时，无能为力的稻草人在冷风中哭泣。紧接着，稻草人在夜里发现一个渔妇在河边用鱼罾捞鱼，她生病的孩子在船舱里不停地喊着渴，渔妇一次次把罾绳拽上都是空的，孩子大哭起来喊渴，渔妇不得不停下手里的活，从河里舀了一碗水给孩子喝，孩子停止了哭泣，接下来不断地咳嗽和喘气。过了好久好久，渔妇终于捞上一条鲫鱼，渔妇用很少的水把鱼养在木桶里，盛鱼的木桶恰好在稻草人脚下，鲫鱼祈求稻草人救他，把他放回到河里，稻草人可怜鲫鱼、可怜妇人、可怜那个生病的孩子，稻草人心里悲痛极了，一面叹气一面哭泣。忽然，稻草人发现一个妇人因不想被赌博的丈夫卖掉，要投河自尽，稻草人想叫醒那个沉睡的渔妇去救那个妇女，但他无论如何都办不到，见死不救是一种罪恶，稻草人感觉自己正在犯罪，"这真是比死还难受的痛苦哇！"稻草人期盼着天亮。第二天早上，农民发现河里的死尸，人们都跑来看热闹，木桶里的鲫鱼已经死了，生病的孩子脸更清瘦了，咳嗽更厉害了。赶来看热闹的老农妇看见自己的稻田都变成了光杆，捶胸顿足地大哭起来，这时，稻草人也倒在了田地中间。

作品借助感情丰富细腻的稻草人的眼睛，叙述了人世间三幅悲惨的画面，而且一幅比一幅沉重。苟延残喘的孩子已经预示了他的死路，歉收稻子的老妇人虽生犹死。更让人悲哀的是，老妇人不知道渔妇的悲哀，渔妇不知道老妇人的悲哀，自尽的女人不知道老妇人和渔妇的悲哀，渔妇又不知道鲫鱼的悲哀。稻草人痛苦自己没有腿不能走路，即使能走路，他又能怎么样呢？童话的结尾，唯一有同情心的稻草人倒下了，他应该是心痛而死。童话写了一个没有爱、没有互助、没有希望的漆黑而寒冷的夜的故事，即使太阳出来了，人们来到河岸看热闹，对捞上来的死尸也没有一点同情，人与人之间的厚障壁，民众的麻木不仁，放逐了人世间的暖意，人情冷漠，人心隔绝，社会的黑暗，统治者的剥削，天灾和人祸到了无以复加的地步，越是细腻地描写稻草人痛苦致死的心路历程，越延长和强化了读者这样的情感体验时间，越感觉人世间的悲哀和无望。

叶圣陶作为教育者肩负着教育责任，往往在作品中较直接地说道理。他 1921 年创作的童话《小白船》唯美清新，但说教味道较浓。男孩女孩乘坐小白船外出遇险，在得到成人救助时，还要回答三个问题，"鸟儿为什么要唱歌？花儿为什么香？为什么你们乘的是小白船？"好在孩子回答了"爱、善与纯洁"三个答案，得到了救助。如果孩子不能回答这三个问题，是不是成人就不救助了呢？从童话叙事来看，这三个问题明晃晃硬生生地嵌入童话，破坏了故事的完整性，也不符合人之常情，表现手法比较粗浅稚嫩，但作者所表达的对童心纯真善良的赞美，还是令人欣喜的。也许社会现实的黑暗很快打破了作家的审美理想，时隔半年创作的《稻草人》，艺术手法非常纯熟，达到了出神入化的程度，但是，作品如放大镜般渲染了社会的悲哀和苦痛，这是与儿童活泼向上的生命力有隔膜的，尤其面对儿童读者，幼小的心灵在不谙世事的情况下，巨大的成人社会的悲哀排山倒海地压下来，加上善良而情感丰富的主人公稻草人的毁灭，都给人绝望的无力感。诚然，稻草人作为作者的替身和中国知识分子和社会良知的载体，他站在启蒙主义的立场上来启迪民众，唤醒沉睡的国民，与20世纪20—30年代的文学主潮相契合，与叶圣陶"为人生而艺术"的审美追求相一致，也延续了中国文学"文以载道"的传统，是较为精湛的艺术作品。但从作品的艺术效果来看，《稻草人》所描摹的黑夜与社会黑暗的叠加，增加了恐怖的气氛。黑夜本身就让儿童感到恐惧，作品通过稻草人的眼睛又加上一幅比一幅凄惨的人间悲剧，令人胆战心寒，心缩紧为一团，读者的情感随着稻草人一步步跌落到冰冷而黑暗的深渊，仿佛走入了没有光的所在。儿童文学当然不排除成人读者对象，但作为阅读对象主要是儿童的儿童文学作品，这样的主旨和情感会销蚀孩子生活的勇气与对人性的信任。中国家庭往往对孩子进行听话教育，不听话的孩子会被大灰狼吃掉，恐吓孩子这一传统具有强大的民间力量，这种意识不自觉地流露在叶圣陶《稻草人》的创作之中吧，这也许是笔者的一种臆测。

很多人把《稻草人》与英国唯美主义作家王尔德的《快乐王子》相提并论，依笔者粗浅的阅读体验，《稻草人》与王尔德的《快乐王子》在结构和形象的选择上尽管有很大的相似性，但在思想境界、主题意蕴、情感指向上却大异其趣，《快乐王子》中的王子和燕子，面对黑暗的现实和残冬的严酷，都没有避免死亡的命运，但是，他们彼此相爱与付出的真挚感情，是作品的主线。燕子与快乐王子生死与共的爱情基础，就是他们尽最大努力甚至不惜牺牲自己的生命来解除人间的贫病、苦难和饥寒。快乐王子和燕子死后，尽管受到人类的鄙视和唾弃，上帝的眼睛却是明亮的，让他们的灵魂升入了天国，善良和大爱有了比较完满的出路，也为儿童读者的心灵播撒了爱和希望的种子。童话大师安徒生认为，他无力改变现实世界，但他会努力创造一个童话艺术的世界，即对人类未来存在着坚定不移的理想和信念的世界，这应该是现代儿童文学的一种本质诉求。

《稻草人》与鲁迅的《从百草园到三味书屋》《故乡》《社戏》等回忆童年的作品也有很大不同，鲁迅的作品中单单对童年生活美好的回忆。童年时期无忧无虑的快乐玩耍，就使作品充满了诗情画意，如《社戏》里的"我"回到外婆家，那村上从老到小的乡下人都极富人情味，所以"我"感觉那晚与小伙伴看的社戏和偷吃的豆，值得"我"一生回味，对比成年之后看戏的枯燥和无聊，童年可以说是作家永远的精神故乡。鲁迅无意而为的作品可以成为儿童阅读的常青树，因其具有生活真实、情感挚诚和深厚的人文情怀。叶圣陶有意而为的童话《稻草人》，在创作形式上具有童话的质素和技巧的纯熟，揭露与批判了社会的极度黑暗，所表达的情感却是纯粹成人的悲哀与无力感。退而言之，黑暗的社会现实从来不是儿童造成的，如果让天真稚嫩的儿童过早地承担成人社会巨大的悲哀和人生的伤痛，也可视为把儿童当成了一种"缩小的成人"，儿童观与创作思想需要进一步检视，也许是作者过于自我表达的后果使然。

《稻草人》作为中国现代儿童文学的开山之作，它所开创的现实主义创作手法令人称道，但作品所承载的巨大的成人社会的悲哀，似乎与儿童文学指向未来、指向希望的艺术精神相矛盾。沿着《稻草人》这条现实主义创作的传统和里程碑似的作品路数，中国现当代儿童文学出现了许多形式和内容扭曲和变形的作品。从读者阅读的角度说，一个有爱心而又深谙儿童心理的成人，很难把《稻草人》这样没有一丝光亮的作品推荐给儿童阅读，《稻草人》也许具有儿童文学史上的巨大存在价值，可以作为中国现代文学发展支流的互文性文本存在，但是，确乎不太适合儿童的阅读和精神成长，这也许是中国儿童文学界不得不思考的一个难题。

二 "她的眼泪比我的同情高贵得多"：
重读萧红的《手》

萧红是中国现代文学著名的女作家，被誉为"30 年代的文学洛神"。尤其是写于 1936 年 3 月短篇小说《手》，首刊于 1936 年 4 月 15 日上海《作家》第一卷第一号，是她 1936 年创作的 8 篇小说中最重要的一篇。在文学与政治纠结的年代，往往以作品政治性和思想倾向来评价文学,《手》被儿童文学界和理论研究者所忽视,儿童文学史没有给这篇经典之作应有的定位。作家沿用《生死场》中"越轨"的笔致,通过染坊店女儿王亚明的手——一双涂了颜料的被人嘲笑的黑色、蓝色或紫色的手,把一个阶层种种不幸用这个符号诠释出来,表达了对底层儿童深切的同情和对人类灵魂高贵的赞美。《手》以其复杂的文化内涵、透彻的人性批判和超越时代呼声的主体自觉,成为萧红构筑的文学世界中令人敬慕的篇章之一,即使放在世界儿童文学之林,也有深长的意味和独特的价值。

人类社会一直与贫穷和苦难为伍,当这种贫穷和苦难落在未成年孩子身上,贫穷和苦难便膨胀起来,无休止地在孩子身上发着淫威。小说主人公王亚明是染坊店老板的女儿,她兄弟姊妹六人,从她懂事起就帮家里干活,姐姐专染红色,她专染蓝色,爸爸妈妈也专染一种颜色,在姐姐订婚的时候,婆婆来家里相看,一看到姐姐一双红色的手,大喊:"哎呀,杀人啦!"此后,家里不再分颜色来染,而是每个人各种颜色都染。王亚明变成了这样一双手:"蓝的,黑的,又好像紫的;从指甲一直变色到手腕以上。"这双手在请医生给临危的母亲看病时,被医生毫不犹豫拒绝,母亲死去。当贫穷不只是生活的拮据,而变成一种符号贴在人身体上,这贫穷就变成了深重的灾难,甚至成为难以原谅的等待审判的一种罪恶。类似霍桑笔下的海斯特·白兰胸前佩戴的象征罪恶的红字,等待接受宗教、法律和公众的审判。也类似中国封建社会被流放罪犯在脸上刺的象征罪恶的"犯"字一样。然而,海斯特·白兰是生活在 17 世纪的一个成年人，王亚明却是生活在讲文明办新学 19 世纪 20—30 年代的中国，而且，她是一个无辜的初涉人世含苞欲放的花季少女。

从王亚明入学那天起，她的手，连同她这个人，还有关爱她的父亲，以及她的家庭，就开始示众，在代表社会一角的学校，接受同学、老师、校长、校役、舍监等一系列人的审视。人们对王亚明的态度逐步转变和恶化，王亚明初来几天，同学们叫她"怪物"，下课时在地板上跑着也总是绕着她，关于她的手没有人去问过，避之不及，冷漠观望。等上课点名时，她迟钝的反应和一连串认真的回答，引起同学们的哄笑，上英文课，她古怪的发音，逗得英文老师笑得摘下眼镜，"全课堂都笑得颤抖起来"。这一阶段，同学和老师只是看王亚明的笑话，不是很友善但也不包括太多恶意，只是感到可笑而已，也可以解释为同学间的一种玩笑。王亚明的父亲第一次来学校看她，让王亚明好好学，"干下三年来，不成圣人吧，也算明白人情大道理"。接着的一个星期，同学们学她父亲的口气，拿王亚明打趣，算是一种嬉笑。 第二次王亚明父亲来看她，在学校"接见室"门口嚷嚷着家里细碎的琐事，同学们在围观，校长一句看似礼貌的话"请到接见室里面坐吧"，但"好像校长把他赶走似的"，临走前王亚明父亲把手套摘下来，也露出青色的手，比王亚明的手更大更黑。自此以后，校长说过王亚明多次："你的手，就洗不干净了吗？"并以上早操王亚明手伸出来会被校园外的外国人看见为由，停止了王亚明的早操。王亚明想戴上父亲大手套上早操，"校长笑得发着咳嗽"，坚决不允许。同学们上早操时，王亚明只能留在楼窗口。有一次，学校来参观的人，王亚明留在楼梯口没有避开，等客人走后，校长训斥谩骂甚至动手撕王亚明的领口，还用她黑色漆皮鞋踢王亚明落到地上的大手套，甚至踏上一脚，"抑制不住地笑出声来"，校长的蔑笑，是对王亚明最大的侮辱。由于校长带头对王亚明排斥和欺辱，同学们开始用种种手段欺辱王亚明，不允许她睡在自己身边，舍监（一个自称留学日本的老太太）在宿舍过道里大声宣讲王亚明身上有虫子、不卫生、肮脏，这样的学生应该开除等等，这黑手人就只能睡在过道的长椅上。每天早上把行李卷起来搬到地下储藏室。校役在王亚明早上去教室时，不给王亚明开门，谩骂侮辱她，让她在寒冷冬日的早晨冻了一顿饭的时间，甚至更久。整个学校编织了一个无形的网，以校长为中心，还有舍监、校役和同学们，把王亚明牢牢缚住，勒紧。又仿佛一个巨大的怪兽，在吞噬王亚明的精神和肉体，王亚明从刚入学的野蛮强壮，渐渐干缩，眼睛边缘发绿、耳朵薄了一些、胸部陷下，生了肺病不住咳嗽，手背在身后，畏缩起来，一朵鲜活的野花开始凋敝。

女校长在 19 世纪 20—30 年代，被人们视为高尚的化身，是美、爱与善的象征，这里的女校长却用一种精神摧残的方式虐杀她的学生，包括应该同情者。"校长触动王亚明的手时如同接触黑色的已经死掉的鸟。"《呼兰河传》里面无知识的人们对小团圆媳妇虐待，身体的毒害以至于欺凌致死，令人发指，仿佛可以理解。而兴办新学的女校长，对王亚明的精神折磨丝毫不亚于小团圆婆婆们的虐杀，无名无姓的女校长是不是在中国社会普遍存在呢？甚至可以推断世界上的许多学校，都可能有这样虐杀儿童精神的校长呢？以权威、先进和知识为名，对儿童进行精神的虐杀，以至于身体的摧残。退一步想，假使王亚明没有一双黑手，假使王亚明家里不贫穷，假使王亚明学习较好，是不是就能够避免人生悲剧呢？答案是否定的，还有别样的痛苦和悲惨命运等着他们。

女校长是成人世界、教育界和先进文化的代表，而她虐杀儿童的普遍性和平常性，甚至不动声色，恰恰给王亚明们久远的精神毒害。这种毒害无所不在，如空气般缠绕在一些人的童年。当童年走向成人世界的时候，他们发现成人世界是一个巨大的黑洞，就会出现一种儿童的非成长性拒斥，他们的内心是多么困惑与苦痛，来自孩童所向往的未来和梦想竟然是这般的无聊甚至是卑鄙无耻，儿童怎么能够面对这一切呢？无疑，童年精神在没有成长的时候就被成人扼杀了。萧红之所以能够力透纸背地把人类的愚昧和对弱势的欺凌书写得如此撼人心魄，恰恰是她的童年在成人世界压榨下一种痛苦的呻吟，这种呻吟是对成人世界的控诉，也是儿童世界代感代言与反抗的呐喊。尽管这种反抗是人类久远的悲剧。

从周遭人们对王亚明手的嘲笑，无休止的厌烦、谩骂、训斥、打击，到对王亚明人格的侮辱以至于摧残，在王亚明心目中所谓文明的学校，求知识的学堂，成了葬送她美丽梦想和健康生命的坟墓。那么，王亚明对这一切，是如何应对的呢？也就是她在做怎样"生的坚强"和"死的挣扎"呢？

萧红往往能找到生活中最弱最平庸甚至最"傻"的人来写，

王亚明是一个脑筋笨的女孩子，别人很容易学会的东西，她学起来却很费力，但比她父亲还强一些，一个"王"字她父亲年轻时要记半顿饭工夫还没记住。每天早上第一个去教室念书的是王亚明，每天夜里在厕所里念书的是王亚明，夜里念书累得睡到冰冷窗台上的是王亚明，周末同学们休息玩耍，唯独在念书的是王亚明。即使被赶到走廊的椅子上去睡，她也很坚忍地认为："睡觉的地方，就是睡觉，管什么好歹！念书是要紧的……"她是家里唯一一个念书的人，学了之后，还要回家教两个妹妹，但又不知道自己能不能学会。一个没有母亲的女孩子要把全家的希望都承载着。"我的学费……把他们在家吃咸盐的钱都给我拿来啦……我哪能不用心念书，我哪能？"一句"我哪能？"透出了家族的希望和自己小小年纪承担的巨大压力。所以她"华提……贼死，右……爱"地念着，努力地念着，念着她的英文也念着她的希望，念着她很难实现的愿望。

王亚明是一个穷苦的女孩子，王亚明甚至是由于贫困而在身体上贴上贫困标记的女孩子。但是，她为人善良、宽厚、纯朴、大度，对生活要求很低。同学们歧视她，不同意她睡在自己身边，校长让把王亚明的被子夹在同学们中间，为这最基本她应该享受的权利，她竟然高兴得嘴里打着哨子。然而，很快又被同学们驱逐出宿舍。小说中不止一次写她"喝喝"钝重地笑笑，面对连续不断的歧视和打击，自言自语，像是对自己的宽慰又是像对别人解释，把痛苦压到内心深处，"贪婪，把持，和那青色的手一样在争取她那不能满足的愿望"。家庭的希望，已经压倒了她一切生命诉求。小说正面写她两次大哭，一次是学校来了客人王亚明没有躲避，校长认为给学校抹黑，对她推搡谩骂甚至侮辱，把她做人的尊严彻底撕碎了，她迎着风用一双黑手捂着脸哭了很长时间，"好像风声都停止了，她还没有停止"。过了暑假，她还是坐着马车来上学。还有一次哭，"我"把小说《屠场》借给她，看到小说里悲惨的情节，王亚明"很高的声音，她笑了，借着笑的抖动眼泪才滚落下来"，勾起了她心灵深处的痛楚，想起妈妈的死，如果说前一次哭泣是尊严被侮辱被损害的伤心，这次痛哭则是看透人生世事决绝的悲恸，她的哭都不是廉价的。

王亚明的悲剧就在她有一种道德和人生的坚守与抱持，而这种抱持不可能靠主体的努力能实现，她周围的看客在不经意间给她的坚守一刀刀剪断，小说12次写同学、老师、校长对她的讥笑、嘲笑、蔑笑，这些打击她都挺过去了，最后校长把她赶出校门，剪去她所有梦想，由她而引发她家族梦想的破灭。命运的多种打压在不应该发生的年龄发生了。萧红是一个从小失去母亲的女孩子，她笔下的孤儿也都是如她般艰辛而倔强地努力着，"我"多次能够体验到王亚明的坚强，而这种坚强又是无收成的坚强。校长不动声色把她从学校抹掉的一刹那，把她的学习生活抹掉了，也把她从社会抹掉了，甚至疾病还会抹掉她小小的生命，因为小说中不止一次地暗示王亚明得了肺结核，是那个年代的不治之症。

萧红写王亚明离开学校最后一天的情形，堪比都德的《最后一课》。都德抽取典型事件来表达思想性和历史的纪实性，一个民族在另一个民族的欺辱中告别自己的历史，但民族的屈辱却不会时时发生。萧红笔下王亚明的最后一课，却表达了作为主体人正当诉求无法实现，被一次又一次灭杀掉，更具普遍性和震撼力。王亚明在等待爸爸赶着马车来接自己，但是爸爸没有来，王亚明有机会再和同学们一起上她人生的最后一课。"在英文课上，她忙着用小册子记下来黑板上所有的生字。同时读着，同时连教师随手写的、已经没必要的、读过的熟字，她也记了下来……好像所有这最末一天经过她思想都重要起来，都必得留下一个痕迹。"这痕迹与王亚明一起消逝，她的一生一世的梦想也许永远消逝了。但是，无论是何等身份、何等地位、何等时代的人，只要保有梦想就永远令人尊重。事实上，珍重自己梦想的人，永远不会在世界上消失。人们悲叹于王亚明命运的无价值，悲叹于她的自认为有价值，更悲叹于萧红在王亚明的无价值中找到了价值，而这价值恰恰是人类得以生生不息的动力和泉涌。兴办新学的校长，用先进文化、先进精神、先进教育的陷阱，断送了一个鲜活美丽的生命，也就是人的尊严与价值。即使到了 21 世纪，以科学理性和功利主义教育为目标的学校，也残存着童年文化生活挣脱不掉的噩梦。

人类历史是一部螺旋式上升的历史，在远古时代人类的物质文明虽然匮乏，但精神生活还比较自由，中国春秋时代和西方的古希腊，都有较高的文明。到了中国封建社会和西方的中世纪，展开了人类历史黑暗一页，人的精神被神学、皇权和封建思想禁锢。人类历史在这个时段开始倒退，用所谓文明来戕害人，如鲁迅所说是一部"吃人"的历史，物质的吃人是有形的，礼教的吃人是无形的，以无形的礼教迫害有形的人，是人不如动物的地方。老子《道德经》第七十七章认为："天之道，损有余而补不足。人之道，则不然，损不足以奉有余。"一个"奉"字把不足者令人哀叹的姿势展现给世人，这种恃强凌弱的人类发展历史，大的方向很难改变，但有良知的人却一直在挣扎着试图改变，包括病弱刚强的女作家萧红。

经典的文学往往有深邃的思想、精美的形式承载，形成一个无限丰富的文学生命体。《手》有许多精彩的"诱人"表达。萧红的叙事是鲁迅说的"越轨"，不只是写小说笔致的"越轨"，更是力透纸背人生的"越轨"——人生的拉开距离"越轨"的看与被看。萧红用三种视角来写《手》：一种视角是成年的萧红，她成熟之后作为作家的叙述者，也是全知叙事者，但这个叙述者很少说话，若隐若现地透视了王亚明悲剧命运不可抗拒的过程，对这个苦命女子充满了同情和怜悯，字里行间流露出人生的切肤之痛。第二种是与王亚明同学的"我"，即小说里的萧先生，用同学的眼睛来看用同学的心来感受王亚明在学校的处境，"我"是学校生活的直接参与者，是故事见证人和事件的旁观者，把这种感受以第一人称"我"传递给读者。在小说中，"我"是有所行动的，王亚明看书睡倒在窗台上，"我"把她叫醒；在阅报室回答王亚明的疑问而没有嫌弃她；把自己看过的小说借给王亚明；校役不给王亚明开门时，"我"叫开门让王亚明能够进屋读书。尽管这都是微不足道的小事，却给了王亚明心理一些安慰，能够把家庭的不幸和内心的烦恼向"我"诉说。但王亚明遭遇歧视凌辱时，却没能站出来抗议，"我"感到无能为力，一种深深的无奈与自责。第三种视角是主人公的内视角，也就是王亚明自己，一个活在王亚明心中的代言人（与王亚明同学时的童年萧红与成年之后萧红的融合体），萧红在表达王亚明的内心感受，一个顽强向上而又愚钝贫苦的女孩子，在人世间遭受种种坎坷和不幸，也是萧红半生遭遇的隐喻，"半生尽遭白眼冷遇，……身先死，不甘，不甘"。小说立体多维的叙事视角，使事件和细节成为一个原点，从这个原点通过叙述视角的切换放射性地向外延展着故事情节与人物情感，时间与空间都被重新组合与创造，从而形成立体多维的文学世界。所以，每次读萧红作品都感到新鲜和独特，尽管往往以生活中简单又简单的人和事作为原点。"真正天才的标识，他的独一无二的光荣，世代相传的义务，就在于脱出惯例与传统的窠臼，另辟蹊径。"

单是《手》的开端，就令人反复咀嚼玩味。第一遍阅读时会感到强烈的喜剧气氛，上课点名同学都"到"一声，王亚明半天没有反应，等有了反应站起来应答，是一连几声的"到，到，到"，垂着两只黑手，两眼望着天棚，一副滑稽可笑的模样。英文课上大家用标准的英语"here"，她却是"黑尔"，等老师纠正她，就变成了"喜儿""喜儿"，幽默略带喜剧气氛，一下就把人的阅读兴趣调动起来。第二遍阅读，有一种如鲠在喉之感，无论如何也笑不出来。第三遍阅读，了解了王亚明种种遭际和悲惨命运，再接触这样诙谐的开头，有一种内心被刺的疼痛。"萧红有意拉大了阅读者和小说人物的距离，以一种散漫、迭唱并略带韵律的语言魅力，冲淡了小说的故事情节，用主观镜头的快速剪接、移动，不断变换着叙事主角，让人忍受着常规意义上的阅读出局的别扭和意义理解的失语状态。"实际上，引导读者不仅用感情来读作品，更要用良知和心灵来品读，震撼读者的灵魂。

萧红承继了鲁迅批判国民性的弱点的思想，鲁迅以一种启蒙者的姿态对待自己作品中的人物，"哀其不幸，怒其不争"。萧红与鲁迅不同，萧红谈道："我开始也悲悯我的人物，他们都是自然奴隶，一切主子的奴隶。但写来写去，我的感觉变了。我觉得我不配悲悯他们，恐怕他们倒应该悲悯我咧！悲悯只能从上到下，不能从下到上，也不能施之于同辈之间。我的人物比我高。"对自己作品中的人物，萧红充满了敬仰，用《手》中的话："她（王亚明）的眼泪比我的同情高贵得多！"这种高贵是灵魂的高贵，忠实于生命状态一种质朴的感情，是对人类灵魂吟唱的一首凄美的挽歌。安徒生《海的女儿》的人鱼公主，不惜生命的代价，不就是在追求这种灵魂的高贵吗？肉身不管是人是鱼，地位不管高还是低，生活不管贫穷还是富有，手不管是黑是白，当人的灵魂高贵起来，人类就会获得生生不息的光芒，小说在一种绝望中表达了希望之所在。尤其在作品结尾，"我"看着王亚明的背影向着弥漫着朝阳的方向走去，"雪地好像碎玻璃似的，越远，那闪光就越刚强。我一直看到那远处的雪地刺痛了我的眼睛"，实际是刺痛了"我"的内心，刺醒了"我"的良知，也刺醒了所有人的良知，去追问人类生命的价值和灵魂的重量，以唤醒沉睡在人类心灵深处的大慈悲。

由此看出，萧红小说的创作不是来自时代给定的思想，某种程度上来说，她是从根本上拒斥这种给定的小说模式，她以自身对童年生活的理解和感受来写，她只是用直觉和语言构筑文学世界，给这个世界最大的自由，所有的思想和思考都不言自明。整体的人不正是由个体的人的组合吗？那么，萧红这种对个体生命真理性的意象书写，不正暗含一个天才作家的普世情怀吗？不是站在儿童立场一次为儿童和弱者争取精神权利和尊重的艰难抗争吗？萧红是较早具有个人主体意识的作家，她对儿童生存境遇的关爱与困惑，具有强烈的人文关怀和理想诉求，是对人类为了持久的焦虑，她一生都在儿童世界中挖掘着憧憬着人类的"爱"与"温暖"，一如鲁迅赞誉她作品中那一抹"明丽和新鲜"。《手》这篇儿童小说，在中国现代儿童文学史上彰显了独特价值。叶圣陶的《稻草人》以病儿展示人生的种种不幸，引起世人疗救注意，王统照的《湖畔儿语》，以忧愤深广批判社会的黑暗，《手》超出这些层面，揭露人性的复杂，抨击人类的愚昧，悲剧不只是个别人、时代、阶级、社会制度造成的，人与人之间的疏离，人精神与肉体的间隔，个体生命的脆弱无助，才是人类永恒的痛点。这也是中国当下儿童文学创作最薄弱的地方，尤其是对具有中国文化印记的儿童生命价值独特思考的儿童文学作品可以说少之又少，应该引起我们足够的重视和深层次的思考。

三　儿童文学的形式尊严：重读梅子涵的《蓝鸟》

重读梅子涵 80 年代的探索小说《蓝鸟》，发现梅子涵有自觉的叙述精神，他强化了话语的诗学和叙述的魅力，带有鲜明的批判性和现代性意识，《蓝鸟》是 20 世纪 80 年代儿童文学文体形式尊严确立的一个范本。

　　现代儿童观建构的一个最重要的表现，就是人的觉醒，作家对觉醒的儿童以及他们的思想情感有一种洞察力，这种洞察力能够穿透所谓"文化"的迷障，达到人性的一种张扬和个性的解放。儿童文学理论家朱自强在《中国儿童文学现代化进程》一书里面，发现新时期儿童文学的两个转向，其一个转向是儿童本位，其二个转向是文学本位。无论是哪一个转向，都是不可割裂的融合，是儿童的文学，也应该是儿童的文学，两个重点号在强调彼此之间的关系。有些探索作品矫枉过正，出现了一定的偏离是可以理解的，但是，有些作品过分追求儿童文学的形式，已经远离了儿童，亦不符合儿童文学"现代性"的主体诉求。有的评论者认为，梅子涵的小说《蓝鸟》："通篇作品有一种扑朔迷离的无意识的氛围。"这只是部分地发现了作品意识流的叙述感觉，实际上，无论是作家还是主人公，都带有鲜明的主体意识。作为中学生的周明明是小说的主人公，他具有强烈的自觉意识、独立思考、批判精神和挑战自我的勇气，在成人社会打造的密不透风的铁屋子里，周明明经历了一系列的过程，从思考、觉醒、叛逆到上路寻梦。他是具有现代人的主体意识和行动力的中国孩子，不同于莎士比亚的哈姆莱特"to be"或"not to be"的西方贵族的犹豫不决，那种犹豫是成人化的贵族式的"矫情"，而非儿童精神生命的实践性表现。中学生周明明的叛逆是从对所谓"师道尊严"的老师开始，升学考试动员会上的吕老师，从功利主义的现实入手进行"精神"总动员，他更把孩子的未来看透了，学习好的可以考汤山林校或者好的中专，"读出来了总还是个干部待遇。"这所谓的动员，激起了"我"强烈的愤怒和叛逆，"窝窝囊囊的语气！我骤地恍然大悟，为什么这么多年来，我们学校只有一个小德宏考上了植树王"，成为植树王重点学校的副校长。"我"开始思考和怀疑，对这种"窝囊"老师和教育现实的批判变成了愤怒的抗争："大人们在讲小德宏的时候就如同讲一个神话。其实只出了一个小德宏倒真是不该有的荒唐神话！"叙述者"我"和主人公周明明同学已经完全按捺不住自己的独立意识和思考力，他在争取老师的意见或者是读者的支持，偶尔跳出故事说："您说不是这样么。"这个叙述者面对读者或者老师的话语用的是句号，而不是问号，愈加表现出"我"对问题的深刻洞察。"我"是先知先觉第一个跑出来追梦的人，一个痛快地抗争和反弹，"我可没死。我偏不考什么汤山中学，考植树王！"当"我"有了一个远大的理想——考植树王之后，"脑子里'哐'地一下，像使尽了全身气力重重地敲响了一面大锣"。这个决定是对自己的鼓励，对周遭可能"爆炸"性的预判，"我"有比较清醒的认识，而在"我"内心"也亮得犹如升起了一轮太阳"，这种梦想的召唤是多么有力量。

然而，周遭的"流言蜚语"会使"我"完全灭火，吕老师是窝囊透顶的，何老师简直是冰块，她把两个给《少年文艺》上作家写信的两个女孩子称为"床底下放风筝"，打击学生毫不留情，可谓体无完肤。作者在替梦想代言，强烈地反叛抗争，何老师"自己算是床底下的风筝还是天空中的风筝？不精神抖擞地希望飞向天空的其实根本就不能算风筝，而是纸片……她难道就那么喜欢我们当纸片？荒唐"。老师是学校教育的化身，这样的老师是扼杀学生梦想的罪恶渊薮，怎么可能教育出具有个性化和创造性的人呢？更令人悲哀的是："我们许多人也真的就心甘情愿、无动于衷地当了纸片。"学校教育对人的扼杀，会像病毒一样传染，甚至会"遗传"，如同前面吕老师的"窝囊、无精打采、毫无热情、毫无希望"一样。与周明明关系比较好的同学二歪也会质疑："你往植树王考？往植树王考？那能中？"学校环境没有给周明明的梦想一个可以生存的土壤，这时候的周明明多想得到一句真正的鼓励！火热的梦想在学校的冰窖里被冷冻起来，回到家里又会怎么样呢？爸爸说："植树王！下辈子投个有出息的胎吧。"一下把孩子打击到死，语言的暴力和恶毒让人难以想象，妈妈貌似关心的话语："你知道植树王在哪儿，我们都摸不到门，你想跑丢了让我急死啊！"妈妈对"我"的担心只是建立在"我"不丢的状态下，不跑当然就不能丢，怎么可能理解"我"的梦想和追求呢？

"我"只好自己上路，没有人知道真的"植树王"怎么走，只是口口相传的植树王，都让"我"觉得是一个"奇异幻境"。"我"只有去请教跑码头挣钱的矮子良，一个被全村称为见多识广的人。矮子良家的"场儿上少说也坐了十几个人，听他扯淡。还能抽到他带回来的五花八门的香烟。他很慷慨，总递烟给人抽。大场面新鲜事，个个听得啧啧叫乖乖，剩下的就是傻不唧地笑"。这个四陇洲，仿佛是辛亥革命后的未庄——阿Q的家乡，人们根本就不知道有植树王，而又装作知道，一会儿说好像在横山，一会儿说仿佛在三湖。"我"怀疑是否有真的植树王，真的小德宏，也许是大人们编的骗人的神话。行文至此，读者阅读之心宛如坐过山车一样，担心"我"动摇，暗暗在给周明明加油，好在周明明知道宇航员航天的故事，连地球之外的星球人类都能到过，何况一个"植树王"，这个人类的"大"梦想和"我"的小梦想有惊人的同构性。当"人"在追梦的时候，做第一个吃螃蟹的人，是要付出代价的。"我"走在路上，向爬蟹矶走去，爬蟹矶和四陇洲一样，那儿的人精神不到哪去，"植树王对他们来说也同样只是一个幻境"，说明日常生活中随处都是未庄、爬蟹矶、四陇洲等等。好在"我"做了一个扯淡的梦："说爬蟹矶那儿有一条很小的岔道，根本不能算真正的路，道口有块不显眼的牌子，上面画着一只蓝鸟，还用英文写着 NISSAN。NISSAN 就是蓝鸟？我不知道。紧接着岔道的是一条长长的峡谷，沿着峡谷走就能到植树王。"梦想召唤着周明明上路，峡谷是幽静而崎岖的路，走在这样的路上，是每一个人成功人的生命隐喻。小说巧妙地运用了 NISSAN 汽车广告牌子，使得这个牌子有了双重的意向，一个是走向都市生活的现代感和外来性，一个是作为路标的蓝鸟，这是有生命的可以自由飞翔的蓝鸟。

《蓝鸟》用主人公内视角，自言自语的叙述话语，却能够抵达儿童的心灵深处，真正实现了儿童文学的本位。小说对儿童心理的准确把握，对作家自己情感的控制，对事件环境复杂的多层次把握，对各种人物在事件中的不同态度和表现，对各色人等的声音、语言、语气、状貌、情感的描摹，仿佛说话人就在眼前，对成年人——吕老师、何老师、爸爸、妈妈的性格心理的把握，可谓一笔千金，勾出了灵魂的深刻。一种千年不变"顽固的规矩"和文化，仿佛铁屋子把一代人一代人打造成窝囊废，变成一堆堆破碎的纸片，不是风筝，更不可能是青鸟——象征着幸福、爱情和梦想的青鸟。小说仿佛要挖出国民的劣根性和人类的愚昧。正如梅子涵所说："我对写作是很认真的。我不愿意用'第二流'的作品去'敷衍'儿童，更是憎恶粗制滥造。人们总说，作家是人类灵魂的工程师，我理解，这并不是说，当作家的，自己的灵魂都已经非常高尚了，而是说，作家写出来的作品会影响人的灵魂，影响人的精神，影响他们的情趣、性格、语言等。"《蓝鸟》这样的作品，给处于懵懂的少年儿童，一种有力的精神支撑，人的梦想在觉醒时，宛如春天迎着严寒发出的细小嫩芽，需要成人的呵护才能成长，人在成为自己并拥有梦想时，才可能是觉醒的人，觉醒的人才是现代意义上真正的人，毫无疑问，梅子涵探索在五四新文化运动中"立人"思想的延长线上，并掷地有声。

现实生活中儿童作为"人"的主体意识，经常处于一种混沌状态，需要这种镜子般透视心灵的作品，才能发现自我和认同自我，如果没有对自我的认同，没有建立自我同一性和主体意识，又怎么能发现、认同、尊重别人呢？《蓝鸟》最后一句话："不过我现在得快点走，不然的话还真可能让我妈追上来拉住我不让我去。"父母所谓的"爱"那么顽固保守，对儿童的不信任、不给试一试梦想的空间，成为儿童前进路上的一个障碍。小说看似荒诞无稽，实际上是对儿童有深刻的人文关怀和感同身受的情感体悟，儿童生命还没有展开的时候，如果碰到像吕老师那样"善良"的人，只为了有一个好"待遇"而学习，难道不是在培养文化侏儒吗？

过了30年，笔者又遇《蓝鸟》，反复品味，流连在字里行间，非常感人。梅子涵不忘儿童文学的故事初心，故事情节编织得丝丝入扣，带有严密的逻辑和戏剧的张力，看似散漫的印象，实际上有非常牢固的故事和鲜活的人物，达到了难以超越的一种叙述境界，这与他儿童本位的儿童观的建立，以及他对儿童与文学的双重敬畏有关。差强人意的是，觉得小说中周明明有过于强大的理性和内心，还有航天员的插入，也比较突兀。沿溯当代中国儿童小说的创作状态，像《蓝鸟》一样具有创造性的世界观、人生观、儿童观和价值观的作品，可谓凤毛麟角，这样的作品诞生在 80 年代各种思想驳杂、儿童文学作为教育工具的大潮时期，《蓝鸟》真如同一面大锣敲响了儿童文学作家上路的步伐，只是，今天看来，跟随这锣鼓上路的儿童文学作家还很少很少。到 90 年代之后商品经济大潮洪波涌起之时，儿童文学作家大多数去报考汤山中学了，学好了上林校，并有了很好的"待遇"，也很少有人像周明明一起上路寻找蓝鸟了。30 年来，一大批吕老师和何老师，造了许多禁锢儿童生命和个性的藩篱，儿童本位的儿童文学多么稀薄无力，真担心变成纸片，而不是飞在空中的蓝鸟——精神之鸟、梦想之鸟、幸福之鸟。

四　真实性是否可以寡淡：
重读毕淑敏的《同你现在一般大》

毕淑敏的小说《同你现在一般大》最初发表在《东方少年》1994 年第 1 期，后被收入多种文集。毕淑敏被称为中国"文学的白衣天使"，她的作品情感细腻心理刻画逼真，直抵人物的心灵深处，在现实和理想之间形成巨大的紧张，这种种紧张既是作品中人物的命运考验，也是对读者心灵的拷问。小说以内在的巨大审美张力、清丽活泼的文笔见长，尤其对青少年有励志的作用，她的《不会变形的金刚》收入高中一年级语文教材，越来越有经典化的趋势，亦成为中国当代文学的重要收获。

20 世纪 90 年代，中国的儿童文学界在进行一场儿童文学"文学性"的探索，各种文学表现手法轮流上场展露前所未有的"西方化即经典"的文坛"盛况"。而毕淑敏这个远离儿童文学圈子的作家，却把目光集中在儿童文学中的"儿童"身上，发现了他们正承受着不能承受的生命之重，《同你现在一般大》中的花季少女黄米正遭受着非常态的关爱之压。时光飞逝已近二十载，黄米所承受的成长之重，丝毫没有减轻，反倒愈演愈重，压得人喘不过气来，仿佛置身在密不透风的铁屋子中。

难得下午教师突然宣布不上课，黄米像得到了一个从天而降的大蛋糕，可以抱着双膝，看树的影子在地下爬。放松下来的是时间，却不是身心，还有 20 天就要小升初考试，"考砸了，可怎么办?!"妈妈会用巴掌打黄米，还会逼她不停地复习功课，妈妈套在黄米头上的一个紧箍咒像悬在头上的一把剑，直刺黄米的心："你要不用功，就考不上重点初中；考不上重点初中，就考不上重点高中；而考不上重点就上不了大学……"黄米的一辈子仿佛在这一次考试之中坍塌。妈妈不是魔鬼，会给她无微不至的生活关照，把鲜红的西瓜瓤用勺舀给黄米，自己只吃粉白的瓜皮。在黄米看来，妈妈虽没念大学也当了医生，算知识分子了。但妈妈不依不饶，"黄米觉得自己的脊梁被几代人的期望压得好疼"。

读到这里，人们的心理像黄米一样挣扎和绝望。故事情节突然峰回路转，天上掉下来一个巫婆似的老奶奶，她不仅了解黄米的妈妈，还像天使一样钻到了黄米的心里，甚至知道黄米因作文而苦恼，"一老一少两位女英雄坐在清凉的石板凳上，有一句没一句地聊着天"，老奶奶露出她那扣子似的白牙齿，不要一分钱，只要求黄米保证不要把这件事告诉妈妈。两人拉手成交。黄米感觉拥有一个秘密非常惬意，就像咀嚼一枚橄榄，更像给紧张烦躁的内心安置了一个温暖的港湾。接下来的日子里，老奶奶细心地给黄米辅导作文。最后一天聊天时，老奶奶告诉黄米，许多年前，她做过妈妈的语文老师，因为脾气很暴躁，对妈妈很严厉，怕妈妈至今也不肯原谅她……

黄米的作文考得很顺利，感觉内心轻松，妈妈来接黄米时带来一块蛋糕，从妈妈小心谨慎察言观色中黄米感觉到妈妈的好，便不自觉地把老奶奶辅导作文的秘密泄露出来。妈妈承认老奶奶是她的小学老师，黄米感觉到奇怪，"那您为什么要躲着她？您不是一直教育我要尊重老师吗？"拗不过女儿的坚持，妈妈仿佛下了很大的决心，"二十多年前，我曾亲手打掉过她的牙齿。那时正是'文化大革命'，我同你现在一般大……"小说至此，仿佛欧·亨利小说结尾亮起的氖光灯，完全出乎人的意料之外，前面布下的一条条线索仿佛有了合理的解释。

毕淑敏完成了两代人的精神救赎，老奶奶为年轻时候的脾气暴躁而忏悔，以德报怨地来给黄米辅导作文，这种人性之光在老年时发出绚丽夺目的光彩。妈妈对黄米爱的"重压"和变态的期望有了时代和社会的解释，高高在上的母亲能在女儿面前承认打掉老师的牙，亦需要怎样的心灵忏悔与勇气呀？为中年的妈妈似乎找到了一个精神救赎的出口。

这部小说让人想到毕淑敏其他的几篇作品，比如《孩子，我为什么打你》《不能变形的金刚》等等，都是以妈妈的权威叙事视角来结构作品，字里行间流露出妈妈艰难困苦的生活与对儿女满溢的期望之间的矛盾，作品的妈妈一再把个人愿望压抑下去，为儿女的爱而牺牲了许多许多。但是，作为读者，尽管作品中的妈妈有一千个一万个理由可以打孩子可以寄托妈妈的期望，我们还是感受到了成人与儿童之间情感的不对等以及地位的错位。妈妈作为成人的不宽容和权威性不可置疑，这种权威建立的前提就是"我是你妈妈，你做错了我可以打你"，那么，"妈妈做错了呢？"小说似乎不太愿意思考这类问题。作品中妈妈的语言也不是绵软亲切的，而是霸道强硬甚至无理取闹，这也许是付出了千辛万苦的中国妈妈现实的精神写照。母爱的本能如果得不到儿女的理解和认可，母爱就显出了一种歇斯底里的躁狂，她们不懂得爱是需要智慧和艺术的。如果说母爱是无私的，那么，就要给儿女被爱的空间，不能用这种无私的幌子来压抑儿女生命力的成长。

如果说黄米是整个作品希望的隐喻，那么，作品中一切矛盾都要在这种希望达成之后迎刃而解。黄米的妈妈和老奶奶觉悟的情感也要在这种希望面前寡淡下去。但是，这是小说最让人难以信服的，老奶奶为什么面对在一个小区迟迟不相认的学生突然来了包容力，是什么促使她做出这样的决定，义务为自己仇人的女儿辅导作文而又一分钱不要，只是想对自己年轻时候的脾气暴躁进行忏悔吗？如果这样的忏悔能够拯救自己行将谢幕的灵魂，还是可以理解并令人同情的。与此相对，黄米的妈妈人到中年，也经受了许多人生的历练，在作品前半部分表现的是一味的偏执，黄米质疑妈妈把西瓜瓤给孩子，自己吃的瓜皮，接受妈妈这种奉献带给黄米强大的情感压力，黄米想和妈妈交换吃粉白的西瓜皮，但被妈妈转移了话题，又落到了考试上。这里的妈妈对子女的爱是单向度的付出，从这个角度来说，妈妈不仅在行为上是偏执的，而且，在情感上也是自私的，她没有提供给女儿学会爱的机会，甚至不可理喻。妈妈对黄米爱的情感令人压抑，让人透不过气了，更让人觉得这个人物行为的偏执。对于一个病态偏执的人，她情感的度数尽管浓烈，但其价值也是令人怀疑的。

那么，是什么原因造成了毕淑敏母爱主题作品内在的悖理悖情呢？可以坦率地说，冰心作品写到的母爱温暖清晰，像天使一样洁白无瑕，有时我们觉得这样纯粹的母爱似乎只能在仙界与人相遇。但是，我们还是分明地感受到"母亲的翅膀能够帮孩子遮蔽人世间的一切风雨"，母亲的怀抱温暖而博大，是寂寞游子安放灵魂的处所，是最美的人间天堂。人们丝毫不怀疑母爱的力量，但是，在毕淑敏这里，却让人感到母爱的局促不安。

同样是母爱，怎么会有如此大的同题异质的审美效果呢？如果说冰心的母爱如灯，照亮人类前行的方向，明亮温暖。毕淑敏的母爱即如镜，且是变了形的镜子，破碎而迷惘。在行文上，冰心小心翼翼地尊重她笔下的人物，包括一花一草一水一滴。毕淑敏强烈的社会责任感促使她急吼吼地时不时地出现在作品中，她想告诉读者她的创作意图，她没有耐性给人物足够的成长空间，她跑得太快的创作目的干扰了人物成长的节奏，如黄米的妈妈在女儿考试之前如暴君般霸道，在黄米考试之后却如天使般小心谨慎地对女儿察言观色，怎么会变化这么大？如果只是因为看到女儿兴奋的面庞，被传染了兴奋元素，那么，她后面的突然承认自己"打掉老师牙"的行为，也只能解释为"乐极生事"。因为，与她无数次在小区里碰到小学老师不相认的行为，构成了巨大的矛盾（如果作品里交代了妈妈躲闪的眼神或者是内心的忐忑，这个人物的转变就有了合理的情感基础）。退一步说，即使她承认了与女儿一般大的时候所犯的错误，也只能归因"文化大革命"，她本人是不负任何责任的，在作品结束以后，她也不会到老师面前去忏悔，这样"偏执"的人还值得别人为她付出，对她同情吗？那么，老奶奶的"善行"就显得极为可笑了，小说的艺术感染力就会大打折扣，毕淑敏的"意图谬误"可谓差之毫厘失之千里了，笔迹过于用力而只能达到不及的审美效果，非常令人惋惜。

　　好在，无论人生承受怎样的情感和精神的压力，人性的温暖亦会永远伴随少女的黄米、中年的妈妈与老年的奶奶，如果把这三个人物的年龄放置在一个人身上，无疑，我们会发现毕淑敏在解读女人一生不同时段的价值追求，比起一般的儿童文学，这篇小说有了比较丰富的主题意蕴和审美价值。但是，作品中人物的追求与艺术的追求毕竟是不同境界的坚守，也许，笔者过于求全责备，如有冒犯，实属个人浅见。

五　神性在后现代的复魅：
重读残雪的《饲养毒蛇的小孩》

残雪的短篇小说《饲养毒蛇的小孩》最初发表在《收获》杂志 1991 年第 6 期上。残雪努力在人与动物之间建立了一种超离而内在的关系。蛇被小男孩养在肚子里，一样让人感到不可思议。

残雪是一个"我思，我写，故我在"的作家。她把生命的存在感，用一种纯中国的方式来表达，亦可以说是《捕蛇者说》的前传，这个人为什么会成为捕蛇的高手，苛捐杂税只是外在的条件因素，男孩内在的对蛇的饲养、了解和捕杀，都是出于天性。砂原的母亲对"我"说："他总是对父母的行为有一种好奇心。"一直待在家里，也是许多父母让孩子免遭伤害的一种心理，他们后悔 6 岁那年，让孩子溜出去玩，在月季花丛中被蛇咬了一口，他就倒下睡着了，看到了蛇，蛇有很多很多的头，甚至看到了蛇的骨骼。希腊神话中的九头蛇海德拉（Hydra），就是一只具有九个头的怪蛇，所吐出来的毒气形成瘟疫沼泽，它的毒液也是世间奇毒，它的毒血可以成为最致命的武器。但是，被蛇咬了一口的砂原并没有因此丧命，这是这部小说的关键点，小说是现实的超验，而不是现实本身。"依我看，他的儿子虽有点怪气，但天生杰出，说不定会干出什么大事来呢。"这个"我"发现了男孩的特殊才能，可是，砂原的母亲不稀罕他干什么大事业，饲养毒蛇，是见不得人的勾当，最可怕的是他现在根本不出门就可以干出奇怪的事情来，他总能达到目的。母亲理解不了儿子的行为，觉得丢人，希望儿子做个普通人。夫妻俩到处去砍蛇，让儿子远离蛇，甚至带着儿子去风景优美的地方，让孩子跟更多的人交流，使他性格开朗起来。然而在海边，砂原竟然把一个孩子的手指咬得血淋淋的。年年旅游，砂原都无动于衷，坐在火车车厢里就像坐在家里一样，既不向窗外观望，也不与别人交谈。后来，他又唆使父母对蛇进行杀戮，家人实在折腾不起，只好把砂原关在家里，孩子竟然在肚子里饲养蛇，以至于孩子最后离家出走，甚至消失了，像《小王子》一样，离开了地球回到了他自己的星球。"父母的苦心只是起到了与他们的期望相反的作用。"砂原的母亲似乎不承认儿子出走这件事，甚至恍惚，"谁知道他本来是不是我的孩子，他是不是一直和我们住在一起呢？我并不认为他是昨天走掉的，我从来就无法肯定他是不是存在"。人与人之间，或者说生命与生命之间，也许只是这样一种过往，连"我"也迷惑起来。对于生命的不确定性"我"是深有感受的，小说以倒叙的笔法来写，既是对结果的探寻，又是对这个神奇的饲养毒蛇的孩子的追悼。"思来想去，留在脑子里的只有一些碎片，一些古怪的语句，再一凝神，句子也消失了。关于砂原，除了这个名字之外，我实在也想不出什么了。"句子在"我"的脑子里撞来撞去，让"我"亲历并写下了此文，但是，名与实之间到底是什么关系呢？句子消失了，砂原就不能存在过吗？还是因为有句子的存在，砂原才得以存在并活下来？这是一个难题，残雪清醒地知道存在与语言之间的困境。事实上，生命以及生命的不可知性在这个世界里生生不息，留存下来的文化都是很少的部分，人类的语言和句子都会消失，恰恰是句子写下了这个能够饲养蛇的孩子。句子神奇的力量也许不会消失，这个出走的孩子撞击着读者的心，也许每个人都曾经是砂原，并饲养着自己的"毒蛇"，不知道什么时候失去了"毒蛇"，也失去了饲养"毒蛇"的能力，尤其是一边饲养"毒蛇"，一边杀戮"毒蛇"的悖论，存在于每一个伟人的心灵之中，在饲养和杀戮之间，这种生命的困境才能给自己一种存在的感觉。看似荒谬，实则本真，更则守望。

动物是人存在的证明的他者，动物的存在，尤其是蛇的毒性，在诱导人类对自然的恐惧和对生命不确定性的认同。这远远超离现实主义的思维框架，建立了一种神性精神。无论是蛇生长在孩子的肚子里，还是蛇的多头，都在古希腊神话里能够找到原始的出处。小说的精神指向在于神性的复魅。蛇所代表的就是这样一种人类通往神性的中间物。没有这样一种对人的神性的敬畏，就不是本质的文学，这是作家思考存在的一种自知之明的表征。许多评论者把这篇小说看成是生态主义或者是儿童视角的小说，都远离了小说文本的本意，而是把小说勘探存在精神的一种误读。能够被误读的小说往往是有大容量多意象的自治而丰富的世界，在这里能够看到一个生命的世界，人类永远破译不了生命的密码，正像人类永远破译不了成长的密码一样。残雪对着生命的离奇和神秘，指认出"和死人还是有点区别"，保持对生命的敬畏，这也许是残雪存在的一个坚硬的美学力量，也是对希腊神话的一种现代演绎。诸神之王宙斯娶了神灵和凡人中最聪明的人墨提斯为妻，在她就要生产时，预言墨提斯在生雅典娜后会生一个男婴，将有超越宙斯的力量，宙斯害怕她可能生下拥有比霹雳还要厉害的孩子，而将怀孕的墨提斯吞入腹中，后来宙斯从自己的头脑里生出了这个女儿雅典娜，雅典娜便是人类智慧和力量的象征。

这是中国化的现实主义的附笔，而语调是鲁迅《狂人日记》的感觉，是对愚昧而又善良的国民性的鞭挞。每个富有神性的人，在现实的土壤中都被以爱的名义，教育成一个和死人没有区别的空空洞洞的一张脸。孩子在这个土壤里被害了十多年，从六七岁到十六七岁，应该是残雪非常有力道的思考和象征，所有人的命运是不是都是那个饲养毒蛇的小孩的下场呢？通过这样的作品，我们觉得残雪的存在是有效的现实批判，故事只是精神的外壳和载体。而从动物与人的关系来思考的话，我们不得不说蛇作为爬行类的卑贱地位和其毒液的力量，让人类既鄙视又恐惧，世界医学通用的标准权杖上两条缠绕的蛇，在人类心目中有丰富的意味。这与人看待智慧的态度是相同的，人类的发蒙，是亚当被夏娃引诱吃了智慧树上的果实，前因是夏娃被蛇引诱。这种身体生活的感觉，在童年状态下往往保持比较具有原始性和整体性，与人的真实而自然的存在状态有一种若隐若现的关系，用语言的织物织成一张大网之后，网住的往往就是文学的灵魂。

第三章 非虚构文学的诗性正义

一 童心带来的诗性正义

董宏猷在《一百个孩子的中国梦》的后记中说："我的梦幻小说，是'梦幻现实主义'的萌芽，在我看来，现实是梦幻的摇篮，梦幻是现实的花朵。"这部宏大的儿童文学梦之作，描写了从 4 岁到 15 岁中国当下社会现实生活中，不同地区、不同民族、不同阶层、不同身份的 100 个孩子的梦。其中现实主义的描写和刻画的真实性，是这部作品最令人迷醉的地方。从其创作方法和选材来看，所有的梦都来自作者对现实生活中真人真事的观察和采访，在当下儿童文学创作出版的商业大潮中，这种创作和出版行为无疑属于一种"苦役"。非虚构地真诚写作，展开了这部梦之书莲花瓣的结构，这一朵梦之莲花，深深扎根于现实的水中，所以，才能够从 30 年前一直开到 30 年后。文学传递了诗性正义和童心无敌的力量，以童稚性的思维方式和独一性的生命体验，超越时空，达到永远。

大量现实生活的取材和对现实生活逼真的描述，使得作品现实批判性较强，极其有力道。在《春蚕》中，那个不辞辛苦的11岁小女孩，爸爸妈妈在城里打工，她和爷爷奶奶在乡下养蚕，为了让爷爷奶奶更好地休息，每天夜里要三次起来给蚕宝宝铺上桑叶，"她眼皮好沉，头也好沉，好像躺在云彩上，不由自主地飘啊飘。……不行啊……我，不能睡过去……我，我要帮奶奶……铺……桑叶……"善良坚韧孝顺的美丽心灵可圈可点，令人敬佩有加，这种坚韧勤劳的精神，不就是中华民族的传统美德吗？

在一部儿童文学作品中，我非常在意是否写出人的尊严和灵魂的高贵，而这一切精神的指向都在日常生活的点滴之中。《捡煤渣》的小男孩，冒着凛冽的寒风，在伸手不见五指的冬晨来到煤矿附近捡煤渣，在暴风雪中推着自行车艰难地爬上山一样的矸石山，每走一步就退半步，捡煤渣的大人和孩子人流如织，一车突然倒下来的废弃矸石，会吸引人们像蜜蜂一样扑过去。人们在这废弃的矸石中淘宝一样寻找少得可怜的煤渣，这些煤渣是每一个家庭驱赶严寒的黑色"天使"。突然有一天，一大车亮晶晶的大块煤，像"天使"一样从天而降，人们是何等惊喜，蜂拥而抢，司机把煤块和矸石倒错了位置，这时候的男孩大声呐喊："这是煤块！不是矸石！不能抢！不能抢！"两只手，十个手指，全都火辣辣的疼，但是，却像一道坚不可摧的堡垒挡住了人们的疯狂，这是孩子的噩梦还是现实正义的力量呢？毫无疑问，这是孩子内心高尚的道德律，即使贫穷即使卑贱即使严寒，这个矿山底层孩子的世界中，还在坚守着一种灵魂的纯净与高贵。

不忘初心，回到本真，于物质生活的贫乏中找到人生的真谛。在《甜甜的大海》中，茶马古道上送水的布依族男孩，可以把仅剩的半碗水送给黎爷爷，黎爷爷又把这半碗水舍不得喝留给男孩，在崎岖山路随着马帮挨家挨户送水的男孩理解这半碗水的深情厚谊，更懂得了半碗水带来的生命价值，他梦想中"甜甜的大海"是那么真切而现实，渴望水的人们就像渴望生一样热情而节制，读来令人动容，仿佛一下回到了生活的本真。今天，在物质极为丰盈便利的城市"自来水"生活中的人们，还有多少人能够想到"半碗水"的生命意义呢？这样的小故事无疑在唤醒人类对养育我们生命"水之源"的爱惜和感恩。

苦难的物质生活从来没有泯灭孩子心中的梦想，他们饱满的热情、充沛的善良、生存的坚强、道义的勇敢……如浩瀚无垠夜空中的星光，那么耀眼而迷人，这是童心的力量，也是人性的光芒。从这个意义上说，我更愿意称其为现实的浪漫主义，从儿童苦难的现实生活出发，主人公却能够战胜自我，超越现实，超越苦难，这是人类童年的精神写照，董宏猷的一百个中国孩子的梦，就是整个人类精神、未来梦想和人性力量的最美丽的诗篇。

童年的梦就是一个多彩的万花筒，有噩梦、有美梦、有甜梦、有苦梦、有大梦、有小梦……梦的本质是人们心灵的映像，对梦的发生地一次次深刻地探索和研究，就是对孩童心灵世界的探险和发掘。在成人作家创作的儿童文学中，因为自己已经成为"成人"，再返回儿童心灵世界的时候，必须有一种神奇的力量。天才的儿童文学作家，可以潜入儿童心灵世界的底部，痛苦着孩子的痛苦，悲哀着孩子的悲哀，快乐着孩子的快乐。我们从董宏猷三十年如一日的写作中，发现他百科全书一样展开儿童各种各样丰富多彩的心灵世界，挖掘出儿童心灵的复杂与深邃。孩童心灵世界的奥秘，像谜一样吸引着他。真像意大利哲学家皮耶罗《孩子是个哲学家》中所说："我对孩子的思想充满了敬畏——他们以纯真而又智慧的眼睛打量着世界。"董宏猷又用纯真而又智慧的眼睛打量着儿童，发现他们梦想的神奇和美妙。

在《我的尾巴在哪里》中，4岁的男孩希望自己像小狗萨摩耶一样长出尾巴；在《小小铁骑军》中，6岁小女孩的梦就是随着爸爸妈妈在广东打工返回广西老家的摩托车队能飞起来；在《魔鞋》中，8岁藏族小男孩阿卡住在青海塔尔寺中，他的梦想就是有一双魔鞋，穿上这双魔鞋可以比姚明还高，跟乔丹、詹姆斯和姚明一起打篮球；在《青春的味道》中，15岁女孩的幽微细腻的心绪，就从男孩篮球鞋的臭味中觉醒，那种青春的味道，萦绕在女孩梦中，难以摆脱又无时无刻不在期望，女孩心，海底针，这种心海无边无际。董宏猷，作为一个领悟童心本质的作家，他找到了一个多么丰富而深邃的写作入口，味道，永远也写不尽的味道，最难忘记的味道，这味道是看不到摸不到而又无处不在的一种生活之"真"，真是像雾像雨又像风，但是，在青春期就是一个标志，一种神秘而顽强的青春的力量，能够击碎一切情感和心理的防线，中国古训所谓的"臭味相投"，可以堪称知音的另一种戏谑表达，难怪屈原《离骚》中经常以香草和花香隐喻他纯洁高尚的心灵。因为世间许多不平事，在气味面前是平等的并充满了诗性和正义的力量，无声无息地飘向远方。

作为梦幻现实主义文学的奠基之作，艺术手法的创新更具有文学史的价值和意义。董宏猷的《一百个中国孩子的梦》出版于20世纪90年代，那是中国新潮儿童文学探索艺术"狂飙突进"的时代，那是儿童文学解放自己成为自我的一次宣言，那次新潮儿童文学的发起人张秋林，已然成为中国儿童文学每一次革命的"旗帜"。参与文学创作的曹文轩、梅子涵、常新港、董宏猷、程玮、陈丹燕、班马等都成长为中国儿童文学的中流砥柱。董宏猷三十年后再次续写并出版了《一百个孩子的中国梦》，在艺术表达方式上进行了全方位的尝试，以散文清丽文笔、以诗歌的语言、以戏剧的对话、以音乐的节奏、以小说的故事、以电影的画面等等，来编织这部梦之书。《一百个孩子的中国梦》一个非常重要的贡献在于对文学"形式"的创造。董宏猷强调这是一部长篇小说，很多评论者不太认同他的这种说法。因为作品里涉及内容太丰富驳杂，有一百个孩子，有一百种身份，有一百个故事，有一百个时间，有一百个空间，不同于一般意义上的长篇小说。但是，如果把这一百孩子的中国梦作为一个整体来看，那么，这些梦就是一个男孩和一个女孩从4岁到15岁的成长史。整个作品在结构上做了精心地编排，特别善于运用对比手法，把每一个梦作为一个长篇小说的一个故事情节来看，都有鲜明而饱满的细节，叙述风格也一悲一喜，一庄一谐，故事发生的背景一个农村一个城市，故事的主人公一个男孩一个女孩，间隔来写，错落有致，情节跌宕起伏，手法变化多端，童趣盎然，非常吸引人阅读。比如11岁的故事中，第一篇《春蚕》，是农村女孩的生活史，第二篇《穆桂英变成了孙悟空》，是城市艺术学校男孩的"戏如人生"的艺术路。前者是沉甸甸苦难生活的骨感现实，后者是缥缈有趣的梦幻精神世界。如此看来，也可以把这部书看成一个人与一百个环境的对抗史，也可以看成是一个人对自我心灵世界的探索史。董宏猷把读者带入了这个正在发生翻天覆地变化的中国的各个场域，去认识各种各样的人和事，也可以说是一个人在各种各样生活现实环境中一种生活的可能。带孩子入梦的董宏猷，不仅丰富了孩子的心灵世界，还激发他们寻找自己已经做过的梦、正在做的梦和憧憬未来的梦。难怪那些长大成人的读者，还清楚地记得童年时阅读《一百个孩子的中国梦》的情景，那是儿童文学润物无声的审美力量，成长从来就不孤单，有那么多同龄的朋友相伴，难道不是最幸福的人生吗？从阅读的感受来说，阅读一个孩子的梦，就是刷新一次人生。

事实上，每一个孩子的中国梦，都是中华民族伟大复兴的中国梦的一部分。儿童文学作为指向未来的文学，这种描写和表达超越了文学本身的功能，具有了丰富的社会学价值和人类心灵史的意义。有梦想的人生才是真正的人生，儿童文学从来都是人类文化的精神资源。从这个意义上说，当梦想与儿童相遇时，人类的创造性将展开美丽的翅膀，飞向宇宙，创造奇迹！

二　灾难作为文学之"钙"

王巨成的少年小说《震动》由中国少年儿童出版社出版，小说以汶川地震为背景书写了少男少女的特殊成长经历——面对灾难的态度。一个学校的四个少男两个少女，为了一场青涩的恩怨，在人迹罕至的山坳里，要用一场最远古最有说服力的方式——决斗，来了结这段恩怨，以便今后可以安静地生活。

这时，"四周的山像得了什么命令一样，轰隆隆地咆哮起来，咆哮声中，山石滚落下来，山体像被无形的巨斧劈开，绿色的植物被像无形的大手撕开，那些泥石，呼啸着，排山倒海般冲向山涧……"地震啦！六个少年性命如何？他们会如何面对这场灾难？他们之间的恩怨又会以哪一种方式呈现？亲人如何找寻这失踪的少年们？

这样的情节使我们不由自主地想起了英国作家戈尔丁的《蝇王》，在未来的一次核战争中，一群英国男孩乘飞机离开英国，途中飞机被击落，流落到一座也是人迹罕至的荒岛。孩子们分成两伙互相杀戮，伤亡惨重，最后，孩子们得到成人的救助，重返人类社会，但荒岛被一场大火烧成灰烬。1983 年，瑞典文学院把诺贝尔文学奖颁给戈尔丁，形容《蝇王》为"以清楚的写实主义叙事手法，以及多样性、普及性的神话方式，阐明了今日世界的人类情况"。事实上，人类的情况往往是复杂的，王巨成的《震动》做了另一种回答。

开始，少年们疯狂地逃跑，山石不断滚落下来，挡住了孩子们的去路，六个少男少女不知道跑了多长时间也没能跑出山坳，那个要与钟雷决斗的少年黄春荣跑在最前面，突然，他下半身被山石埋住，随着"救救我"的惨叫，五个人同时朝黄春荣奔去，在巨石下面救出了血肉模糊的黄春荣。当又一次山石滚落之时，女学生顾芳芳也被砸伤了腰。学习较好但家里以卖菜为生受到黄春荣欺辱的钟雷，被同学称"那个拿别人手机的男生"受尽同学白眼的俞前进，失学在家被认为社会混混的元帅，引发男生之间决斗的漂亮女生宋佳玲，小说写了他们内心激烈的矛盾和斗争。元帅想起与自己相依为命的奶奶，本想一个人逃走，但被宋佳玲信任的话语感动之后，就决定留下来。他们心照不宣地要活一块活，要死一块死，仅有的矿泉水一人一口分着喝，一块口香糖给身体最弱的顾芳芳吃，晚上睡觉的时候把受伤的黄春荣和顾芳芳围在中间取暖相依而眠，钟雷不计前嫌背着黄春荣一次次逃出险境。最后，俞前进在同伴鼓励的目光下，一个人赶夜路爬出山坳，在途中遇到毒蛇，他为了保全自己的性命，更为了完成报信的任务，毅然咬掉自己的中指，忍着剧痛回到镇上报信，使同伴获救。

寻找也是这个作品的另一个重要的主题，学校、家长、社会、同学，一刻不停地寻找失踪的孩子，亲人的召唤更是少年坚持下去、活下去的有力支撑。顽皮的元帅一想到奶奶等他回家，就从昏迷中露出微笑，与死神对峙。

除了这六个少年的叙述线索之外，作品用散点透视的结构，同时展现了在地震中人们的坚强毅力和大爱无疆的美好品质。元帅的奶奶在地震中后背被压住不能动，她想着孙子需要自己，从吃土豆到吃土，硬是挺到救援队来救出自己，创造了生命的奇迹；何平老师、季洁同学都是为了救别人而献出自己的生命，李全有、俞飞跃、顾长勇、曹佳音一串串名字出现在救援现场，还有许许多多没有名字的人，用身体救助别人的生命，用信心支撑别人活下去，用歌声点燃别人的生命之光。一幕幕感天动地的场景，让人潸然泪下，难怪编辑在小说的封面上有这么一句警示语："一本需要带手绢阅读的书。"

中国儿童文学史上，从来就不缺少苦难题材的小说，苦难是社会性的，也是漫长而凄苦的，对人的精神和品质是渐渐渗透，也往往被小说家所热衷。但灾难题材的儿童小说却很少。一方面与中国文学中天人合一的传统有关，一写到自然就是田园风光、诗情画意。在儿童文学的谱系中，保有一种盲目乐观的理想化的生活，甚至都不敢言"死"，自然灾难更是缺失。海德格尔说"人，向死而生"，因为知道有死，人类才能更珍惜生的意义。从这个角度来说，《震动》在震动人的情感、心灵、人生和人性之后，也给儿童文学创作提出了一个令人震动的课题。灾难的突发性、毁灭性和不可抗拒性也许更能让人们思考人生的大问题，"生存还是毁灭"这是哈姆莱特永远追问的话题，有时真不是人力所为，还有别个力量在驱使生命，不仅仅是人的生命，包括一切动物植物的生命。那些生命生存的权利就需要人来保护，因为他们的生命与人类息息相关，就像那只支撑元帅奶奶活下去的小老鼠。但愿，人们被《震动》之后，好好活着，这就是《震动》的人性之光，不同于那部寓言式的小说《蝇王》，或许是中国儿童文学的一种坚强力量之所在吧。

三　母子心灵成长的"共生"状态

用诗来写童话，用童话来生活，用生活悦动成长，用成长淬炼母子真情。萧萍新作《沐阳上学记》用七年时间真实地书写了自己儿子李沐阳的童年时光，包括《我就是喜欢唱反调》《请投我一票吧》《男生女生那些事儿》《我为什么不去美国》四部，是难得一见的中国儿童文学的非虚构写作，亦可称为一个中国儿童成长的史诗。

孩子们的脑袋里想什么？是所有大人都想知道的秘密。萧萍作为儿童文学作家潜伏在儿童成长现场，探索他们的成长秘密，孩子的生活不只是色彩斑斓的诗，还有无尽的烦恼。选择去哪里过年呢？在《欢欢喜喜过大年》一节，小学生教室里热闹起来，邓米拉想去海南岛的亚龙湾玩沙子，梁子儒想去香港的维多利亚湾观烟火，吴肖蓝想去澳大利亚剪羊毛——真的羊的毛，而李沐阳想去宝鸡，"宝鸡"这个词语说出来之后，让所有的孩子诧异得说不出话了，没有人知道宝鸡在哪里，甚至有一个同学还装成知道的样子说："宝鸡是不是就在新加坡那里？"因为班级的许多同学知道新马泰。李沐阳一家在宝鸡过了一个最为传统的中国年，一大家族的人聚在一起，李沐阳觉得非常快乐。

《老妈日记》中萧萍写道：每每想起以后我们孩子的字典里将缺少，甚至没有"舅舅""伯伯""姑姑""姨妈""堂哥"这样的词汇，"我的心就会轻微地疼一下。"在如此平常细小的事情中，把李沐阳这一代人独生子女的精神面貌勾勒出来。作为上海这个中国第一大都市的小学生，这一代孩子有足够丰饶的物质生活和阅览世界的目光，却不一定了解自己脚下的土地，包括剪"真的羊的毛"都成了一种奢侈的童年游戏。儿童文学理论家朱自强反复呼吁儿童要有身体生活，身体生活是真的人生经验，身体生活是一个人成为真正人的前提和基础，即便在高度虚拟化的社会，儿童的身体生活也是不可缺失的，当思想观念文化等高度密集的时候，身体生活成为儿童文学最具有温暖的地方，萧萍以作家的亲身经历，逼肖地写出了这种成长之痛以及灵魂之伤感。

萧萍作为一个儿童文学作家，以敏锐的目光和深邃的思想发现，当字典里没有那些复杂的亲属称谓的词语时，情感的贫乏、生活的枯燥、中华文化的断裂感也会显现出来。中国的儿童文学界，一直在呼吁作品的思想性，思想性不是漂浮在生活上的一张油皮，往往就在日常生活细微之处。《沐阳上学记》这个开篇之笔，萧萍的写作调性起得实在妙不可言，以后的大事件、小烦恼、长深情、短吁叹，都有了时代和社会生活的大背景，李沐阳作为一棵树，妈妈也以树的名义和李沐阳站在一起，在肥沃复杂的土壤中成长起来。

李沐阳是个性极为丰满的小孩子，因为他是日常生活中的真实的孩子。当我们在斥责中国儿童文学界千篇一律的儿童形象时，不是现实生活中的孩子成了一个样子，而是作家在用一个模子"做孩子"，没有遇到一个"真孩子"，当然写不出一个"活孩子"。看李沐阳这个活力四射的孩子真是过瘾，尤其是李沐阳和妈妈"战斗"的画面，更是动人心魄。《我就是喜欢唱反调》中，沐阳讲述作为儿童文学作家儿子的烦恼，看"鸡皮疙瘩""午夜幽灵"入迷时，妈妈想让他休息眼睛，吃一个炖梨，梨子中间挖了洞放上川贝之类的"良药"，妈妈想出的"反对游戏"就是让李沐阳用红笔改著名儿童文学作家萧萍的《一只靴子》，反对版的《一只靴子》想象丰富大胆神奇，发明一种"反对游戏"让李沐阳练习改稿子，因为李沐阳不愿意修改作文，即使修改也从不用橡皮，而是用口水去擦。靴子不叫老大叫老小，不是瞎子是瘸子，专门喜欢走在妙趣横生的路上。

萧萍对儿子的态度是民主的、充满爱意的、尽职尽责的、聪明过人的、敏感的、欣赏的，没有育儿经验的母亲是写不出这样的儿童文学作品的，为潜伏在儿童世界的儿童文学作家亮出了最有力道的一张王牌，只要深入他们的内心世界，还是有能力和他们斗智斗勇的，只是，不一定能斗过他们，这场战斗的赢家永远代表着未来，因为他们是春天、是花园。

文学的形式永远是内容存在的原乡，这部书在设计上可谓别开生面，有诗歌有孩子的自述有老妈的笔记，三个部分各自独立成篇，又藕断丝连，每本书的形式虽然没有变化，但是，故事的构成又各有调性。在反对和研究女孩心思的过程中，明显看出了主人公李沐阳先生的成长，一年级的时候简直成了受气包，因为男孩身体和心理成长晚于女孩，这种身材被女孩折磨得要命，噩梦一样。妈妈的焦虑和不公平也在内心郁闷着，到了六年级，这个劣势变成了优势，孩子的成长也释怀了母亲的不安。多么逼真而现实，而教育的观念完全是一刀切，仿佛总是男孩子在欺负女孩子，儿童文学的本位就是要写出这种丰富性和复杂性的生活，不是作家根据观念在臆造情节。从这个意义上来说，萧萍的创作是带有行为艺术家的特征，她走在儿童成长现场的时候，会发现儿童的成长多个事件各种矛盾纷沓至来，无论作家的文笔有多漂亮，面对一个活生生的儿童，都是很难言说清楚的，即所谓当局者迷旁观者清，如果一个作家没有这种对生命成长客观性的尊重，就不可能创作出诚实可信的儿童文学。

我一直倡导儿童文学的诗性，只有诗性存在于儿童生活的现场，才能把儿童现实的生活变成精神和情感的生活。面对儿童成长的困境，作为教育儿童的成人，尤其是作为儿童文学作家不一定有比儿童更敏锐的心灵，但是，成熟的思维、语言表达和人生经验，应该成为替儿童表达心声的一个管道，而不应该用"瞒和骗"的手段来编织谎言，那种谎言，早晚有一天会被儿童揭穿，就像安徒生《皇帝的新装》里的皇帝一样赤身裸体地在广场上游街示众。对儿童的真诚，对儿童成长的困境，作为儿童的家长和作为儿童文学作家有多少人尊重他们的成长规律，理解他们的"新思维"新世界呢？如何在"变"与"不变"之间把握住儿童文学的本质呢？

诗性生活是解决儿童精神困境的一个重要出口，儿童文学的诗性就存在于儿童日常生活的点点滴滴之中，在《沐阳上学记》中被表现得淋漓尽致。那个活力四射的儿童世界，经常打败成人世界，让我看到了中国儿童的希望和儿童文学的希望，难道中国儿童文学近三十年来的蓬勃发展，不与现实生活中儿童的精神生活密切相连吗？儿童成长的现实中，不只是贫穷、屈辱、残疾、变态、暴力等因素。然而，近年来的儿童文学创作确实有这样一种倾向，其创作目的已经昭然若揭，无非是被市场经济裹挟着在消费童心，美其名曰为"儿童文学"。

总而言之，萧萍以诗人的情感、戏剧家的戏仿、母亲的胸怀、朋友的赤诚等等多重身份，来写一个实实在在的中国小学生真实的生活，她能够做到感同身受，塑造唯一的"这一个"小学生李沐阳，也是中国一代儿童的代表。对我来说，目睹了太多胡编乱造的儿童文学，萧萍《沐阳上学记》如此感人，阅读时几次掩面落泪，作为母亲有太多的相同感受了，萧萍替天下许多母亲写下了中国孩子的童年，这样的作品具有史实的性质，是优秀而丰富的非虚构文学的标志性作品，亦是中国儿童文学应该努力的一个重要方向。值得一提的是，因《沐阳上学记》是生命成长纪实性的作品，可以称为一种"原叙事"——种子作品，在此基础上，能够演绎出许多其他形式的艺术品，期待着那一天的到来。

四　敬畏儿童丰富的痛苦

野芒坡，一个上海特定历史时期存在过的地方——外国传教士在这里创办了孤儿院，何以穿越时空，在殷健灵的小说《野芒坡》中得以复活。是什么力量让殷健灵在这一历史题材上用功，与她之前写《纸人》时代的儿童小说有什么内在的血缘关系呢？历史题材小说的现实性从来都是小说创作的关键点，也是最考验一个作家艺术功力的地方，以"磨"作品为创作态度的殷健灵在这部小说中，是把《纸人》时代的儿童心灵的内宇宙与《野芒坡》时代的外宇宙进行了一次情感融合，表达出儿童成长过程中丰富的痛苦。

无家之痛，禁锢之痛，身体之痛，情感之痛，心灵之痛，精神之痛等集中展现在读者面前。在刘绪源看来，"当年的孤儿院有种种问题和不足……会有种种灾难、疾病，儿童的存活率并不高；孤儿来自社会各方，良莠不齐，也会在暗中形成秘密的势力，使一些弱者受害（这在小说中也有隐约的体现）；教会的严峻的宗教气氛，还会对幼小的儿童心理造成压抑，并非人人都能顺应。"能够存活下来并成才的不是很多，但是，在中国清末民初的黑暗社会之中，给底层无家可归的孩子提供了一个栖身之地，小说努力挖掘这种种痛苦现实生活背后的人性之光，更表现出儿童顽强的生命力和对艺术的向往。

这个跨时空的视角使得小说具有独特的意味，历史的厚重感和现代性的演绎，把一群鲜活的面孔栩栩如生地展现在 21 世纪的读者面前。外国传教士在上海建立的孤儿院，这个历史题材的点亮紧紧围绕一个男孩幼安的成长来写，也是男孩幼安从家庭走向社会的成长小说，也是男孩幼安面对社会生活不屈不挠的斗争以及寻找自己兴趣爱好和灵魂归宿的自叙传。小说运用跨文化因素，充分体现了儿童文学爱与美的主题，虽然生活在宗教气氛浓郁的孤儿院，幼安却走向了一条通往艺术和美的神奇道路，这条道路也像宗教一样，给男孩幼安信心和生活下去的勇气，超越了生死之境。

《野芒坡》中每一个人物都有比较鲜明的个性，幼安因教堂里的绘画雕塑等艺术品的存在，发现了自己这个方面的天赋，从而产生了对艺术的疯狂热爱，为实现个人的追求不断努力的过程，仿佛一个伟人的受难史，这也符合人为了自己的梦想而努力的艰辛过程。对儿童心灵追求的如梦似幻的描写占据了小说大部分，使得这个历史题材有了丰富的现实性和情感积极向上的追求力量。另外，幼安离开那个没有爱和关怀的家，作为一个流浪儿来到孤儿院，这一群孩子中有善有恶，各种儿童的顽劣和鲜明个性，作家毫不回避地描写出来，使得孤儿院的艰难生活非常逼真。有与自己一样敏感善良有梦想的伙伴们，女孩卓米豆的轻松活泼使深沉忧郁的幼安收获了不一样的轻松快乐，若瑟对宗教的追求和对人的理解，让幼安得到了灵魂的避难所，菊生的理解和支撑带给幼安对梦想的信念，菊生能够让好朋友在自己精心做的红木床上雕刻夸父逐日的图案实现幼安对美的渴望，这是一种神奇而令人羡慕的真正伟大的友谊。如果说孤儿院给了幼安生活的栖身之地，友情的力量鼓励他并成为他生存下去的动力，那么，安仁斋牧师是他人生路上真正的领航人，发现并尊重幼安对艺术的兴趣和癖好，给幼安提供学习的机会，这对一个孤儿来说真可谓是人生的太阳，也是人性的光芒。

孤儿院里的孩子被教授一些手艺，如鞋匠木工等，长大后有一技之长就能够养活自己，并成为对社会有贡献的人。他们的劳动被盘剥也是不争的事实，繁重的劳动、恶劣的条件、心理的摧残等等，孤儿种种日常生活的苦难被宗教气氛笼罩之后，苦难就有了人的神性的一面，即探索灵魂的空间。那么，孤儿肉身的受难史和人的精神的殉道史就为孤儿们的成长，提供了一个比较宏大的文化背景，两个故事互文存在，没有孤儿的苦难生存现实，故事就没有感染人的生活基础；没有宗教的神性召唤，很难在这种苦难中能够坚持生存下去，禁锢与救赎成为这所孤儿院安放孩子身体和精神的寓所，孤儿本身的生存痛点之多和儿童成长之艰难，便比较充分地扩大了小说的艺术空间。

《野芒坡》的叙述节奏张弛有度，是一个成熟作家的精心之作。小说结构达到了圆融，前一笔的交代到后一笔都有呼应，隐形的成人和隐形的儿童也在互文成长。这是一个有温度的故事，以兔子灯开篇，以外婆的雕像结尾，这两个物品带有人生两极的隐喻，前者是老人带给困苦中孩子的希望，后者是年轻人报答老年人孝心的沉甸甸果实。小说叙述男孩幼安从5岁到18岁身心的艰难成长历程，有许多情节令人潸然泪下。这是殷健灵对儿童生命的尊重使然，她从一个书写女孩心灵成长的内宇宙作家，到如此鞭辟入里地书写历史题材儿童成长的外宇宙作家，说明了作家超越自我以及艺术创作的成熟。作品结尾写幼安远赴意大利的追求艺术之梦，对自己内心的这个愿望小心翼翼如履薄冰地守候着，这是一个对艺术真正热爱的人才怀有的对伟大艺术的敬意之心灵，就像殷健灵对她笔下的幼安小心翼翼地呵护一样，作品预示着经过淬火重生的凤凰幼安，在孤儿院一切苦难都将有别样的价值。

《野芒坡》语言干净唯美，充满诗情画意。得到曹文轩的高度赞誉："风景描写，意象独特，境界悠远，修辞别具一格。它们镶嵌在漫漫的文字之中，带来的好处举不胜举。"景物描写往往是人物心灵的外化，呼应着人物的成长，当春天来到野芒坡的时候，紫藤花盛开、新翻开的土油亮、银杏树长出叶子、小燕子兴致勃勃地筑巢……笃信基督的若瑟给幼安讲了他从未听说的话，"你恨你的继母和父亲没有用啊，你的痛苦没有减少一分，反而更多了。总有一天，那些痛苦会远离我们的身体，而你纯洁的精神却会让你飞起来"。这是一颗宽恕的种子播撒在幼安的心里，他的人生从此开始转变，这些欣欣向荣的景物难道不也与笃信上帝的若瑟一样，点亮了幼安黑暗的人生吗？

殷健灵在《学不来的"淡"与"静"》一文中，谈自己欣赏的作家孙犁先生和金波先生的创作，"淡"与"静"是殷健灵追求的文学创作方向，保持着对这种美学品格的敬畏。她自己的小说中这种精神也如花香一样在《野芒坡》中弥散开来。与一种文学品格相遇，就是与另一个自我的相逢，那是一种创作的兴盛，更是一种情感和灵魂的搏击。

如果从儿童文学的现实审美教育的角度来看，孤儿院与野芒坡这种历史题材，是把儿童丰富的生命痛苦揭示出来，并把这些生存之痛放到当下物质生活较为丰富的现代都市儿童面前的一次情感盛宴，看看孤儿们顽强的生命力和他们的精神追求，会不由自主地咬紧牙关，寻找发现自我、实现自我和超越自我的种种方式。也许，这就是成长小说润物细无声的独特魅力吧。

五　表达童年文化生态的一种方式

程玮的儿童文学创作以精致细腻和文质兼美，起步于 20 世纪 80 年代，她的《来自异国的孩子》《少女的红发卡》等对少女心思细腻绵密的情感编织，给人一种似真似幻的感觉，阅读她的文学语言总有切肤入心的感觉，她的新作《啄木鸟叫三声》继续了她前期的艺术风格，但是，在构思的精巧上，却有着深刻而智慧的童年文化生态思考。

《啄木鸟叫三声》中的小女孩菲菲搬到新家，她有了自己独立的粉红色梦幻般的房间，她的房间是她精神生活独处的开始，这种独处亦带来了她与爸爸妈妈分离的内心失落与情感孤独。爸爸从德国黑森林买回来的啄木鸟挂钟，成为她生活中唯一可以交流的朋友。当啄木鸟叫三声的时候，啄木鸟就会来到她的面前，并把她带入神奇的格林童话之中。啄木鸟既是菲菲心灵的导游，领着她前往黑森林的童话王国去旅游，又告诉她可能遇到的危险以及她应该遵守的"游客须知"。对于儿童文学的审美功能来说，很多人强调一个感同身受，如何感同身受？对于没有生活经验的都市现代孩童来说，是非常困难的。经典儿童文学往往参与了儿童情感和精神的成长，成为孩子增加身体感受与人生阅历的一个最理想所在。啄木鸟让菲菲进入《汉赛尔与格莱特》的世界中，菲菲变成了格莱特，与哥哥汉赛尔一起迷路了，他们被父亲和后母抛弃在月光都透不过来的密密的黑森林之中，睡在破烂的稻草上，饥饿寒冷恐怖，在啄木鸟的引领下发现了森林中的"糖果屋"——香喷喷的面包和糖果做出的小房子，哥哥汉赛尔掰开一小块房顶就吃，菲菲也开始啃窗户，巫婆出现了，想把两个孩子带到屋子里，菲菲想起妈妈给讲过这个童话，知道这个故事的结尾，她大声喊哥哥不要吃。这时候，啄木鸟叫了三声，菲菲醒来躺在自己粉红色的床上。尽管回到了温馨幸福的家里，曾经在黑森林里经历的迷路的恐惧、被继母咒骂、被父亲遗弃、睡在稻草上以及饥寒交迫的感觉菲菲永远记得。这就是儿童文学理论家朱自强反复强调"身体生活"在儿童成长中的重要性，没有身体生活的参与，儿童不可能真正成长。

法国哲学家梅洛·庞蒂认为："身体始终和我们在一起，因为我们就是身体。应该用同样的方式唤起向我们呈现的世界的体验，因为我们通过我们的身体在世界上存在，因为我们用我们的身体感知世界。"啄木鸟把菲菲带入幻想的故事世界，却使她获得了真实的身体生活和情感体验。那么菲菲现实生活是什么样子呢？程玮仿照小学一年级孩子的口吻来写，星期六爸爸妈妈带孩子去游公园：

"大家都站在花坛前面照相。爸爸妈妈让菲菲站过去，他们给菲菲照了一张相。然后，妈妈和菲菲站在一起，爸爸给他们照了一张合影。然后，爸爸和菲菲站在一起，妈妈给他们照了一张合影。再然后，妈妈请一个戴眼镜的叔叔，给菲菲和爸爸妈妈三个人照了一张合影。"

然后一家三口去动物园，也是如此这般一番，又是三个"然后"。读到这里，内心一下被刺痛了，爸爸妈妈所谓的爱孩子是"以自我为中心"的虚荣，把孩子的照片发给爷爷奶奶姥爷姥姥作为欣赏的"对象",现实生活中的"儿童"往往变成了"他者"。读者能够深切地感受到小女孩菲菲内心的空虚、寂寞、无聊与痛苦,这哪里是游园,分明是玩偶一样地被"摆拍",所以她撒谎说"渴死了、饿死了、困死了"回到家里,把自己关在房间里等待啄木鸟叫三声,她又经历了格林童话中《青蛙王子》的故事,变成了一只青蛙王子,当把公主的金球捡到之后,公主不遵守诺言,不允许青蛙一同吃饭一床睡觉,这时候国王爸爸严厉教训公主:"如果有谁在我们困难的时候帮助过我们,不论它长成什么样子,我们都应该好好对待它。听着,现在你就带着它回你的房间吧!"这是人一生都应该懂得的道理,"制定合同"并遵守"契约精神",不能欺骗他人,更不要忘恩负义。最后一次是啄木鸟按照菲菲的要求,进入一个没有寒冷没有魔法不被撞脑袋的故事时,菲菲被变成了一只小鸟,进入《不莱梅市的音乐家》的故事中,与老年的驴子、狗、猫、公鸡等团结协作,一起吓跑了强盗。格林童话中还有许多故事,也将勾起菲菲的无限向往,让她感受到了故事的魅力。

《啄木鸟叫三声》带有鲜明的幻想色彩。菲菲是一个善良纯真、好奇心强、敏感多思的小女孩,当听说啄木鸟一天到晚都要叫,夜里也不休息的时候,她非常同情啄木鸟。啄木鸟的形象个性鲜明,既是一个机智聪明、遵守契约、准点报时的小鸟,又是菲菲的朋友和导师,他对菲菲严格要求近于苛刻,比如说最后一次去经历不莱梅市音乐家的故事时,他坚决要求菲菲不能说话,只能在这些动物的头顶上飞,管住自己不说话,真是太难了,但是,这一次菲菲做到了,也就是儿童的成长就在经典童话的世界中体味到人情的冷暖、世界的复杂以及自我的超越。这些经典童话所蕴含的做人的道理如水一样，默默无声地滋润孩子的心灵，带给菲菲真实的生命感受。作品中有许多精妙的令人玩味的细节，比如啄木鸟和菲菲在她粉红色的房间里话音未落，菲菲突然掉进了水里，情节完全出乎人的意料之外，吸引阅读。

在《啄木鸟叫三声》中，幻想是真实的，现实是虚幻的。小女孩菲菲的独立房间、粉红色的装饰以及啄木鸟挂钟都具有象征意义和复杂的隐喻。一年级小女孩菲菲的成长故事，不是她一个人的故事，而是中国独生子女时代许许多多孩子的真实人生写照。现代城市儿童现实生活物质的丰赡与精神情感生活的深刻危机，孤独寂寞成为几代人的心灵密码。《啄木鸟叫三声》是程玮为儿童生命的呼叫，对比手法的运用，非常刺痛爸爸妈妈以及教育者的神经，文笔犀利而绵里藏针，看似荒诞的童话幻想故事背后，是绵绵的忧郁情思。

欲说心事谁人听，啄木鸟来叫三声，以"儿童为本位"的儿童文学创作，真是任重而道远。

六　非虚构的呢喃

阮梅是以写报告文学起家的作家，她创作的《世纪之痛：中国农村留守儿童调查》《拿什么来爱你，我的孩子——当代未成年人心理危机调查》《汶川记忆：中国少年儿童生命成长启示录》《天使有泪》《罪童泪》等图书已成为中国儿童文学的重要收获。她的作品里有一种坚硬的现实，对这种现实的切肤之痛又促使她的作品流露出真实的情感，在这部《亲爱的女儿》一书中，她的创作别开生面地从"他者"到"自我"转型，以书信体的形式向女儿讲述自己的童年故事，可以说，一万个妈妈有一万种花期，只是儿女面对的妈妈已经是成人，甚至担负着一个教育者的身份，使亲情的分量有些削减，静下来舒展笔墨之时，就是阮梅母性和女儿性华美绽放并收获亲情硕果之季。

如果说冰心的《致小读者》以书信体写了一个对小孩子充满爱的姐姐形象，那个形象里多是阳光、日月与理想和希望这些意象，令人欢欣鼓舞，也让人有一种理想的向往，与现实的距离还是比较遥远。而阮梅笔下的"本我"完全用非虚构的笔法，她竟然能够如此坦诚自己的性格，真实得令人恐惧、令人唏嘘、令人惊心动魄。在寒冷的冬天，冷风刺骨，爬冰卧雪还要去上学，对一个五六岁的小女孩来说是非常痛苦的，结果阮梅一下摔倒了，摔倒之后，"正想着爬起来呢，忽觉脸上痒痒的，像有一条小虫子在爬，我顺手一摸，呀，手指上黏黏的，一看，有血。是风刮的吧？我怀疑。同路的小胖子指着倒在地上的我开始怪叫：出血了、出血了，小梅子摔出血啦！"虽然"我"不觉得疼，但是看着满手惊心的血，"我"大展"哭技"，"扯开嗓门哭、声嘶力竭的哭喊、躺在雪地上哇哇大哭"。妈妈赶来把"我"带回家，"骗得了路人的心痛，以肆虐的哭泣成功地逃避了一次上学的艰难。那天夜里，我睡梦里笑醒"。当这种孩童的狡猾被完全细致地再现出来，就形成了一种"假作真时真亦假"的境界，引得读者笑出眼泪的一种喜剧效果，这是小孩子对抗成人世界并保护自我的战役第一次取得了"完胜"。现在回忆起来阮梅都洋洋得意的。不然经过了近半个世纪的时光磨洗，怎么如此历历在目并被描述得妙笔生花呢？与其说这是阮梅个人经验的一次再续前缘，不如说这是人类童真生命力量的一种永远的光芒，而对童年生命状态的尊重和再现，是儿童文学创作最应该考虑的原点。那么，这种"哭的喜剧"也许成为童心诗趣的一种美好印记，落到现实生活和艰难的人生土壤上的时候，阮梅提醒少女们，面对人生的困境，哭只能是宣泄，并不是解决问题的办法，"每个女孩都可以边哭边飞翔"，这才是人生一种最坚韧的力量，也是一种最美的人生姿势。

既书写过往的人生经验，又指向少女未来的生活，因为是以过来人"母亲的身份"在与女儿倾心交谈，就形成了作品的复调性和内在的艺术张力。"宁在宝马车里哭泣，也不在自行车上欢笑"的纷纷扰扰的现实生活观念和周遭环境，也许会影响到女孩的婚恋观和人生观。阮梅从自己的爱情生活现实出发，阐明了情感是无价之宝，一个具有独立"自我"和独立人格的人，才是最珍惜和最有人生意义的，强调了人生主体性的重要，可谓情真理切，字字呕心之痛，句句肺腑之言，她还非常坚定地表明自己的态度："宝马好，但在别人的宝马里，再繁盛的风景只会一掠而过。在这样一个盛产宝马爱情的时代，我相信两个苹果的稀有爱情，也可以愈久弥坚。"不得不说当下人们物质生活的繁盛，带来了物质绑架精神和情感的"异化"生存状态，而在人生观世界观和价值观正在形成的青少年时期，最容易自我迷失，这种关于爱情的讨论是非常及时而又非常必要，也是一种诗性人生的唤醒，值得深思。这不得不说 60 年代出生的阮梅，在自己的青年时代正好遇到了 80 年代思想活跃时期，对人生信念和未来有一种理想主义情怀，与当下的现实青少年的人生状态有非常大的隔离感。那个时代女青年推崇舒婷的《致橡树》："我必须是你近旁的一株木棉，作为树的形象和你站在一起。"这种理想主义和浪漫主义充盈的情感追求，很难被当下一些女孩子理解。从这个意义上来说，阮梅探讨的爱情似乎是个人性的私语写作，却更具有时代和社会的批判精神和文化反思的力量。

青春期的少男少女正处在美国心理学家埃里克森所谓"自我同一性"的建立时期，除了爱情之花在他们的生命中慢慢开放之外，这个年龄段的孩子也经受着友情的煎熬，获得什么样的朋友是他们从外部获得自我认同和确认自我存在的一种方式。阮梅结合自身成长历程谈了友谊的多种形态，最后告诫孩子，友谊不可以强求，"友谊原本就是一颗长在人们心底的树啊，孩子，我相信，只要你愿意，在你友谊的常青树上，一定还会有新的枝条挥舞向你，它会给予你新的、与往日不同的惊喜。因为，随缘的友情，最美丽"。随缘的友情才能惺惺相惜，才能在人生的路上走得久远。面对女孩的性别特征，阮梅对女孩提出了既古典又现代，既开放又自重，既现实又浪漫的美学旨归，"女孩懂得了矜持，学会了严谨，更需要音乐、舞蹈般的飘逸与放松；女孩懂得了端庄，学会了仪表，更需要学会欣赏诗情画意里的内涵与学养；女孩学会了朝着拟定的目标奔驰，更需要懂得在奔跑一段后停一停，用双目的余光看看自己脑后随着风儿飞扬起来的黑发，去看看路两边浩瀚无边的风景"。这种诗性生活带有梦幻般的感觉，也是人类文化精神得以不断提升的高贵之处。女性的自觉不只是来自于社会给定的身份和角色，还需要自己争取一个美丽的风景地，提升女性生命的格局需要一生的追求和探索。我曾经在《为童年留下一片绿洲——论儿童文学的诗性品质》中强调，儿童文学就是在努力平衡成人期许与儿童愿望之间的矛盾，女孩的愿望与社会上成人的期许有时矛盾更激烈更不平衡，更需要女性坚韧不拔的努力来发现自己，实现自己，超越自己。

可以说，阮梅是一个既能仰望星空，又能脚踏实地的儿童文学作家，面对现实生活中的阴暗、恐怖、疼痛、暴力、丑恶、死亡等等负面生活侵蚀，她能够非常客观地凝视与思考。"校园欺凌，并不仅仅属于网络时代的今天，它也属于 60 年代的我，以及我的同辈们。"她回望自己少年时候的天空，"有疼痛，有我许多的无奈和我的倔强抗争"。尤其是她中年后对身体疾病的抗争，"疼痛到来，我不得不严阵以待，不得不以适当的药物来调停。除了提醒潜伏的疾病，疼痛还是身体的保姆。"在与疼痛过招时，才能深切体悟到生命存在的丰富感受性，她如此面对疾病、痛苦和挫折，显示出一种积极乐观的人生态度。事实上，即使如此乐观坚强的阮梅，面对现代人的精神疾病——抑郁症，特别是自杀，也显示出无奈与焦虑，甚至迷茫与恐惧，一方面受中国儒家圣人孔子的传统生死观"不知生，焉知死"的影响，在死亡面前，中国人是讳疾忌医的；另一方面，自杀也是所有生命存在的难题，据科学家研究考察，动物亦有自杀的倾向，面对巨大的生存困境和后现代时期人类的精神孤独，自杀现象已然成为世界性棘手的难题。但是，作为一个母亲，作为一个儿童文学作家，阮梅大声呐喊："生命的姿势，就是像草样自然而顽强地生长，不美也要向着美的方向。向前走，走到腿脚不利索了，仍然向前走，遇到疯狗有打狗棍，遇到陡坡就爬行，即使老了，也步履从容。生命的姿势，是开心地、从容坚韧地走出一条自己的路，温暖地陪伴一个个至爱亲人。"这种诗意的语言与其说是对自己亲爱女儿的肺腑之言，不如说是对所有人的劝诫和鼓励，宛如灯塔，在弥漫大雾的海面照亮着人生之舟前行的方向。"向死而生"是海德格尔睿智的提醒，也是人类的宿命，更是阮梅作为一个作家表达自我生命的坚忍姿势。

阮梅在《后记》中谈自己的创作动机时曾说："关于一个人，历经了少年的成长，都会拥有一座富矿。我决定停下步子，迅速将我少年的富矿开采出来。我希图以文学的笔墨，以母亲的柔肠，像冰心先生的小桔灯那样，以温暖的文字照亮那些需要照亮的孩子心。"这种照亮不只是孩子心，因为其作为母亲的责任和作为一个作家的经验，就更具有意义和价值，比如说关于自己女儿的"叛逆期"，她能够以一个欣赏者的态度来面对这个"伶牙俐齿"个性十足的孩子，这也是许多母亲最大的人生伤痛，自己最亲爱的孩子，在青春期与父母已然成为陌路甚至是"敌人"，竟有彼此杀戮的极端行为。阮梅的最智慧的处理方法就是"闹个离家出走……常常是母女两个背了行囊一起出行。我们不择季节，周末也好，假日也好，只要不下雨，我们走在大地的旷野上，疯跑乱窜，或者到郊区找一处窄窄的田埂，选一地青草旁坐下，抖开吃的喝的，母亲和女儿慢慢和解"。与其说是和女儿慢慢和解，不如说是与一种充满勃勃生机的美丽旺盛的生命和解，真爱需要平等的对话和交流，需要沟通的力量，而不是以"自以为是"的"母爱"方式实施着"母害"。与此同时，我们在书中也看出了阮梅女儿可爱、坚强、独立和灵动的身影，这才是人生的双赢，在这种双赢中，阮梅更体悟到做母亲的幸福。

另外，在当下中国当代儿童文学创作的纪实性写作与幻想类文学的比对中，也会看到《亲爱的女儿》这部作品的意义和价值，太多胡编乱造的儿童文学在童年文化的天空中如雾霾一样，不为大家抗拒，许多人还见惯不怪，这种我手我心写真情的儿童文学创作就如一朵明丽的花朵，令人欣喜。祝贺阮梅通过探索"自我"成长的丰富复杂，来展示人生的多种况味，而这些况味才是人生的底色，伴随童年，并永远不老！

第四章　创造性想象的童话世界

一　用白云一样的目光关爱孩子

《草垛上躲小猪》是高洪波撰文、李蓉绘图的一部童话故事书，表现了一个幼儿心灵成长的感人故事。快乐小猪波波飞一直是一个动感十足、无忧无虑、聪明善良、勇敢快乐的小孩子，这一形象已经深入人心。这一次，他的世界发生了翻天覆地的变化，来了一个一百八十度的大转弯：小猪波波飞离家出走了。他爬到又高又大的草垛上，独自伤心，甚至还委屈。

小猪波波飞遇到了什么事情不开心了呢？一朵白云飘过来，给小猪波波飞遮住了太阳，还亲切地把他搂在怀里问："小猪你好，干吗爬得这么高？"小猪波波飞告诉了白云："我不开心！"因为波波飞觉得自从有了弟弟和妹妹，爸爸妈妈和奶奶好像忘了他一样。画面上真切地再现了小猪家里的情形，奶奶和妈妈一个人怀里抱着一个小猪，爸爸在为他们准备好吃的。那个他曾经拥有全部爱的家已经被弟弟妹妹占据了，他还伤心地告诉小麻雀："我变成了多余的小猪，说话都没有人听！"小猪波波飞在家里失去了关爱，无存在感、无价值感、无自我空间，那种孤独、伤心和痛苦的感觉能够唤起多少孩子情感的共鸣呀。

在独生子女时代，即使孩子得到父母祖辈全部的爱，如果家里来了一个陌生孩子做客，父母对做客孩子的关注和热情，也会引起独生小孩内心的情感波动，何况小猪家里新添了弟弟妹妹两个人，不是"旅客"，而是"常驻"，那种不适应感是真切的、现实的、时时刻刻又无所不在。就像安东尼·布朗在《小凯的家不一样》中描绘的那样，一个新生儿作为"闯入者"进入这个原有和谐幸福的家庭之后，孩子的心灵世界会遇到"风暴"，情感和精神会遭到巨大的刺激。

《草垛上躲小猪》的奶奶和爸爸及时来寻找小猪，奶奶拖着肥胖的身子，一边走一边喘着粗气喊："波波飞呀小心肝，别跟奶奶躲着玩！"躲在草垛上的小猪波波飞听到了奶奶声音的颤抖，他想扑到爸爸和奶奶的怀里，"可他想了又想，还是没有动弹"，这是一个有个性而情感又受到了伤痛的小猪，他需要一段独处的时间来"疗伤"。图画书中的蓝天白云和天空、舒适松软的高高草垛，还有不离不弃的小背包和玩具飞机……这一切拥着小猪入梦，"波波飞不知不觉睡着了"。当波波飞睁开眼睛时，看到了蓝色夜空中繁星似锦，整个画面色彩斑斓、辽远浩瀚、无边无际，小猪的心灵世界也如天空一样晴朗起来，小猪波波飞想起了爸爸和奶奶，想起了妈妈和弟弟妹妹，作者连用了三个动作来写小猪内心的欢愉和行动的快捷，"他一骨碌爬起来"，"滑下草垛"，"向家的方向跑去"。回到家里正是掌灯吃饭时，爸爸妈妈和奶奶看见波波飞回来都没有什么大惊小怪，爸爸的话充满深切的关爱，既保护儿子的自尊心又意味深长："波波飞回来了，在草垛上睡过头了吧？"波波飞也充满儿童情趣调皮地说："草垛的稻草又软又松，特别容易睡着！"之后是一家人吃饭的情形，波波飞大口吃了起来。"家里真好！波波飞开心地想。"家长以这种平和的态度对待离家出走的小猪，与其说是小猪波波飞爸爸妈妈的教育艺术，不如说是儿童文学作家高洪波的人生智慧使然。成人要关注孩子的忧伤，要给孩子的忧伤以时间和空间，过了这一段情绪的激荡，很多时候会创伤自愈并快乐起来。小猪波波飞从伤心委屈变成开心快乐，完成了一次心灵和情感的自我超越。可以说，不懂得忧伤的孩子，便没有真正的快乐，不会欣赏孩子生命全部状态的成人，也不是成熟的成人。

反映放开二孩时代中国社会生活的各种变化，是非常重大而敏感的话题。儿童文学如何紧按时代脉搏，讲好中国故事，用小文学反映大社会，对儿童文学作家来说无疑是一种挑战。《草垛上躲小猪》反映了这一社会生活变化对儿童心灵和情感世界的影响，叙述视角之巧妙，情感表达之细腻，故事意蕴之深刻，语言运用之凝练智慧，都令人称道。"波波飞"作为小猪的名字，像一句民谣的起兴句一样朗朗上口，容易记诵，又是孩子"动如脱兔"性格的一种写照，可谓一箭双雕。"草垛上躲小猪"，"垛"与"躲"两个词形成一种汉语的语趣，也具有一种音韵节奏和语言的回环美。小猪波波飞遇到伤心事便去亲近大自然，一个人"反省疗伤与静处"的行为，与中国人寄情山水的传统文化审美观不谋而合，是一种讲述"中国故事"独特的现代性的表达方式，是提升中国图画书心灵格局的一种艺术技巧，更是中国图画书自主创新取之不尽用之不竭的泉源。

李蓉的绘画色调清新明丽，用丰富饱满的细节表达儿童生活和儿童情趣，小猪波波飞"离家"的过程，他的玩具飞机一直不离不弃；小猪波波飞跑回家的画面更是充满喜剧色彩：小猪大大的后脑勺占据了整个画面的三分之一，头上挂着凌乱的弯曲的粗细不等的棕色线条，这些线条是什么呢？细心的小朋友也许会发现小猪身上粘的挂的都是稻草，他可是在稻草垛上舒舒服服睡了一大觉。图画书故事书值得反复玩味的艺术趣味，就躲在这些精彩之处。每一次阅读都会有新的发现。

另外，在图画书封底的画面中，猪妈妈抱着波波飞的弟弟和妹妹，而没有小猪波波飞簇拥在妈妈身边，也许是故事里爸爸和奶奶时刻记挂着小猪波波飞，也许是妈妈对波波飞的深厚情感还没来得及用行动表达出来，也许是图文作者故意"留白"以使这个故事能够余音绕梁……但是，我的阅读期待：希望这个画面里能够出现小猪波波飞灵动快乐的身影。

二　可贵的游戏精神：刘海栖的《扁镇的秘密》

刘海栖的《扁镇的秘密》是一部三卷本的系列童话故事，以扁镇为生活背景，写了鞋垫猫、鼻涕猪、扑克鼠组成了"冬眠"三人组的历险故事，在历险的过程中遇见了形形色色奇怪的事情，因为它们生活的扁镇是一个非常特殊的地方。扁镇的生活既是幻想的又是现实的，扁镇本身有镇长、街道、茶馆、饭馆、学校等等，作为一个镇子应该有的几乎全有了，但扁镇又不同于其他的镇子，因为是剪刀奶奶剪出来的镇子，这个镇子上的居民可以与同是扁的世界的居民来往，最密切交往的人员就是图画故事书中的人物。

童话在自身故事发展的前提下，用嵌入式的结构把各种各样的图画书中的故事和人物放在里面，变成了故事本体的一个情节。如果把《扁镇的秘密》比喻成一棵大树的话，剪刀奶奶是树的上帝，她想剪什么故事中就出现什么，类似于《神笔马良》的神笔、《阿罗有支彩色的笔》中的笔，剪刀奶奶有一把带魔力的剪刀，剪出的世界是艺术的世界，却复活在人类的现实生活中。《爷爷一定有办法》《好饿的毛毛虫》《驴小弟变石头》，迟到大王约翰派克罗门麦肯席、三只小猪一只狼或者三只狼一只小猪、三个穿黑斗篷戴黑帽子手拿奇形怪状武器的强盗、甘伯伯、母鸡萝丝等等等等，都可以随意地出入扁镇，仿佛是一次图画故事书阅读的狂欢，这些图画故事书都出现在扁镇人的生活当中，也可以说图画书是他们生活的一部分。

如果说童话的主干是剪刀奶奶剪出的扑克鼠、鞋垫猫和鼻涕猪三个主要人物的历险故事，每个人物都有自己的性格特征。那么，一篇篇图画故事中的人物和故事是这棵大树上的叶子，每一片叶子都是一个有趣的故事，它们的生命力来自自身的故事。在这些故事中，扁镇得以存在和丰富，在这个扁镇中，图画故事得以重生，扁镇和图画故事互文般地生存着，你离不开我，我离不开你。扁镇中的故事亦奇亦幻，如一个神奇的魔方，怎么转换都会形成新的故事，而读者仿佛走进了一座神奇无比的故事魔幻城堡。有丰富阅读经验的人，会被故事中的大量图画故事书的巧妙运用而称奇，没有阅读经验的读者，也会尝试着去寻找图画书的故事密码。童话故事的构思新颖巧妙，也是这套书吸引人阅读的魅力所在。

与妙趣横生的故事紧密相连的是幻想的大胆神奇，自由自在的幻想是一种游戏，也是故事产生的前提。美学家席勒认为人只有在游戏的状态才可能达到一种审美的境界，在童话故事之中，夸张有趣的场面随处可见，有时候可以称为"有意味"的游戏，扁镇毛毛虫先生竞选镇长的时候，有虫虫党的人火力支持，最后胜出。童话没有写毛毛虫胜利的场面，而是不厌其烦地罗列毛毛虫在"无数拥趸的鼓噪声中顺利地吃掉了一个苹果、两个梨、三个李子、四个草莓、五个橘子、一块巧克力蛋糕、一个冰激凌甜筒、一条腌黄瓜、一块奶酪、一截火腿、一根棒棒糖、一块樱桃派、一条香肠、一个纸杯蛋糕和一片西瓜"。符合毛毛虫的物性和儿童的游戏心理，而且，这种数字的罗列给人留下深刻的印象，从一个侧面突出了竞选的荒诞无稽，蕴藏着许多暗喻和讽刺。幽默风趣的气氛也无处不在地弥漫在故事中，使人忍俊不禁，如鞋垫猫谢蒂尔先生告诉鼻涕猪毕提，说世界上有一所大学专门崇拜和尚，鼻涕猪和扑克鼠百思不得其解，鞋垫猫揭开谜底是哈佛大学，实在出乎人的意料之外，借用"哈"字和"佛"字的多义性，和尚与"佛"字有关系，这个"哈"字与当下流行的"哈韩""哈日"是一个意思，而鞋垫猫一番独特的解释使这个情节合情合理，机智幽默符合儿童的思维特点，也对扁镇街上的哈韩族哈日族进行了善意的讽刺。

幽默不失之油滑，讽刺不失之刻薄，是儿童文学的一种温情呼唤。《扁镇的秘密》故事也不乏温情，在轻松热闹的背后潜藏着厚重感和人文性，成人生活的经验也巧妙地穿插在故事当中，增加了故事的时代性和社会性，如鞋垫猫谢蒂尔先生想办公司，跑到镇上的工商所去注册，"发现忘了拿二寸半身正面免冠照片三张和公章私章以及房产证身份证驾驶证原件和复印件了"，讽刺了成人社会条文和规章制度的烦冗给人造成的麻烦。而这样繁复而连绵不断的长句子也成了文本一种叙述风格，如"病后初愈的母鸡萝丝戴了副墨镜正懒洋洋地倚在干草垛上晒日光浴"，儿童文学的语言往往讲究精短而明晰，动作性强于描述性，文本随处可见的长句子如绵长的流水，时而叮咚作响时而波涛汹涌，平滑的时刻便是作者要收束一篇小故事的时候。童话这种叙述方式可以说是一次叙述的冒险，在以儿童为读者对象的童话叙述中是非常少见的，至于儿童的阅读体验如何，是否会猜中文本后面的玄机，那还要拭目以待。

英国作家爱德华·摩根·福斯特在《小说面面观》里强调"故事是一切小说不可或缺的最高要素"，而"真正的好故事必然属于真切的生命体验"。尽管《扁镇的秘密》这部童话中的故事是极为荒诞的，正像卡夫卡的《变形记》一样，人变成虫子在现实中是不可能的，故事中不但可能而且具有情感的真实性和意象的丰富性。那么，《扁镇的秘密》中构成故事的最根本的要素，便是作家所积累的深厚的人生经历和阅读图书的精神体验巧妙的结合，并且能够借助于最富有中国文化特质的剪纸艺术形式，把作者的直接经验和间接经验在幻想的世界里进行狂欢化表演，吟诵着字词的游戏和童年顽皮的歌谣，在中国 21 世纪的童话百花园中吐露出独异的芬芳，这是我们不得不面对的事实——有一个扁镇，那里有无数的秘密，属于大人和孩子的秘密。

三　文学湘军多姿多彩的童话梦

湖南是中国现代儿童文学的一个重要开端，如果说叶圣陶的童话《稻草人》走了一条中国自己的创作道路，开启了中国儿童文学现实主义创作的先河，湖南籍作家黎锦辉的童话剧《麻雀和小孩》《葡萄仙子》等就开启了快乐唯美浪漫主义创作的先河。到了 20 世纪 30 年代，张天翼的《大林和小林》《秃秃大王》以幻想的狂放热闹和出奇制胜超越了以往的儿童文学，使中国的童话创作达到了一个高峰。新中国成立后，谢璞、邹朝祝、李少白、罗丹、胡木仁、萧育轩等在童话创作中又创佳绩，进入 21 世纪，以汤素兰、谢乐军、皮朝辉、邓湘子、谢然子、尹慧文、陶永喜、流火等一大批儿童文学作家以崭新的文学姿态，出现在中国 21 世纪的童话舞台，延续黎锦辉的唯美和张天翼的幻想，创造了一大批童话佳作。汤素兰来自自然和童心深处美妙的诗意童话，谢乐军大幅度夸张的动物狂欢的侠客童话，尹慧文来自日常审美陌生化的生活童话等等，形成了湘军多姿多彩的童话创作风格。在 21 世纪中国童话的天空中，他们的童话如闪亮的星星发出迷人的光辉。

"湖南三面环山形成的凝滞、与湘资沅澄四水的流动、潜移默化地对湖南作家施展着魔法，较高的气温与丰沛的雨水，形成独特的生物群落与自然生态，高山深林中常年雾气缥缈，极富生命的流动之感，使这里的艺术打下空灵轻盈、浪漫奇诡、自然率真的印记。"[1]在童话创作中，这些作家可以说把"空灵轻盈""浪漫奇诡""自然率真"达到了出神入化的境界。

汤素兰出版了50多部作品，几乎囊括了国内所有儿童文学大奖，她的创作引起评论界的关注，集中对她童话创作中的快乐、幽默、温暖、美丽进行了阐释。在我的阅读中，也感受到了她童话快乐后面的忧伤，幽默后面的无奈，温暖后面的坚韧，美丽后面的忧伤，甚至梦幻后面的残酷，她对儿童生活的现实和梦想不断进行终极般的询唤。经过近30年的努力创作，汤素兰已然成为中国童话创作的一个新的发展高度，诗意唯美的童话风格也涵养了汤素兰的情感精神和人格气质。

汤素兰童年生活在乡下，在自家小院子里与奶奶一起遥望星空是平常的日子，天上有多少星星地上就有多少人，天上的一颗星星陨落了，地上就有一个生命消逝，反之亦然。遥望星空的童年情结成为她童话创作的主旋律，她以天空般悲悯的情怀，脚踏实地创作她诗意美妙的童话。田园、山野、花草、树木、河流、动物、植物、月亮、星空等大自然成为她童话表达的主要意象，她代表自己更替当下远离土地的城市孩子追寻梦幻般的精神家园。她创造了一个奇迹花园，这是一个属于孩子们自己心灵的世界，纯真可以随意挥洒，想象力展翅高飞，连里面

---

①陈一辉:《湘籍现代作家创作中的精神气质》,《现代文学研究丛刊》1997年第2期，第142—143页。

的成人也带着浓浓的童心上路，成为孩子们的好朋友。在汤素兰的《奇迹花园》中，会飞的房子来去自由，海底的星星温暖闪烁，蛤蟆先生可以和冬天约会，老鼠小六子的理想是当一个快乐的马车夫，红松鼠冬果果驾船历险……在这座花园里，你想干什么就可以干什么，什么奇奇怪怪的事都可能发生。谢乐军多次获奖，被称为乐乐童话大王，代表作《营救星空行动》《魔术老虎》《奇怪的大王》《长翅膀的小汽车》《快乐的芭蕉扇》等十余部。在儿童文学评论家袁利芬看来，"谢乐军致力于塑造具有民族特色的童话明星，一个个鲜活、生动的童话形象尽显湖湘人质朴、勇敢、善良的性格内涵，彰显出本民族的风格和文化意蕴。"取材极为广泛，上至十二生肖神仙鬼怪，下至日常生活警察小偷，无所不包。

如果说汤素兰童话中的动物是自然之子，是实现儿童心中梦想的朋友，童话人物仿佛一个个快乐的音符。"笨狼翻了一个跟头。正要翻第二个，看到草地上有一队小蚂蚁在做体操。一只小蚂蚁分不清左和右，别的蚂蚁伸左腿时，他伸右腿，结果绊倒了别人，自己也摔了跤，真好笑。"①笨狼俨然一个快乐有趣而又充满好奇心和生命力的小男孩，他洒向世界的目光快乐新奇和有趣，他所捕捉到的也是快乐新奇和有趣。谢乐军童话中的动物是儿童恶作剧的侠客和代表，在《鼠大王称霸》中老鼠以"造尿运动"把绿色草地和明亮的溪水都染黄了，按说应该属

①汤素兰：《笨狼的故事》，浙江少年儿童出版社 2008 年 6 月第 1 版，第 22 页。

于环境污染，童话却出人意料地写道"动物世界的花草树木变成了金黄的世界，像春天的油菜地一般美丽"。所有的动物吃了洒有菜油的青草，营养丰富，都长胖了。童话结尾揭开谜底，原来老鼠一天造尿 500 毫升是假的，他们为了得到大王的奖赏，偷来菜油掺和着水冒充尿便，一直在欺骗胡子鼠大王。情节密度大，转换快捷，出乎读者的意料之外而又在情理之中。《猪大王做梦》中的猪的名字就带有鲜明的传统文化印记，是《西游记》里猪八戒的弟弟猪九戒，他胆小内敛，但想做大王，最后想出妙计赢得了动物们的同情，如愿以偿。

汤素兰完全能够用孩子的目光、孩子的思维来打量这个世界。《黑猫几凡的鱼果》中，黑猫只剩下最后一条鱼，明天没有早餐了，他望着满天星斗会情不自禁地唱："星星啊星星真美丽，明天的早餐在哪里？"[1]唱完还不能解决饥饿问题，听了兔子太太种胡萝卜的经验，黑猫几凡身体力行把鱼骨头种在奇迹花园里，真长出了结了果子的树，但这树结的不是普通的果子，而是神奇的鱼果，摘也摘不尽，吃也吃不完。黑猫几凡把他的鱼果分给猫世界的人们共享。这是纯儿童的思维，收获的也是纯儿童的快乐。在汤素兰的童话中，童话人物的快乐情感如散落的星子，自发其光，自得其乐，情感本身即是童话的身体和灵魂，发出亮晶晶的光，在童话的天空中点缀成一幅幅精美的图画。情感的快乐和生活态度的积极乐观成为童话的本体，带着美丽

---

①汤素兰：《奇迹花园》，湖南少年儿童出版社 2009 年 9 月第 1 版，第 114 页。

的忧伤上路，童年的乐趣却无处不在。

尹慧文的童话对我们日常所熟知的已经司空见惯的生活现象进行了丰富加工和变形，从而营造出一幕幕让读者意想不到、忍俊不禁的想象空间。这种变形借助于空间的夸张或位移来实现，如《吉米的鲸鱼》中，一只本来像蝌蚪大小的鲸鱼模拟玩具会变得像池塘一样大。吉米作为鲸鱼的饲养者不得不屡屡为鲸鱼更换鱼缸，甚至最后弄到池塘里。读者在阅读的过程中也会随之产生丰富的联想，一只黄豆大的小黑球越来越大，大到胀满整个池塘。这种阅读体验让读者感到兴奋和奇特。又如《天天长高的幼儿园》中，幼儿园突然莫名其妙地长高，原来是生长在幼儿园下的竹子把幼儿园顶了起来。这些空间上的夸张让人们对生活的本来面目产生了重新的思考，原来在想象的国度里，世界本可以出现这样一番不可思议的景象，童心和诗性无处不在。

《雨中曲》堪称汤素兰的童话精品，故事的节奏在汤素兰的神仙妙笔下，仿佛指挥着大自然这样一个神奇的乐队，一会儿是舒缓的小夜曲，一会儿是欢快的轻音乐，一会儿是狂风大作的进行曲……一张一弛，一动一静，一缓一急两条线索时而低语，时而欢歌，把读者带到了一个神奇而美丽的童话世界。连最不起眼的雨滴，都富有神奇的生命力。"燕子们喜欢把自己的身子做成黑色的剪刀去剪雨丝，他们在雨中剪来剪去，慢慢地雨丝便真的断了，雨过天晴，大家都从家里跑出来，或者从窗口探出头来，看着雨洗过后干干净净的天空，呼吸着雨后清新的空气。然而这一回，雨丝老是剪不断。花园外面小溪里哗哗的水声也越来越大，慢慢地变成了轰隆隆隆的声音。平时清澈的溪水，现在变得浑浊，成了一条黄色的巨龙，在风雨之中愤怒地大吼大叫。"[1]汤素兰用干净明丽的笔墨创造的"第二自然"奇迹花园，给童话人物足够的成长空间，也为读者们认识世界形成了"间隔性"，给儿童的心灵空间和精神维度增加了张力。

谢乐军的童话则善于用拟声词，形成一种打击乐的效果，《猴大王逞能》中大眼牛坐在秋千板上，秋千"咯吱咯吱"的响声。肥河马坐在秋千板上，秋千"嘎嘎嘎嘎"弯成了弓。胖大象坐在秋千板上，秋千撑架"咔嚓咔嚓"裂开了几道缝。这既是童话重要的情节，又带有戏剧的色彩，以拟声词和戏仿的语言，把童话与儿童的游戏心理结合在一起，形成幻想的狂欢，大大渲染了童话故事的环境气氛。

与谢乐军和尹慧文单纯的快乐相比，汤素兰童话的快乐和幸福植根在大地上，绝不无视社会的黑暗、人性的复杂和儿童生命的艰难，她笔下的人物成长中有神奇的魔法陪伴，但也不是一帆风顺和风光无限。饥不果腹衣不遮体的卖火柴小姑娘在奇迹花园中很难觅得，但不能说儿童成长没有其他烦恼。《小朵朵和大魔术师》是汤素兰的代表作之一，汤素兰呈现儿童生命本身的天真快乐形态时，引发读者的笑声里却是有意味的笑和含泪的笑。6岁的女孩朵朵上学了，第一天之后不想再去了，"就那么坐着，一动也不能动，还要把手放在背后"，"像是有人把

---

[1]汤素兰：《奇迹花园》，湖南少年儿童出版社 2009 年 9 月第 1 版，第 65 页。

我绑起来了一样呢！"[1]朵朵鲜活的生命刚刚触到体制的电门就产生了强大的反作用力。那些在学校的体制内长期受到打压的生命，学校绑架他们的何止是孩子的身体，还有孩子的思想和灵魂。

汤素兰、谢乐军和尹慧文深谙儿童心理，是同情和体谅儿童身体生活和精神苦恼的作家。"儿童文学要调和肉体本能与精神愿望的矛盾，还要调和成人期许和儿童个体能力愿望的关系，儿童文学存在着两个或者是多个价值判断，有儿童原初的本能，比如吃喝玩乐等身体生活，不劳而获的轻逸愿望和付出沉重的美好，这两种选择在儿童的心理一直在挣扎，前者是本能，后者是成人的希望，或者说前者是儿童的后者是成人的，成人代表了社会的集体的愿望，也是儿童从自然人向社会人行进过程中必然要付出的代价，经典儿童文学往往两者兼顾。"[2]在汤素兰轻逸曼妙而又美好温暖的童话世界中，给了这种深刻的存在性矛盾以精湛的艺术表达。小朵朵不想上学这件事，对中国当下的一个家庭来说如晴天霹雳，爸爸妈妈为此大吵起来，互相指责对方不负责，爸爸指责妈妈只顾工作不管孩子，妈妈指责爸爸没有良心，是个骗子，说好了不要孩子却非得要孩子，并发疯一样向爸爸扑过去。"朵朵以前从没见过妈妈这个样子。朵朵又害怕又伤心。她终于知道了，原来自己是个多余的人。"家庭战争令孩子痛苦失望无能为力，在朵朵看来，她是爸

---

[1] 汤素兰：《小朵朵和大魔法师》，浙江少年儿童出版社 2009 年 2 月第 1 版，15 页。

[2] 侯颖：《为童年留下一片绿洲——论儿童文学的诗性品质》，《当代文坛》2011 年 3 期，第 19 页。

爸妈妈生活中一个多余的人，甚至是一个大麻烦。"夜里，爸爸妈妈都睡着了，朵朵悄悄地打开小卧室的门，手里拎着一口小皮箱。""独自一个人站在夜晚的街上，朵朵有点儿寂寞了。但是，她很坚强。"[①]汤素兰把儿童成长之痛并快乐着在童话中能够完美融合在一起，流露出对小朵朵们个体生命存在无限悲悯的情怀。

如果说汤素兰童话深得安徒生童话艺术的精髓，注重个体的复杂性格和心灵的探索，在于坚守人类对人性和人类的理想之光，尹慧文则承继了格林童话对民间集体智慧的描摹。在《扛着汽车去旅行》中，尹慧文笔下的大力熊为了不让熊妹妹受晕车之苦，毅然决然地将汽车扛了起来。在《漂亮的大尾巴》中，小松鼠为了救治生病的小兔子，尽弃前嫌，用自己的大尾巴温暖了病中的小兔。在《筷子镇大战》中，两双具有竞争意识的筷子在面对共同的敌人——恶犬时，团结一致，奋勇击敌，取得了筷子镇的胜利。

湘地文化和民间神秘的风俗，对大自然和生命的敬畏之心，是汤素兰童话泛生性和拟人化风格形成的精神原乡。可以说，传奇的故事情节在她的童话中比比皆是，《住在摩天大楼的马》《失踪的马》《红鬃马》对当下所谓现代"城"之困进行了一系列反思。带有怪诞色彩的童话《奇怪的树》，写了一棵树总站在一个地方厌倦了，开始对周围环境不满，收起树叶不给兔子遮蔽

---

①汤素兰：《小朵朵和大魔法师》，浙江少年儿童出版社2009年2月第1版，第16页。

阴凉，抽出树根鞭打在树下睡觉的老马，当动物们商量好要惩罚它把树锯掉时，它吓得滚下山坡，在看似荒诞的"无意思"叙事的背后，不得不赞叹作家的生态情怀和"化他"意识。"对于生态批判而言，所有的生命形式——无论是人类还是非人类的福祉以及环境的健康未来，是所有其他的目的都要面对的最终目标。"①汤素兰以童心的率真和敏锐，辛辣地批判了人类中心主义，这棵树的落荒而逃又显得多么忧伤而无奈，带有诗意唯美而凄凉。

尹慧文童话的情节与人物就像我们身边经历的人和事一般亲切自然，她将现代生活中一些不为人瞩目的生活元素融合进创作之中，只稍加点染，那些诸如呼啦圈、百货橱窗里的娃娃、吹泡泡用的肥皂水、雕花筷子、隆隆作响的破旧空调等事物都有了让人耳目一新的艺术情调，使读者在这种被陌生化了的接触中，重识那些貌似枯燥的现代生活所具有的丰富个性与厚重质感。而同时，作家以泛灵论的姿态使汽车、房子、筷子甚至垃圾都具有了人类的感情，情感的外化和物化，让儿童的心灵得到感性的润泽，对儿童文学的创作来说是难能可贵的。

综上可见，汤素兰童话唯美典雅幽默，充满抒情童话的意味又不失热闹童话的情趣，能够让人慢慢回味品读，谢乐军童话带有动作性传奇色彩，兼有武侠小说的风骨，节奏快民族风格鲜明，尹慧文的童话清新平实，明白晓畅、口语自然，仿佛

---

① ［美］乔纳森·卡勒：《当今的文学理论》，《外国文学评论》2012年第4期，第57页。

有意识地讲故事给孩子听。以我个人阅读经验来说，汤素兰的童话创作已经达到了一定的境界，对中国纯文学童话是一次提升，汤素兰在童话《飞翔的房子》中君子自道："为了把一个包在洋葱里的童话故事剥出来，可没少吃苦头，差不多可以说是一把鼻涕一把眼泪才终于把那个故事一个字一个字地剥出来写到纸上。当然，那个故事也是一个特别感人的故事，任何读那个故事的人都会感到鼻子发酸，眼泪会情不自禁往下掉。"[1]用评论家王泉根的话说，汤素兰是中国童话第五代的领军人物，把热闹派和抒情派童话很好地结合在一起，并进行了质的飞跃和提升，而且越写越成熟大气雅致。谢乐军注重童话故事情节快节奏的发展，尹慧文因创作数量不多，刚刚破开童话的土壤，还需要大踏步上路。当下，中国童话整体创作不是很景气，许多作家已经涌向幻想小说，能够坚守童话创作固有的领地，在艺术手法和文学气度上，需要童话湘军持续不断的努力，超越张天翼在中国童话史上的高度，发挥黎锦辉曼妙美丽的浪漫风格，再造童话湘军梦，让我们拭目以待。

四　悲喜交织构筑真实的人性世界

《朱奎经典童话》系列包括《伟大的约克先生》《傻傻的约克先生》《不平凡的约克先生》《森林里的约克先生》《幸福的约克

---

[1] 汤素兰：《奇迹花园》，湖南少年儿童出版社 2009 年 9 月第 1 版，第 4-5 页。

先生》五部，主人公约克先生不是人，是一头胖胖的白色的猪，生活在他身边的邻居很多，有公鸡咯咯咯、母鸡咯咯哒、奶羊咩咩、老马皮尼，还有呃呃呃的索普先生和索普太太，他们是一对鹅夫妻，这一群伙伴快乐地生活在农场里。

"咯咯咯、咯咯咯"农场热闹的生活从公鸡打鸣开始了，是公鸡咯咯咯在叫醒他的妻子咯咯哒，结果叫醒了奶羊、老马起来吃早餐然后去干活，这叫声惊醒了索普太太和索普先生的美梦，他们让咯咯咯赔偿三秒钟的睡觉时间，他们吵哇吵哇一直吵到约克先生那里，约克先生公正公平公开地判了案子，两个邻居都执行了判决，并平息了两家的矛盾。约克先生是怎么判案的？那可真是巧妙机智充满了智慧。一波未平一波又起，第二天早上约克先生还在睡，这些邻居就来叫醒他，因为他们发现了一只大鹅蛋靠近了一副打老鼠的夹子，那个夹子会夹断看家鹅和下蛋鸡的脖子，对于一只大鹅蛋的诱惑远远高于对夹子的恐惧，勇敢的小猪撞向那只夹子，吓得昏死过去，一会儿苏醒过来之后，公鸡咯咯咯站在草垛上唱了一首《伟大的约克先生不死之歌》，蹄子只被夹到了一点点，吃到了香甜的大鹅蛋，母鸡咯咯哒也吃到了夹子上肥美的虫子。貌似皆大欢喜，索普先生和索普太太却不高兴，恨夹子太小没有夹断约克先生的脖子。

所发生的故事都貌似日常小事，却蕴含着爱恨情仇，无所不包，把人性的复杂多样淋漓尽致地刻画出来。狼来了，半夜来侵害动物们，索普一家赶紧堵上了圈门，羊吓得发抖，老马一声不吱仿佛嗓子被草卡住了，只有约克先生狼哭鬼嚎叫醒了主人，主人出来把狼吓走了，狼一而再再而三地出现，主人都发现没有什么异常，以为是这头猪捣乱，就拼命拽猪的耳朵，把猪拽得嗷嗷大哭不已，朋友们受不了约克先生被冤枉，开始罢工绝食来抗议主人，结果引来了更大的乱子，勤勤恳恳工作二十年的老马被皮鞭抽打，母羊因为绝食产奶太少被主人捆起来打算卖掉，那么多看似快乐的农场生活后面有无尽的生存、性格和命运悲剧。伟大的约克先生竟然把主人的鞭子叼住逃跑向烂泥坑，小麻雀喳喳掉在烂泥坑中差一点送命，所有的人都在反抗主人的强权斗争中团结一致，创造了一个又一个动物生存奇迹，让心存好奇并关爱和理解动物的小主人帮助他们，消除了一个又一个误解，老马皮克得以安度晚年，母羊咩咩不再被卖，母鸡咯咯哒能够活下来幸福地接着生双黄蛋……这些动物们的性格在丰富驳杂几乎无事的日常生活事件中得以充分地展现出来，正如契诃夫所说："在生活里……一切都是掺混在一起的——深刻的或浅薄的，伟大的与渺小的，可悲的和可笑的。"

这种小动物们的物的自然属性被作者严格遵守着，这些动物之间有可以交流的话语，但是，与人类之间是永远无法用语言来交流，保持了童话的真实性。同时又赋予了动物们人格化的思想感情和性格特征，约克先生是一头猪，他"浑身白色，小眼睛，大嘴巴，他整天就在睡觉，睡醒了就吃。他睡觉的时候，两只大耳朵忽闪扇着，四条腿卷曲着，屁股上的小尾巴却奇怪的绕了一圈，尾巴尖冲天抖动着"。他勇敢狭义、机智公正、见义勇为、积极向上，是整个家畜界的英雄猪，但是，也不乏孩子气的贪吃贪睡调皮淘气，愿意在泥塘中打滚，被误解和惩罚也大哭不止等。咯咯咯和咯咯哒夫妻俩情感真挚、热心助人、性格开朗、忠于职守，丈夫打鸣，妻子下蛋，与周围邻居和谐相处，亲如一家。索普太太和索普先生两只鹅，嫉妒成性、自私冷漠、孤傲卑劣、幸灾乐祸、看不得别人好，他们给农场的动物们带来了很多麻烦，甚至偷走咯咯哒的鸡蛋，差一点要了母鸡的命。老马皮克任劳任怨、自律自怜、勤勤恳恳，母羊咩咩胆小怕事，能够配合大家和谐相处，麻雀喳喳都是一个热心助人的小不点，每一次农场里出了事故，喳喳都能及时报信，发挥自己绵薄之力。

童话写出了典型环境中的典型性格，在现实生活中发现了人物性格的丰富性和复杂性，尤其是讲故事的方式，对话体的运用，把异常热闹、生机勃勃的动物生活状态描摹出来，看似平静的农场生活，每天每时每刻都在上演着人世间的悲欢离合。每一个故事都仿佛一个动画片，把人物的行为、心理、语言、神情活灵活现地再现出来，故事情节跌宕起伏，极其富有表现力。咯咯哒一出现就能听到她那些神奇的造句和修辞："约克先生，你真是伟大渺小、了不起、高瞻远瞩的猪。"当面对老马被拴在槽子的缰绳时候，她勇敢地说："我有空前绝后、前仆后继的好办法。"当约克先生冒着生命危险撞倒了鹅舍，气得主人端着枪追赶约克先生并开了一枪，咯咯哒发现约克没有流血和死亡，她兴奋地造词："真的、假的都高兴，加十万个万个感谢。"约克的疯狂举动，让主人的小儿子发现了鹅太太是小偷，还原了人间正义和公平。咯咯哒的修辞，造成了一种语言的狂欢和汉语组合的快感，既突出了人物性格，又增加了作品的喜剧气氛，使得约克的英雄行为，在滑稽角色咯咯哒的映衬下，更充满了正义感和儿童情趣。

朱奎说："我的童话，没有说教，没有功利，没有刻意地说明什么，只是一个故事。一个为了能让你微笑、会心一笑、哈哈笑、大笑而写出来的故事。"这些故事在阅读中确实给读者制造了笑的噱头，而笑过之后却是无尽的回味与咀嚼。每一天每一个动物活着都不容易，都是悲喜交加，"近乎无事的悲剧"和"含泪的笑"，那个伟大的约克先生被误解、被冤枉、被毒打、被卖掉、被杀死的命运……整个农场里无论是什么性格的动物，最后的命运都是"向死而生"。这是这部童话与一般的热闹派童话和通俗写作最大的不同，在表面快乐如画的现实生活中，蕴藏着巨大的无法克服的悲剧命运。第二部《傻傻的约克先生》一开头就写了母鸡咯咯哒不在了，咯咯咯又娶了一个新太太，母鸡小咯咯哒，"小咯咯哒长的样子和说话方式都与离去的咯咯哒一模一样"。看了这一句无关痛痒的话，却触动着读者的神经，那个最有热情最能助人为乐最能下双黄蛋最能造句的咯咯哒死去了。索普先生也娶了一个小索普太太，生生死死、来来去去，每一个生命都是地球的旅客，这快乐住在一个转瞬即逝的"悲"里面，戏剧还要继续上演。

不得不承认，因为对话的丰富和每一个动物都要充分地发表意见和表明自己对事物的看法，尤其是他们的性格的语言化，一方面丰富了人物性格，使得每一个小动物的话语方式都给人留下深刻的印象，咯咯哒的生造词更是一种对汉语的幽默，这是最富有表现力的地方；另一方面，由于这种全景性的人物表现，延宕和阻碍了故事的发展，使得故事情节流淌缓慢，话语的激流反倒阻碍了故事的节奏。这种美学风格，与传统的民间儿童文学的讲述性形成了矛盾，文人写作的幽默有趣不在于故事心，还有阅读是思考和体味，为阅读提供了语言的快感，没有耐心是很难沉浸在作品的"讲"的艺术之中，这种矛盾统一在朱奎的童话之中。

童话是儿童之话，而作家朱奎"话语"的独立自主和叙述风格，复活了人性的复杂，亲情、友情、爱情都在日常小事中得以展示，也成全了约克先生的伟大、平凡、傻乎乎、幸福和自由等等，这头猪多彩的性格以及他的爱恨情仇将走进每一个读者心中。童话给了一个闪闪发光的结局，约克先生说："我有泥塘、草地、风霜雨雪、美食，可以大吃，可以大睡，有色彩丰富的梦，还有朋友。可以说，我是世界上最幸福、最美满的猪。"是的，超越苦难，在生活中能够感受幸福并深知幸福来之不易的人，才是一个真正成熟的人，不由自主，读者会努力去创造生活的幸福。

五　给儿童一个安放心灵的快乐家园

葛竞是幸运的，因为这是一个儿童文学英雄辈出的年代，葛竞是不幸的，要完成父辈葛冰把《哈利·波特》挑下马的巨大重任。许多中国儿童文学作家都有一个哈利·波特情结，我们一直想拥有自己的魔法石，葛竞从9岁开始发表童话，她的成名作是中国孩子的《魔法学校》系列，到了《猫眼小子包达达》系列，她已经摆脱了背负的宿命，开始寻找到了自己独特的表达方式。创作《幸运兔精灵》的葛竞，仿佛拥有了一支神笔，达到了中国儿童文学创作的一个峰值。

她在努力寻找中国儿童文学自身表达方式的途中，进入了中国儿童成长的生活现场——儿童与老师、同学、家长、社会的对话中，形成了一个又一个矛盾，陷入了一个又一个成长的困境。如何摆脱这些困境？很少有作家能像葛竞这么了解儿童内心，儿童是最有生命力的一族，他们不断地剥离成人和成人作家的"伪生活经验"，他们用自己"血肉身躯"直面现实，并实现梦想。成长的痛与快并行不悖，《幸运兔精灵》系列给人的阅读感受就是痛快淋漓，令人拍手连连叫绝。

小女孩幸运是一个普通的小学生，她常常为考试和作业发愁，喜欢看漫画书，拥有当下小学生的一切快乐和幸福。她的爸爸妈妈也是中国家庭普通的爸爸妈妈，爸爸是电脑工程师，有点大智若愚，喜欢晨练，经常跑得像一个热气腾腾的馒头。妈妈是服装设计师，有点虚荣有点美，最希望孩子学习成绩好，在家里任劳任怨，还能像侦探一样发现女儿的秘密。这一家人相亲相爱，偶尔有点小误会，大多数时候是同舟共济，彼此珍惜。在《疯狂老妈》的故事中，当妈妈与女儿互换了身份，女儿幸运在厨房里忙着做菜，妈妈担心幸运被炒菜的火烧到和被油烫到，她在暗处不断地叮咛警告幸运，细心温婉，读来令人动容。人生最幸福的一刻就是母亲和女儿相拥在一张床上，彼此说着自己的心声，慢慢沉睡，慢慢进入梦乡，那是何等美妙的人生幸福，普通而难忘。法国哲学家朱利安·班达在《知识分子的背叛》中说："推崇冷酷是现代知识分子的一种宣传，他们产生了极大的影响……现代知识分子在文化世界中创立了一个真正的冷酷的浪漫主义。"在当下的中国儿童文学界,也有许多儿童文学已经"不屑"表达这种母子之情,认为是"不酷"的表现,是陈旧的煽情,推崇一种"冷酷的浪漫主义"。可是,爱才是生活的主流和儿童文学应该坚守的方向,尤其是母爱不应该成为被嘲笑的对象,这对有些冷酷的中国儿童文学母爱的书写,可以说,是葛竞一次真实而有力的正面回击,信任、理解、奉献和爱,在儿童文学中永远是最浓墨重彩的华章。那些非常令人向往的和敬重的师生之爱、父母之爱、祖孙之爱、同学之爱,满溢在《幸运兔精灵》的字里行间,这种温暖的情节在作品中俯拾即是,随处可见。

即使对次要人物的描写,作品也十分重视,葛竞用中国传统白描的手法,三言两语就突出了一个人物的特点。兔精灵是未来的一个小机器人,化身为一个小男孩,住在手环里,是幸运的保护神,他有很大威力,还能变形,更喜欢吃胡萝卜,一吃胡萝卜就像醉酒的人一样。对精灵兔实行打击报复的对象是黑猪巫师,他长着猪鼻子,是来自未来的机器人,经常变形成各种人来阻止幸运成为未来的科学家。他满足幸运的各种玩耍贪婪、好逸恶劳的欲望,在《我是倒霉大明星》中,他把幸运一家的虚荣心推上了巅峰,用各种欺瞒的手段获得别人的同情,以此来达到扬名天下的目的。黑猪巫师喜欢住在垃圾堆里、喜欢喝酒、喜欢臭的东西,每一次出现都冒着黑气,可以说是邪恶的象征。这种正义和邪恶的斗争在童话中带有鲜明的戏剧性,事实上,道德与欲望的冲突在每一个人内心都是一生应该面对的课业,也是永远解不完的人生之谜。

每一个儿童的成长都要独自面对自己的生活，没有人能够替代他们生活，他们也不需要别人包办代替。一个极为严厉的教导主任贾老师用一双发出激光的眼睛，扫视出幸运和她的好朋友刘高兴把漫画书带入校园，漫画书是刘高兴的最爱，他还没来得及看，幸运只是想借来看看，可是，漫画书却突然掉入了教导主任的"魔爪"，她的那双眼睛"唰唰地扫过去，一切伪装都被烧成灰烬，四周一片寂静"，最可怕的是无人"生还"，不，是无人喧哗！那可真是一场灾难，读者担心幸运，更会为漫画书被没收而着急，怎么办？贾老师捡起漫画书却又还到幸运手中："别在校园里乱跑，有空在教室里看看这本书多好啊！"是贾老师"变态"了，还是幸运在做梦，谜底是那本书"变态"了——用语文书的封皮包起了漫画书。作品的戏剧性极强，翻转、跳跃、腾空、落地都那么自然而然，这是因为葛竞一贯坚持的创作立场："换个角度，有智慧地观察，合理推理，展开想象"，所有的想象和推理都要合情合理，读者才能信服。每部童话的开篇都交代了故事中两个非常重要的角色，一个是来自未来世界的兔子精灵，住在幸运手环里帮助女孩幸运实现 60 年后做科学家的梦想，另一个是机器人黑猪巫师，他会变形并阻止幸运好好学习，让她未来不能当上科学家，正反两方面力量的博弈从未停止，这次是一本神奇漫画书《幸运的 36 计》的功劳，让幸运脱险啦。

一口气读完《幸运兔精灵》系列全部作品之后，觉得她是一个童话天才，在中国当下的儿童文学作品中，已经很长时间没有这样的阅读体验了，故事情节逗得我开怀大笑，连呼痛快痛快，故事情节的奇崛和语言的酣畅淋漓，让人像喝了一杯甘甜的美酒，如醉如痴。葛竞年轻勤快把写作当成快乐，她写得极为投入，一点也不偷懒，写得勤奋着，她不断地给笔下的人物出难题，出了一个难题又一个难题，找了一个麻烦又一个麻烦，好像时刻都消停不下来。难题和麻烦与其说是她笔下的小女孩幸运和她的幸运兔精灵解决的，不如说是作家自己拆解的，这些地方最能看出作家的才情和智慧。她深谙儿童之道，亦是自我童年记忆非常好的作家，她解决难题的办法是现实的，又是浪漫的，是传统的，又是现代的，是平凡的，又是神奇的，是真实的，又是幻想的，亦真亦幻，亦庄亦谐，亦理亦情，在童话和小说两种文体中达到了完美的融合，给儿童建构了一个美好而快乐的精神家园。

国际象棋冠军谢军说："诚实＋爱心＋勇敢＝超级棒，兔精灵的故事中有你、有我！"你、我、他（她、它）构成了一代中国儿童生活和中国社会的现实，这远远超出了儿童文学本来的小我，进入了一个全新的大我，幸运的不仅仅是小学生幸运，还有幸运的中国儿童，他们才是中国的未来和希望。在神笔葛竞文学才情的映照下，她努力挖掘出来的人性之美，童年之趣，快乐之味，生活之境，情感之维，不仅给少年儿童带来无限的快乐，也是各个年龄的读者享受不尽的精神盛宴。

六 "创造性的想象与野心"

2016 年，文学界最大的热点之一便是美国摇滚歌手鲍勃·

迪伦得了诺贝尔文学奖，他在获奖感言里提到了莎士比亚，"他的创造性的想象与野心毫无疑问是他最需要思考的东西"，"在莎士比亚的头脑中最不需要考虑的事情是：'这是文学吗？'"迪伦以此说明，"什么是文学"以及"文学是什么"都不应该是作家关心的主要事情，作家应该关心"创造性的想象与野心"，我更愿意把"野心"理解为是达到这种创造性想象的高超技艺。作家陈诗哥在这个层面来创造童话，与其说他的《童话之书》在向世界经典童话致敬，莫若说是对世界经典童话文体模式的一种颠覆、叛逆、解构、质疑、研讨、争辩、认同、重构与追问，这本身就是一种野心。

我更愿意探讨这个"80 后"中国青年作家童话"野心"的达成度，以及"创造性的想象"如何生成。

哲学家席勒在《审美教育书简》中所说："只有当人是完全意义上的人，他才游戏；只有当人游戏时，他才完全是人。"先来看看陈诗哥的童话"野心"，他把世界经典童话如扑克牌一样玩起来，在他《童话之书》的备注中，他列举了 29 种影响他创作的作家和作品，比如《西游记》和《红楼梦》。从这份书单上可以看出他真诚的"野心"，《西游记》与《红楼梦》也许影响了几代中国人的童年精神，但是，很少有中国儿童文学作家或研究者能把这两部书的精神实质与"童话"联系起来。当陈诗哥以这种心态呈现他"游戏"的过程以及个性化的技艺时，也就开启了他创造性的想象。

陈诗哥以一部童话之书作为主人公，写这部书的历险过程——从历史到现在以至于走向未来。"世上最早有三本书：《神话之书》是由孩子记录神的话语，《童话之书》是由神记录孩子的话语，《故事之书》则是由人记录自己的故事。"《童话之书》完全打破了世界儿童文学发展史上专家学者们对童话的文体学界定，童话的神性光辉来自世界的本源。这个神性之子与太阳、月亮、星星、大树、风、萤火虫一起嬉戏玩耍。因此，每一部经典童话都充满了对这个世界的感恩。童话之书拥有博大的胸襟，与周围所有书国的朋友都能很好地交流，而又本质地保持自我的诗性品质。

童话，是儿童精神的最好表达，儿童精神是诗与思的精神，诗的情感用幽默有趣的故事来承载，思的智慧离不开象征隐喻等手段，两者的思想高度与艺术纯度在经典童话里不是此消彼长，而往往是互动生成。在安徒生的童话中既有故事的荒诞如《老头子做事总是对的》，又有批判的透彻无情如《皇帝的新装》；在舒比格的《当世界年纪还小的时候》中有说闲话的胡萝卜、西红柿、洋葱，也有默默长大的南瓜；在怀特的《夏洛的网》中既有博爱的蜘蛛夏洛，也有天真活泼的小猪威尔伯……不得不承认，经典的存在在于力量生生不息，为后来者的创作提供了一个颠覆并打碎这种模式的靶子，以个性化、创造性的表达和全新的面貌出现，给童话新的方向，是文学发展的希望所在。

童话的本质是什么呢？桌子从哪里来？桌子是桌子吗？桌子是什么呢？哲学存在于陈诗哥絮语般的追问中。德国诗人诺瓦利斯说："哲学原就是怀着一种乡愁的冲动到处寻找家园。"陈诗哥发现，"在童话世界里，也许人们并不完美，他们不一定高大、英俊、美丽、勇敢、聪明，相反可能矮小、丑陋、愚昧、懦弱，但是他们温顺、谦卑，相互信任，互相关心，这种生命的本质便是为了他人的美好，自己的幸福是建立在别人的幸福基础之上的。"书国老者的这一席话洞悉了童话力量，这就是安徒生的丑小鸭历尽千辛万苦变成天鹅之后，还要低下高贵的头；而《海的女儿》付出生命代价的人鱼公主没有收获爱情，只是希望王子幸福她才幸福。

生命、死亡、爱情、希望、幸福、美好等精神诉求，都被陈诗哥认真地分析、讨论、研究了一番，当然，他对话的世界就是在各种各样稀奇古怪的王国里——菠萝国、辣椒国、油菜花国、柠檬国、苹果国、西瓜国、香蕉国、草莓国、雪梨国、车厘子国、橘子国、芒果国、火龙果国、榴梿国、土豆国、胡萝卜国和日不落帝国……最后一个"日不落帝国"带有深邃的哲理思考以及荒诞性和讽刺性，这种大胆的幽默令人拍案叫绝。陈诗哥的童话风格流露在字里行间，以童话人物、故事情节、丰富的细节、奇怪的形象等构成他《童话之书》创造性的想象和丰富的理趣。巴博萨先生是陈诗哥努力塑造的一个童话形象，这个绅士做了海盗船长之后，不再随便杀掉俘虏，而是通过讲故事换回他们的性命。他还联合其他海盗在北欧的一个小村庄一起制定《海盗法典》，称为十条诫命。这些海盗一边航海一边收集整理世界各地的童话故事。故事改变了海盗们的命运，"凶神恶煞的海盗变得文质彬彬，学富五车，有的变成了讲故事的高手，有的变成了学识渊博的学者，而有的则把这些故事印刷出来，成为伟大的出版家"。人与人宿命般的隔阂才是生命永远的痛，打开心灵隔阂的钥匙就是文学，而童话又是文学中的诗，这也是童话故事存在的意义。陈诗哥看到了童话的光芒：童话不仅改变了巴博萨率领的海盗发展史，也成就了人类的文明史。但陈诗哥又看到另一种"人造"的光芒，这种光芒来自文人童话的诞生地法国王宫的黄金屋顶："'我'问巴博萨先生：'这光芒可以让万物生长吗，就像太阳那样？'巴博萨先生摇摇头说：'不能，但它可以让人畏惧。'"毫无疑问，童话的光芒能够榨出人类"皮袍下的'小'来"。

陈诗哥谈到自己创作这部书的缘起，因为经历了汶川地震，他摸了死亡的鼻子，是写作童话让他度过了人生最痛苦的时期，他相信童话救赎的力量。他发现每个成人的心里都住着一个小孩子。在陈诗哥看来："孩子指的是：最初的人，也就是有一颗温柔、谦卑、宽恕、忍耐的心，他对事物有着直接的喜爱，而非仅仅拥有一个概念。"从这个意义上说，《童话之书》是陈诗哥的一种行为艺术的体现，也是他精神和情感力量的源泉，更可以说，如果没有世界经典童话的阅读，没有从世界经典童话之中走过，就没有这个青年作家凤凰涅槃般的新生。

文学评论家高洪波说："陈诗哥的出现，让我们看到中国青年作家对童话的全新理解和诠释，表现力让人耳目一新。"人类就是存在自我创造的词语里，词语有多丰富，人的思维就有多丰富，面对越来越同质化的生活和贫乏的词语，这种向汉语重新出发，以初心来面对世界的能力，真是"中国故事"的原点。从这个意义上来看，陈诗哥童话的可能性不只是在儿童文学上，而是在汉语文学和文明发展史的延长线上，母语的唤醒性思考和踏查是一种无量功德。中国一直缺少哲理性强的童话作品，在童话中陈诗哥进行爆炸性的思考和追问。只是一些评论家过于担心他创作的这种文人童话走得太远,离开孩子的阅读旨趣。实际上,孩子的精神世界要多丰富有多丰富,他们的阅读诉求同样异彩纷呈。意大利心理学家皮耶罗的《孩子是个哲学家》和美国哲学家马修斯的《哲学与幼童》,不都在告诉人们孩子思维的探险性与哲理性吗? 针对具有哲学情缘的孩子们,中国的童话是不是太过单一了呢? 陈诗哥童话的追问方式,不就是对那些哲学家一般的孩子们的一种恩宠吗?

在"创造性的想象与野心"上,陈诗哥进行了一次精神探险。他在《童话之书》中对童话的思考,超越了中国以往文学史上对童话的研究疆域,即创造性的想象和诗性话语的构成,这是对童话存在方式的一种追问。

七 替花蕾表达愿望

湖南作家周静的儿童文学创作带有传奇性、神秘性、自然性和隐喻性,在写法上她打碎人们对儿童文学文体的阅读期待。是童话? 是小说? 是散文? 是诗歌? 是自传? 是幻想小说? 可以说,是所有这些文体的集合。她取材农村生活,以农村小女孩的目光打量这个世界,以小女孩的语气书写这个世界:日常生活中的人和事、自然和民俗、花开和日落、大山和原野都充盈在她的文学世界中。故事波澜不惊,又令人猝不及防,惊讶不已,最后落实得稳稳当当、妥妥帖帖。在中国儿童文学作家热热闹闹熙熙攘攘的创作现场,她的舒缓、宁静、细腻、自然的文学气质，宛若一幅宁静致远的《富春山居图》，吹来一股清新的原野之风。

《一千朵跳跃的花蕾》是周静的一篇力作，是有根性的文学和她童年生活绚丽多姿幻想的完美融合，可谓她创作中的重要收获。故事以一个小女孩丫丫为创作视点，以姥姥家的十二个姨为主人公，通过"我"的眼睛，看到发生在这些姨身上不可思议的神奇魅力。在《大姨的三根胡子》中，大姨是一个力大如神长着三根胡子的女人，她敬佩的是"力气"，她能够扛起大树架桥梁还能搬起石头拦住河水，最神奇的是把一只拍了她一巴掌的大黑熊，经过三四个回合的较量，"扔过树林，扔过小溪，掉进了一个水潭里。"就是这个力大无比的女人，突然有一天安安静静地凝视湖水，发现了"这里有力量"，一种让人心里舒服的力量，"就像干了我特别喜欢的一件力气活一样"。她发现了美，被这种力量深深地打动之后，她爱上了收集种子和种花，她种的花无处不在，在自己的衣服上，就连"她的三根胡子，也种出了满树的花"。大姨剪断了三根胡子，这胡子树上开满了花，最神奇的是大姨脸上原来长胡子的地方也长出了三朵小小的花，漂亮极了，从此人们管大姨叫"花姨"——花神。这篇故事非常具有传奇性，特别是那具有象征男性特征的三根胡子。中国妇女的朴实能干、勇敢坚韧、勤劳善良、任劳任怨是有目共睹的，这是传统中国人生活的底色，所谓铁姑娘铁肩膀在民间生活中无处不在。只是近年来被弱不禁风、唯唯诺诺、眉目清秀、锥子脸等"媒体化娱乐化"为一种女性的"标准美"，已经背离了生活的丰富性、多元化、差异性和个性化，当周静以零距离接触原生态的生活现实时，发现了这种劳动妇女的"力气美"。周静的审美之力和真诚之眼丝毫不亚于安徒生《皇帝的新装》里的孩子，她文学创作的勇气和真情，是非常令人钦佩的。大姨的人生其实还有另一面，她开始用"力气"种花，并且花开无处不在的时候，她单调的生活开始改变，花美化了世界，更柔美了她的内心。当一个人心灵的花朵绽放之时，人间何处不飞花呢？

如果说周静从大姨身上发现了美与生活的关系，那么她又用二姨的生活来探讨幸福和物欲的矛盾性和复杂性。在《葫芦，葫芦》中，二姨因为贪恋街角落卖葡萄酒的老婆婆的宝葫芦，带着"我"一起进入宝葫芦里种葡萄和酿酒的无休止的工作中，没有了往日的清闲自在，可以到处去收集自己喜爱的美好的事情，后来二姨在姥姥的启迪下，领悟了自由自在才是人生最大的幸福，砸碎了象征物欲和财富的宝葫芦，不再贪恋葡萄酒，而是把一个葡萄园种在小镇上，让所有的人都能喝到葡萄酒；三姨是住在湖底下的歌手，她愿意给湖水唱歌，希望水底下也长出陆地上一样美妙的花；四姨是爱笑的，笑声能让犯错误的小狐狸忏悔，当她爱上了一棵树，她的笑声消失了，"她的眼泪流出水潭，变成了一条小溪"；五姨就更神奇了，她的眼泪能够变幻成珍珠，人们为了获得珍珠甚至让五姨不停地哭泣，五姨的眼泪最后哭干；六姨"梦想着能飞起来，像鸟儿一样"，她想尽各种办法，受到各种磨难都没有飞起来，但是，在飞翔的梦中她认识了那么多美丽的鸟儿；七姨的手能够让花儿永不凋谢，她还有神奇的七叶莲，最后与一个朴实诚恳的樵夫结婚，过上了幸福生活；八姨会做一种神奇的尖叫汤，被人们称为巫女；

九姨和十姨两个人放在一起来写，她们都爱读书，能让自己的胸膛冒出美丽的花儿；十二姨一直追逐春天，住在山洞里，她最大的爱好就是给种子唱歌，"种壳里关着一千朵跳跃的花蕾，我的呼吸吹动了一座花园，我的手中沉睡着一片森林，春天啊，春天……"与其说这是唱给种子的歌，不如说这是唱给生命、爱、美和希望的歌。从中可以看出周静"一沙一世界，一花一佛陀"的生命观和宇宙观。这十二个神奇的姨，就是神奇生命的一种具体意象或表征，周静用诗一样的语言书写她们的青春之歌和生命传奇。作品用以幻写幻、以幻致奇、以奇促梦的艺术手法，把这种诗意的辽远与想象的神秘空灵结合起来，形成作品的奇幻美，隐喻与象征手法的运用，自然而然，不着痕迹，一股神秘的气息如雾气一样在故事中发酵，深深地吸引读者去阅读与联想。

《叮当响的花衣裳》是一部散文化的长篇小说，也是周静的代表作之一，带有鲜明的自叙传特征，从这一部作品中能够勘破《一千朵跳跃的花蕾》的生命底色和创作源泉。《叮当响的花衣裳》是纪实性为主的童年回忆，可以说是对萧红《呼兰河传》的致敬，又超脱了萧红对"文明与愚昧冲突"主题的探索。周静把笔墨集中在亘古不变的农人质朴自然的日常生活之中，人们严谨、积极、乐观、认真地对待每一天、每一事、每一人，对真善美的执念随处可见。作品用小女孩烟子的目光书写这些人和事的美妙，外公、外婆、五叔爷、流浪客、皮匠爷、三爷、爷爷、奶奶等一大批成人给小女孩烟子带来无穷无尽的童年快乐。放鸭子的五叔爷每年春天来我们家，在小河边放鸭子，一百只黄色的小鸭子就是一个欢乐的乐队，鸭子下蛋了，一家人可以吃到美味鸭蛋。更让烟子快乐的是五叔爷具有艺术天赋，他给外婆画出各种绣花的花样，"兔子的耳朵，老獾的脸，田鼠一家，还有蝈蝈……"甚至连小女孩烟子也画到里面。五叔爷还把鸭蛋里的蛋汁倒出来，把蛋壳画上《水浒传》《西厢记》《西游记》里的各种人物，"我"就有了好多不倒翁演员来演戏，一座人生的大戏台掌握在小女孩的手中，任意组合，充满乐趣，成为一个最富足的人。五叔爷走了，他留下满满一坛子咸鸭蛋，每一天外婆给小烟子煮一个，"咸鸭蛋那黄澄澄的蛋黄，像是黄昏时分的夕阳一样温暖香甜，又像是月圆夜那金黄皎洁的月亮……"吃着"太阳"和"月亮"，孩童的生活何等美妙和幸福。端午节，家家户户敬供山神"老虎娘娘"，小孩子穿虎头鞋，外婆做的虎头鞋最漂亮的，是带有一种野味的虎头鞋；衣服上绣满美丽的神奇的花，绣花线不是从铺子里买来的，而是外婆亲自采摘鲜花自己做的染料来染的线，那些线都是大自然的颜色。看似朴实的外公外婆还有一段传奇的恋爱故事，在森林里挖菜的外婆，听到有窸窸窣窣的树枝折断的声音，以为有老虎来了，吓得一下爬到大树上，谁知不是老虎，而是青年木匠外公，他们的爱情透出人生的美妙和情感的质朴无华。中秋节，打月饼也是全家人的快乐，在劳动中追求美，在美中享受人生的美好。这些是长在大山里的故事，也是长在小女孩烟子内心深处的精神财富。乡里人对生活的爱的温暖深情以及对美的追求深深地感染着烟子，他们生活得一丝不苟，连小女孩子的一件衣裳都缀满银铃铛，走起路来就是一段欢快的音乐。

出生在 80 年代的烟子，童年丝毫没有因为父母在外地工作而感到孤单寂寞。"千百年来，我们这样过着，千百年后，我们还这样过着。"倒是长大成人之后，都市生活的快节奏打乱了她人生的节拍，周静谈到自己创作时曾说："我就在这妥当、安稳和飞扬宽阔中慢慢长大。长大后，世界变了样。它飞速变化，既新奇又沉闷，似乎世界的一切变化都与你有关，又似乎毫无关系。我感到惶惑。"她找到了童年这段生活的富矿来安慰自己的心灵，也安慰了无数在现代城市生活中惶惑不安的心灵，她的文学也如她的童年一样安稳妥帖，滋润人心，赞美人性的美好与神奇，民间与自然才是儿童文学的原乡，这个原乡与人类童年的心灵相互吸引。

从某种意义上来说，周静是"萧红体"儿童文学的实践者；是沈从文"湘西世界"的再现者；是冰心"星星""月亮""爱"与美这些自然意象的续歌者……在中国儿童文学的写作面向上，周静是有"文脉"与底气的，她又不囿于这些传统，她的创造性的突破，在于她童年生活在 20 世纪 80 年代的现代中国，人们的物质与精神生活已经发生了巨大变化。她的童年是有情感温度与人性自由的童年，是满溢着幸福、快乐和爱的童年，没有了萧红《呼兰河传》中童年生命的荒凉，没有了沈从文《边城》中翠翠爱情生活的人事苦难，没有了冰心抒情意象的过度矫情。自然与周静互相"驯养"，自然成为她生活的本体，她就是自然，自然的神奇性、生命力、野性、非理性等等已经成为她生命的一部分，尤其是最富有自然韵致的花朵、花蕾已经成为她情感的原动力。她是一个与花朵相遇并能准确表达花朵愿望的作家。

可以说，她的创作和努力是一种对花的感恩，也是对生命的酬谢。周静是"躲在芭蕉叶子下听雨的小女孩子"，她告诉你雨滴的声音和万物的和弦，这一幅周静版的《富春山居图》浓淡相宜，意境深邃，怎能不令人心驰神往呢？

八　一场爱的"确认"赛

意大利卡尔维诺在《为什么读经典》一书给出经典的定义："经典是那些你经常听人家说'我正在重读'而不是'我正在读'的书。"卡尔维诺又说："一部经典作品是一本每一次重读都像初读那样带来发现的书。"我现在还不能确证《大熊的女儿》是经典，在经典的指认中还有一个重要的指标就是50年后是不是还有人在阅读。在我个人阅读体验中，这确确实实是一部我反复阅读并每一次阅读都有新发现的书，初读时发现《大熊的女儿》离奇曲折的故事情节，被深深吸引；再读时，读出主人公小女孩老豆内心的顽强和爱的坚定；后来再读，我会努力挖掘这个11岁小女孩对大熊不离不弃爱的力量来自哪里，作品给出合情合理的解释了吗？

暑假的第一天，没有人叫醒老豆，她舒舒服服地睡到自然醒，爸爸不见了，她发现爸爸尹格的床上正睡着一只巨大的棕色熊：

> 醒来的熊看着老豆，喉咙处发出一阵叽里咕噜的声音。
>
> "你说什么？"老豆问。

"叽里咕噜。"熊回答。

"我不懂。"老豆实话实说。

    如此荒诞怪异的事情没有让11岁的老豆惊慌失措,她想到了爸爸,因为"有事情找尹格"。这是尹格对老豆说的口头禅。到处寻找之后,老豆发现最优秀的家居设计师画家尹格不仅消失了,还因为经受不住失业被骂被社会抛弃等种种打击已经患了异形症,变成了眼前这只躺在卧室里的大棕熊。这时候,老豆没有惊慌失措,而是给尹格准备了他最喜欢吃的玉米饼:

    熊看着老豆。老豆说:"你就是尹格,对吧?"

    熊不说话。熊的眼中有泪。

    "你果然是尹格啊。"老豆说,"你甭看我,我还是你女儿。"

    熊的眼泪流了出来。

    "你可别哭,你知道我最讨厌男人流泪了,上次丁小丁被我骂哭后,我连着两天没理他呢。"

    熊的眼泪便又收了回去。

    以往中国的儿童文学习惯于表达成人对孩子的爱,很少能如此真切而深邃地表现孩子对父母的爱,许多时候,也许孩子对父母的爱更纯洁更伟大。父女深情在这个细节中一下汩汩流淌出来,这是多么令人心酸而动人的场面。相信儿童,感恩儿童,应该是对儿童生命力的信任奠定了优秀儿童文学作品的本质力量。这种现代儿童观的确立，为作品后面故事情节的发展，奠定了扎实的情感基础、叙事动力，以及主人公行动的可能性。

爸爸变成了只会吃饭睡觉打呼噜的熊，并且性格胆怯忧郁软弱，只剩下流泪和叽里咕噜，在老豆的世界中，爸爸从以前的生活靠山和支撑一下变成了巨大的生活和精神负担。小女孩老豆表现得沉着勇敢和坚强，她刹那间长大了，她要担负起家庭的一切重任，她要带爸爸去寻找治疗的方法，她确信一定有办法让尹格恢复到原来的样子。

这种改变没有压垮老豆，却激发了她叛逆生活挑战困难的勇气。当老豆与大熊在小区里散步时，遇到邻居异样的目光，老豆像小老虎一样勇敢，等动物园的人想把大熊带走时，她巧妙地骗过了所有人。老豆要在最短的时间内让大熊恢复成原来的样子，她带上家里所有的积蓄和一两件换洗衣服与大熊上路了。加拿大儿童文学理论家培利·诺德曼认为儿童成长小说就是"在家——离家"的叙事模式，在家生活安全幸福但枯燥乏味，在路上危险不安但刺激有趣。在路途的凶险中，孩子一方面会认识社会，另一方面也会发现自己的潜力并努力锻炼各方面的能力——真正的成长只能在路上。

从前，生活一切正常时，小女孩老豆没时间把爸爸放在心上，他是怎么突然变成熊的，她一点都没有发现前兆。最近的亲人有时又是最远的陌生人，她不了解爸爸，她放在心上的事情实在太多，"轮滑、溜冰、打架、恶作剧老师、捉弄同学……老豆忙得不亦乐乎"，她为自己平时对爸爸的冷漠和疏忽感到惭愧，"为着这种惭愧，她觉得自己一定要为尹格做点儿什么。"听说找到真正的爱情就能让爸爸恢复原形，得知爸爸还深爱着自己的妈妈尹小荷，她不畏千难万阻上路，去鱼骨镇寻找尹小荷。

当遇到不让大熊进餐厅、上火车、住旅店的种种阻碍时，老豆都无数次地对人们庄严地宣誓："他不是熊，他是我爸爸。"打大熊主意的动物园老板一次次想威胁利诱老豆，让他们去动物园表演。路遇小偷被偷走了所有钱财，寻找孤儿院没有人告诉他们当年的真相。当一次次陷入危机和困难的时候，老豆都能想起爸爸当年对自己的鼓励，"加油"，"别怕，有我在！"这时候换成了老豆对大熊的安慰。这些爱的誓言鼓励着老豆，毫无畏惧地寻找解救爸爸的秘方。直到老豆一点钱也没有了，既不能住店又不能吃饭的时候，大熊偷偷地跑去动物园与老板签订合同，卖身筹钱，老豆也找到了动物园，变成了一个表演小丑的演员，藏起来自己所有的悲伤。实际上，变成了大熊的爸爸只是外形是熊，内心还拥有对女儿一往情深的父爱。看到咖啡豆和老豆与动物园园长的打斗时，情急之下大熊突然发出一声巨嚎："嗷呜——别打啦！"让老豆看到了希望。女儿不因为爸爸变成了熊，就改变对爸爸的爱，这种亲情的力量就像生命之水一样源源不断。

最初老豆和大熊到达鱼骨镇时，发现死气沉沉，人们都不快乐。原来这里藏着天大的秘密，一大群因生活中各种失意和打击变成熊的异形症患者被关进了熊堡，在咖啡豆和黑鱼的帮助下，他们一起放出了被囚禁的患者，让他们回到了亲人的身边。连鱼骨镇的市长都知道了没有任何治疗这种疾病的药方，只能是亲人的爱可以使得患者减轻痛苦，慢慢恢复人的能力。咖啡豆作为一个叛逆的女孩也被老豆爱爸爸的精神所感动了，放出了关在地窖里已经患了异形症的妈妈，关心正在发烧将要变成熊的爸爸。

爱是可以传染的，整个鱼骨镇仿佛从一个被魔鬼诅咒的噩梦中慢慢苏醒过来，因为老豆带着一只熊的到来，唤醒了人们爱的力量。鱼骨镇举行了盛大的焰火晚会，笑声和喜悦重回人间。尽管老豆找到了尹小荷，揭开了爸爸和妈妈的一切秘密，可是，当老豆告诉大熊尹小荷的消息时，大熊说："她现在很幸福，不是吗？"大熊得到了女儿坚强勇敢的爱，也从爱情的失落和生活的困境中觉醒过来。

另外，在老豆与大熊寻找"治病"的秘方时，作品里写了许多稀奇古怪的陌生人，有理解并帮助老豆的火车站站长，开卡车运送老豆和大熊的小伙子菠菜先生，给老豆提供住宿和出药方的旅店老爷爷，喜欢咀嚼槟榔的老婆婆，出钱出力不离不弃的仗义女孩咖啡豆，机灵淘气有点贫嘴的黑鱼……这些人既是老豆旅途中的朋友，又是她人生的"引渡人"，是他们的诚恳善良帮助老豆一路走下来。每每遇到困难的时候，不会说话的大熊也会用头来蹭蹭老豆的脸，给了老豆最大的精神和情感支撑。"尹格是孤儿。他没有别的亲人，老豆也没有别的亲人，他们就是彼此的唯一。"一路上，大熊感受到了爱的力量，坚强起来。作品最后写道："春天呀，我正朝你勇敢地走来！"是的，爱不就是春天吗？对于朝夕相伴的父女俩，不离不弃的陪伴，就是爱和春天。

我在阅读时，更愿意沉醉于作品之中，发现了大量世界儿童文学的经典元素，美女与野兽的叙事原型，探秘与历险的故事情节，饱满富有生活气息的细节，奇奇怪怪的人物形象：相貌丑陋的善良女巫，谆谆教诲人的智者，富有诗性心灵的浪漫小伙儿，力大无穷富可敌国的美少女，有些机智有点坏的忠诚男孩……他们如此巧妙地被作家编织成一部极具现代感的现代人精神"熊样"。正像著名儿童文学评论家汤锐所说，这是"一个关于现代人迷失了自我又历经千辛万苦找回自我的动人寓言"。

俗语说瑕不掩瑜，这部书还有待于进一步完善。第一是结构到了后半部分，咖啡豆出现之后，有偷换主角之嫌，咖啡豆是老豆的影子人，她是一个叛逆少女，离家出走打架斗殴甚至偷东西组织帮派等等，都有些用力过猛，造成了这个人物的不真实，即使是幻想小说，真实性也是人物存在的家园。第二是到了第二十一章写尹小荷的故事，作为年轻貌美的舞蹈演员尹小荷，因为自己得了绝症，生下来孩子留给自己心爱的尹格做伴，这个行为充满了爱的无私和感动，后来被一个男青年救活了并嫁给了这个男人，这个男人竟然是市长的儿子，也就是说尹小荷做了市长的儿媳妇，这个城市充满了异形症者，剧情反转太快，没有必要安排这种庸俗的故事情节，尹小荷或是得绝症死亡，或是再也没有了踪迹都没有意义，经过这个漫长的历险过程，女儿和父亲的感情加深了，并且父亲已经从那个悲惨的脆弱的心理世界中走出来，这个才是小说的主题。第三点，人物语言太过抒情性，无论是运蔬菜的司机还是嚼槟榔的老婆婆还是动物园的老板，都用一个腔调说话，人物语言与叙述人语言重叠，让人有一种怪怪的感受，不符合人物身份的语言会削弱艺术的表现力，严重影响作品的艺术表达效果。

可以说，自古英雄出少年，我在《论儿童文学的教育性》一书中强调："超出一般人能力的个体性英雄，对人类未来充满坚定的信念，这是儿童文学的一种积极向上的精神特质。"《大熊的女儿》中的老豆是一个平凡的小女孩，也是一个真正的英雄，尤其在独生子女时代的中国，这一形象更具有特殊的价值和意义。她小小年纪能够在如此巨大的生活灾难面前，表现出义无反顾地坚定信念，带着"大熊"上路，这是一场爱的"确认"赛，亲情、友情大获全胜，《大熊的女儿》是中国儿童文学爱与美的一次华丽绽放。

九　实现梦想与超越自我

一部好的儿童文学往往带给人多维解读的空间，可以从多个入口进入作品的底部——那是一个独立自主的艺术生命空间，充满了艺术张力。在龙向梅创作的《寻找蓝色风》的童话世界中，把中国文化元素与幻想如诗如画地完美融合起来，是一个充满生命活力而又情感丰富的艺术作品。

这是一个寻找与救赎的童话故事。作品采用了儿童文学的经典叙事模式——历险记来结构故事情节，作品的主要人物有想变成小男孩的泥人阿丑、两颗大门牙不断长的牙婆婆、住在牙婆婆口袋里的小老鼠、想永久活下去的蓝尾巴狐狸，他们为了各自的梦想上路了。在历险的过程中，人物的性格得以张扬：

阿丑虽然长着三个耳朵，相貌丑陋，但是，寻找到蓝色的风变成真正的人——他的这个信念从未动摇；牙婆婆性格古怪充满邪恶，为了得到丑娃的琥珀心来磨牙，她用尽心机；小老鼠贪吃调皮，喋喋不休，人小志大，想成为一只老鼠英雄；蓝尾狐内心焦虑，有收集癖，想永远不死，不断地用物质证明自己的存在。

这四个人物各有性格，彼此之间又形成一种内在的矛盾。牙婆婆与小老鼠船长之间，是一种祖孙关系，他们既互相关心互相体贴，还有老太婆与小孩子之间的斗争，俨然有一种代沟。牙婆婆总是在无事的时候训斥小老鼠，小老鼠更是在有事的时候帮牙婆婆的倒忙，一个是好心做坏事，一个是无心做好事，两代人截然不同的人生观和价值观在这种冲突中得到了比较充分的体现。而丑娃的登场，给这两个人贫乏枯燥无聊的生活带来了生机。丑娃是有志向的人，他的梦想是变成一个真正的孩子，牙婆婆长啊长啊的牙齿，给她带来了太多生活的不方便，甚至无边无际的痛苦。一个为摆脱身体痛苦而上路的牙婆婆和一个为了梦想而上路的丑娃，可谓人生的两极，他们在老鼠船长的"摆渡"下调解了许多矛盾，因为牙婆婆摆脱痛苦的唯一方法就是把丑娃的琥珀心掏出来，这是一个异常恐怖的"旅伴"。这几个人内在的矛盾在外在的巨大威胁之中，开始形成所谓的"利益共同体"。当遇到收集一切的蓝狐狸，使得牙婆婆与丑娃的敌我矛盾变成了内部矛盾，你中有我，我中有你，他们经过黑暗谷、山妖森林、觉姆部落、月光漂移河，并遭遇孤独的巨人、时间先生、狮王金帝的时候，他们四个又团结起来，与困难和敌人抗争，闯过了一道道难关，克服重重困难，历经千难万险，最后各自达成了各自心愿。童话的人物关系设置合情合理，符合童话幻想的逻辑又有现实的内在的统一性。

从读者接受的角度来看，作品虽然是大团圆的结局，但是完全颠覆了民间童话的"王子和公主从此过上了幸福的生活"的模式，更不同于一些童话升官发财称王称霸的功利主义结局，这个结局既完满又充满了现代性，完满的是他们都达成各自的心愿：牙婆婆得到了琥珀心，可以磨好她长长的牙；丑娃外表还是那么丑陋，但是实现了做真正孩子的愿望，有了身体和心灵的感觉——一个人的感觉，让丑娃感觉非常幸福和快乐；当蓝狐狸得知生命有限时，也不再储存那永远使不完用不尽的东西。这个大团圆的结局，跟当下成功学的价值标准毫无关系，功名利禄等外在的东西也毫无关系，全部是人的身体、心灵和精神的获得感。不同于成功学的价值观。生命的结局尽管相同，生命的过程却如此相异，生命的获得感才是抚平所有人创伤的唯一出口——我成为我自己，实现自我价值。作品以浅显生动的艺术形式，挖掘出人生极为深刻的道理。正像安徒生《海的女儿》的人鱼公主，从海底世界来到人类世界，为了追求一个"不灭的灵魂"，甚至放弃生命。

在幻想的彼岸寻找到现实的力量和人性之光，如果没有这种发现的能力，很难把丑娃、牙婆婆、蓝狐狸等带到一个崭新的世界之中。丑娃为了获得人类的生命，从地下来到人间，经历了种种磨难，他寻找到了使他复活的蓝色的风，这风的颜色带有深刻的隐喻和象征，既是大海的颜色，也是天空的颜色，更是希望和梦想的颜色。与其说是蓝色的风使丑娃复活，不如说是超越自我和实现梦想的勇气，让在地下的泥人丑娃有了生命感觉，获得了生命的价值和意义。反观之，有多少现代人有人的身体，却没有人的感觉和灵魂呢？从这个意义上来说，童话充满了深刻的现实批判力量，那个收集狂的蓝狐狸不就是现代人焦虑症的一个象征吗？

儿童情趣是经典儿童文学的重要基因，《寻找蓝色风》的童话基因非常纯正，并不以成人的价值观和审美观凌驾于孩童之上，或者各种所谓的标准和规矩来训导孩童。这个牙婆婆相貌奇怪，牙婆婆的牙齿长长以后，嘴就合不拢，说话漏风，喝茶漏水，吃东西牙疼，寻找各种石头来磨牙，磨牙无疑带有双关语，咯吱咯吱的磨牙声，让住在她口袋里的小老鼠船长先生受不了。牙婆婆还有世界上独一无二的长长的长长的名字，没有人记得住她的名字，她就把名字刻在自己的大门上。每次回家，礼貌地向自己的名字问好，然后自问自答地进去了。这些幽默有趣的情节在童话里充满了游戏的乐趣，还有那些从地底下长出来的各种各样奇形怪状的"南瓜房、蘑菇房、芒果房、石榴房、象牙房、山核桃房、矮瓜房……这些房子都会自动长出门、窗、屋檐、烟囱，有的还会直接长出壁炉、床和餐桌来"。不要问为什么，在这个神奇的牙牙山里，一切都天经地义。童话的幻境充满了梦幻色彩，而又让人感到如同亲身经历。

中国传统文化中的神话因素在《寻找蓝色风》中，得到了现代性的阐释与升华，女娲造人的神话，在中国可谓家喻户晓，但是，造人的女娲在孩子看来，是不是把一个三只耳的丑娃忘记了复活呢？这是典型的孩子思维，也是作品幻想的独创性之所在。作品还原到神话产生的语境中，探寻女娲"工作"的现场，使得童话的幻想有了历史的纵深感。便发现了那个被埋在地下三百万年的丑娃，与其说是寻找琥珀心的牙婆婆发现了丑娃，不如说是孩子的童心世界与泥人丑娃的不期而遇，多么富有童话精神和人文情怀的幻想。你中有我，我中有你的圆融性的思维，就是中国《易经》"黑白鱼"的典型，也是丑娃与牙婆婆相生相克不断历险和成长的关键点，亦是构成这部看似荒谬热闹的童话的逻辑基础，要多深邃有多深邃，要多稚拙有多稚拙的"大道至简"的写作，这无疑是中国故事、中国文化、中国思维的一次艺术性的成功表达。

中国儿童文学处理幻想和现实的关系上，在幻想儿童文学发展史上，经历了拼贴、结合和融合三个阶段：五六十年代的中国童话中的幻想和现实往往是拼贴或嫁接，幻想只是现实生活中的一个梦，醒来之后又回到现实中来，如张天翼的《宝葫芦的秘密》，王葆拥有宝葫芦只是他做的一个梦；八九十年代幻想和现实的结合阶段，是用幻想的外套，包裹着现实的内容，幻想和现实是相加关系，幻想是现实生活的曲笔和映射，如郑渊洁的童话《皮皮鲁全传》中的许多故事，是针对当下教育体制以及现实社会生活的批判；进入 20 世纪 90 年代和 21 世纪之初，作家就能够做到幻想和现实的水乳交融，以实写幻，幻极致真，把现实和幻想达到了一种融合，即用小说的笔法写童话，以童话的精神写小说，如陈丹燕的《我的妈妈是精灵》，童话精神得到了全新的释放与升华。《寻找蓝色风》，是带有童话色彩的幻想作品，在幻想和现实的关系中也实现了一种融合和升华，如行云流水般讲述一个成长与救赎的童心故事。

《寻找蓝色风》作为长篇童话故事，作品立意之高远深邃，文学空间营造之精美，人物塑造之典型性，语言表达之成熟，幻想之瑰丽神奇，故事情节之曲折跌宕，泥人阿丑和他的伙伴们，都在寻找中实现了梦想并超越了自我，这是近年来中国儿童文学创作中少有的令人惊喜的一部力作。

第五章　凝望动物的文学目光与叙事伦理

一　寻求动物小说的多种叙事策略

沈石溪可谓动物小说领军人物，被称为动物小说大王。在30多年的创作中，他已出版500多万字的动物小说，其中《第七条猎狗》《一只猎雕的遭遇》《红奶羊》等连续三届获中国作家协会儿童文学优秀作品奖，《圣火》获90世界儿童文学和平友谊奖，《狼王梦》获第二届全国优秀少儿读物一等奖、台湾第四届杨唤儿童文学奖，《象母怨》获首届冰心儿童文学新作大奖。他的作品《斑羚飞渡》被选作人教版七年级课文，《最后一头战象》被选作人教版六年级课文。沈石溪独特的创作思维和艺术手法为广大读者所接受。沈石溪的动物小说大多是悲剧，而他最擅长的创作手法也是悲剧创作，在他的作品中所表现出的"改变弱者，争当强者，活着坚强，死的辉煌"的悲剧艺术思想，让个体的生命在悲壮的烈火中得到净化与升华。不论是猎雕、残狼、象王，还是狼王、鹿王等艺术形象，都有着生命历程和悲壮的生命归宿，赋予动物以人类社会价值评价意义和道德突围的质变。"作家改变艺术视角后，刹那间，动物的萎缩卑劣形象便立刻显示出缘于丛林法则的人性亮点和生命光辉，动物小说视角转换，促进了当代我国最新动物小说从思想内涵开掘到艺术手法运用的全方位与大幅度的嬗变更新。"沈石溪自己也坦言："从动物这个特殊的角度去观察体验人类社会，或许会获得一些新鲜的感觉。现代动物小说很讲究这种新视角，即用动物眼睛去思考去感受去叙述故事去演绎情节。"沈石溪以怎样独特的叙事策略征服了广大读者，被他作品的悲剧艺术所震撼呢？

（一）叙事场域：野生世界复杂化

沈石溪笔下的动物大多是野生动物，它们活动的空间主要是苍茫空旷的荒野，或是温热潮湿的热带雨林，要么是天寒地冻的日曲卡山，还有波涛汹涌的澜沧江。西双版纳特殊的自然景观，让沈石溪拥有了广阔的挥洒空间，也使他的作品洋溢着原生态的丛林气息。在这样十分恶劣的环境中生存，各种动物的命运注定是异常的艰辛。天敌伤害、同类竞争、食物匮乏，兼有人类的捕杀，无论是多么聪明狡黠和健康强壮的动物，都会被它们的同类或者人类剥夺掉生命。因此，在沈石溪的动物小说中丛林陷阱密布，这些动物根本不会有快乐的结局，也不会有最终的解决办法，即便动物恰巧在一次活动中逃脱了危机，也一定逃脱不了下一次劫难。在他的笔下，有羊、豺、狼、狗、象、鸟、牛、鹰等几十种动物，这些动物都是他长期在云南原始森林中，潜心解读动物生存和发展，从更深层次思考生命和命运的产物。

在日曲卡雪山下方圆五百多里的浩瀚的尕玛尔草原，不是茫茫的白雪，就是郁郁葱葱的亚热带丛林或是波涛汹涌的澜沧江，小说的背景要么是光秃秃的山梁，要么是黑暗潮湿的石洞，要么就是干枯的河道、断崖、乱石岗，这里是沈石溪笔下动物们最主要的活动场地或是生存空间。在这些人迹罕至的地方，虽然动物没有人类的干预，显得无拘无束，但这里不是风雪弥漫天寒地冻，就是狂风暴雨飞沙走石，生存条件十分恶劣，这些恶劣的自然环境造成了动物一桩桩生存悲剧。在《苦豺制度》的开篇写道："埃蒂斯红豺群行进在风雪弥漫的尕玛尔草原上，七八十匹雌雄老幼个个无精打采，耳垂间、脑顶上和脊背凹部都积着一层雪花，宛如一支戴孝送葬的队伍，每只豺的肚皮都是空瘪瘪地贴到脊梁骨，尾巴毫无生气地耷拉在地，豺眼幽幽地闪烁着饥馑贪婪的光，队伍七零八落，拉了约两里长。"这种严酷的生存环境面前，行进的是一支即将走向死亡的豺群。接着又刻画了饿极了的大公豺居然在夜里吃掉了死去的豺尸，这种生存的危机马上就到了豺群即将互相残杀的地步。在《天命》中，沈石溪写道："惊蛰过后，老天爷下起一场鹅毛大雪，已朦朦胧胧泛起一片新绿的日曲卡山麓又跌回天寒地冻的冰雪世界。雪花凄迷的天空，一只鹰拍扇着被雪尘濡湿了的翅膀，顶着刺骨的寒风歪歪扭扭地飞着。"在这样恶劣的环境下，雌鹰霜点喂养两只幼鹰，食物的奇缺即将夺取这两只幼小的生命。就在这时，霜点发现在绝壁下的小石洞里，有一只同样饥饿的老眼镜蛇，这只蛇太狡猾了，霜点虽然是捕捉的能手，但仍没有办法捉到眼镜蛇。它唯一的办法就是在自己喂养的幼鹰中选择一只作为诱饵，可是在两只幼鹰中，一只体弱的是它亲生的孩子，另一只体格健壮的是它抱养的孩子，为了物种的强健，在恶劣的环境下生存下去，霜点忍痛选择了身体较弱的亲生孩子作为诱饵。在《雄鹰金闪子》中，恶劣的生存环境完全改变了动物的生存本能，鹰是苍穹的宠儿，它们不是群居性动物，在鹰的意识世界里，领地意识极强，如果有同性来犯，必然誓死相拼。小说中的金闪子是滇北高原纳壶河谷领空的占有者，它曾经成功地击退了两只雄鹰的侵犯，当第三只叫白羽臀的雄鹰再度来犯时，金闪子为报妻仇，撇下白羽臀，去突袭银环蛇，白羽臀没有在一旁冷眼旁观，在生死攸关的时刻，它救了金闪子，尽管内心十分痛苦，金闪子还是容忍救命恩人在自己的领地上栖身了。在深秋的时候，正是雄鹰所畏惧的秋荒季节，两只雄鹰因为饥饿而互帮互助，倒成了朋友，改变了他们独来独往、孤立高傲的本性。两只雄鹰没有了敌意，在一个生存空间里相安而居。后天环境因素牵制住了本能欲望，使团结协作的精神在孤独的鹰身上得到了发展。沈石溪动物小说的背景不是一成不变的，而是运用多种风格来书写自然的丰富繁盛。在《第七条猎狗》中，他描绘了西双版纳原始森林美丽而神秘的图景："大黑山属于自然保护区，上千年的大榕树吊下许多气根，宛如一群大象的鼻子；望天树窄窄的树冠高耸入云，笔直的树干就像长颈鹿的脖子。密密的森林里麂子成群，锦雉乱飞，真是野生动物的理想王国。赤利东游西逛，渴了喝口山泉水，饿了逮只树鼩吃。它成了一条野狗。"优美的环境与一条孤独的野狗形成了鲜明的对比，以仙化的背景与现实形象之间形成背离的矛盾，造成巨大的审美间性。那么，在这样的背景下展开叙述，讲述了一个老猎人和他的第七条猎狗的神奇而惊险的故事，有人对猎狗的爱，有猎狗对人的爱，有人对猎狗的误会，以猎狗与豺群的搏斗献身的悲剧为结尾，表达了狗对主人的忠诚，期间插入猎狗被老猎人赶走后征服一群豺的故事，向读者展示了一个全新的视野。作品把爱、忠诚、大自然、悲剧、巧妙地结合在了一起，带有很强烈的震撼效果。

既然生命的存在是"向死而生"，死亡作为生命存在的最终结果，总是在前方的某一时刻和某一地点等待着，死亡是对生命的否定，这种否定无所谓悲剧或是喜剧，因为死亡是每一个生命的必然结果，没有一个生命能逃出这种早已知晓的结果。所谓的悲剧，在形式上必须是一个完整的故事，而在内容上应该是悲惨的，是个体面对的最无法忍受的困境，在这个困境中，个体做不断地反抗与挣扎，而其所做的任何反抗和挣扎都是徒劳的，悲剧不受个体的意志控制而发生，即"把人类有价值地撕碎给人看"。就悲剧性艺术的本体而言，它面对的是读者，是震撼了作家自我而又是写给读者看的悲惨故事。表现生之痛与死之悲，是沈石溪动物小说一以贯之的命题，也是他的小说感染读者的重要艺术手段。

（二）叙事冲突：悲剧故事传奇化

沈石溪对动物形象的刻画，突出塑造了个性化的动物形象，每个动物不仅仅有鲜明的个性，更加具有传奇式的生命经历和高尚的思想品德。有评论认为沈石溪小说中的动物形象不像是生活中的普通动物，而是负载着高尚的道德思想和凝聚着深刻内涵的动物形象。也正如作者所述，他的早期动物小说创作讲究故事性和趣味性，所涉及的动物品种繁多，有很浓的传奇色彩。传奇化艺术特色是沈石溪动物小说抓住读者阅读心理的关键环节。在《一只猎雕的遭遇》里的猎雕巴萨查急主人之所急，想主人之所想。即使在严冬刚过，猎物十分稀少的情况下，它从早晨在草原的上空盘旋，找不到猎物，太阳西下的时候，它依然锲而不舍地寻找猎物，它心里想的是，无论如何，今天再不能空着手回去了，哪怕是一只草兔也能救主人的燃眉之急，能换回点钱来把主人女儿的病治好。故事的最后，在冰天雪地的环境里，它的主人为了自救，咬断了它的脖颈，而这只猎雕却心甘情愿地为主人牺牲自己。在《象冢》中，母象巴娅在自己的儿子向自己的丈夫发起王位挑战的时候，它帮助儿子打败了丈夫，而巴娅却在自己仍然身强力壮的情况下，跳进象冢，陪伴丈夫老象王一起去死。这些动物的形象不仅有深刻的内涵，更具有高尚的道德情操。在故事的结构安排上，更显现了动物的传奇色彩。《斑羚飞渡》中，羚羊群被猎人和猎犬逼到了悬崖边上，原本故事已经结束，没想到镰刀头羊在看到天边突然出现的彩虹以后的一声"咩——"叫，一个神奇的场面出现了，那些羚羊分成两组，老少搭配，老羚羊牺牲自己，让青壮羚羊踩着自己的脊背飞跃到对面的山崖上。在这段情节中，最传奇化的是让读者感受到动物求生的那种不可思议的力量，类似这样的情节在沈石溪的故事中经常出现。《双面猎犬》和《混血豺王》中的白眉儿，是一只豺和狗的混血儿，身形异常的它即使作为苦豺也不被豺群所接受，被赶出了豺群，沦落为一只流浪豺。走投无路、投靠了人类后，它更是从一个偷鸡贼摇身变成了最勇猛忠诚的猎狗，深受主人喜爱。可惜好景不长，主人最终还是发现了白眉儿身上豺的特性，白眉儿在人类中无法立足，只得回到豺群做回苦豺。经过与狼王的殊死搏斗，白眉儿终于当上了豺王。可惜却被自己昔日的主人出卖，为了挽救幼豺的生命，使种群得以延续，它不惜在豺群面前暴露自己不豺不狗的身份，不仅失去了豺王的宝座和妻儿，最终还搭上了自己的性命。白眉儿的经历具有传奇化的色彩，与之类似的《残狼灰满》中失去双腿的灰满、《红奶羊》中的茜露儿，《狼王梦》中的母狼紫岚等一系列动物主人公的遭遇和经历都是绝无仅有的。这些故事的情节也不是日常生活中我们能够经历到的，充满着离奇惊险。

"情节的曲折、惊险有可能埋没人物性格的塑造，使人物成为情节的附庸而失去其丰富的精神向度。但是，却可以强化原始性格强悍的指数。"在突出原始野性顽强生命力的同时，沈石溪的作品从来就没有忽视对细节的雕琢和放大，以此形成全面的震撼。毫不掩饰地将动物间的血腥搏杀场面淋漓尽致地暴露在读者面前。这种对蛮荒生活的细腻描写、狩猎场面的残忍描绘，还有食肉动物血淋淋的厮杀场面，明显存在着动物生活写实化的倾向。用作家自己的话说，生命从他诞生那一刻起，就处在激烈的生存竞争中，旧的物种消亡了，新的物种繁衍了，此消彼长，汰劣留良，生命的进化过程总是伴随着血腥和暴力。

《再被狐狸骗一次》中，公狐狸为了分散作品中"我"的注意力，好让母狐狸带着它的孩子逃生，不惜自毁身体，又是撞树，又是猛咬自己的肢体，最终因流血过多而死。"我"亲眼所见以写实的方式写出这种血淋淋的场面，令读者惨不忍睹，印象深刻。《狼王梦》中，母狼紫岚的二儿子蓝魂儿被人类的弹簧夹夹住了身体，无法逃脱，蓝魂儿呻吟着，紫岚一颗母性的心都要碎了。在人类马上到来，紫岚没有任何办法的时候，"紫岚一口咬断了蓝魂儿的喉管，动作干净利索迅如闪电快如疾风，只听得咔嗒一声脆响，蓝魂儿的颈窝里迸溅出一汪滚烫的狼血，脑袋便咕咚一声栽倒在雪地里，气绝身亡了"。在《智取双熊》中，白袜子和黄帽子为了领地好一场恶斗，"黄帽子一巴掌扇过去，就把白袜子的鼻子打扁了，鼻吻间血流成溪。白袜子也不甘示弱，两只前爪一起抓住黄帽子的头皮用力撕扯，'噗'的一声，黄帽子头顶那片黄毛被活生生撕了下来，冒出一片血花。黄帽子变成了红帽子。黄帽子怒火中烧，用力朝前一顶，把白袜子四仰八叉顶翻在地，然后抱住白袜子那双长着白毛的后脚掌，拼命啃咬起来，好像要帮白袜子脱掉那双脏袜子，换穿一双红袜子……白袜子是反侵略战争，正义在手，真理在胸，又撕又咬，勇不可当。'啊呜'一口，它在黄帽子肩头咬下一大块肉，炒炒足有一大盆；黄帽子则在白袜子的屁股上回敬了一口，两瓣屁股变成了三瓣。突然，白袜子尖尖的嘴吻刺进黄帽子的颈窝，狠狠咬了一口，可能正巧咬断了动脉血管，浓浓的血浆从黄帽子的颈窝喷射出来，像放焰火一样。黄帽子在地上打了个滚，钻到白袜子的肚皮底下，只见白袜子突然惨嗥一声，像皮球似地跳了起来，腹部赫然出现一个碗口大的血洞，白花花的肠子像群蛇似的钻了出来……" 每每出现这样的血腥场面，都在读者的脑海中留下了难以忘怀的印象，这种将动物的野性生活写入小说中，虽然是写实动物小说的特色，但沈石溪的笔法可以说是写实中的写实，透过他逼真的描写，刺激了读者的想象力，使读者深深感受到一种自然野性的呼唤。

（三）叙事主体：悲剧形象人格化

人格化一般是指对动物植物以及非生物赋予人的特征，使他们具有人的思想感情和行为。沈石溪对他笔下的动物悲剧描写不仅侧重于动物行为，而且侧重于动物的心理描写。他的描写具有人格化的特点。这一特点附和了读者的阅读心理，虽然是动物小说，毕竟作者和读者都是人类，读者需要从动物身上得到有益的启示，因此动物小说人格化是不可避免的，也是情理之中的。在沈石溪描写的动物行为上，疯羊血顶儿的行为就足具人格化的特点。血顶儿为了报杀母之仇，想要改变自己头上犄角的形状，它知道自己正处在发育阶段，羊角在日夜长大，它就把羊角插在狭窄的石缝里，好比把熔岩倒进模型，时间长了，血顶儿的那两只羊角不像其他盘羊那样钻出头顶半尺就朝左右两边分叉绕花，而是笔直地朝前长去，不再拐弯，不再盘成圆圈。两只羊角就像一把叉子，角尖朝外，刺向天空。作品中没有交代血顶儿怎么知道这样做的，可以看出血顶儿的所作所为明显说明它不是一只普通的盘羊，而是一只有逻辑思维的盘羊，所以它知道盘角不利于攻击，因此要把盘角变成直角。它还知道把盘角插进电击石才能改变形状，而且天天不停地做，这些行为的描写足以说明血顶儿具有人格化的特点。另外，沈石溪还十分注重动物的心理展示，进行了大量的动物心理描写，这在很多的作品中都存在。动物心理的人性化描写，使沈石溪笔下的动物角色更具有人格化的特点。在《老鹿王哈克》中，老鹿王哈克为了鹿群的生存，决定放弃鹿王的宝座，与老狼同归于尽，它已做好了思想准备。可当它真的从鹿王的宝座上下来时，看到自己心爱的母鹿向新鹿王投怀送抱的时候，生活的巨大落差像一架沉重的石磨碾着它的心，它觉得或者比死更痛苦。鹿王哈克"突然觉得自己压根就错了，是天底下最可怜的傻瓜和笨蛋，竟然会为了一个虚无缥缈可能永远也无法实现的理想抛掉现实利益，让老狼像幽灵般出没于鹿群好了，让老狼把鹿一个个叼走，直到把整个鹿群吃光好了，反正等不到这一天就会死去，死后万事皆空。不管鹿群是繁荣还是毁灭都看不见了，管他娘的，只要自己活着的时候过得痛快就行"。再如，"洛戛很纳闷，红松树林稀稀拉拉，既没有灌木可以隐蔽，又没有洞穴可以躲藏，对正在逃避强敌追踪的母豺来说，无疑是条死路。难道这只母豺已逃得昏头昏脑糊里糊涂了？不，不可能，豺盛行狡黠，不可能在危急关头犯傻的，母豺一定想搞什么鬼名堂了。洛戛警觉起来"等等。沈石溪对动物心理的描写大多不是借助于动物的外在特征，而是直接进入动物的内心世界，展现动物的心理活动。而且这些心理活动所体现出来的动物思维能力十分具人类的逻辑思维特征。在描写动物的经历时也过于人化，描写白眉儿时："生活是一壶苦水，白眉儿是在苦水中泡大的，苦难的生活催它早熟，不幸的灰色童年往往是一笔珍贵的财富。"动物形象的人类情感化和经验化，尽管拉近了动物与读者心灵的距离，但总觉得这笔财富放在动物身上令人怀疑。有的评论者认为以动物为载体来言说人情世事是沈石溪动物小说的显著特点。不可否认，沈石溪的动物小说对动物生命的认同存在过于以人为本位的意识，动物的行为指向更是以人类的社会道德作为评判的标准，情感的旨归也过于人格化和人性化，而在文本的书写中又往往存在主题先行的倾向，更为危险的是，这里沉潜着动物生存的律令，如果动物的行为合乎人的道德标准和社会认同，是不是就可以避免悲剧的命运呢？老子《道德经》第二十五章有云："人法地，地法天，天法道，道法自然。"动物作为自然界的生灵之一，必有其生存行为之道，"各复归其根"，人化的动物尽管是文学的表达，也有违背自然之道之意，如果是那样，我们希望沈石溪思之、慎之，过于表达可能比不表达更能体现对生命的敬畏与对自然的尊崇。

（四）叙事风格：悲剧语言个性化

语言是文学作品中最重要的因素，也是作品中无处不在的成分，在小说的语言上，沈石溪动物悲剧小说的语言十分具有感染力。虽然故事的结局是悲剧性的，但他的语言却是朴素精炼，形象幽默，富有情感，个性鲜明。我们知道叙事类作品的语言分为两种，即人物语言和叙述人语言。在动物小说中，一般只有叙述人的语言，因为按照真实性的要求，动物不可以说话的，动物一说话，就已经人格化了，就已经有童话的倾向了。沈石溪也说："还有一个长期折磨我的问题，就是动物小说不能写对话，似乎不让动物开口说话已经成为动物小说创作的一条戒律……事实上，国外一些动物小说已打破这条戒律，自由自在的给动物口腔里发出声音，标上双引号……到目前为止，我还没有让我笔下的动物开口说话，我担心读者误解，改变读者的阅读习惯，需要一个漫长的引导过程。于是，在描写到一对豹非要进行面对面的通讯联络和感情交流时，非要使用对话不足以表达我的创作意图时，我就另起一段，画上一个破折号，把对话如实写出，省去双引号，让这段对话看起来不像是从嘴巴里说出来，而是一种无声的心灵对话，这是一种圆滑的折中，无奈的妥协。"

在沈石溪的作品中，叙述人经常不是作品中的人物，而是第三者旁白，在叙述过程中，作者经常钻入动物的内心世界，用动物的眼光来看动物、看世界，或以它们的口气来叙述，就把叙述人语言和动物语言巧妙地融合在了一起。总的来说，沈石溪悲剧作品中的语言是集形象性、哲理性和幽默性为一体的快乐语言。《混血豺王》中运用了大量的比喻，形容狗尾巴摇得像一朵野菊花。描写豺王夏索尔的目光时，"目光冷得像冰雪，深得像古井，沉得像石山，辣得像山椒，苦得像黄连，酸得像青杏，混杂着惊疑与猜忌，比荆棘更扎脸。"通感的运用，渲染了目光无形的有形力量，突显了豺王的凶悍狡诈深不可测的复杂性格。形容日曲卡山麓猛降大雪的恶劣天气，则是真正的"白色恐怖"，远取譬的运用，引起人无限联想。还有的语言采用拟人的手法，如"这哀号简直要把盈江水都吓得倒流回去"。还有一些词类活用，如母豹达维亚为了骗猴王上当，假装受伤而死的时候写道："比尸体还尸体"，用意象的叠加增强表达效果。夸张的运用，在形容猎人看到自己喜爱的猎狗再一次出现的时候："喜得眉毛差点掉下来"。另外沈石溪还经常改变一些诗句和俗语的巧用，如："大豹不计小豹过"；在说狗的时候，"先主人之忧而忧，后主人之乐而乐"。还有许多幽默的句子，比如在白眉儿腹背受敌不得不从悬崖上滑下去的时候，写道："就当玩一回滑梯吧"。像这样幽默的句子在文中经常出现，使读者的情绪在紧张的故事中以及悲剧命运的冲突中得到缓解，增加了情趣。在《第七条猎狗》中，作者为表现赤利为保护老猎人与眼镜蛇殊死搏斗的场面，运用了一连串动词，"赤利不顾一切地蹿上去，一口咬住眼镜蛇的脖颈。一米多长的蛇身，紧紧缠住赤利。""两只动物在草丛里翻来覆去地扭滚着，撕咬着，直到赤利把眼镜蛇的三角形脑袋咬下来后，顾不得喘口气，又跳出草丛，扑向卡在两根榕树气根间已经血流成河的野猪……"这段纷至沓来、珠联璧合的动词，增添了打斗场面的传奇性，把动物之间生存竞争中的矛盾冲突充分展示出来，也使赤利的忠诚与献身精神，与主人的误会与绝情形成了鲜明的对照，发人深省。

《捕象的陷阱里》一位傣族老猎人的自述中，作者在描写丑陋的老云豹时："尾巴上的毛被树浆草汁粘成一坨一坨，像一根搅屎棍，身上的金钱状花纹又小又稀，像几枚刚出土的古币，塌鼻梁上的豹须焦黄卷曲，像几根生锈的细铁丝。"对豹不熟悉的读者也能想象出它的神韵，仿佛中国画的写意，把陌生事物日常化亲切化，"搅屎棍""古币""细铁丝"这几个意象叠加出老云豹的丑陋与颓废；描写母鹿向老猎人下跪求情时的眼神，"那眼光凄楚动人，就像孩子遭难时，在等待父母的庇护，那叫声委婉哀怨，就像那无辜的受害者在乞求法官的垂怜。"在《白斑母豹》中，沈石溪还尝试使用无标点的长句，这样的长句通过大量的排比使用，使句子的信息量大大增加，从作品的感情氛围看，增加了作品的深沉感、悲壮感，如一首悲怆的命运交响曲，涤荡人的心灵。《双脚犀鸟》中写阳光"透过密密的树叶洒落下来，千万条金色的光线北风一吹，飘飘逸逸，像仙女在梳洗长发"，把景物幻化和仙化，增加了故事的神秘性，当读者看到这种景物的描写时，脑海中不知不觉会浮现出一幅幅真切的画面，这种灵动自然的描写往往能渲染气氛，把读者置身于陌生而遥远的动物世界里。

总之，"动物小说之所以比其他小说更有吸引力，是因为这个题材最容易刺破人类文化的外壳，礼仪的粉饰，道德的束缚和文明社会种种虚伪的表象，可以毫无遮掩地直接表现丑陋与美丽融于一体的原生态的生命。随着时代的变迁，文化会盛衰，礼仪会更替，道德会修整，社会文明也会不断更新，但生命残酷竞争，顽强生存和追求辉煌的精神内核是永远不会改变的。因此动物小说更有理由赢得读者，也更有理由追求不朽。"沈石溪的动物小说融入了作者对生命的体验，也诠释了对人类生存、社会发展和民族存亡的思考。沈石溪为作品赋予了社会学和人类学的意义，他的作品中借助动物的故事暗喻人类社会的生活，以动物的命运来反映生态环境，揭示人类同自然的关系变化。他十分擅长用大自然中动物世界所发生的一桩桩真实生动、壮美惨烈的故事场景，来影射人类社会正在发生着的类似事件。努力为人类生存困境找到一个出口之时，也在为人类现代精神的迷茫提供一种可能的出处，尽管这种出路和管道是以动物生存的折光为鉴，但以其在中国 21 世纪文本的巨大存在不能不引起我们高度的重视。

二　每一个词语都参与了生命的诞生

成名于 20 世纪 80 年代的江苏作家金曾豪，是一位非常独特的儿童文学作家，四次获得全国优秀儿童文学奖，其获奖作品有《狼的故事》(第二届)《青春口哨》(第三届)《苍狼》(第四届)、《蓝调江南》(第六届)，作品题材之广泛、文体之复杂以及书写风格之鲜明，在国内的儿童文学界已颇具影响力，尤其是他的动物小说创作，在评论界可以与动物小说大王沈石溪相提并论，国内对其研究已逐渐展开，方卫平、汤锐、杜白、余雷、谢清风、徐志强等学者皆有品评。世界上的动物小说作家往往具有与动物相处的经验，或者本身就是动物研究专家。动物小说创作亦呈现多种样式，有以科普知识为主的动物纪实小说、以夸张拟人幻想为主的动物童话、以反映动物行为思想和物性特征为主的写实小说、通过动物反思人类文化为主的动物传奇故事等等。金曾豪出生成长于江南小镇，那里虽然远离荒野和森林，但是，他凭借自己敏锐的艺术感受力、超强的幻想力和语言驾驭能力，积累了丰富的文学创作经验之后，用他的动物小说营造了一个全新的创作领域与艺术世界。

（一）丧失家园的动物们

进入现代工业社会之后，经济发展给人类带来舒适生存环境，也使人类远离了许多自然的本能，远离自然和荒野，人类的动物性本能沉入了人类的潜意识，通过动物与人类的自然属性相遇，即成为金曾豪动物小说创作的母题。金曾豪并不简单地把现代文明与野性世界进行简单对比，他的笔触往往从多方位展开。金曾豪笔下的动物种类繁多，有猞猁、狼、狐狸这样的野生动物，也有乌龟、蛇、狗这样的小动物，它们都拥有大自然赋予的生存权利和生存智慧。它们同人类一样向往自由、追求自由，散发着生命的灵动和光辉。一旦出现自由和禁锢的对立情况，动物们往往毅然选择"不自由毋宁死"。《独狼》中独狼被猎人逮住装进动物园的铁笼之后，它每天的功课就是用嘴把铁笼子咬破，要知道，狼对自由、对大自然无比酷爱，在狼的意识中被囚禁是比死还要痛苦的事情。在一次地震中墙壁倒塌，它终于重返山林，呼吸到自由的空气，结识了母狼，生养了自己的后代小狼，完成了一个动物生命得以延续的传奇。《西风白马》中的白马贝贝曾经是一匹驰骋疆场、自由自在的光荣的赛马，却在一次灾难中不幸失明，人们对瞎马的处理办法是实施无情的禁锢。为了恢复自由，白马贝贝挣脱了铁链和牢笼，却跳下了悬崖。与其说白马是追求自由而死，不如说进入现代社会以后被人们用各种规约和束缚囚禁得失去了生存能力，如同被关进了无形的"动物园"，即使冲破牢笼，回归山林，也不具备生存下去的可能，还得重新回归到"人"的世界中。

金曾豪在现代化侵染下的忧郁城市与保留着原始生命力的诗意荒野中，努力寻找平衡的契合点——野性的呼唤与生存的本性。在他的作品中，随处可见对人类肆意侵害野生动物的罪恶行径的指责和批判。如《愤怒的狐狸》中，老画家为了完成自己的《百狐图》，在名利和道德面前选择了前者，将红狐带回城里，使得红狐一家遭受灭顶之灾。红狐的悲剧结局让老画家悔不该当初，但一切都无法挽回。现代社会中的人类与自然社会中的动物在生存选择观念上存在着不可调和的矛盾，充满野性的动物坚决抵抗着人类的无理入侵。逃向荒野的野性动物又是什么样态呢？白马跳崖而死；《绝谷猞猁》中的两条猞猁灰灰和依依在一场灾难中逃出动物园，远离人类的控制，选择了一处绝谷安身，但是，人的入侵再次使猞猁遭受厄运，为了寻找食物，灰灰落入人类的陷阱遇害，依依和自己的儿女惨遭人类的杀害。生命不可复活，连上帝都不能改变，而上帝又是谁呢？作者怀着悲悯的情怀控诉人类的无耻行径，将动物生命的惨死和消亡直面于人类眼前，向天发问，希望能唤醒人类麻木的心灵，对人类的贪婪罪恶可能会产生的后果敲响了警钟。生命的不可复制性强化了小说的悲剧色彩，也对生命的价值和意义浸润着温暖和关爱的真挚情感。

金曾豪的动物小说不同于贾平凹的《怀念狼》，以猎人和狼的传奇来对抗现代都市生活和工业文明；不同于杨志军的《藏獒》，借助藏獒间的冲突与杀戮给强者为王败者寇做形象的注释；亦不同于沈石溪的《混血豺王》，通过动物世界的残酷斗争暗示人类社会对权力的追逐……金曾豪在作品中营造了一个平静唯美，充满诗意的动物世界，万物看上去似乎各归其类，各行其道，然而在这平静的文字下却沉潜着动物生命的张力和情感状态，却显示出一定的艺术冲击力和审美想象。即使是他认为自己创造了一个上帝的视角进行动物小说的创作，我们还是从这上帝的视角中看出了作者对生命和人性的思考，动物的生活与人类息息相通的关系，人类通过自然与动物的灵魂相遇，即实现了抵达生命本质的一种拷问。

世界经典的动物小说，如美国作家杰克·伦敦的《野性的呼唤》、加拿大西顿的《狼王洛波》、英国作家迈克尔·莫波格的《战马》、美国作家玛格丽特·亨利的《风之王》、日本椋鸠十的动物小说，都能够通过一定的时空背景来书写特定的生命体，通过动物的行为和表现来观察动物，透视动物的心理，在人与动物的交往中把人类社会的背景和动物的生存环境自然而然地流露出来。在金曾豪看来，人类与动物共同生活在地球上，在空间和世界上两者之间是重叠交错的，纵使沟通起来非常困难。在时间的处理上，金曾豪的动物小说将情节安排在动物自然成长的生命时间上，也就是巴赫金曾说过的所谓"传奇时间"，这有别于一般意义上人类所规约的物理时间。这样的时间建构使人存理论在文本上变得不那么明显。同时，在空间的处理上，也相应运用了"传奇空间"，即在安排情节时将大自然的外在影响力有意放大，荣枯兴衰、日月星辰、风云雷雨等自然环境与动物的矛盾关系更为强烈，这些外在的自然环境对情节的发展起到巨大的推动作用。总之，金曾豪的动物小说努力为动物寻得可以自由舒展物性的空间，在充满传奇性的自在时间和空间里，动物们充分展示着智慧和性情。生命的自在状态和自由舒展淡化了动物小说中的人存理论。在结构作品的过程中，作家的才华和审美情感，生命观和人性观也会潜移默化如水般渗入作品之中，而动物的行为和活动力推动着故事情节向前发展，动物的性格在这一系列过程中逐渐丰满起来。

在小说《苍狼》中，人类出于"好意"将狼一家六口安顿在了孤岛上，并给这群狼提供充足的食物和安逸的生存环境，然而，人类自以为是的行为却给狼群带来了巨大的伤害。这群狼时时刻刻都在渴望着远方荒野森林的野性生活，那种发自原初生命力的渴求促使狼一家六口"冒死渡过海峡回到它们真正的家园"。小说对狼一家离开小岛并渡过海峡时的表现进行了细致刻画，在穿越海峡的过程中，这群狼遇到了雄鹰的袭击，锋利的鹰爪将狼的身体抓破，鹰尝试着将小狼提出水面，可是面对鹰的强硬攻击，这群狼始终互相咬着尾巴不曾放弃，奋不顾身地向大海深处走去。鹰的目的没有得逞，只好悻悻地离开。蓝色的海面、黛青色的山峦、蔚蓝的天宇下，是一场生与死的考验，狼的一家与其说是寻找自己的生存家园，不如说是寻找精神家园与情感归属，作品隐喻了每一个生命都有自己的生存时空，批判了人类的"自我中心主义"。"在具体生命世界里，时间无分始终，现象只有不断生成变化，无所谓有无，无是日减一日的死，死是日加一日的新生。"①因此，大自然本来没有时间的限制和空间的规约，万物都在一种自在的状态下重复着生死，

---

① [美] 叶维廉:《中国诗学》，人民文学出版社 2006 年版，第 123 页。

轮回着命运。金曾豪的动物小说意图还原动物自然生命的本能状态，尽可能减少人类对自然界，对动物的干预。"生死、内外都是人为观念的界制，在自然的大化里，在生命世界的运作里，完全没有这种因寻因解带来的烦恼。"[①]在金曾豪的动物小说中，对所有动物都尽量投上关注的一瞥，既有作为主角的动物生命个体，也对那些微不足道默默无闻的小动物的身影，甚至对产生神奇疗效的小草都带上重重的几笔。金曾豪笔下建构了一个琳琅满目生机勃勃的大自然，不会因为作为主角的动物形象的消逝而影响其自身的生命活力，一个生生不息的生态空间活灵活现地展现在读者面前。地球是一个完整的生态系统，在这里无论是飞禽走兽、游鱼戏水都是生物链中的重要组成部分，生命个体之间是平等的，同时又是相互斗争、相互依存的矛盾关系，金曾豪的作品向我们展示了一种大生命观和大宇宙观，着实难能可贵。

（二）艰难地祛除"人存理论"

动物是大自然中丰富多彩客观存在的物种，动物小说尽管是写动物的小说，但绝不是写给动物看的小说，这一点是极为肯定的。金曾豪的动物小说既体现了动物的纯粹性，又不失文学色彩，并与儿童精神的纯真性完美融合，这是金曾豪创作的艺术特色。他的作品大量描写动物的幼年阶段，以小动物的天真可爱为蓝本实现丰富的童年幻想，如描写小狼、小马、小狗

---

① ［美］叶维廉:《中国诗学》，人民文学出版社 2006 年版，第 125 页。

或者小孩子。金曾豪对小动物的描摹契合了儿童的精神气质，充分展现了儿童的精神生命，是他艺术审美选择的具体表征。这种童年式的想象和书写恰恰是对人类社会童年期的一种遥望，带领人类暂时回归到那个神奇的充满童趣的原始蛮荒时代。动物心理的描摹，也会增加儿童的情感体验，通过动物的情感来体验生命的喜怒哀乐，这与以思考性为主的动物寓言不同。《义犬》叙写了小狗黑豆的艰难成长史，通过小狗黑豆的经历作者意图对人类世界的人性罪恶给予深深的嘲讽。黑豆与哥哥是相依为命的两个孤儿，生活原本艰辛，却有幸遇到了两个友善的主人，他们先后收养黑豆。可是，两个主人积怨已深，在火并中失手杀死了黑豆，黑豆临死前都在困惑着人类为什么要这样残忍和仇恨。

《苍狼》中人受到狼的围困，为了解救人，人类向狼开枪射击，大部分狼逃散了，一条年轻健壮的母狼却趔趄不走，人们原来发现它背上驮着一条被人类打断前爪的小狼，受伤的小狼一次次跌下来，母狼就一次次地停下来让伤狼再爬上来。母狼的举动令人震惊，动物世界母爱的伟大和无私深深地触动了人类情感最柔软的部分。《独狼》中有一段对无私而伟大的母爱的书写：因为难产，蛇在产子时选择了自杀式的"剖腹产"，它用尽全身力气冲向锋利的竹茬，竹茬像手术刀一样割开了蛇的腹部，蛇顺利产下了孩子。这种行为本身就让人心生敬畏，是对母性的崇高敬意，体现了母亲伟大的奉献精神和高贵的灵魂。

金曾豪的动物小说有着多方面的文本指向，在处理人与动物之间的关系时，金曾豪除了批判人类的强势行为对动物的无情伤害外，还着重刻画人与动物的情感关系，通过儿童精神生命与动物精神生命的天然联系，来呈现对动物的深情厚爱。《高家竹园》描绘了人与动物的谐趣图，年近四十的叔叔逮住一只百年老龟，发现龟没有前爪，就给龟装了一对小轮子做"义肢"，老龟自如地在高家竹园"吱吱"地出出进进，一点不怕人，还被孩子们赠予一个见多识广的名字"马老四"，仿佛家中的一员。《天堂之鸟》中也写到了人类对动物的关怀备至。丹顶鹤大顶子由于长喙断了难以进食，生命危在旦夕之际获得了人类的援救，动物医生为丹顶鹤定制了金属材料的喙。丹顶鹤强烈的求生本能使它不断地适应新的喙，终于从刚开始的难以习惯到后来的重得新生。作者看似轻描淡写的一笔却达到了出人意料的艺术效果，读者在不经意间就感受到了来自人类的关怀和爱，同时也感受到了丹顶鹤那顽强的生命力。动物身上折射出的自强不息、永不放弃的精神品格深深地打动了读者，增强了文本的艺术感染力，这是金曾豪动物小说独到的审美追求和价值取向。不同于其他动物小说生硬地介绍科学文化知识，金曾豪将情感的描写与科普知识的表述巧妙结合起来，书写了有情感温度的动物成长世界。

动物小说离不开对动物生存的自然环境的描写，而这些自然环境又不单单是动物生存的环境，也是他们内心情感的外化和再现。金曾豪作品中有大量优美的自然景物描写，哪一段单拿出来都可以成为独立的美文。《警犬66号》写了警犬拉拉协助刑警侦破一个个离奇的案件，历尽艰难险阻九死一生，它敏感智慧恪尽职守，屡立战功，赢得了大家的信任和喜爱，也实现了自己的生命价值。超期服役两年的拉拉 13 岁退役时，它不满足于红房子里安逸的生活，来到森林荒野帮助人们守护药材。拉拉找到了久违的内心安宁，夜晚的大药谷给拉拉带来了美好的感觉，仿佛是久居城市囚笼的人们，在自然的荒野中得到了全身心的放松和享受，这无疑是人类情感的渴望和旨归。金曾豪的动物小说非常照顾孩童的接受心理，在描写激烈的动物打斗场面时，他往往将那些血腥的虐杀和残酷的抗争用轻描淡写的笔调进行书写，显得从容淡定，不像一些作家笔下的动物小说冲突那么激烈和情感高亢。

金曾豪的描摹如水上之波澜，虽然激起浪花，但很快归于平静，水面下的波涛汹涌却给人无穷的想象。出生成长在江南水乡的金曾豪有着浓郁的文化底蕴，温润的性格特征和富有神韵的创作笔法，使他的创作更接近儿童的心理状态，语言自然而质朴，情感细腻而优雅。读金曾豪的动物小说如品一杯茗茶，令人神清气爽。在小说《独狼》中写道："鹰的空中绝技把公狼的神经绷得生疼。"《青角》中形容牛的想象为"总是很和平的，美好的，还有一种庄稼汉的浪漫"。这些语言有着丰富的文化凝聚力，艺术感染力很强，读之让人久久回味，营造出了一种温情脉脉而又激情满满的情感氛围，在评论家方卫平看来，"金曾豪在动物小说创作方面显示了良好的艺术分寸感和相当纯净的美学品位"[1]。

---

[1] 金曾豪：《绝谷猞猁》，江苏少年儿童出版社 2008 年版，方卫平封底的话。

（三）人类内心情感的外化

　　作家的生平经历对创作风格影响深远，研究金曾豪的动物小说就不得不提到他的身世背景。金曾豪出身中医世家，成长于文化气息浓厚的江南水乡，较好的地域生活与优越的家庭背景培养了他对文学的超强领悟力，金曾豪的动物小说重视对诗意品质的再现，作品中流露出独特的情感特征和对诗意生命的追寻。如他写过的散文《蓝调江南》就体现了丰厚的中国传统文化积淀，对家族行医采药的风俗和历史进行了详细的介绍。在他的动物小说中也不乏充满灵性和神性的动物生命，如《愤怒的狐狸》中狐狸为了生存竟偷食中药，令人惊奇；《独狼》中那只受伤严重的狼偷吃乌尔草，挽救了自己的生命，充满神奇色彩。可以说，金曾豪的动物小说从内在的文化内涵到外在的表现形式都形成自己抒情散淡的特点，故事情节的连缀串珠，通过植物和草药意外地与动物相逢，无意中的传奇，动物心理的揣摩与细节的把握，平中见奇，欲扬先抑，情感节制，含蕴的哲思和随意点染等等，都突显了深厚的文化底蕴，仿佛绵里藏针的苏州评弹，散漫的诗情和不经意的理趣中，突然狂风大作，让人惊叹。江南水乡迷蒙的氛围、悠然柔情的气质、斑斓的万物生命，再加之深厚的文化底蕴，共同铸就了金曾豪动物小说的神秘色彩，以及他对生命的深刻感悟。

　　金曾豪的动物小说是一种"诗意启蒙"[1]，为了营造生命世

----

　　[1]余雷：《金曾豪动物小说的诗意启蒙》，《昆明师范高等专科学校学报》，2003 年第 2 期。

界的诗意，他的动物小说又远离了生命本身的粗粝和艰辛，考察其动物小说创作，就会发现作家在追求诗意创作的过程中往往牺牲了作品的真实性，叙事的突然断裂和价值的悬置让读者很难接受。比如在《独狼》中，作者花大篇幅描写了独狼的历险过程，在这一过程中屡遭人类的迫害和囚居，已然丧失了些许野性和生存能力。但是，金曾豪在文本的最后百分之二十部分却笔锋一转，让独狼回归狼群，顺利当上了狼王。这显然是不合逻辑的。狼的领域观念和族群观念是很强的，狼群对外来侵犯者通常抱有敌视心理，况且还是一只与人类打过交道的狼，连基本的生存能力都是问题，又怎么可能当上狼王呢？这无疑是作者美好的畅想，充满乌托邦的理想式结局减少了作品的可信性。动物生命的狂野和顽强被奇异的想象架空和置换，读来令人感到眩晕迷茫，宛如在一幅江南小桥流水人家的水墨画中想象各种野生动物，使人产生一种阅读的反现代性的奇异感受，没有情感的激动和审美的提升。实质上，这是当下中国动物小说创作的通病，如杨志军的《藏獒》、贾平凹的《怀念狼》、沈石溪的《羚羊飞渡》等作品，都存在着传奇与志怪气氛过于浓郁的问题。为了追求传奇色彩，满足读者的猎奇心理，作家对动物世界的描写想象多于写实，这虽然完成了作品的娱乐功能，却使中国的动物小说形成了对动物生命的悬置，作品中的人物缺少典型性，降低了作品的审美价值和艺术感染力。作品的艺术魅力会与作者笔下的动物一样，随风而逝。

生物学家把动物同一性状不同表现形式称之为相对性状（Relative Character），在文学家笔下经过审美的创造成为"这一个"艺术形象的独特性格，或者说相对于同一物种的相对性格，但是，其同一物种的基本性状是不能改变的。那么，在动物小说中，作家就要写出与"这一个"动物交流的独特情感，如果作家对动物的一切均可知和人格化，动物的生命性和性格就会概念化雷同化，其审美方式也变成了简单粗暴。实际上，动物小说中的动物形象与写人的小说一样，动物形象的成功与否，直接关涉到作品的成败。世界上经典的动物小说都以塑造具有独特个性的动物形象为成功要素，作品中的动物主角绝非是类型化的生硬描写，而是有血有肉的个性化的生命个体。即动物作为一种艺术形象应该具有"这一个"的典型性，生命的不可复制性，就从这里表现出来。动物小说不同于负载着人类思想价值观念的寓言和童话，动物小说是以动物为主人公，是描写动物在大自然中的各种行为规范，是人类通过动物的视角寻觅大自然的情趣、探索大自然的奥秘，并最终获得生命启示的艺术途径。过多的人类思想和风俗的渗入，只会简化了动物的生命体征和复杂的性格，继而失去了动物小说本该有的独特艺术魅力。

（四）一种动物叙事的奇幻风格

金曾豪在《凤凰的山谷》中，把动物性、幻想性、儿童性、艺术性比较圆融地集中在一起，写得老道成熟，透出智慧的光芒，达到了一个崭新的艺术境界。

动物叙事文学最难把握的是动物性格的描写，面对人们熟悉的动物要写出富有创造性的性格是很难的。《凤凰的山谷》以江南一家刘家大院为故事发生的背景，写了许多有丰富性格的动物形象，这里生活着母爱浓郁的母鸡刘桂花、流浪的小黑鸡赳赳、勤劳的水牛豆豆、尽责侠义的小狗银子等，但是，作者又不满足于人类驯养的动物，还有野性十足的乌鸦、黄鼬、雪兔等都有鲜明的性格特征。

母爱的主题在作品里表现得极为充盈。有的母爱是以人类对动物的理解和关爱为表现形式，比如，刘奶奶对家禽的精心饲养，理解它们的行为习惯，甚至了解它们的性格。比如，小男孩奔奔对无人要的流浪动物的关爱，他在垃圾箱旁捡回了流浪的小黑鸡，让它有了温暖的家。有的母爱表现为不同种类动物之间的和谐相处，如水牛豆豆肚子底下，每天夜里都庇护着一只无父无母的流浪鸡赳赳，白天犁地、过河、吃草的时候，赳赳趴在豆豆的两只牛角之间，它们形影不离，堪比一对亲爱的父子（或母子）关系。最令人动容的母爱，是动物母亲对自己孩子的爱。作品中描绘了一只叫刘桂花的母鸡，充盈着中国文化的温情与快乐，读来令人动容。母鸡刘桂花在桂花盛开的时节，最爱吃的就是桂花，因而得此大名，它在香气氤氲中孵出 8 只小鸡，做了母亲的刘桂花对孩子充满了甜腻的爱，刘桂花居住在刘家的院墙内，院墙是棘枸橘李子，结出的枸橘李子散发出一种带一点点酸的清香味，开胃口的气味，刘桂花希望它的孩子们一天到晚胃口好，多吃多拉，快快长大。做了母亲的刘桂花担负着教育孩子的责任，等小鸡们长到十几天，它就"咯咯咯，阁阁……"发出了集合令，带领孩子们去认识美丽的凤凰山谷，还教孩子们如何寻食如何避开敌人。最感人的一幕，是它母爱的奉献精神，公乌鸦向小鸡们扑来，刘桂花愤怒地挧挲开脖子上的羽毛，扇动双翅，不顾一切地向来犯之敌迎面冲击，这行为仿佛一个勇敢无敌的战士，而且是一个暴怒的战士，嘴里大喊着"鬼东西，冲我来吧！"那种舍我其谁的母爱奉献精神，人类都会为之侧目。与屠格涅夫的传世经典《麻雀》一样，产生了令人敬畏的神圣力量，一只老麻雀在大狗嘴下救出自己的小雏鸟，而牺牲了自己性命。屠格涅夫深情地写道："我在看到那只义勇的小鸟和它的热爱迸发时，心里所感觉到的确实是虔敬。爱比死，我当时默想到，比死所带的恐怖还更强有力。因为有爱，只因为有爱，生命才能支持住，才能进行。"刘桂花在这次与乌鸦力量悬殊的对抗中，因水牛豆豆的帮忙而使孩子们免遭意外，自己也保住了性命，但其母爱的力量是何等伟大，并撼动读者的心灵。

《凤凰的山谷》由一系列的小故事组成，像一幕幕的电视连续剧，但每一个故事都令人惊艳。故事情节曲折有趣，入情入理，当满眼杀气惊魂未定的母鸡刘桂花为了保护幼崽跟乌鸦决斗之后，小男孩奔奔把一只黑色的小鸡掺杂在刘桂花的孩子之中，刘桂花拼命地撵追驱逐，终于没有让这个流浪的小黑鸡得到它的母爱。"这时候的刘桂花对一切像乌鸦那样的黑色活物都是怀着强烈反感的，当然也包括了面前这只小黑鸡。"这种叙述情节的铺垫，逻辑缜密，令人信服，可见金曾豪作为一个儿童文学作家所秉持严肃认真的创作态度。

作品面向儿童的叙述定位准确，生动传神，语言风趣幽默，快乐活泼，清新得如一碗莲子羹令人清肺入心。比如，刘奶奶想借着刘桂花孵鸡蛋的时候偷偷埋伏几枚鸭蛋，结果被母鸡刘桂花发现，作品风趣地写道："为这件事，刘桂花很气忿，把鸭蛋逐出，冲着主人大骂了一通。"可以看出做了准母亲的刘桂花性格泼辣外向，得理不饶人，而刘奶奶只能认错了，笑着为自己打圆场："哎呀呀，我拿错蛋了，拿错了。"一个人可以给一只母鸡赔礼道歉，可见老奶奶的慈祥可爱，让人忍俊不住。多么有生活情趣和豁达心胸的作家，敬畏生命、万生平等思想的一种自然流露，这样的叙事功力绝非一般儿童文学作家所能企及。再比如，当小鸡们第一次离家到外的心理描写，第一次面对如此广阔的世界，小家伙们在兴奋的同时，还有一点害怕。它们呈一字形地排在母鸡身前，"那样子就像是运动场上排在起跑线上等待发令枪响的小运动员"。动物的行为用拟人化的手法，并模拟人类的心理活动，给读者一个全新的审美体验。

当下的儿童文学作品越来越把孩子写得没有生命力，成人化、颓废、早熟、早衰的儿童形象比比皆是，成了儿童文学的一种创作潮流，使得儿童文学正气不足，生命力匮乏，人物形象甚至贫血。在金曾豪笔下，这些小动物包括小鸡，对世界都充满孩子般新鲜的好奇心，以及强烈的求知欲和挑战性，这是儿童文学创作的一种良性的审美教育。人和动物生存的自然环境虽然在恶化，但是，儿童文学艺术的生态环境却不应该恶化，儿童文学中的不良风气不是儿童造成的，包括世界上很多问题都需要成人社会来负责。儿童文学的创作者以成人作家为主，也不应该把社会和世界写得过于黑暗和绝望，即使作家对世界怀有种种不满，包括对人性恶的丰富人生体验，在儿童文学作品中，也需要把这种复杂现象用儿童能够理解和接受的审慎态度和语言表现出来，如安徒生童话《海的女儿》写到了死亡，但叙事的情感控制得很有节制。

一部优秀的儿童文学作品，不在于写什么，更在于怎么写，中国的动物奇幻文学就进入了这样一个考验作家良知、艺术才能和儿童观、人生观、世界观的时代。别林斯基说："儿童读物的宗旨应当说不单是让儿童有事可做和防止儿童沾染上某种恶习和不良的倾向，而且更重要的是，发扬大自然赋予他们的人类精神的各种因素——发扬他们的博爱感和对无尽事物的感觉。"儿童文学是儿童读物中的主流，它们对儿童的精神成长的影响力非常大，有的作品还会成为儿童一生的情感文化资源。

动物叙事文学在中国一直饱受主流评论界的诟病，一是作家对动物生活经验观察积累不够，二是叙事过程中太多非"物性写作"，让人怀疑其真实性。在笔者看来，中国的许多动物小说应该属于幻想小说（Fantasy）的一个分支，既不属于拟人体的传统动物童话，动物穿上人的衣服做人能做的事并开口说人话，如米尔恩的《小熊温尼·菩》、凯斯特纳的《动物会议》。也不同于动物小说，小说以动物为主人公，在叙事上以动物行为、动物天性、自然法则为主，忠实于动物的自然本能，动物不能开口说话，也不能像人类一样思考行动，是一种写实主义的动物小说，如加拿大西顿的《狼王洛波》、奥地利乔伊·亚当森《生而自由：野生母狮爱尔莎传奇》。动物奇幻小说以动物为书写对象和书写线索，虽遵从动物的自然天性，但是，在描写上往往以这一种类动物的天性为前提，在动物身上付诸了超自然、非现实、魔法力、幻想性的要素，动物除了靠他们的本能交流以外，还与人一样思考并开口说话。事实上，这种动物奇幻文学需要符合人类情感的真诚性，叙事发展的逻辑性，儿童幻想的纯真性，动物行为的写实性，金曾豪《凤凰的山谷》在这几方面都做了很大的突破。

凤凰的山谷不是因为有凤凰，而是这个山谷有瀑布奔流而下，在山谷间形成一个凤凰尾部的形状，因而被称为凤凰山谷。故事发生的时空环境被作者描绘得美轮美奂，"有了天光和山崖的倒映，凤凰潭一碧澄澄，仿佛湖底里沉着一方巨大的翡翠。苇洲上的芦花开了，还没来得及全白，却已经在试飞着绵白的花絮。草渚上的蒲草是墨绿的，上了釉似的有瓷的质地，在轻风里优雅地荡漾。蓝天里有云朵，一朵飘过去，又一朵飘过去，地上湖上也就飘过去一片阴，又飘过去一片阴。"光与影、虚与实、动与静交叉描写，把山谷的清幽和色彩的绚丽呈现在读者面前，让读者一下就进入一个充满了诗意的大自然之中，这个大自然因为有各种动物的存在更加和谐美好，富有了生机和灵性。

这里生存的人和动物既有恬淡宁静的生活，又不回避你死我活的生存斗争，更重要的是，金曾豪笔下每一个动物的生存和行为都不是孤立的存在，而与其他动物和环境之间产生一定关系，甚至极为密切的联系。神秘的大自然中有一种无形的力量，动物之间互相依存成长或此消彼长，比如，母鸡刘桂花在与乌鸦拼死一搏时，它母爱的英雄行为，被茶圃里的黄鼬看到了，它惊诧并佩服于平日里大惊小怪胆怯可怜的母鸡。受心灵震颤和情感教育的何止是黄鼬，当然，还有数不清的小读者和大读者。

金曾豪特别善于渲染故事发生的环境、时机和氛围，天上飞的、地上跑的、水里游的动物，它们的行为都具有相关性，集结为一个富有生机和活力的宇宙空间，也是金曾豪创造的动物奇幻文学的艺术空间，使故事中人物的行为和环境的复杂性得到了令人信服的再现。同时，也使故事情节饱满丰富，能够很好地调动读者各种感觉经验来阅读作品。作者宛若一个横扫千军万马的大将军，调动一切叙述因素，而自己又能很好地退离叙述现场，彰显了作者对自然的尊重，对生态矛盾复杂状态的一种敬畏而虔诚的心境。对动物行为不确定性的忠诚描写，是生态文学叙事"非人类中心主义"的基础，也是中国生态文学得以更好发展的一种可能。

坦诚地说，金曾豪《凤凰的山谷》"对生态批评"主题的强性介入，致使作品前后两部分形成一定的断裂，前半部分动物与人田园牧歌式的美好生活令人向往，与后半部分现代工业入侵自然、人类对动物杀戮以及生态环境的恶化形成巨大的反差，读来令人心情压抑，当然这是当今世界生态环境的一种真实写照。依我的阅读体验，总感觉作品后半部，让沉浸在乌托邦美好田园世界中的小读者仿佛受到当头一棒，暴力、杀戮、死亡、血腥、阴谋、罪恶等丑角纷纷登场，这可以说是批判现实主义的一种真实写法，也可以说是生态文学的一种流行性写作——人类是自然最大的"恶势力"。

我个人喜欢充满博爱、自由、平等、快乐、和谐、追求等信念的《凤凰的山谷》前半部分的文字，也希望每个儿童的心理都能存放和保持对世界的一份美好的梦幻。儿童文学，不能为生态而生态，亦不能为生态而牺牲儿童文学积极乐观的精神品质。对刚刚展开新鲜人生的儿童来说，阅读儿童文学作品，还是希望看到美好而高贵的人类情感和精神价值。

当然，不能将动物小说简单地理解为描写动物的小说，而应在书写动物生命特征的同时有效融入人类的道德、情感、价值观念，要做到敬畏生命、尊重动物，塑造出能够体现动物智慧、习性和情感的经典动物形象。加拿大作家西顿笔下的狼王洛波、奥地利作家乔伊·亚当森笔下的野生母狮子爱尔莎、英国作家迈克尔·莫波格《战马》中的枣红色战马乔伊，丰富着世界文学中的人物画廊，其审美力量丝毫不亚于莎士比亚笔下的哈姆莱特、托尔斯泰笔下的玛丝洛娃、曹雪芹笔下的林黛玉和贾宝玉。实际上，文学是人类情感的外在表现，动物小说作为文学审美艺术的一种重要范式，其中的动物形象应保有动物原初的个性特征。作家在进行创作时，将人类自身的审美感知能力与动物的原始生命力进行碰撞，从而产生巨大的文本叙事张力，有效传达出人类的情感情怀。同时，动物小说隐含着人类与动物之间的紧密联系，人类通过动物视角完成情理世界的丰富和延展，创作出西顿小说中的具有典型性格的动物形象，才能够给世界动物小说创作增容。

三　奇幻动物小说创作的新突破

（一）常新才是儿童文学创作的港湾

21 世纪以来，中国儿童文学向幻想世界进军。在幻想文学中，奇幻动物文学是最具儿童文学本质特征的重要门类。在中国儿童文学界，常新港的探索非常有意义，他的奇幻动物文学创作不扰乱视听，不以"动物小说"自居，让读者在他营造的幻想之中得到审美的享受。他的动物叙事具有幻想性和现代性，突破了儿童文学作家倾力言说现实的困境以及动物真实性的禁锢。常新港的创作像他的名字一样，正如李东华所说："在创作上最突出的特点就是'常新'。""他是一个不断变脸的作家。他创作于 20 世纪 80 年代的以《独船》为代表的一系列小说，多以北大荒的儿童和下乡知青生活为题材，立足于现实主义的写作手法，洋溢着冷峻、悲凉的精神气质和艺术情调。"进入 21 世纪以来，"对城市题材的短篇小说和幻想小说的情有独钟，却是常新港当下创作最鲜明的特色。他的艺术转变来自作家自身和时代的双重要求。一直保持着一种批判的勇气和锋芒，对当下少年儿童的生存困境，他有着认真而严肃的审视"。

对生活中严峻部分的关注，使常新港的目光不只聚焦于人类，同时转向动物生命。春风文艺出版社 2013 年 7 月出版的"动物励志小说"系列（包括《老鼠米来》《懂艺术的牛》《了不起的黄毛虎》《兔子快跑》《小蛇八弟》《土鸡的冒险》《一只狗和他的城市》《猪，你快乐》8 部），以动物为主角进行描写，自然很容易陷入"子非鱼，安知鱼之乐"的悖论，因为"我们不知道，也不可能知道身为一只动物真正的感觉。当然，作者对他所要写的动物所知愈多，他就愈有资格尝试那危险的想象，跳跃进动物的内心。然而这过程必然仍是推论的。或许作者所能做的也只有诉诸他自己和读者的想象力"。在"诉诸他自己"方面，常新港做了艰难而痛苦的努力，某种程度上实现了自我与中国儿童文学动物幻想文学史的超越，进行了极具中国特色的儿童文学表达方式以及对"类儿童"动物心理的有益尝试。

常新港笔下的动物文学以中国十二生肖故事中人类熟悉的小动物为主，这些动物与中国人有着千丝万缕的情感联系。他以全新的艺术感受塑造了立体的动物形象群：另类的老鼠米来、懂艺术的牛、了不起的黄毛虎、奔跑的野兔灰灰、不甘于堕落的小蛇八弟、敢于冒险的土鸡、一只在城市里忙忙碌碌的狗、寻求快乐的猪等。它们虽然"身为下贱"，却是生活和命运的勇敢挑战者和灵魂守望者，这些人物努力与自然建立交集，与自我族群建立交集，与其他物种的生命建立交集，与本我建立交集，在多重复杂的交集中，主人公实现了超越，完成了一次又一次的成长。它们都有自己的梦想和追求，更有面对困难勇敢前行的精神，在实现自我价值和完成族群使命的同时，对读者产生了一定的"励志"性作用。作家尊重他笔下人物的个性，又给了它们足够的成长空间，他的动物小说深得成长中少年儿童读者的喜爱，亦是儿童心灵成长的动物剧场。常新港不局限于人物与环境之间的简单抗争，他还善于挖掘人物内心矛盾与情感的复杂性。

常新港创造的这一系列动物形象往往以家庭作为一个单元组合，构成人物对等关系，仁慈宽厚的祖辈——祖母与外祖母有责任心，有爱心，甘愿奉献，对家族和孩子充满了无限博大的深厚情感，是动物化身的地母形象。传统童话中的狼外婆故事可谓家喻户晓，祖母往往是巫婆的化身，《女巫一定得死》中的女巫代表人类的七宗罪：虚荣、贪吃、嫉妒、欺骗、色欲、贪婪、懒惰，而他颠覆了传统童话的叙事模式，在动物叙事中将祖母赋予了丰富复杂的文化因素，成为中国家庭以（外）祖母为主抚养孩子的社会现实生活的反映。儿童文学评论家吴其南说："所谓'现代童话'决不只是因为这些童话产生在现代。'现代童话'首先是因为它们具有现代意识，反映时代精神，并相应地具有现代童话的表现形式，如题材、主题、意境、节奏等等。"具有"现代意识"和"反映时代精神"被吴其南提高到现代童话的首要地位，而常新港在这两个方面都做了一定的尝试。

（二）追求现代意识的动物们

在《兔子快跑》中，兔奶奶发现了被猎人用铁丝套住腿的野兔灰灰，灰灰的眼泪流干了，嗓子哭得发不出声音，逃也逃不走。看着可怜的兔子，"兔奶奶毫不犹豫地咬碎了自己的一颗牙齿作为工具"，救出了生命垂危的灰灰。兔奶奶把野兔灰灰背回养兔场，悉心照料，不让其他兔子欺负灰灰，当发现野性十足的灰灰与家养的兔子不同时，她没有去压制灰灰的天性，而是对灰灰充满了赏识和信任。兔奶奶悉心照顾着无家可归的流浪小动物们，同时对自己家族的命运充满了忧患意识，兔奶奶明白养兔场中兔子的最终命运是被送到集市上卖掉，成为人们餐桌上的美味，于是兔奶奶开始谋划兔子家族的未来，她带领大家挖了一条通向森林的地道，结果被养兔场主发现，并用水泥堵死了地道，兔奶奶毫不气馁，又组织大家不分昼夜地再一次挖暗道。她心系 276 只兔子的性命，积劳成疾，终于病倒，在临终前，她嘱托灰灰帮助这些好吃懒做的家兔们逃离养兔场，远离人类的杀戮。兔奶奶作为宽容慈爱的祖辈成就了颇具感染力的地母形象。如果说兔奶奶是带有领袖范的神性动物形象，那么《猪，你快乐》中的猪奶奶就是平民化的普通动物形象。她充满了朴素的人间情怀，坚强，乐观，爱美，不论多热的天气出门都要精心打扮，将她那些红红绿绿的衣服一层一层地套在身上，即使中暑也不愿意减少自己的"颜值"。这两位长者形象堪比孙幼军童话《怪老头》中的怪老头，郭大森《长白雨燕历险记》中的挖菜奶奶，这些老人以人生经验的厚实与心灵的童真童趣的完美结合，成为当代童话艺术画廊中比较光鲜的文学形象。

常新港动物叙事中比较有个性的人物还有一大批鲜明的父亲形象。《懂艺术的牛》中任劳任怨的爸爸、《土鸡的冒险》中的老土鸡、《小蛇八弟》中的蛇爸爸等，都是沉默、庄严、勇敢、坚强的男性形象，这也与常新港阳刚小说中一贯的硬汉形象形成了一种暗合与呼应。少年小说《独船》中的张木头和石牙子，就是勇敢面对生死考验的坚强男子汉形象。土鸡爸爸也是如此，它奋勇面对来犯的敌人黄鼠狼，即使全身的毛都被咬光了，也没有丝毫退却，最后以岿然不倒的姿势靠在篱笆墙上光荣牺牲。《土鸡的冒险》对成就伟大事业的土鸡的奉献精神和自我价值加以肯定，这与《独船》中的张木头有很大的不同，《独船》中走出独船、独屋的张木头是无奈而孤独的守望，带有时代和社会造成的生命悲剧的苍凉和无奈，指向的是作家自我的情感世界。而土鸡更具励志后人的积极意义，指向的是儿童的成长世界。无论是成人世界还是儿童生活，抑或动物界的生命体们，真实而残酷的现实，便是个体生命的唯一性与不可替代性。

除了具有现代意识的奶奶形象和吃苦耐劳、尽职尽责的父亲形象，常新港动物系列小说的主人公往往是形象逼真、个性十足的动物，是一个个富有生命力的孩子的象征，这也是常新港以儿童为本位的儿童文学创作的艺术再现。《兔子快跑》中的主人公野兔灰灰，"一身灰毛，眼睛是棕色的，看对方时，他的眼睛就会变深，从他的瞳孔就可以看见身后的森林"，描写了灰灰由于自幼在森林里生活，与养兔场的兔子相比便多了一份野性和灵气，"他朝前蹿了一脚，临空跃起，在身体跃到最高点时，迅速转身，用两只脚朝胖兔哥的肚子奋力蹬去……"活画出野兔灰灰的头脑聪明，敏捷灵活，武艺高强，为他后面拯救整个兔子家族的命运奠定了基础。《懂艺术的牛》中"我"是一只尚不能干活，自由自在生活的幼牛，"我"始终觉得野地里有一棵树在召唤。听蟋蟀唱歌，"我"有了唱歌的冲动，受到音乐老师蟋蟀的点化，"我"成了一只会歌舞的牛，一只懂艺术的牛。在无意中练歌时，被隐藏在草地里的剧团"星探"发现，成了一只上台表演的牛。常新港在《老鼠米来》中也塑造了极其丰满的老鼠形象。米来天生聪颖、个性独立、不卑不亢；米加加自私自利、争权夺利、目光短浅、不求上进；米胡头脑简单、唯命是从；豆家族的老鼠领导恃宠骄纵、脾气暴躁、独揽大权。作者通过对这些丰富多彩的老鼠形象的描绘，让读者了解了世间百态。

个性是作为动物个体的本质化特征，是一个生命体不同于另一个生命体的存在状态。动物叙事文学中富有文学审美特征的经典文学作品，往往需要有个性鲜明的人物形象存在，才有可能成为一部成功的文学作品。而文学作品中人物的力量，并不只限于外在的人物形象的差异性，更需要人物内在性格的不同，人物要有丰富的个性化、标志性和成长性，才有可能为动物主人公的成长扩充足够的心灵世界空间。"艺术品的目的是表现基本的或显著的特征，比实物所变现的更完全更清楚。"常新港的动物叙事文学亦追求动物的"个性"化存在以及内心冲突的复杂性和丰富性。可以说，他是中国儿童文学界为数不多的善于挖掘儿童内心生活和情感世界的现实主义作家。

（三）在历险中成长为"自己"

《土鸡的冒险》讲述了一只土鸡带领族人历险的故事。当"我"从黑乎乎的蛋壳里出来后，听到了男人和女人用"我"不明白的声音进行交流，慢慢地，"我"意识到这是人类的语言，"我"在别的鸡抢食时，努力学习人类的语言，并第一个掌握了人类的语言。"我"不仅善于学习，还善于思考，"我"思考死亡，那些没出壳的死蛋使"我"忧伤，感叹他们如果也和"我"一样站在阳光下呼吸新鲜的空气就好了，"我"还发现一些鸡逐渐从院子里消失了。在性格上"我"也与众不同，别的土鸡似乎不在意女主人检查他们的性别，而"我"却感到羞耻，"我"的个性就在这种不经意的小事中突显出来。"我"每天早上都感到嗓子发痒，不知不觉地开始跟爸爸学习打鸣，于是公鸡的特性和责任感也突显出来。"我"觉察到公鸡的数量在慢慢减少，不太雄壮的鸡变成了人们的盘中餐，于是对鸡群的命运产生了忧患意识。因为"我"是一只懂人类语言的鸡，运用自己的智慧从主人的菜刀下救出白毛鸡，并将它送出村子。"我"勇敢、无私，优势明显，慢慢成了土鸡家族的领袖。"我"的成长不局限在简单的鸡舍中，"我"也游走在广大的社会生活领域，"我"目睹肉鸡场的鸡仿佛无生命状态地活着，也看到了城里人对土鸡的垂涎而不惜高价收买，时时刻刻感觉到土鸡家族的生命受到威胁，于是等到下一代土鸡羽翼丰满，还有几只土鸡孵蛋成功之后，"我"决定带领家族逃离险境。一个人离家的过程也是成长之始。途中险象环生，却成功脱险。有一次"我"受到了强大而贪婪的黑狗的威胁，是一只比自己更年轻力壮的土鸡帮我解围，吓退了黑狗，"我"这才意识到后生可畏，也意识到自己老了，最后，"我"体力不支，死在途中。这只土鸡从出生到成长为家族领袖的过程曲折而艰难，但他具有顽强的生命力，好学上进，勇于实现梦想，这种作为"领袖鸡"的性格特质非常突出。正是因为具有这种"领袖鸡"与众不同的品质，实现了整个族群和自我生命的意义和价值。这与人类英雄成长的历史何其相似！经历了童年的刻苦、少年的叛逆、青年的担当、中年的奉献、老年的安详，土鸡担当并成就了整个族群的伟大事业，让人感受到生命的力量和反抗命运的光芒。

《懂艺术的牛》中的"我"生下来就是一只不同寻常的牛。"我"不想过爸爸和哥哥被人驯服、任劳任怨的生活，"我"是一只有理想的牛，也是一头具有反抗精神的牛，在"我"的视野中，远方的地里总有一棵"我"能看见的树，"我"勇敢对抗着偷牛人，机智地组织牛群和绑架牛的人类团伙抗争。当自尊受损时，"我"顶翻牛肉贩子的车将他吓跑。"我"在剧团中和众多演员平等地登台演出，还一夜间成了明星。"我"具有强烈的反抗意识，有一次，来郊外度假的人点上了篝火，浓浓的熏烟让"我"受到强烈的刺激，于是撞开门朝草地上那堆火冲了过去，把火堆踢得火星四溅。一个胖子指着"我"让人们猜"我"是公牛还是母牛，伤害了"我"的自尊，"我"朝他踩了一脚，这是"我"第一次对人进行报复。主人想要把"我"高价卖出去，当来看"我"的牛贩子伸出手在"我"的屁股上拍了一掌时，"我"将牛贩子的车掀翻，吓跑了他们。"人有的时候，很害怕愤怒中的动物，愤怒中的动物什么都不畏惧"，这样的反抗行为令人惊心动魄。

动物的成长不只是在享受成功的快乐中，同时也是在失败以及战胜失败的危途中。上路是成长的开始。能够在路上战胜一个又一个困难，才能成长。在这个过程中，有主动成长和被动成长。常新港作品中的动物世界里的动物，就十分充分地诠释了成长的多样性。"表象必须在严格的意义上被理解……表象凭着在反思的目光下一步步把自己与自己并置在一起，来分析自身，并且以一种作为自己的延伸的取代形式来委派自己。"动物成长的过程借助于故事得以复现，在复现动物的行为举止以及心理活动时，他们的性格也丰满起来。另一方面，文学中的动物形象在与作家的情感交流中，确认了自我存在和情感的多重生成方式。常新港在《土鸡的冒险》中以第一人称主人公内视角来叙述，使作者与一只土鸡互相镜鉴的心灵产生叙述的间性。《兔子快跑》中的野兔灰灰知恩图报，在兔奶奶临终前，它答应奶奶帮助养兔场的兔子们逃生。为了完成奶奶的遗愿，山老鼠坚持不懈地挖洞，直至指甲磨掉。在救出全部兔子后，灰灰甚至决定一直和养尊处优的家兔们在一起，一直陪伴它们，直到它们能够独立生活为止。动物的情感世界同人类一样丰富，很多时候甚至比人类情感更加纯粹唯美，这是常新港奇幻动物文学独特与细腻的审美情趣的一种真诚表达。

（四）在关系中丰富情感体验

常新港不仅写同类动物之间的友情，还善于写跨种类的动物之间的互助，情感描写逼真细腻，充满了孩童的纯洁无瑕。《兔子快跑》写了野兔灰灰与山老鼠之间的感情，山老鼠偷吃了兔奶奶的榛子后又误食鼠药，灰灰得知山老鼠和自己一样都是孤儿后，由愤怒转为同情。《懂艺术的牛》中的"我"是一头牛，被人类放炮时震聋了双耳，红脸小麻雀和它的妈妈用嘴叼回红色野百合花瓣医治"我"的耳朵，不仅让"我"的听力恢复，而且拥有了超一般的听觉能力。这种动物之间的友情和人性化的描写，与一般童话中动物的人格化描写相比，更增强了作品的艺术表达效果，带给读者一种全新的陌生化的审美体验。

朱自强敏锐地发现了动物叙事文学中假定性和虚构性的区别，"虚构故事因恪守森林生活法则而具有动物传记式的真实性……假定性是悬浮于动物生活现实和人类生活现实之上的一种空想。……失去了动物给予一个文学家的馈赠。用贝恰博士的话说他'舍弃了同自然的交感'。而对越来越被异化的现代人来说，人同自然的'交感'是多么重要啊。"从"人神兽"类型化的叙事到具有丰富性格的对象化的动物叙事，需要一个漫长的过程。动物的多样性和作为生命个体的本质特征被挖掘与表现出来，是一部艺术作品理想性的追求。而避免文学类型化、同质化、模式化倾向的最佳出口，就是与动物生命个性进行交流与对话。否则，动物文学作家就没有接受"动物给予一个文学家的馈赠"，即"这一个"形象的意义。在以往的儿童文学创作中，尤其在动物与人的对抗中，作家往往神化动物，如乌热尔图的《七叉犄角的公鹿》，"七叉犄角公鹿"的动物意象象征着鄂温克族雄壮威武、勇敢自由的文化品格。乌热尔图也不无自豪并饱含深情地说："《七叉犄角的公鹿》中表露的对自然界中自由生灵的钦佩、敬畏、忏悔的姿态……这些情感都属于鄂温克族。"在原始的神话文学中，有大量对动物的"神化"描写，一方面是对自然界中动物神秘性和不可知性的真实表达，另一方面也是人类自我情感与精神神圣化的过程，而本质上体现的是"人类中心"主义的一种泛灵性思维。在《老鼠米来》中，起初两个老鼠家族都生活在主人库房下的洞里，它们白天休息，晚上活跃于主人库房。女主人与女儿不堪其扰，离开了这座房子到城里定居，只是定期回来给男主人送些生活必需品。因缺乏与人交流，男主人的内心是孤独的。老鼠米来的出现打破了主人内心的孤独困境，米来的学识和涵养使得他与主人之间形成一种默契。在主人灯火通明的花园里，人鼠和谐共生的场面演绎得淋漓尽致。人类不以居高临下的姿态去俯瞰动物甚至残害它们，而是与动物互相尊重，平等交往，表达了作家期望生命之间和谐共存的生态观。

常新港的奇幻动物小说很好地完成了动物与人的这种"交

感"，尤其是第一人称内视角的运用，使得主人公与环境之间摆脱了强烈的对立关系，而具有了一种人物自我的成长性和丰富的陌生化的体验。一个"特立独行"的自我的存在，这与其说是阶级的、社会的、时代的，不如说是与生俱来的生命独有的品行和性格，是超越时代和阶级的，因此也成为21世纪以来中国儿童文学鲜明主体性的精神和情感诉求。常新港的动物叙事小说，基本上以第一人称主人公内视角为主，极容易产生强烈的"交感"力量。常新港没有以居高临下的姿态去俯视动物世界，始终是以平等的姿态甚至是带着强烈的敬畏感来讲述动物生命的成长历程。《老鼠米来》中的老鼠家族，从下层社会到上层社会的一次成功蜕变源于一只叫米来的小老鼠，米来喜爱读书，爱上了人类文化。它沉浸于主人的书房里，通晓人类的文字，与有着世仇、老死不相往来的种族互通有无，化干戈为玉帛，和睦相处。知识是人与动物沟通的桥梁，微小的老鼠掌握了知识，与人类建立了深厚的友谊，达成久违的和平。这一主题对儿童价值观的树立有积极的影响，儿童在了解到知识有如此魔力后，会对知识更加热爱与推崇。

在《猪，你快乐》中，现实性和悲剧色彩得到了淋漓尽致的呈现，猪的大家庭的悲欢离合既有现实的真实性，又有异样的情感体验。"我"是猪这个大家庭里的小六子，也是叙述的主角，在整部作品的悲剧美中我们看到了希望——生活的希望："我们的生活依旧。日子就像太阳和月亮，你来了我走了。黑夜像幕布在天边消失，晨光就在窗户上悄悄地等着我们。"在作品结尾，"我"结婚生子，同样有了七个孩子，六个儿子和一个女儿，用父亲好不容易吐出的两个字来说是"遗传"。生活有许多悲伤与不幸，但是，不论生活的悲剧怎样上演，生命还是要生生不息，表现了强烈的生命意识。《一只狗和他的城市》也采用了主人公内视角，"我"是一条长期和家人生活在城市下水道里的狗，循着"窗口"飘进来蚯蚓的声音，"我"朝一块石头撞了过去，醒来后"我"变成一个英俊少年走进了城市，遇见美丽的少女六月，并跟她一起上中学。让"我"意想不到的是，六月竟然是那条粉红色的蚯蚓。整部小说充满神奇的幻想色彩，把不可能发生的事情描写得真实细腻。《一只狗和他的城市》是具有现代性的奇幻动物小说，一只在地下排水管道生活的狗变成人类并进入人类世界本是不可能的事，但在作者的笔下却顺理成章地变成现实。世界著名童话故事《人鸦》《尼尔斯骑鹅旅行记》《小老鼠斯图亚特》等都属于这种动物形体与人类思想感情杂糅的儿童文学作品。

时空转换也是幻想小说的一个重要特征，《一只狗和他的城市》对异度空间的生存转换和换位体验，给作品留下了巨大的想象空间和情感体验，这也是作为幻想文学最具艺术魅力的支点，也是一个最能发现作家才情的地方。在下水道生活时，是用一只狗的视角来看待世界，即"狗看人"；而在人类世界生活时，又是以一个少年的视角来看待人类世界，但却对人类的一切一无所知，不知道吃饭还要付钱，上学还要考试，也不知道开除是怎么一回事。这种"超自然"的描写牵动着小读者强烈的好奇心，让他们沉浸其中无法自拔，进入一种"我"中有狗、狗中有"我"的物我两忘的境界。《猪，你快乐》塑造了猪这个大家庭的十位成员，这些成员性格各具特点：爸爸作为大塘的建筑师，承担着养家的重任，对孩子严厉又慈祥；妈妈关爱孩子，勤劳贤惠，任劳任怨；大哥是一只有理想、责任心很强的猪，二哥天生患有忧郁症，三哥身体肥胖、行动不便，四哥贪婪馋嘴、欺负弱小，五哥身材娇小，是长不大的侏儒，作为老六的"我"聪明伶俐、富有正义感，妹妹聪明可爱但却胆小……作品以家庭为本位，对猪的世界进行了全新的建构。祖孙三代十只猪构成了一个快乐的家庭，虽然这个家庭遭受了许多灾难和生离死别，但最终还是快乐而充满希望地生活在一起。作品的"我"后来成为爸爸，延续着上一代的家庭模式，好好地活着。这难道不也是生命永恒的主题吗？幻想文学的异度空间和感觉的设置，"与现代人的现实意识和世界观是相对应的。在现代人的现实意识和世界观中，幻想世界与现实世界之间出现了裂痕甚至是沟堑，因此现代人面对世界才会产生'惊异感'。"《小蛇八弟》描写了一条叫八弟的聪明伶俐、喜欢唱歌的蛇在家族成长中的故事，作品不仅关注动物的生物属性，更关注了社会属性，这些关系中既有和人类一样高尚无私的舐犊之爱、深深的手足骨肉之情、纯洁真挚的友情，当然也有着和异类之间你死我活、鱼死网破的血腥拼杀。原本安逸快乐、无忧无虑的蛇家族受到人类的残害和死亡的威胁，可以说它为人类提供了反思自己行为的一面镜子。

（五）诗意盎然的动物小说语言

"文学的鲜活是它的生命力，不是穿在外面的花衣裳。文学是走向心灵的一条甬道，不是炫目的时装周。"语言作为儿童文学存在的家园，是常新港用心灵和汗水进行辛勤耕耘的部分。儿童文学作家在进行创作时要把成人语言转化为儿童语言，与此同时，还要运用好文学语言形成隐喻繁复的丰富意象以及深刻的哲理。儿童文学与成人文学在审美指向上有很大的区别，作为儿童文学作家，常新港的动物叙事的文学语言充满了丰富而饱满的儿童情趣。

《懂艺术的牛》中红脸小麻雀是一只爱美的小麻雀，幼年时，爱美的她喜欢用红色百合花涂抹自己的脸，仿佛一个爱美的小女孩。而黑牛是一个调皮的男孩形象，他说："你们没离开过家吧？你们谁见过高速公路？你们有谁坐在汽车里游山玩水？我！我玩了！我坐的汽车跑了多远，你们能想到吗？我给你们加个胆你们也不敢想。我告诉你们，我坐的汽车差一点就绕地球一圈了……"这一段将黑牛说话夸张、爱吹牛的性格刻画得淋漓尽致。蟋蟀老师赞美"我"唱歌时所用的语言也很有个性："你的声音太好听了！穿透力太强了！太有感染力了！"这里一连用了三个"太"字，突出"我"的音乐天赋，让"我"感到存在的价值感。蟋蟀还说："我的歌牛啊，你用箫这根棍子，撬起了一个大大的音乐地球啊！"巧用假借，达到了一种幽默谐趣的效果。《兔子快跑》中对动物眼睛的描写充满了诗情画意："山老鼠不想死，他睁着眼睛，望着灰灰，两只眼睛里充满了对这个世界的不舍。灰灰在山老鼠的眼里，看见泪光……灰灰从山老鼠的眼神中感觉到他对生命的渴望非常强烈。"儿童天生具有情感的泛灵性，在认识世界和感受生活时，他们有全新的生命体验，而这些都是通过饱满而诗意的语言来实现的。

《懂艺术的牛》中主人想要把"我"高价卖出去，来看"我"的牛贩子伸出手在我的屁股上拍了一掌，样子像是在我的屁股上盖上了一个合同印章，"我的屁股一天都不舒服，不是痒就是痛，要不然就是又痒又痛"，把人的感觉移植到了牛身上，通感的运用让作品与读者，人与动物之间的交流更畅通，使读者有置身其中之感。

在动物幻想儿童文学创作上，常新港又做了一次全新的尝试，作品带有鲜明的时代性和现代意识。从中国奇幻动物小说文体的贡献上来说，常新港应该是中国较早具有文体意识的作家。"我是土鸡家族中的另类，我的出生，就是让我品尝内心的痛苦、伤心、忧郁和快乐。因为在这个世界上，有生命的地方，就有这些东西存在着。"与其说是土鸡在品尝内心的痛苦、伤心、忧郁和快乐，不如说是常新港的生命观和情感观的不自觉流露。生命与情感才是文学的本家兄弟，他在努力用文学和话语的力量替所有生命代言，把丰富的情感表象文学，用语言表象作家自身。

纳什在《大自然的权利》中说："世界并不仅仅是为人类而存在的，有一种相同的绵延不绝的力弥漫在所有的存在物中，而组成这个世界的所有存在物实际上是一个巨大的有机体。"动物叙事文学的魅力便在于神秘性和不确定性。值得注意的是，常新港把人作为动物生存的反面力量书写得过于强大，一方面使作品充满了生态情怀，对人类过度扩张和称霸世界进行了反思，另一方面又使动物生存的基本状态简单化。其实，不只是人类在威胁动物的生存，还有许多复杂的隐忧，比如族群的错误选择等也在威胁着动物的生存。过于简单化的归因，会影响作品的艺术效果。常新港笔下人工"智能化"的动物也较多，懂艺术的牛、学习人类语言的土鸡、有智慧的小蛇八弟等，这些形象一方面容易走入小读者心灵，令其感同身受，但另一方面，被人性化的动物容易缺少动物生命的独一性，对动物形象的这种过于人格化和概念化会阻碍常新港向动物丰富的心灵世界开掘，而多样性永远是生命得以生生不息的基础，也是动物叙事文学发展的动力。

美国作家盖瑞·科瓦斯奇在《我的灵魂遇见动物》中幽默地说："我的狗有点像是一位精神导师，当我太严肃、太专注时，他会提醒我嬉闹游戏的重要；当我太费心于抽象概念及构思理论时，他会提醒我运动及照顾身体的重要。"美国儿童文学大师马克·吐温亦不断提醒人类要向高等动物学习，尤其要挖掘它们丰富而复杂的心灵世界。敬畏生命，向动物学习，不只是作为动物幻想小说作家常新港应该努力的方向，也是中国动物幻想类儿童文学作品勠力向上提升的一条路径。

四　动物文学的品格在新世纪的叙事转型

（一）草原和动物们齐声呼唤动物小说家

格日勒其木格·黑鹤以动物小说创作见长。他的动物小说《黑焰》《狼獾河》分别获第七届、第八届全国优秀儿童文学奖。

作为黑龙江籍的蒙古族作家，黑鹤在中国文坛异军突起。他有近两米的身量，长发飘飘，还组建了一支篮球队，在全国各地打比赛。他以对动物的热爱和对文学的尊崇，创作并出版了《老班兄弟》《重返草原》《驯鹿之国》《鬼狗》《天鹅牧场》《黑焰》《狼獾河》《草地牧羊犬》《罗杰、阿雅我的狗》《高加索牧羊犬哈拉和扁头》《黑狗哈拉诺亥》等动物文学作品，许多人把他圈定在成人文学的家园中，而他自己更钟情于儿童文学。他的一些作品被译介到欧洲、日本等地，他也亲自去德国朗诵自己的作品。他是一个立足东北，面向全国以至于世界的作家，更是一个在儿童文学和成人文学中都有斩获的实力派作家。

黑鹤的创作引起了中国儿童文学评论界的广泛重视，吴其南、朱自强、徐鲁、李东华、谭旭东、晓宁、余雷、孟凡明、刘秀娟、郝婧坤、白淞源等都从不同角度对其进行了评介。格日勒其木格·黑鹤如草原雄鹰，带给中国文坛一股清晰的野性味道，他的动物小说与当下文坛将动物作为人类文化符号进行描写的小说如《怀念狼》《藏獒》等明显不同，更与沈石溪"兽面人心"动物的社会性小说不同，他是与加拿大的西顿和美国的杰克·伦敦相类似的世界级作家。黑鹤遵循动物生命成长的自然规律，从动物生命本体出发，突出人与动物、人与自然、人与社会在原始野生状态下的存在关系。在中国当代动物叙事文学谱系中，带有鲜明的审美拓荒性。他不仅开拓了当下动物叙事文学全新的语像世界，而且他的作品既能回到中国古典情怀，又能指涉未来，具有多重文化意蕴，更意外的收获在于，黑鹤以其独特的生活方式向困惑中的现代人展示了一种可能，即走向天人合一的状态，在现代都市化生活中进行一种情感和灵魂的突围。所以，我们有必要对格日勒其木格·黑鹤的动物叙事文学进行深入探讨，挖掘其在中国文学中的独特的存在价值。

格日勒其木格·黑鹤，1975 年出生，童年生活在中国东北内蒙古草原与乡村的结合部，那里是一个真正的童年的乌托邦：蓝天、白云、草地、牛羊、牧羊犬等，给他的童年生活带来无限的快乐和自由。伴随他成长的是中国社会从落后的农牧业向工业化、商业化和信息化社会的快速转型。一方面落后的农耕生活和草地的农牧生活被现代化的都市生活所替代，大面积的草地和农田被高楼大厦、工厂、汽车、高速公路、铁路所侵蚀，而人们衣食住行的物质生活得到了突飞猛进的改善，另一方面，新的文化、新的思想和新的价值观不断冲击着人们原来的生活。新旧生活的转换给人的日常生活、情感世界、精神追求、价值判断带来了深度的冲击。随着岁月的流逝，年龄的增长，在向成人世界迈进的同时，黑鹤完整的童年草地生活渐渐远去，但他内心深处自由自在的童年草地生活的根系却从未断裂，他深情地回忆道："在离开草地之后，我一次次回去，我不知道自己要去寻找什么。……我的狗等待着我。""我领着它们在无人的荒野中奔跑，在阳光下，它们如同从未没落的淘金时代。那是我的童年，那与孩子的心从未背离的少年遥远的梦。"然而，自然不只是唯美和诗意，东北地区长达七个月的漫长冬季和零下四十摄氏度的酷寒意味着食物的缺失，食草动物无草可食，食肉动物无肉可吃。而作为杂食动物的人，却以具有草原上猛兽一样强健的体魄为美，形成了顽强不屈、积极乐观、豁达幽默、直率质朴的文化品格。另一方面，冻土文化的地缘特点促使这里的人们在严寒中有充分的时间进行精神性的想象生活，亦如斯堪地纳半岛上童话的背景，草原是使人心胸开阔的场域，更是给人带来挑战的地方，适者生存在这里显得极为现实，生命的考验也愈加严酷。在《高加索牧羊犬哈拉和扁头》中，作者形象地描写了寒冷天气里一个没有经验的牧羊犬产下十个幼崽，只有一个存活，可谓九死一生的故事。能够在极为恶劣的自然环境中存活便是生命的奇迹。人类与自然是一种共生的矛盾体，人类需要战胜自然来生存，自然反过来来惩罚破坏它的人类，人类与动物为了争夺自己的栖息地不断地征战。一切生物都有生存的权利，都有理由为了各自的权利展开争斗，其结果必然是，不是你死就是我活，很难平衡发展。这给人类出了一道又一道难题，人类既想天人合一、敬畏自然，又想征服自然、掌管众生，成为真神，这是怎样深度的矛盾和生存困惑！与这些问题密切相关的是格日勒其木格·黑鹤为什么要采用动物叙事这种艺术形式来表达他的思考。

关于这个问题有各种各样的解释，而我们认为，这既与格日勒其木格·黑鹤的童年生活记忆有关："在草地的日子里，我的生活中曾经出现过众多异类的生命。狼、狐、獾、跳鼠、雁、隼、大鸨、野鸭、野兔……除了幼小的狼和狐，我甚至还尝试过饲养麻雀和野兔，以及刚刚出壳的鹌鹑。在那短暂的日子里，我接触了太多的生命。"又与他本人身体的强健有力、高大威猛、热爱运动、亲近自然有必然的联系。在自然主义者卢梭看来："你天生体力有多大，你才能享受多大的自由和权力，不要超过这个限度；其他一切都是奴役、幻想和虚名。……你真正的权力不能超过你身体的能力。一旦要用他人的眼光去观察事物，你就要以他人的意志为自己的意志了。……真正自由的人，只想他能够得到的东西，只做他喜欢做的事情。"黑鹤"每年冬天，将自己的狗留在家中，扛着单板滑雪板，在北方的林地里徘徊几天，滑一次野雪"。与其说是享受大自然的浪漫，还不如说他更喜欢那种感觉，"几乎要花费一天的时间在没入齐腰深的积雪中攀爬，终于登上山顶，稍事休息之后，套好滑雪板的固定器，拉下护脸，戴上雪镜，然后深呼吸，屈膝从山顶一跃而下"，仿佛古代神话中的传奇英雄，只为欣赏，"风声，可怕的速度，雪下隐藏的尖利的石头，当速度达到一定程度时对可能摔倒之后骨断筋折的恐惧"。挑战生命的极限让他的生命体验与众不同，深刻的思和极度的感成为他艺术创作的一个特殊点，这种生命体验带有性格的天然性，也是一个作家成就自我的一种表达方式。

在不止一篇作品里，黑鹤不断提及和强化他童年的草地生活，并充满了无限的留恋和向往，一个坚固的童年情结和草地野性生活几乎贯穿了他全部的创作，从这个意义上来说，他的创作只为他心灵和情感的平衡，凭吊和创造了一个关于草地和森林中生命共同体的乌托邦，在这个乌托邦王国中，一切生命都是主角，而投射到作品中无处不在的"我"更是主角中的主角。他在关注动物的时候，从来就没有忘记自己的身体感受，在与动物的交流中，激活了人的生命的复杂体验，在越来越远离人的本体的现代工业化生活中，这无疑是一针强心剂，给慵懒、乏味、机械、复制、冰凉的现代文明生活带来野性、粗犷、新鲜和力量，告诉沉湎于都市的人们还有另外一个世界，这个世界是与孩子生命本质相契合的天堂。无名氏在《野兽、野兽、野兽》中对城市生活进行了深刻批判，借印蒂之口说："第一个黑暗和丑恶就是学校。我发觉它只是一种枷锁，除给我不必要的沉重与囚锢外，再没有别的意义。……我的心渴求一点火、热、亮，但是我四周都是北极冰山，以及那片漫漫黑夜。……在社会里，我觉得一切社会活动只是假面跳舞会……人类千万年进化的结果，先由原始动物进化为人，再由人进化为面具，后者相当于尼采的超人，是文化黄金时代的最高表现。这是一个伟大的面具时代。可是，我不能忍受这一切，我只有逃走。"与学校和社会对立的一个真实的所在就是自然世界，这个世界适合人类自然本性的发展，尤其是对自然本性保持较好的儿童，他们的天性和适合于他们成长的环境无疑是自然天成，合二为一的，当然有其积极的生命意义。这并非以肯定自然的无拘无束来对抗文明的发展，而是文明和社会已经发展到限制甚至压抑人的成长时人类对自然的一种美好向往。

"文学是具有虚构性和假定性的。但文学正是通过这种虚构性和假定性，能够更加深刻地揭示人生的真谛和反映生活的真理。"黑鹤的动物叙事小说在这方面走得很坚韧和果决。黑鹤所关注的自然，既是天然的自然，又是人类社会性行为的一种善举，抑或自然从未离开过人的行为。"卢梭将自然状态作为反对文明社会的一个积极标准并不是意味着要求所有人都回到那个梦幻般的自然，而只是向我们表明保留自然状态的积极意义在于：文明社会与自然自由之间存在着天然的不和谐，现代人也许需要一小块抵御文明社会的领地。归根到底，返回自然状态这一看似极端的诉求其实意味着：文明社会中存在某种类型的人，他们认为自然自由比文明社会中的公民自由更重要，自然状态这一概念构成了他们从社会中获取自由的在观念上的根据。"黑鹤本身就是一个追求一种自然的自由状态的行为艺术家。

由此可见，格日勒其木格·黑鹤的写作并不是以猎奇的心理来记述动物生活的无聊之举，而是要探讨逝去的草地、动物生命、自然生态、自由精神、童年向往等时代问题。梭罗在《瓦尔登湖》中试验一种原始的生活状态，以此平复现代化生活带来的内心焦虑，黑鹤的童年在草地与母子两代的牧羊犬为伴，成年之后他每年都要回到草地和森林，并与那里的少数民族结下深厚的友谊，从某种程度上来说，他每年的森林和草地生活不是试验，而是他生活本身的状态，主体的熔铸性使得他的作品具有特殊的意义，"我努力在自己的作品中构筑一个拥有勇气、忠诚、自由和爱的更富乌托邦色彩的荒野世界"，呈现出人与自然和谐一致的浪漫情怀，而这浪漫情怀的背后是深重的忧患意识和彻底的批判精神。

（二）戴着镣铐"舞者"的灵动情思

动物叙事文学被人称为"戴着镣铐的舞蹈"，它们一般都表现动物神秘的世界和特异的行为，有许多不被人理解的生活方式和情感故事，因此，有人索性把动物小说称为科学小说。因其所包含的动物学知识，一些人只认可其传递动物知识信息的准确性。但事实上，动物不仅有作为"物种"的属性，还有作为生命的特殊性，这些能够进入动物文学的形象，必须与作家建立起某种特殊的情感关系，如果没有这种情感和精神的投注，动物就不可能转化为审美对象。动物从人类生活世界的配角转化为作品的主人公，而人退居其后，作为背景甚至陪衬，这是与一般的文学创作迥然不同的创作过程。换句话说，能够写动物小说或进行动物叙事的人，一般都具有与动物亲密接触的生活经验并对动物有超出一般的情感和理解力，尤其是对动物生存境遇、生活世界和生命价值具有强烈的自我反思能力，并将人的生命作为镜像来思考动物的生命。这实际上是说，一个人能够写出真正的动物小说，其实就表明这个人的生存方式、情感世界和思维能力达到了一个很高的程度。从这个意义上讲，写《藏獒》的杨志军、写《羚羊飞渡》的沈石溪等都有与动物相处的人生经历，有的还是动物学家。

动物叙事这种文学形式，一般是作家以人类文化价值尺度比照动物生命的一种艺术表达，与此同时，对人类文化和社会虚伪进行一种反思和批判。一个人只有人生经验积累到了一定的程度，情感发展到了一定的高度，境界达到了一定的层次，才有可能关注边缘化的"物种"，不以"人类中心"主义来审视世界和宇宙，用新的价值尺度来重新审视人类文化和文明。动物叙事这类作品往往包含着一定的忏悔意识和反思精神，即作者往往通过人类过去对动物所作所为的否定，或者对动物世界的崇拜来达到对以"人类为中心"思想的否定。黑鹤在作品中不止一次地表现出对动物的道歉或忏悔，有时对有意伤害动物的人类进行勇敢的斗争，甚至是痛心疾首的批判，以他一贯节制的感情痛斥这些为了自我利益不惜杀戮无辜生命的行径。"所有这些人不断地在讲人类的需要、贪婪、压迫、欲望和骄傲的时候，其实是把从社会那里得来的一些观念，搬到自然状态上去了；他们论述的是野蛮人，而描绘的却是文明人。"动物叙事这种文学样式的出现，也说明新的人类生存环境的变迁和社会文化要求的出现。保护生态环境已经成为21世纪人类文明发展的一个强音，除人类之外的动物物种的加速消亡和日益恶劣的生存环境，都强烈呼唤新的思想价值和生命观念的形成。因为只有在一个全新的生态观念和价值体系之下，人类才能真正反思自己过去对动物的所作所为、所思所想。

动物的生存地往往是广袤的山林和无边的草地，作家在描写这些自然景物之时，加入了深沉的情感和忧郁的情思，具有诗意和唯美的特点。但文学是形象和情感的表达，动物叙事类作品书写的动物生命传记也是人类与动物情感交流史，表现两者的关系是以尊重生命为前提的。无论思想如何律动，情感如何细腻，在把握人与动物的关系时，都会出现许多错位和不可思议的事情，这就决定了动物叙事文学在艺术上带有一定的哲理性特点，体现了某些精神探索的特征。但过于强烈的精神探索则会把动物生命幻化成人类文化和情感的符号，从而消减动物本身的生命价值，这也是动物叙事文学容易产生的误区。好在黑鹤的叙事从未离开过动物生命本身，他忠诚于他笔下的每一个动物，一如忠诚于自己的内心。从他大部分动物叙事作品的主旨可以看出，他的动物叙事是直接写给一切生命和自然的，这是他写作的思想逻辑起点，而在情感的表达上，他更关注自我的情感体验，安抚与平衡自己的内心，他虽然无法改变世界，但他从未放弃对这个世界的期望和对美好人性的坚定信念。"文学作为没有形状的幽灵存在于作家的内心意识中，通过作家的无意识、作家对周围世界的敏感性以及作家的感情投入的联合作用而投射到作品上。正是这些东西使得诗人和小说家在寻找词汇的斗争中逐渐形成了形式、躯体、运动、节奏、和谐与生命。当然这是人造的生命是想象出来的生命，是由语言编织出来的生命，但人们竭力寻找这种人造生命。有人常常寻找，有人偶尔寻找，因为他们缺乏真正的生活，无法享受他们渴望的那种生活。文学不是通过单个人的作品而开始存在的，它的存在是在被其他人接受从而变成社会生活的一部分后才出现。也就是多亏了人们的阅读，它变成了人们共享的经验。"这也是他的作品既能走入成人心灵也能征服孩子的主要原因。

动物的无辜受罪、无妄之灾随处可见，不是人类能够避免的，这应该是动物小说表现的常态。在使动物世界向自我审美的文学世界生成的过程中，黑鹤进行了巨大的情感投入。对象本身并不是僵化被动的，它们冲击着"我"的知觉和情感认知模式，使"我"的知觉模式有所改变，并发生向动物靠近的顺应性变化，而这些顺应性有情感的选择、理性的认同、智慧的坚守和命运的不可知，使他笔下的动物世界与人的情感沟通出现了多维选择，比如生存本能，动物本身不可改变的习性，吃的本能，交流的权利，与同类之间的友善、敌视、攻击、侮辱、强暴等等，形成一种生命张力；与异类之间，对人的欲望的反应，以善对善，以恶制恶，在善恶挣扎中形成独特的性格；与自我，战胜内心的弱小，逐渐强大，情感由单纯天真到顽强不屈；与环境，不只是适应，而是自我化、对象化的过程，自然、社会都是战斗的场域，正如福柯所说："一切场域都是权力之争。"动物争夺的是生存权利，而人类却是无止境的贪欲，愚昧贪欲的食利主义者在黑鹤的作品中仿佛成了动物命运转折的一个又一个契机，造成其无法回避的悲剧命运；与命运，天灾人祸的偶然性与必然性都是生命无法摆脱的悲剧，是生命向死而生的不可避免的悲剧。所谓动物世界，既是客观存在的世界，也是一个被认知的世界，更是一个被感知、被对象化的世界，如果没有一点审美的间性，就很容易被话语遮蔽，难以走入读者的阅读视野；而过于陌生的世界则可以作为想象的空间，构筑一种想象的现实，从而拥有较大的文本审美间性，形成一个充满张力的自由的审美世界。

（三）目光伦理中"独一个"的动物形象

事实上，人与动物的话题无论从哪个方面来讲，都是人自身的问题，是人生存的问题，存在着巨大的悖论，正如海德格尔所说："世界越广泛越有效地作为臣服者听命于人的摆布，主体越是作为主体出现，主体的姿态越横蛮急躁，人对世界的观察，人关于世界的学说，也就越成为关于人自己的学说，即成为人类学。"人类一方面有迫害和征服动物的本能，另一方面也有爱护、保护动物的天性，人在这两种心态中挣扎，魔鬼与天使共处一身，孙悟空的人神兽结合的形象就集中代表了人对动物的心态。人与动物的关系史就是人类文明发展的历史，这历史付出了血的代价，既有与人为邻的动物的鲜血，又有人本身的鲜血，但历史的长河还是推动着文明的脚步向前，没人愿意再回归原始社会的蛮荒时代，这就是人类文明的必然进程。但是，现有的一些表现动物与人关系的作品却过于强调人对动物的杀戮和凶残，强化和夸张了人性不如动物性的一面，这也不是一种客观的态度。

被誉为动物小说大王的沈石溪的作品中充斥着大量杂交的变形的动物，非纯正的血统产生了非纯正的物种，这些物种仿佛是自然的奇观，带有人类社会异化生命的现实隐喻，这些动物的生命履历是人的社会伦理的形象再现，也是实用伦理生命观的一种表现。朱自强将这种小说称为"人面兽心"的动物小说，吴其南将其称为"封建小说"。貌似动物的亲情、友情、爱情，实则是人类情感的曲折表现，以动物来给人提供训诫，文本的潜意识存在着对动物情感的侵蚀和异化。"动物小说之所以比其他小说更有吸引力，是因为这个题材最容易刺破人类文化的外壳，礼仪的粉饰，道德的束缚和文明社会种种虚伪的表象，可以毫无遮掩地直接表现丑陋与美丽融于一体的原生态的生命。"沈石溪的《雪豹》写了一个被人类捕获的幼豹，它被人们称为妖豹，长大后被放入森林，但已不适应山林的生活，更不会自己捕食，有一次在山林中偶遇母亲，母女相认，母豹这时又是三只小豹崽的妈妈了，母豹每天带着妖豹捕猎，教成年的妖豹生存的本领，一起捕杀猎物，妖豹想回洞里与母亲共同生活，但被母亲拒绝。一天，母豹出去猎食时，妖豹偷偷跑到洞口把三只小豹崽叼到悬崖边扔了下去，母豹看见了这惊心动魄的一幕，怒吼着冲向妖豹，在要咬断妖豹喉管的一刹那，母豹松开了嘴巴，痛苦地离开了，妖豹再次沦为孤家寡人。于是，食物又成了一个大问题。但它还是不想自己去寻找食物，后来在偷袭豺们的食物时，被一群豺咬死。这是一个发人深省、令人震惊的故事。妖豹杀死幼豹的行为实在不可理喻，也许作家在以人的情理来写妖豹，无论是它劫持豺的食物，还是它强烈的嫉妒和恋母情结，都是人类道德教育故事的隐喻，在作家叙述野生动物的伦理选择中，动物遵从了人的行为原则，它的物性真实便遭到怀疑。作品给豹的名字前面加上的一个"妖"字，显然存在着作家的想象和幻化，但这正说明了在动物叙事文学中叙述者的情感不可能不流露在文本中间。妖豹之死，使人震惊的不是它生命的不可复制和死伤的悲悯，而是没有遵守人类的道德伦理受到了豺的惩罚，由此可见沈石溪动物小说的生命观实际上是社会伦理的生命观，而黑鹤动物小说的生命观是自然主义的生命观，尤其是在人与动物的生命关系处理中，人与动物的感情是相互依赖的，在生存的问题上，动物是为生存而战，为本能而战，死则死矣，一切出于泥土又必归于泥土。这也从一定程度上说明中国动物叙事文学有一个动态发展的过程，崛起于20世纪80年代的沈石溪和起步于21世纪的黑鹤，对动物生命的认识是存在着本质区别的，而对动物和生命的认知过程无疑会影响动物叙事文学的表达。

不可否定，沈石溪对动物生命力本身的张扬是有其存在价值的，将动物世界大面积地以文学性的面貌呈现在读者面前，其对动物的传媒价值要远远大于文学价值，当文学性渗透在动物传奇的生命之中，经过作家的伦理化叙事，再设计了一个又一个道德陷阱，就很容易吸引读者，这也是沈石溪动物小说被读者普遍接受的一个重要因素。

生命观有理性和非理性之分，在理性生命观的感召下，科学得以兴隆，但非理性的生命观却从来就没有离开每一个生命体，尤其是当科学理性被神化之后，在许多神奇现象解释不了的情况下，这种非理性的生命观显示了顽强的生命力。黑鹤具有出于生命体验的本能的自然主义生命观，在他看来："一年又一年，春去秋来，草枯草荣，播种与收获，古老的历法已经沿袭千年，大地本身并未改变……在我们无意中慢慢地疏离与大地之间共同依存的关系，以及对大自然敏锐观察力的同时，我们要记住的只是，自己是大地上的孩子。"每一个生命都是一个奇迹，奇迹的生命却过着再平实不过的生活。只有在有人割断动物与人的亲缘关系时，朴实的牧人才会做出惊人的举动。黑鹤的《美丽世界的孤儿——为"森林之王"柳霞而作》中，鄂温克族老妇人柳霞抚养了一只没有母亲的小驯鹿，从一滴奶一粒盐一口水喂养，并与小驯鹿幺鲁达共同经历了很多难忘的森林险境，他们抵挡了熊的攻击、狗的猎杀、森林大火、暴风雪的袭击，顽强地生活下来，他们之间建立了深厚的感情，但当驯鹿幺鲁达被柳霞贪酒的丈夫卖掉之后，柳霞表现出惊人之举，她在公路上拦截了奔驰的轿货两用车，"在车前不到五米的路上，站着一个披头散发的人，满脸通红，手中端着一只大口径步枪。"黑鹤以充满感情的笔墨来叙述这一切的时候，作品具有了浪漫和诗意，同时也带有理性思辨的色彩，于是一种极端真切的感受成为一种普遍的真理隐喻。

沈石溪往往以写实的笔调来勾勒一种人化的自然，努力塑造一个真实的典型化的动物形象，创造一个又一个的动物传奇，在传奇的背后潜伏者对读者进行人类伦理道德教化，体现了中国传统文学文以载道、寓教于乐的思想，或者说就是中国传统小说的动物形式表现，与儒家思想遥相呼应。如果说黑鹤卫护童心的想法是指涉自然、本性、未来，探讨自然之道的不可以人为化，那么沈石溪指涉的是秩序、社会性与人的绝对理性，更依赖社会性的理想和人的道德，在道德之中构筑理想的王国，期望权力、法律、秩序、道德等讨伐人的动物性的罪恶，探讨善的可能存在之所。前者是浪漫主义对自然的渴望，后者是现实主义的社会性批判，都有文学的力量，显示出独特的文学存在价值，这两种文学都来自对动物生命的深情关注。可以说，沈石溪和黑鹤构筑了风格截然不同的动物叙事小说。

（四）自我与生命双倍忠诚的叙事艺术成就

黑鹤之前的中国动物文学，基本上展示的是以人类生活为主体的描写，即使是以动物作为主人公，动物之间的情感交流也是拟人化的，尤其是作品所传递的伦理价值更以人类的情感取向和道德选择为主。作品中人物的性格和事件大都是根据行动行为表现出来的，虽然其中有些作品里面也有大量动物心理的描写和展示，但这种心理和情感的描写，特别是精神上的剖析更是人格化的。而黑鹤动物叙事文学的出现则营造了一个崭新的文学现象。这种文学现象就是一部作品可以不写曲折动人的故事，可以不全力塑造人物，甚至没有完整的外貌刻画和情节构成，作品表现的就是主人公自己的观察和内心的感受，全部作品都是人与动物情感交流的描写。这是黑鹤最突出的艺术功绩之一。换言之，他找到了一个全新的艺术形式，这种艺术形式可以准确地把自我的情感世界客观化、独立化、对象化地在作品中表现出来，并对人与动物的心理进行了细腻的描写，带有人类社会现实和精神的时代气息，也就是说，社会时代的背景从来就没有走出他的文本。从这个意义上来说，如果说20世纪30年代新感觉派作家全身心地感受都市生活的颓废，90年代新写实小说感受人们生活的繁复琐碎，黑鹤则在承继中国现当代文学感受的脉搏去寻觅自然、动物与远古的幽情。"我被草原和森林接纳，我从未被抛弃，我时时在倾听来自远方草地老人的呼唤，而丛林营地上升起的炊烟，总是催着我回家。我希望永远保留自己在北方森林中的营地，那里是我的家。"这是对自己内心召唤的文学响应，如果要探究中国动物感觉派小说写作源头的话，那么，黑鹤创造的就是感觉派动物小说的写实主义范本，或者说他的创作就是他个人的心理感觉的忠实记录。与动物相遇好像是他生活的定数，没有功利和商业气息，清纯得如林间的小溪，旺盛得如奔跑的野豹，自由得如飞翔的天鹅，黑鹤找到了一种属于自己心灵的表达动物生命的方式，一种全新的艺术形式，并取得了骄人的成绩。

成就之一：黑鹤的动物叙事从关注动物生命本身出发，作为自然之子的代言人，全身心地投入生活并把这种生活如诗如画地描绘出来。建构了从心理层面对人类与动物精神情感的深度关联性。

黑鹤自己热衷于奔跑、滑雪、打篮球这些挑战体能的运动，他用速度来冲击时间和空间，景物变换得越快，环境越恶劣，生命的质感越强、情感的密度也越大。与其说这是他挑战自我的业余爱好，不如说这就是他生活的本身。尤其是在自然环境极为恶劣的情况下，他单板滑雪从山顶向下飞跃，"随着林中如潮水般浩大的松涛声，掠过山脊的凛冽寒风，让我几乎无法呼吸，寒冷不再是一种感觉，那种冷像坚硬的石块一样击打在我的脸上。"而"我的鄂温克族朋友，就常年生活在那片无边的林地之中"。"他们长久地生活于丛林之中，感受这四季的轮回，他们的时间只存在于太阳升起又落下、小鹿降生又长大这些具体的事情上。所有的季节，无论山外人视为仙域般的风景还是炼狱般的酷寒，仅仅是一种生活方式，而承载这种生活方式的，或许正是一个民族在北方广袤的林地中黯然消逝的背影。"将驱赶驯鹿的老阿妈柳霞称为美丽世界的"森林之王"。

当下鄂温克族已经整体搬迁到拥有现代化设施的住宅中，他们的驯鹿要上山，他们便跟随自己的驯鹿进入森林之中，森林才是他们真正的家。黑鹤对他笔下的动物和老人有深沉的大敬畏，他以诗人般巨大的生命忧患和深切的情感体验，表现了一种旷达的人生境界，动物"这一个"的性格被刻画得丰满生动，既有独一的生命个性，又有动物形象深刻而丰富的内涵，人与动物的关系非常复杂，但一切生命都来源于草地，终究还会归于草地。当成人利益至上的原则遇见童心的可贵时，成人世界会轰然倒塌，《鬼狗》中受尽成人社会折磨的藏獒，最后变成草原小男孩的一只牧羊犬，在草地上得到了亲人般的呵护，最后如一堆白雪融化在草原之中，但却永远地存在男孩的记忆中，以至于多年以后那只大狗还一直留在"我"的记忆中和生命里，和我有扯不断的情感纽带。杨志军的《藏獒》是以藏獒的野性来唤起人的动物性，用作者的话说："我写藏獒，也有一种用动物启蒙人类的冲动。藏獒是一种高素质的存在，在它身上，体现了青藏高原壮猛风土的塑造，集中了草原的生灵应该具备的最好品质：孤独、冷傲、威猛和忠诚、勇敢、献身以及耐饥、耐寒、耐一切磨砺。它们伟岸健壮、凛凛逼人、疾恶如仇、舍己为人，是牧家的保护神。说得绝对一点，在草原上，在牧民们那里，道德的标准就是藏獒的标准。"对于藏獒符合人的道德品质大加赞赏，是以"人为本位"的动物的人性表达，这里的动物世界无疑是人的世界的延伸，与黑鹤对动物世界本身的尊重是非常不同的。《藏獒》在表现孩童互相仇杀的主题时，藏獒就起到帮凶的作用，无论这样的獒色多么出众，作家生命观的功利性和工具性必然会矮化作品的境界。黑鹤笔下的动物大到一头驯鹿，小到一只小鸟，它们的生命都是有存在意义的。生命本身就是高贵的，生命的生生不息才是世界存在的本源，也是人类世界得以发展的基础。《黑焰》中写藏獒将死的场面："一头藏獒在意识到自己的生命快要走到尽头时，都是这样静静地离开的。……母獒向着远方已经在曙光中呈现出一线青色轮廓的莽莽苍苍的雪山慢慢地走去。……当母獒黑色的身影在地平线上消失时，天亮了。"一幕英雄苍凉悲壮的画面呈现在读者面前，但给人悲而不伤的感觉。静寂的状态下呈现的是人与自然的一种和谐关系，母獒在与雪豹的搏杀中献出了自己的生命，这使得藏獒的离去显得那么自然，即使藏獒的主人丹增也没有表现出什么特别之处，而是沉静地接受了藏獒的选择，更何况新的生命又诞生了呢。在动物个体生命成长史的记录中，黑鹤倾注了诗人的博大情怀，这是一般动物小说作家难以企及的。

成就之二：黑鹤的作品成功塑造了充满爱心的抒情主人公的形象。

在动物叙事的文学作品中，从来就不缺乏性格鲜明、个性突出、粗犷豪放的形象，但是，我们不得不承认，这些形象还是比较单薄的，他们的情感世界和精神活动都不够细腻传神。而在黑鹤的动物叙事中，我们看到的老人、猎人、孩子、都市商人、伤害动物的人等等，用叙事学的话语来说，都是功能型的人物。许多动物都有"这一个"独特的性格特征，如桀骜不驯的鬼狗、忠诚的黑焰、孝顺的犴、调皮的牧羊犬等等，内心世界还是比较丰富的。黑鹤的动物叙事文学还有一个重要的抒情主人公"我"，既是动物的观察者、伙伴、朋友，又有自己的精神特质。"我"在外形上身高一米九十多，喜欢草地森林，有丰富的野外生活经验，其实，"我"正是作家自我形象的艺术写照。"我"又是一个精神世界非常丰富、心理活动极为强盛、感情丰富细腻的人物。一切活动都积极地投入，用篮球、滑雪等超出常人体能的运动来挑战自我，强化生命的力度，这是现代人少有的身体生活。而事实上，体验即生活，没有体验就没有生活。黑鹤动物叙事作品中的抒情主人公"我"的内心世界有如下两个特征：

第一，"我"内心世界非常丰富，对生命的美丽和高贵表现出敬畏之情。"我"可以与儿童和动物进行双向沟通，自称"狗的主人"；"我"像怪医杜里特一样懂得动物的心灵，对动物无法挣脱困境的命运表现了深切的同情与无可奈何的苦闷。既有对社会生活中商人狡诈贪婪的批判，也有对为了买醉不惜用所爱动物交换两瓶酒的愚昧牧人的责怪；既有对动物生命进行猎杀的痛斥，也有对动物顽强生命力的由衷赞美；既有对保护动物不周到导致动物意外死亡的深深忏悔，也有对动物命运无法改变的惋惜；既有对"大自然"和"大生命"问题的思索，也有对"小生活"和"小生命"的细腻表达。可以说，在以动物猎奇故事为文学叙事规则的今天，能够出现黑鹤这样一位表达人与动物的生死攸关之情而内心世界丰富多彩的作家，是难能可贵的。动物是动物，而不是人，他的创作像他笔下的动物一样"诚实"。而他笔下的动物表现出了合乎物性本质的高贵品质。

在《更北的北方》的序文中，黑鹤写了他小时候捕获一只受伤大雁的经历："我刚刚将它放在地上，它就开始高声鸣叫，那是一种高昂而响亮的雁鸣。它高高地扬起修长的脖颈，用力地扇动着翅膀，卷起地面上的尘土。……一瞬间，我以为它要飞走了。但是，它高高扬起的高傲的头突然沉落下来。它像一只没有被装满的袋子，倒在地上。""我"当时就知道这只大雁的伤不至于引起它的死亡，那么，它为什么要选择这样一种决绝的方式呢？多年以后，"我"明白了："受伤并被人类囚禁的野雁死于心碎。""一只高傲的雁，让我开始试着去了解关于自由、尊严、生命和死亡这些词语在书面之外的含义。"生命的神奇像谜一样地吸引着黑鹤，他在作品中总是反复描写生命的不确定性，如《滑雪场上的雪橇犬》中，"我"在滑雪场上遇到一只被主人遗弃的雪橇狗，这只狗长时间地瞩望着滑雪场的入口，希望主人能够再次光临，但整整一年过去了，第二年冬天主人没有来，狗仍然在等待。而"我"出现之后，这只狗疯狂地扑向"我"，但在一刹那却停住了脚步，发现"我"并不是它的主人，当"我"知道这只狗的悲惨经历之后，给予其极大的尊重和关心。雪橇狗信任了"我"并流露出愿意跟随"我"的意愿。在这里滑雪并义务喂养这只狗的少年滑雪队的孩子们极为感动，但当雪橇狗将要开始新的生活时，意外的事情发生了，雪橇狗被爱它的滑雪少年撞死。"我"和少年们一起埋掉了这只雪橇狗，对它表达了深深的歉意和敬意。黑鹤的动物叙事文学可以说是高贵生命的艺术化诠释，同时也暗含着对人类无意伤害动物的行为的深深忏悔。

第二，具有强烈的忏悔意识和忧患精神。黑鹤能够站在人类生态文明发展的制高点上，来思考现代文明与原始文化的关系。各种动物保护协会的出现，大量志愿者的爱心行为，使得动物受到了一定的保护，显示了文明发展的巨大进步。人类不再仅仅关心自己的衣食住行，还对人类以外的物种表现出人道主义的关怀，这是人类历史发展到一定程度的结果。与之相反，人类的好心做坏事也成为破坏自然生态和谐的一种方式，甚至带来了严重的后果。黑鹤在自己的作品中反复强调，不仅不要去寻找和打扰那些野生动物，就连与这些野生动物一起生活的鄂温克族的原始生活方式都应该尊重。这是一个悖论，在保护与尊重之间有个合理的度，黑鹤将这种细腻而深刻的思考用文学的优美形象表现出来，如《天鹅牧场》中，"我"无意之中观察到公路大桥底下有一对美丽的野生天鹅，"感到眩晕的狂乱的心跳"，"天鹅起飞，那种动人心魄的壮观场面，只需看到一次，足以铭记终生"。一对天鹅在那里筑巢，它们一天天辛辛苦苦地劳作，"我"每天沉浸在天鹅美丽的生活中，远远地观察这一对夫妇的生活，又唯恐人们发现这个秘密而破坏了天鹅美丽的生活。"我"的担心终于发生了，在一个晴朗的早上，"我"发现天鹅在水潭下挣扎，"我"从望远镜里看到了这一幕，飞奔而去保护天鹅时，发现两个偷猎者用捕获狼的巨大夹子和丝网扣住了天鹅，而巢里的天鹅蛋已经被他们掏出来准备拿走，"我"冒死救下了这些天鹅蛋，用衣服小心地把它们带回了营地，精心孵化这些天鹅蛋，与天鹅蛋同床共枕眠，又害怕碰坏了它们。一天早上，当"我"还在睡梦中，八只天鹅蛋都孵出了小天鹅。鸟类往往把出生后看到的第一个人作为自己的母亲，于是"我"做了天鹅的妈妈，每天都为它们的成长提心吊胆，帮助它们赶走老鼠、喜鹊和牧羊犬的侵袭，在屋子里筑了一个温暖的巢，但意外还是发生了，在"我"外出回来时，发现屋子柴草冒出的烟熏死了小天鹅，"我"从偷盗者手中救回了它们，但生命的夭折还是不期而至。黑鹤内心的悔恨和痛苦无法用语言诉说。方敏曾沉痛地写到大熊猫之死："珍珍死了，不是死于猎杀病痛，也不是死于天敌，而是死于热爱它的人，死于人类的保护研究。"人对动物的过于关心或不关心同样可以产生悲剧。黑鹤曾忧心忡忡地说："我们国家的自然教育是非常不够的，希望动物小说不要加重大众的猎奇心理，组织一些类似'寻找狼'的活动。要尊重动物自身的本性。藏獒已经受到了非常大的损害，这个狗种基本上被毁了。动物小说要避免不恰当的表达对动物本身造成损害。"在文学中的动物形象与现实动物生命的天平上，黑鹤无疑更重视后者，对生命的忧患让他的动物叙事的笔墨愈发充满神力，而生命的各种各样鲜艳夺目的色彩，才是黑鹤动物叙事文学最富足的家园。

成就之三：意象的立体化与诗意的写实。

黑鹤笔下的动物叙事注重味觉、听觉、视觉、嗅觉等非话语方式的交流，因为动物不能用人的语言进行交流，即使它们之间有交流的信息，也不是人能够准确理解的内容，尤其是犬类动物灵敏的嗅觉更成为它们记忆的符号。黑鹤强烈反对"现在流行的动物小说多是传奇色彩很浓厚的，把一些动物神化了"。在《鬼狗》《黑焰》《犴》中动物的生活都是原生态的生活，只不过那种生活都是文学应该坚持的存在和本质。优秀的文学作品就是要有能够呈现图像的能力，把这个图像映衬到读者的大脑上，人们才能感觉全面、记忆深刻。比如村上春树《挪威的森林》中的脸色苍白的青年男子，他瘦弱高挑，无所事事、心事重重地在街上游荡；昆德拉《不能承受生命之轻》中一个婴孩被弃之后，装在一个竹子或者柳条编的筐里顺着一条小河漂流。人的一生就是一个漂流的过程，个体生命的虚弱一如婴孩。

优秀文学的精彩就在于这种形象在读者的心灵上形成了一个又一个图谱,时刻出来与你对话,一如堂吉诃德骑着瘦马大战风车,一如林黛玉纤弱美丽泪水涟涟,一如严监生竖着两个手指头临死的挣扎……与一般文学审美低下、过于强调动物生态性的小说不同,黑鹤的动物叙事作品在画面的逼真和感觉上达到了很高的境界。沈雁冰曾称屠格涅夫为"诗意的写实家",黑鹤深受屠格涅夫的影响,把残酷的野生动物的生活铺展在诗意的背景下,而背景却不是静止的背景,是活动着的立体空间,能够调动起读者的全部通感系统,如《黑焰》的开头写道:"那鬼魅般的影子,在母獒面前的雪地上站定。是一头雪豹。这头被母獒的吠叫打断了晚餐的雪豹在雪地里像一块华美异常的缎子,粗壮如蟒的长尾拖曳在身后。它几乎是在漫不经心地注视着面前的对手。刚才的一击轻松得手,此时它张开被羊血染得鲜红的巨口,傲慢地发出冰块破裂一般的嗥叫。下雪了,这已经是春天的第二场雪。"如果我们把这段话单行排列的话,会发现这是一首押韵的现代诗。季节、环境甚至物象都华丽出场,而物象的叠加又渲染了一种气氛,形成一种诗意化的风格。从某种程度上说,风格即人物,把人的内部情感转化为外部的意象,外部的意象又带有情感的表达,在一外一内的交流中造成一种动静结合的效果。不同于以往的现实主义作家的环境描写,黑鹤动物小说呈现出的是现代派的生命感觉和穿越时空的文学质感,这是不同于其他当代动物小说家的最本质的地方,尤其是在处理自我主体性和动物主体性的关系上表现出了独特之处,在想象中进行了文学的转换,而且这种转换是不露声色的。艺术的本质是情感想象，是以语言为载体的情感想象，并在想象中完成形式与内容的完美融合。黑鹤在《高加索牧羊犬哈拉和扁头》中，完全以二十四节气结构全书，从一年的立春写到大寒，把每一个节气到来时大自然的枯荣盛衰，尤其是动物们和"我"细微身体生活的变化描绘出来，并让远离农事、远离大地、远离自然的人们再次拥抱那种原始的生活状态，每一个节气都是一首诗和一幅画。比如 2008 年春分这一天，"所有的积雪都在融化，泥土变得湿润，冬天在大地上的最后印迹——那些斑驳的积雪，已经荡然无存。中午领着狗出去，在阳光下它们仅仅跑了一会儿就开始热得发喘，天气确实暖和了。""我"也想起一个叫海子的诗人在这一天死去，他写的《面向大海，春暖花开》的诗"像雨后的草地一样清新"，给少年时代的"我"留下很深的印象。每一个季节的书写，作者都融入了纯真的感情，很自然地处理了童年想象、动物想象、情感想象与阅读想象的关系。包括他的动物小说也非常喜欢用顺序的写法，写动物从小到大的生长过程，看似平淡朴实的一天，没有什么惊天动地的大事情，但再次回味的时候，时间的魔术师把一切都改变了，小狗在一年后长成了大狗，小鸟在一年后长成了大鸟，小狼在一年后长成了大狼……但是，他笔下动物的生活不只是镜像性地反映，而是进行了主观化，黑鹤用眼睛观察世界的同时，调动了全部身心去感觉，他把文学作为灯，这盏灯照亮了自己童年的生活、现在的生活、动物的生命和自然的世界，从而构筑了一个全新的艺术世界。

成就之四：黑鹤创造了一整套纯然的个性化语言与有效叙

事相结合的语像世界。

黑鹤虽然着力表达自我情感，但从不陷入自说自话的私语之中，而是生成一种被广泛阅读的有效叙事。应该说，黑鹤作品的语言是非常有质感的，并且富于激情和感染力，他笔下的动物与其说来自于他生活的真实，不如说来自于他心灵的感受，更不如说来自于他富有天才的语言叙述。当下中国的生态文学研究和创作都过多地偏重于生态，而忽视了文学审美的力量，无论是表现什么题材和主题的文学，作为文学的审美本质是不能丢弃的。很慢很静心地读黑鹤的动物小说，会发现所有的语句都被打磨得闪闪放光，营造出一种意境、情调、温情，与情节关系不大，没有波澜起伏的线索，但叙述的情感是那么真诚、细腻、感人，草地、森林、动物和牧民都自然而有生机。他能够恰到好处地运用各种积极修辞，创作了属于他自己的节制的抒情方式，淡定、从容而意味深长。如滑雪场的雪橇犬意外身亡，"我"和少年们一起埋葬了这个没有主人的雪橇犬，作品结尾写道："这只叫作哈克的狗等到了最后，但是仍然没有等到它的主人。如果它的主人看到这篇东西，想去看一看它，那么，我可以告诉他，它被我们埋在雪场高级雪道右边的树林里一棵巨大的白桦树下。那棵树很容易辨认，树干上有一个巨大的伤口，像一只眼睛。"作者仿佛画外音般不厌其烦地把埋葬哈克的地点描述得准确细致，就是为了唤起狗主人的良知，同时也是对那些遗弃宠物的人的辛辣的讽刺和批判。白桦树上的受伤的眼睛不就是哈克的写照吗？其中暗含着作家多么巨大的愤怒和沉重的悲痛，但他的情感却非常克制而隽永，意味深长。

即使对那些针锋相对的打斗场面的描写，黑鹤也是非常节制他的情感与语言，如在《黑焰》中写忠于职守的藏獒发现狼之后："母獒狂怒地咆哮着用力撞向靠在最外边的一头山羊，被她撞中肚腹的山羊无动于衷地半闭着没有任何表情的眼睛，挂着霜花的眼睫毛像受惊蝴蝶的翅膀一样翕动，但它却一动不动。羊就是这样，一旦发生什么事，只知道紧紧地挤成一团。母獒又尝试了几次，羊群几乎没有任何反应。她对眼前的羊群没有任何办法，只好狂怒地咆哮着围着羊群奔跑，试图在某个地方撕开一个口子，找到那个隐匿在羊群中的狡猾的家伙。"感性而视觉化的语言把人带到了出事现场，使人仿佛看到羊群的麻木，更能体会到藏獒的焦虑。富有质感的描写在诗化故事情节的同时，也缓解了紧张情绪，把情节紧张逼人不可逆转的状态嵌入了灵动的情思，把情节的连贯性破坏掉了，叙事主体既融入事件之中，又拉开距离地观看事态的发展，时断时续的叙述语言的干扰形成了巨大的审美空间，同时也淡化了急转直下的故事情节带给读者的紧张刺激和扣人心弦。长句子带给人的是感觉性而不是动作性，相比之下，杨志军藏獒间的打斗场面却激烈血腥甚至残酷可怕，如写虎头雪獒与金钱豹打斗的场面，虎头雪獒"第二次把利牙对准了对方的脖子。这次不是插入而是切割，它割破了对方脖子上的大血管。当血一下子滋出来喷了它一脸时，它后腿一弯，跳到了一边。金钱豹扑了过来。……虎头雪獒利用金钱豹扑过来的惯性划破了对方柔软的肚子"。杨志军的叙述语言更多的是娱乐和刺激，而黑鹤的叙述语言却给人审美的愉悦和想象，这两种叙述语言产生了完全不同的叙事效果。其实，这里就涉及了文学创作使命的自觉，当黑鹤对动物与自然以宗教般的情感投入时，或者说，当生命状态被作家的思想意识和情感投注时，每一个生命的消逝都是令人扼腕心痛的。

令人怀疑的诸多细节很难构成作品整体的真实。黑鹤作品中的细节饱满而逼真，他关注到大自然万物之间的联系，牵一发而动作品全身，他笔下动物和人物的出场都是有根据的，它们的活动也是合乎情理的，很少横空出世，如《黑焰》中写被格桑发现的一头狼："这只是一头独狼，试着趁牧人打盹的时候找一点食物。但它选错了自己前进的方向，那是上风向，风是由它那里向账房吹去的，格桑就是凭借风中细若游丝的气味发现了它。"在黑鹤笔下这样的细节比比皆是，他在写作中从不疏忽，这是他作品令人深信不疑的主要原因。实际上，生活既有本质的规律性，又有许多不确定性，但作家一定要给这种不确定性一个合理的根据，这是作为经典动物小说作家的素养。黑鹤的文学语言构成了一个完美清新的语像世界，再加上他倾注了细腻的情感和天才的灵性，他成就了一个又一个动物生命的史诗，一如他笔下的驯鹿、天鹅、藏獒等，令人着迷。

由于黑鹤旺盛的创作力和过于急切的出版速度，致使他的创作呈现出一种尴尬的状态，一方面数量的增加对黑鹤动物叙事风格的形成起到了积累作用，另一方面也影响了他的创作向深度探寻和精细打磨，致使一些小说情节出现了类型化、模式化的倾向，而作为长篇小说结构的线性化、情节的淡化和散文化，也影响了艺术的表达效果和文本的普适性。传统蒙古族文化有使生活"艺术化"的特征，"牧人的羊不是生产符号或抽象的物质，而是具有名字和性格的家庭成员。"与农耕人员所面对的"容易控制的农作物"有根本性的区别，"牧民时刻注意家畜的各种反应，通过这个中介的信息反馈来把握环境、适应环境，只有这样，才能保证牧民的有效生存"。牧人面对的是"活生生的动物"，"牧人时常处于一种情感化的生产关系当中。这种情感化的生产关系促使牧民具备情感化的认识世界、改造世界的方式方法。这种情感化的认识世界改造世界的方式方法就是艺术的方式方法"，"牧人的人生追求、生活哲理、工作经验都以诗、歌或谚语的形式浓缩于日常生活当中，生活中体验艺术，艺术中能够看到自己的生活，很难发现与艺术无关的生活，也不容易接受与生活无关的艺术。"这种人与动物天然的地缘、生死存亡的关系，与一般非游牧民族的人与动物的关系明显不同，文学作品的思想触角也呈现出很大的差异性，即使在生态文明的审视下也有本质的区别。因此，黑鹤的文本具有自叙传的特色就一点也不难理解了。以动物为生的牧人对动物精神上、情感上的崇敬与生活上的杀戮为食相反相成，对野生动物残害家畜的行为既爱又恨，有一种难以解释的复杂情感，一方面是对生灵涂炭，另一方面是对生命神奇力量的崇拜，杀戮的忏悔和崇拜的狂热同时存在，矛盾纠结而显示出强大的审美张力。黑鹤的动物叙事缺少这种深层次的精神反思，更没有把牧民矛盾的生命感受写出来。伟大的作品存在着一种深刻的共犯结构，这在曹雪芹和鲁迅等作家的作品中有很深刻的表现。那么，是什么原因导致黑鹤没有这么深刻的人生体悟呢？也许他的思考更多地关注自我情感的表达，没有升华到万物之上的终极关怀，黑鹤的文本将城市与乡村、成年与儿童、牧民与商人置于相对简单的二元对立中，其实，现实的物质生活和精神探索，除了对立，还有相反相成的多重关系存在，这是他文本关注不够的地方。好在黑鹤的创作以其极高的创作起点和与动物天然的亲缘关系，具有了其他作家无法比拟的先天优势，这也是他走向读者与走向世界的一个重要因素。在生态文明日益发展的土壤上，有越来越多的人推崇"低碳"生活，而他的动物叙事文学创作就是带着生命力的种子，随着野地的风迅速生根、发芽、开花、结果。

第六章 扎根黑土地的强劲文学生命

一 自然天成的智性韵语写作

（一）一段岁月的三代传奇

与薛卫民的儿歌和儿童诗相遇，在我们家是一段传奇，可谓三代有幸。

清楚地记得 1999 年冬日的一个中午，我抓紧时间要回家给儿子送奶，当时儿子大约 15 个月左右，还没有断奶，我冒着凛冽的寒风急匆匆地骑车回家，结果刚一进屋，老妈就跑出来大声说："不得了了！"我说："孩子怎么了？"吓得我顿时出了一身冷汗，以为儿子哪里又被桌子角或凳子腿给磕破了。老妈却惊喜地说："你认识一个叫薛卫民的人吗？"我丈二和尚摸不着头脑说："不认识呀，你们单位的吗？"我以为退休的老妈又要叨咕他们单位的陈年往事了。结果，出乎我的意料之外，老妈说："他写的儿歌实在太好了，从你书架上发现了他写的彩绘新童谣，一共四本，给孩子念了一上午，孩子听得高兴极了，一边听一边笑，一边拍手，一边跳。"

我不相信老妈的描述，认为她夸大其词，因为我听过太多祖辈经常吹嘘自己孙子辈为"天才"的事情，我觉得一个 15 个月大的小孩子不可能具有这样的一种理解儿歌的能力，更不相信有这样的儿童文学作家能够深深地吸引孩子，我所知道的是安徒生、格林等世界经典作家，在中国儿童文学作家中从来就没有听说过这个名字，我反问老妈："薛卫民是男的还是女的？是不是一个很老很老的人？"

老妈是中学语文高级教师，对文字和语言非常敏感，她很认真地说："根据儿歌的语言判断，我猜是一个 60 岁以上的作家，人生经验丰富，非常懂儿童，情感细腻，语言运用精准老道，估计是一个女诗人。"

我说："把书拿过来，我看看，有没有作者简介。"因在出版社做编辑，对图书的基本情况还是比较了解的。这时候儿子穿着小花棉裤，拿着玩具一边跺脚一边走，一边嘴里念叨："小杨树，站成排，一二一，走起来。"我惊讶地瞪大眼睛。老妈说："这是薛卫民书里写的儿歌，念一遍，孩子就记住了，你儿子是神童。"

我从未期望自己的孩子是神童，也不相信孩子是神童，但是，薛卫民儿歌在 15 个月孩子身上产生的神奇魔力，我是亲眼见到了。

老妈埋怨说："你们自己出版社出的书，你怎么不看看！"

这就是灯下黑吧，我打开厚厚的四本彩色精装书，翻开后面的作者简介，有作者照片，居然是男的。1959 年 8 月生，

1982 年 1 月大学毕业，吉林伊通人，所谓土生土长的东北人。主要作品有抒情诗集《寂寞的风景》，儿童诗集《快乐的小动物》《白玫瑰·三角帆》等。作品曾获中国作协优秀儿童文学奖、冰心儿童文学图书新作奖、上海陈伯吹儿童文学园丁奖以及由中国作家协会、中华文学基金会颁发的青年作家个人成就综合奖庄重文文学奖等。简直就是一个获奖专业户。

老妈无限感慨："刚刚 40 岁的小伙子呀。从儿歌的成熟和语言的老练上看，怎么也不敢相信能把儿歌写得这样好。"

之后，这四本彩绘新童谣不再在书架上睡觉了，变成了家里的宝贝，变身为儿子睡觉时的催眠曲，玩耍时的音乐伴奏，牙床子痒痒时的磨牙器，书的四个角已经被儿子啃成了厚厚的海绵，书页也不知掉了多少次，老妈粘了一边又一遍，而在我心灵深处，对这四部书的敬畏和对作者的仰慕，历久弥新。

大约过了两年，在出版社的会议室见到了"真神"薛卫民。他穿着朴实，一条牛仔裤，一双旅游鞋，身材可谓精致，一如他写的儿歌。戴着黑框的厚厚近视镜，眼神却熠熠生辉。性格比较腼腆，不太爱说话，一开口就语出惊人，闲谈时，我把家里老妈和儿子对他儿歌的喜爱程度向他进行了描述，他满眼狐疑，好像根本不相信似的。

后来又多次与他在一起开会，了解了薛老师如诗一样纯粹的为人。在市场经济裹挟的中国文坛，还有这么一个纯粹的诗人，让我觉得是中国诗坛和中国儿童的幸运。儿子小学毕业，出版了一部自传《童年让我如此快乐》，恳请薛老师给写一篇序言，他爽快答应，在《吃惊就是吓一跳》里，他极为认真地谈文、谈人、谈对孩子的期望，让儿子非常满意，笑眯眯不好意思地说："这个人怎么这么会夸人。"他认真的态度让我非常感动。如今薛卫民的简介里，又多了长长的一串获奖纪录。许多版本的小学语文教材收入了他的作品《四季》《太阳是大家的》《五花山》《地球万岁》等。当小学教材收入薛卫民的儿童诗并未做任何删改之时，他的诗作就真的流入了儿童心中，化为祖国语言文化教育的一部分，与李白、杜甫、白居易、王维、贺知章等的诗作并列，这是何等的荣光！当代作家最大的写作理想和愿望也许就是走入中华语言文学教育里，成为中国人童年精神文化成长的一部分。

我在给大学生上儿童文学课时，薛卫民的儿歌和儿童诗也是大学生们的最爱。作为一个评论者，我始终不敢写一篇关于他儿童诗的评论，因为阅读他儿歌和儿童诗的体验丰富而驳杂，仿佛各种感官和神经都被触动，不知从哪儿入手来写，觉得用抽象的语言来表达丰富的感觉是苍白和无力的。他的诗歌所表达的智慧，合于天道，是有生命的东西，非人工所为，用非诗歌的语言怎么能准确捕捉他诗歌灵魂的飞翔呢？我感觉到"影响的焦虑"，更深刻地认识到写诗歌的评论是很难的。这一次把目光聚焦在东北儿童文学创作领域，薛卫民儿童诗是无论如何也绕不过的山峰，我只能尝试着小心翼翼地喃喃自语，因为他的诗歌收入了小学语文教材，影响极大，一旦说错了话，是要被小学老师、家长和小学生骂的，但正如薛卫民所说"诗歌是自足的"，我的评论也是自足的，只代表我一个人的阅读感受，因此我才有足够的勇气提笔发言。

（二）吸收日月精华之灵性写作

柯岩的儿童诗创作曾被吴其南先生称为"中国儿童文学的一段历史"，那么，薛卫民的儿童诗就应该是一棵生机勃勃的大树。他的诗歌部族坐落在浩瀚无垠的宇宙之中和自然之际，吸收日月之精华，每一天都不停地与地球缠绵，向宇宙发问，替人类反思，爆发出如火山般蓬勃的力量，抒情主人公大到无边无际，无法无天，又小到偏居一隅，仿佛一粒微尘。

当不以地球、宇宙、全世界等这些庞然大物入诗时，自然界的小动物就成了薛卫民诗歌"把玩"的对象，小动物、小孩子都是与自然有天然联系的物种。这时候的老薛玩得真是得心应手，东北文化的诙谐幽默与自嘲就铺天盖地喜气洋洋地扑面而来。在《小猫养鱼》中，小猫看到了一条小鱼，觉得太小了不够吃，于是聪明的小猫就想把鱼养大了再吃，"放水盆／怕鸡叨／放河里／怕它跑"，小猫如热锅蚂蚁、百爪挠心，养一条小鱼真是不容易，"想来想去想出招／放进肚子最牢靠"，诗歌写到这里，已经刻画出了小馋猫的形象，到了"阿呜一口吞下了"，小猫贪吃的动作、神情已跃然纸上，一副急不可耐的小孩子的样子，让人忍俊不禁，接着诗人又补充了一句："刚刚养了一清早。"童真童趣十足，增加了诗歌的幽默感，又意趣无穷，余音绕梁，让人回味玩赏。

薛卫民用拟人化手法，写了大量具有童话色彩的诗歌，这些诗歌极易被儿童接受和理解。物性真实和象性思维是写好这些儿歌的前提。他在《小金鱼》中写道："摇摇头／摆摆尾／一

串水泡吐出嘴 / 水泡水泡水上游 / 那是金鱼的小皮球"，词语简单，朗朗上口，金鱼的顽皮和孩子的可爱融为一体。婴幼儿很容易把自己当成小金鱼，既为鱼，便知道了鱼之乐，不为鱼，也知道鱼之乐，因为好多小孩子有玩小皮球的快乐美好的体验。在一个"巧"字上下功夫，才可能把诗歌写好。在《看谁藏得好》中，他写了小动物捉迷藏的智慧，"小黑熊爬上树 / 露出它的黑毛毛 / 就像挂件黑皮袄""灰蝴蝶""收拢翅膀树枝上吊 / 像片枯叶儿飘呀飘"，小灰兔和小鸵鸟也根据自己的特点掩藏起来，一方面小动物们根据自己的外部特征和皮毛颜色等躲藏起来，另一方面也非常聪明地将外部环境为我所用，既描述了儿童捉迷藏的游戏，又巧妙地介绍了动物利用环境本能地避免天敌侵害的物性特征。

这种风格的儿童诗——幽默童诗，一直是中国儿童诗"缺失的一角"。任溶溶的儿童诗有这样的色彩，他那首代表性的诗作《我给小鸡起名字》即是如此。这种类型的儿童诗在中国实在是太少太少了，随着儿童生活被钢筋水泥的城市森林所禁锢，再加上无休无止的作业，还有那装疯卖傻的动画片的盘踞，中国当下的儿童变成了老舍所说的"出窝老"和"小大人"，天真的童趣越来越少，因此，愈加需要薛卫民这些幽默智慧的儿童诗点亮儿童的心灯。薛卫民的智慧在他的《裸语》中尽得风流，"大作家不一定就大，小作家不一定就小，比如抬头望夜空，那大的不一定就是大星星，那小的不一定就是小星星"。

与描写童心的美妙相比，薛卫民从未停止过对孩子内心痛苦的体察，尤其是对少男少女幽微心思和复杂情感的准确把握。

如《我是一个不漂亮的女孩》《山那边》《启程》《日记》《纸条儿》《眼睛》《三角帆》《七月》《森林少女》《把窗帘拉开吧》等。《七月》鼓励高考落榜的少女要坚强，挺起脊梁做人："弱者并非是 / 所有女人的名字 / 我有我的热血 / 我有我的脊梁。"在《朋友，你忘了一句》中写道："苹果有一半是红的 / 另一半才是绿的 / 从那红的大半里 / 你看不到太阳吻过的痕迹？……// 漆黑一片不会有影子 / 影子是光的伴侣 / 身边如果没走来个今天 / 身后就不会站着个过去。"青春期自我认同是非常复杂的问题，一直被应试教育遮蔽着，其实，青春期的无奈、纠缠、徘徊、苦闷总是与孩子紧紧相随，因此，成长之痛与光影之战已然成为青春的标识。

（三）两字成诗你信吗

语言是诗歌存在的家园，也是儿童存在的乐土，儿歌和儿童诗不仅要表达诗人的情感和境界，有时候语言本身就是一种智慧和意象的组合。为了追求语趣，薛卫民可谓煞费苦心，中国传统儿歌通常被总结的十种特殊形式，数数歌、问答调、绕口令、连锁调、颠倒歌、谜语歌、摇篮曲、时序歌、字头歌、游戏歌等，薛卫民几乎都有所尝试，并进行了旧瓶装新酒的创造性的开拓。字头歌往往以"子""头""儿"作为押韵，形成节奏和语趣，如他的《懒汉种西瓜》："懒汉种西瓜 / 笑话一大串儿——// 五月才下种 / 六月才爬蔓儿 / 七月去收瓜 / 得个小瓜蛋儿 / 削开青瓜皮 / 瓜瓤红一半儿 / 不能当瓜吃 / 挖空当水罐儿！"把农村中有的种地人的懒汉形象刻画到骨髓不说，还达到了出人意料的戏剧效果，种瓜得水罐儿，不是农村庄稼汉的艺术杰作吗？谐趣的不只是"儿话音"，还有儿化的生活。如《傍晚》：

> 日头压山儿，
> 鸟落窝边儿，
> 烟囱冒烟儿，
> 回来羊倌儿。

日头、鸟、烟囱、羊倌在傍晚归家，点染在一幅意境深远、形象鲜明的画面中，动词"压"把大山与太阳在傍晚的关系准确传神地表达出来，深情蜜意尽收眼底。"落"把鸟对窝的依恋和窝对鸟的接纳也形象地表现出来。烟囱"冒烟"是家人团圆和温暖的生动表达，辛勤的羊倌可能是孩子，也可能是大人，随着自己的羊群一起归来，诗人运用最朴实、最凝练、最精准、最口语的语言，点缀出一幅活泼生动、意境深远、和谐美好的画卷。在这四幅画里，日头可能是红色的，山可能是绿色的，鸟可能染上了金色，炊烟缕缕可能是白色的，让人展开无尽的联想，动静相生，景色相宜，这四句诗可以分别成画，也可以你中有我、我中有你，而诗人的自我情感与自然景物也达到了完美融合，仿佛没有人在写这首诗，而是人与景天然成画，自然成诗。可谓"诗中有画""画中有诗"，毫不逊于唐代王维的五言绝句《竹里馆》："独坐幽篁里，弹琴复长啸；深林人不知，明月来相照。"

游戏歌《踢口袋》把儿童跳动起来踢口袋的游戏节奏很好地

展示出来，还把游戏的方法非常贴心地写在诗歌的后面：

> 踢口袋，
>
> 踢口袋，
>
> 口袋乱跑小绳拽。
>
> 口袋说：
>
> 赖赖赖，
>
> 有本事，
>
> 别有小绳拽！
>
> 踢口袋，
>
> 踢口袋，
>
> 去掉小绳不用拽。
>
> 口袋说：
>
> 坏坏坏，
>
> 他长本事了，
>
> 不再用绳拽！
>
> ——《踢口袋》

注：给孩子做个布口袋，里面装上玉米粒之类的颗粒物，装少半即可。开始小孩不会踢，可在口袋上缝上一条细绳，让小孩拽着细绳踢；等踢得熟练了，把小绳拿掉，那时改诵第二段儿歌。

薛卫民诗歌有三字、四字、五字、七字的多种句式并存，可以与任何一个时代的古诗词相媲美。诗歌的押韵非常严格自律，尽管写的是现代诗，要求不那么严格，但是，薛卫民的诗歌是戴着镣铐跳舞，一定是合辙押韵的。这与他的诗歌创作理念有关，一个句子单独拿出来要成为诗句，诗歌才能是诗，才能有生命力，所以，他的诗歌在炼句上有贾岛等苦吟派的特点，尤其表现在精准的动词和口语的运用。他动用理性过滤掉知识的水货和情感的臃肿，他的诗歌不允许拖泥带水和不知所云。他节制地用字用词，一两个字词就击中孩子的小心脏。三字诗歌已经是中国诗歌语言精简的表率，当薛卫民创造出两字儿歌时，我们应该替婴儿们欢呼雀跃。大约在一至三年的时间里，婴幼儿说话常常是一个字一个字地蹦出来，还有一段时间是两个字两个字地从口里蹦出来，这样的语言表达阶段因大人听不懂或是不理解而显得特别漫长。每一个儿童都是真正的诗人，薛卫民的两字成诗，记录了婴幼儿表达自我和观察世界的独特方式，构成了思维和语言的双重童话，也创造了汉语的奇迹。比如《挑瓜》：

挑瓜

弹弹，

敲敲，

吃瓜，

先挑；

耳朵，

听好，

甜瓜，

哪跑！

——《挑瓜》

与其说是吃瓜和挑瓜的生活事件，不如说是一次妙趣横生的戏剧表演，动词"挑""弹""敲""听"等将挑瓜人的心态、动作和语言惟妙惟肖地表现出来，跃然纸上。用著名古典诗歌理论家袁行霈的话来说，这是一种"天趣"，也是中国艺术的一种独特的美学范畴。

在他影响最大的长诗《地球万岁》中，作为地球人的薛卫民和作为诗人的薛卫民融为一体。与其说是东北诗人的诗，不如说是中国诗人的诗，亦不如说是世界诗人的诗，亦不如说是人类诗人的诗，更不如说是万物诗人的诗。《地球万岁》一诗应该说是薛卫民的代表作。

（四）儿歌艺术的独特文化力量

张永健主编的《20世纪中国儿童文学史》中第十六章第六节介绍了薛卫民的儿童诗，把他的儿童诗分为幼儿诗与少年诗。认为他的幼儿诗，即《牙牙语》《蹦蹦谣》《摇篮曲》《拉手歌》等。"短小、整齐、押韵，用字简单，发音容易，成为婴幼儿学习语言的启蒙读物。"认为他的少年诗歌，注重少年形象和人物内心世界的把握，具有鲜明的时代性和抒情性，尤其强调了他诗歌瑰丽的想象与奇思妙想，把握了诗歌的抒情本质，意境优美。但忽略了薛卫民题材重大、气势磅礴、雄浑壮美的一类诗歌。

方卫平在《中国教育报》发表文章《薛卫民：为自然和童年而歌》中强调："自然和童年这两个意象在薛卫民的儿童诗里占据了极为重要的位置。"对自然的解释，就是"无影无形的风""山上弯弯的小路""太阳和野花"等，很少谈及薛卫民诗歌创作中影响最大、最能代表诗人独特性的这一重大的哲理主题的儿童诗，这应该是薛卫民诗歌创作的核心和灵魂。薛卫民对"小我"的人类与"大我"的宇宙关系的思考从未停止过，当一个人意识到自己是宇宙之中一个小小的粒子之时，才可能完成对生命价值和意义的探索；当人类骄傲自大、自以为是时，诗人戳破这虚伪的面纱，让有权没权、有钱没钱、白皮肤黑皮肤等"区分"的人类在地球面前一律平等；而当人类自轻自贱自卑无望时，诗人又善意提醒："所有的日子／都在地球上印下痕迹／所有消逝的事物／都在地球的记忆中存留／哪怕仅是一个普通的春秋／哪怕仅是一个小小的追求。"对于一个刚刚展开理想追求的少年儿童却受到挫折和打击时，这样的诗句是最大的理想助推力和心灵安慰剂，与其说这一动力来自养育人类万物的地球，不如说来自诗人薛卫民对人类深沉的爱和那颗高贵而谦逊的心灵。

当人类"在共同的家园里厮杀／为野心和贪欲去争斗／用刀枪去撕裂土地／让马蹄去践踏丰收／硝烟窒息儿童的歌声／鲜血染红清澈的河流……"不知天高地厚、贪婪无度、欲壑难填之时，薛卫民愤怒呐喊，善恶分明，毫不留情，"贪婪地索取""奢靡地享受"的人类应该感到羞愧，应该悔改，而且一定能够悔改，这时候的诗人如一个絮絮叨叨的老母亲在替犯了错误的孩子向地球赔罪，并保证道："泯灭旧日的怨仇／没有掠夺者的咆哮／也没有反抗者的怒吼／人们彼此互赠的礼物／是平等、自由。"人类对地球的暴行，令人发指："无休止地砍伐森林／让遥远处的绿叶都为之颤抖"，"把动物摆上贪吃者的餐桌／残忍地捕杀人类的朋友"，"无节制地侵占植物的领地／坐视一个个物种灭绝／／还有，还有，还有……"长长的省略号是诗人无法计数人类对地球母亲的残暴和血淋淋的现实。当诗人创作这种具有浓郁生态意味的诗歌时，美国人卡逊的《寂静的春天》还没有传到中国，更没有"生态"这个词。诗人呼吁地球上的人们要"珍惜每一棵花草树木／每一把泥土／每一条江河溪流／每一声小鸟的啁啾"，当人类感恩地球、珍惜生命的时候，地球就会无私地奉献给人类一个美好的世界："春天赶着绿色／涌向所有的草原和牧场／涌向奉献乳汁的奶牛／／秋天带着成熟／走向所有撒过汗水的田野／庄稼结出丰硕的果实／葡萄滴下甘醇的美酒……"这幅美好的蓝图就在人类手中把握，诗人清醒地奉劝人类要敬畏地球，他发出真理般的最强音："地球——万岁！／万岁——地球！"诗人情感饱满，如泣如诉，气势恢宏，博古论今，笔笔真情，句句实话。儿童文学的诗性品质是儿童文学赖以生存的本质属性，与儿童的精神一脉相承，也与人类文化原始的理想愿望紧密相连，是推动人类文明发展的内在动力。

优秀的诗人应该是人类文化的知更鸟。面对宇宙真理般地宣誓，向沉睡愚昧的人类发出控诉和呐喊，来自薛卫民与天地洪荒对话的博大辽远的情怀，而这种情怀既来自老庄哲学的"齐物论"思想，又来自于儿童原始思维的泛灵性。在《太阳是大家的》一诗中，薛卫民又一次展开想象的翅膀，把太阳当成人类的朋友并受到深深的敬爱："她把金光往鲜花上洒 / 她把小树往高处拔 / 她陪着小朋友在海边戏水 / 看他们扬起欢乐的浪花……"万物生长靠太阳，太阳与生命之间密不可分的关系借助小孩子天真无邪的稚气表达出来："在别的国家里 / 也有快乐的小朋友 / 也有小树和鲜花 / 我知道，此时 / 那里的小朋友和鲜花 / 正在睡梦中等她，盼她……"而"大家的"一词内涵无限丰富，同时又是中国传统文化中"家天下"的暖情释放，读来令人沉思感动。诗之世界观和宇宙观的建立，就在仰望苍穹和观自内心之中，同一个太阳，照亮全世界所有的小树与鲜花，还有小朋友的梦。这与薛卫民一贯坚守的诗人操守有关："谦逊源自敬畏。诗人有时可能狂傲至极，有时则可能对一只昆虫、一滴露水也怀着不可思议的敬畏。面对生命的奇诡、造化的神秘、头上无所不在的天意，诗人无法不敬畏和谦逊，并对接纳和吸入生出强烈的渴望。由于诗人敬畏和谦逊的对象不是世俗的权威，所以它不表现为外在的战战兢兢、唯唯诺诺、噤若寒蝉。诗人的敬畏和谦逊不写在脸上。"

和平、自由、平等、谦虚、敬畏等高贵的词语，因为有了太阳、地球、月亮、鲜花、小草的参与，才有可能走入孩子幼小的心田，儿童诗人就应该是这个心田的耕耘者和守望者，薛卫民的辛勤劳作，取得了令人瞩目的丰硕成果。

（五）幽默是智慧富裕的徽标

诗人薛卫民永远关心地球和人类的命运，除了对严肃正统的重大主题进行积极思考，他摇身一变，奇巧构思，点笔成趣，智慧爆棚，在《全世界有多少人？》中写道："全世界有多少人？/ 猜的——/ 直拍脑瓜 / 查的——/ 比比划划。"诗人描摹出猜的人的困境和查的人的认真，而"我"不用猜也不用查，在嘻嘻哈哈中，出人意料地告诉大家："全世界有多少人？/ 就仨。"当然大家会怀疑这个答案，然后诗歌转行非常肯定地说："你、我、他！"可以说，诗中的"我"是一个调皮机智、善于捉弄大人的孩子，也是一位哄逗和欺骗孩子的大人，诗歌一问一答、情节曲折、画面夸张、亦庄亦谐，结果出人意料之外又在情理之中，带有"薛氏调皮"的狡猾目光和男孩子一般坏坏的笑：怎么样，没有"玩"过我吧？诗人的洋洋得意与读者阅读之后的瞠目结舌，形成了一种鲜明的对比，沉默、互相注目，然后是彼此会心一笑：服了，老薛，没玩过你，下次努力玩过你！这首《全世界有多少人》激发了无数"理想读者"去思考、去出题、去玩诗，难道这不是最好的诗歌美育教育吗？

这类充满智慧的哲理诗在薛卫民的诗歌创作中占了很大的比重，如《看风筝》《雕像求医》《水往高处流》等。智慧在水里才能无色无味，自然流动，无处不在而又无一处在，甚至"从低处往高处流，从树根流到树梢"。当智慧成为薛卫民的宗教时，诗就不太在乎"相貌"了，什么都可以入诗，只要他把婴儿般的眼睛张得大大的，好奇地欣赏这个世界，随手就能成诗。尼采说："真理用单纯平淡的语气，叙述着最高的深远。"儿童诗就是这种以最平淡的语言达到智慧底部的艺术，那种深远和辽阔需要反复咀嚼回味。写儿歌很容易很容易，写好儿歌很难很难，要让儿歌达到一种境界，写到让十几个月大的孩子欣欣鼓舞却是难上加难。这与薛卫民的艺术理想一脉相承，他说："我小时候的梦想是当作家，我现在的梦想是当一个好作家。"可谓童言稚语，智慧无穷。

东北师范大学文学院仲雷在他的硕士论文《论薛卫民的诗》中说："能够把儿童诗写得如此深邃而备受欢迎在中国儿童诗界可谓为数不多；同时，能够把成人诗写得自然淳朴而又充满童性在中国诗坛也算是凤毛麟角，而薛卫民便是其中之一，这也是薛卫民诗歌艺术的价值所在。"中国当下的儿童文学创作，作品写得很多，一个人可以出版成百上千册的书；写得很长，一部小说臃肿肥大达到上千万字；写得艰涩，装神弄鬼不想让孩子读懂，其实他自己也没懂，这样的作家多如牛毛。法国作家圣埃克絮佩里的《小王子》，薄薄的一小册，仅有几万字，丝毫不影响他成为影响世界的大作家。薛卫民的儿童诗也在这个层面上写作，少而精，既能深入孩子内心，又能丰富汉语，不仅在中国儿童文学史上，即便在中国文学史上，好像也是一只特立独行的"东北虎"。

薛卫民曾说："是我的母语，是语言文字塑造了我。我所有的阅读与写作，都是靠语言文字的帮助，才成为真实的事情。在被反复印证的真实中，我感受到了属于我的那份脚踏实地的生活，它让我在意人类的文明，在意活法，在意生命的品位与质地，使我学会以感恩的心情，接受天光天雨的沐浴，领受前人的恩惠，并因此努力去做一个优秀的人。这一切，让我在表现恶劣的时候有自责，在姿态优美的时候有自省，在挫折和落寞中有自信。"诗人在他的诗句中诞生，也在他的诗句中永存。

人往往是他所钟情事业的奴隶，薛卫民作为儿童诗诗人，也成了汉语和儿童的双重奴隶，他对儿童的崇拜来自于他浪漫主义诗歌的血缘。英国浪漫主义代表诗人华兹华斯高声叫喊："儿童是成人之父！"儿童是成人之父，儿童代表着人类最纯美之光。薛卫民在《予我》一诗中写道："……予我天空／予我不敢直视的太阳／和那些婴儿般高贵的头颅。"宛如一喉双音，可惜，中国成人文学研究者好像不屑于或者对儿童诗有些无能为力，听不到薛卫民《为一片绿叶而歌》的优美迷人的天籁之音，遗之憾之，感之慨之。

二 森林王子正侧耳聆听自然的声音

（一）一张摆在原始森林中的书桌

当一个作家能够把自己的写字台放到原始森林中的时候，在喧嚣躁动的时代，就显示出他的另类，而这种另类就是与自然为伴，向人们瞧不起的花鸟虫鱼致敬，忠实地记录下原始森林中生机勃勃的生活，他甚至总结出"聆听自然的七种方式"，以自己的身心感受写出了一篇篇"地球上的文学"。

文学评论家张未民在《地球上的文学》一文中认为胡冬林的长篇散文《原始森林手记》创造了一个写作者站在地球上的高度："我们的高度，其实不如地球的九牛一毛，顶多就和那些飞来飞去的鸟儿、冬眠的棕熊、蓬勃的树木一般高。胡冬林的心态和角度，对自然、对那些地球之上的生命，不是一种发自人

的肤浅的欣赏，而是发自心底的艳羡。他之所以能够给我们以
将人的高度拉下来的感觉，我想他的思想根底里是有着更彻底
的尺度的，那就是无论是人，无论是鸟或熊或其他生命，之所
以可以一般齐，只因为它们都站立在地球上，没有地球，就什
么都没有意义，地球的意义只能由地球来证明、来解构。"这种
创作的姿态、价值和意义有一种无声的力量。

胡冬林，1955 年出生，满族，中国作协会员，吉林省作协
兼职副主席。主要从事散文、小说、儿童文学等方面的创作。
1995 年开始深入长白山区，长期租住林区，进入山林考察，著
写了散文集《鹰屯——乌拉田野札记》《青羊消息》，长篇小说
《野猪王》《巨虫公园》，长篇散文《原始森林手记》《约会星鸦》
《蘑菇课》《山猫河谷》《黄金鼬》《狐狸的微笑》等。曾获全国优
秀儿童文学奖、环境文化奖、吉林文学奖、吉林省政府长白山
文艺奖、在场主义散文奖新锐奖、冰心散文奖等。

胡冬林的生态文学创作向三个方向延展：一个是原始森林
笔记，基本上以写实的手法记录山里的自然风物、花鸟虫鱼、
菌类昆虫等，逼真写实，带有工笔画的准确细腻；第二个便是
充满传奇色彩的大型野生动物的生命故事，以及人类与这些动
物之间互相竞争、互相依存的关系，如《野猪王》和《青羊消息》
都充满了神秘的气息，作者用一种探秘和悬疑的笔法，把原始
森林的复杂和生命的传奇娓娓道来；第三种是儿童科幻故事，
以昆虫为主人公，这些故事亦真亦幻，通过夸张和变形，展现
昆虫世界的丰富，把知识性、艺术性和幻想性很好地融合在一
起，在儿童世界和昆虫世界之间搭建了一个充满魅力的艺术空

间。胡冬林在这三个方向上都取得了很大成绩，因为其创作的写实性，无论是在儿童文学界还是在成人文学界都提供了独特的人生体验和"非虚构"的写作范本。

胡冬林笔下的森林如诗如梦，热闹非凡，他充满情趣的写作也使得这个原始森林充满了无限的魅力："一阵微风拂过，满林子落叶飘飘，无穷无尽的落叶沙沙声充溢耳畔。间或，传来一两颗大松塔沉重的落地声。小鸟们已感到晚秋深山寒夜的湿冷和食物的匮乏，纷纷向山下或往林缘边移动。见到两个银喉长尾山雀、蓝大胆（普通鸭）及大山雀的混合群，一只嘀啦啦哑脖子嗓音的蚁䴕和四五只一小帮的绿啄木鸟。山里的鹡鸰飞到小镇边上准备集群离去；燕子偶尔见过两三只，大群已经远离；黄腰柳莺变成了小胖子，结伙下山为长途迁徙补充最后的能量；芦鹀在草甸上空回旋、升降、飞舞，兜捕空中的飞虫；红胁绣眼鸟也加入柳莺群中四处捉食；高高的天际，一只孤零零的苍鹭缩着脖子，稳稳当当往南飞去……鸟类大家庭的各种成员，无论候鸟、旅鸟和留鸟，全都忙忙碌碌，为了远徙和过冬大吃特吃。"若是没有艺术化的欣赏目光和发现美的眼睛，怎么可能写出如此唯美多情的森林人生。朱光潜在《谈人生与我》中说："我把自己看作草木虫鱼的侪辈，草木虫鱼在和风甘露中是那样活着，在炎暑寒冬中也还是那样活着。像庄子所说，它们'诱然皆生，而不知其所以生，同焉皆得，而不知其所以得。'它们时而戾天跃渊，欣欣向荣，时而含葩敛翅，晏然蛰处，都顺着自然所赋予的那一副本性。它们决不计较生活应该是如何，决不追究生活是为着什么，也决不埋怨上天待它们特薄，把它们供人类宰割凌虐。在它们说，生活自身就是方法，生活自身也就是目的。"森林就是胡冬林自身生活的方法，也是他的目的，在要换季的时节，这些忙忙碌碌的邻居们的生活是多么自然而然。文艺评论家张新颖从人类文明的角度，发现胡冬林的写作"是把自己的生命放在野生世界里，与我们有巨大的差别。他的作品超出了我们的考虑范围，是文学，但是范围比文学大，可以说是文明的问题：人类文明过度发达以后，人如何重新思考人和没有被驯化的世界的关系，这成为一个文明的新标准"。"生态文明"这样一个大词，于是就有了具体可感的活生生的范本，就在诗化的日常生活之中，而不是仅仅停留在文山会海之中。胡冬林成为长白山原始森林中每一片叶子、每一个虫子、每一个鸟儿的代言人，因为这些都是他生活的一部分，是他的邻居。

（二）真体验是这个时代的奢侈品

当有了一种真实的人生经验和细腻的情感体验之后，非虚构写作就成为可能。而且，这种真实的人生体验，可以说是这个虚拟时代最为奢侈的人生宝藏。胡冬林笔下呈现的就是真实的经验的人生，这种经验的人生在儿童文学中是可以增加儿童精神高度的一种"真"知识，而不是"伪"知识，从这个意义上来说，胡冬林的原始森林笔记在中国儿童文学中有了举足轻重的作用。这是不可替代的生命过往，是胡冬林用生命换来的体验。他遍尝原始森林中生活的苦，有时险象环生，有一次他在寻找大型野生动物粪便时，遭遇了长白山剧毒蛇极北蝰，"一旦被它咬到，恐怕坚持不到下山就送命了"。一只抬起来的脚无法落地，他只能静静等待，一直等到这条蛇慢慢爬走，他才把悬在半空中的那只脚落下，长舒一口气。对于儿童读者来说，阅读胡冬林就是阅读一座原始森林的富矿。

著名教育家陶行知在《伪知识阶级》一文中说："不是从经验里发生出来的知识便是伪知识。比如知道冰是冷的，火是热的是知识。小孩儿从手摸着冰便觉得冷，从摸着冰而得到'冰是冷的'的知识是真知识。小孩儿单用耳听见妈妈说冰是冷的而得到'冰是冷的'知识是伪知识。小孩儿用身靠近火便觉得热，从靠近火而得到'火是热的'的知识是真知识。小孩儿单用耳听妈妈说火是热的而得到'火是热的'的知识是伪知识。"19世纪"两大奇人"之一的海伦·凯勒，以她又聋又哑又盲的经验，写出了她获得真知识的方法。莎莉文老师把小海伦领到水边，让水喷溅到她手上、身上和脸上，甚至让海伦用嘴来品尝水的味道，然后一遍又一遍地在海伦的小手心上写"Water"，海伦身体感觉的水和作为符号的"水"这个字联系起来，从此以后，海伦·凯勒对身心感受与文字表达产生了浓厚的兴趣，也开启了她人生的一道门。真知识和真经验才是人成长的阶梯，也是教育的基础。文学所书写的人生经验，对儿童读者的生命成长来说极为重要，这时候的文学不仅仅具有娱乐作用，更要为建筑儿童读者的知识经验和精神情感的人生大厦打地基，而"伪知识"和"伪经验"却是一剂毒药。著名文学评论家李敬泽强烈反对作家把"伪经验"写到作品中，他在杂文《汤的做法，汤的感伤》中说："伪经验完全不可以与生活比对，更不用说落实和践行。"有人对儿童食品进行查伪打假，而对儿童文学却很少如此，于是乌七八糟的假冒伪劣产品充斥在童书市场。儿童与成人相比，是缺乏经验的一族，如果儿童文学提供的经验都是"伪"的，像假烟假酒假药假奶粉一样，那就是在以"爱"的名义实施"害"，侵害的就不仅仅是儿童的身体了，而是儿童的心灵。

《蘑菇课》是5万字左右的长篇散文，也是"非虚构"的典型作品。长白山菌类研究专家王柏的《长白山伞菌图志》引起了胡冬林强烈的兴趣。在长白山的生态链中，菌类无疑是非常重要的一个大家族。胡冬林邀请王老师在山林中授课，每次课约四至五小时，"把看到的每一种蘑菇都记录并拍摄下来……每天下来可记录二十余种蘑菇，认识两三种形态和色泽有突出特征的蘑菇"。这种获取知识的实地教学法，值得所有的儿童文学作家效法。在《夏末·和松鼠打了一架》中，因为采摘一种鲜嫩美味的榆黄蘑而惊动了树上的松鼠，这里的松鼠野性十足，不像城里的松鼠那么怕人，它们"摆出一副大打一仗的架势"甩尾、吠叫。这里的松鼠在吃了一种灰鹅膏菌之后，会产生兴奋的迷醉状态，像人喝醉酒一般。这些都是实地考察和认真观察获得的宝贵知识。胡冬林曾说："中国如果有一万个作家在探求人生的真谛，那我这第一万零一个作家，便要执拗地、百折不回地探求构成原始森林的那些千姿百态的野生生命的生存真谛。"而小小蘑菇带给他的人生快感是奇妙的美味体验，当然，毒蘑菇也能令人命丧黄泉。原始森林从来都不能小觑，"自我中心"的人类尤其要当心，这是作家胡冬林时时刻刻提醒人们的，他以自己独特的生活方式提醒着久居城市、远离自然的人们要找回自己的生命原乡。他在《山猫河谷》中写道："自然界发生的任何死亡与新生、繁盛与衰落、枯萎与萌发、伤病与健康、悲痛与狂欢都是进化的一部分，都有其合理性。只要人类不加干涉，万物各有其生存之道和死亡定规。"如果说这是他的生态观，莫不如说是他的人生观和创作观。自然万物生生不息，已经成为他敬畏自然的理由，更成为他的情感和精神的宗教。

从某种意义上讲，从胡冬林的第一篇大自然森林笔记算起，他就向人们展演着自然给人带来的神秘感。人是不可以给原始森林讲人的道理的，他以自我作为长白山原始森林中的一个微尘般的存在，表达了"纯粹个人的生命体验"，他的表达具有胡冬林似的个性，这种个性属于长白山原始森林中的一切生灵，要多丰富有多丰富，要多博大有多博大，因为这是"地球上的文学"，不可替代的长白山就矗立在地球上，不可复制的胡冬林的写作只属于长白山。他如实地描绘出长白山的野花野草野蘑菇，还有那神秘莫测难得一见的野生动物们，也款款走入人们的视野，吓了人一大跳：怎么可能？没有到过长白山，或者是到了长白山没有与胡冬林笔下的生物相遇的人们，总是抱着怀疑的目光，而胡冬林这个老"山民"就需要一次次地说："是真的，是我亲历。"从这个层面上我们感到很困惑，为什么人们会相信梭罗的《瓦尔登湖》和艾默生的《自然》书写是真的，而且如宗教般崇拜，却不能对胡冬林们的森林奇遇给予信任并为之点赞呢？是我们失去自信力了吗？而长白山上的东北虎和熊，甚至一朵朵小小的蘑菇，却没有失去自信力，它们长在地球上，向着日月星辰歌唱，而胡冬林谦逊地躬身倾听，而且能够把他倾听到的一切，用唯美诗性的语言描绘出来，忠诚地告诉读者，他不虚构，与《人民文学》提倡的非虚构写作不谋而合，仿佛有意，实属无心，书写大自然是胡冬林作为作家的一种生存方式，更是他自己的一种生活态度。他对丰富的自然的感觉之敏锐，刻画之细微，在世界文学的自然书写中也寥寥无几，因为长白山只有一座，书写长白山的胡冬林也只有一个。胡冬林给了孩子们一个真实的长白山生活经验，这在中国儿童文学史上具有不可替代的价值和意义。

（三）虫情练达即文章的《巨虫公园》

2013 年，胡冬林的《巨虫公园》荣获第九届全国优秀儿童文学奖，这是东北儿童文学的一次重要收获。细数全国优秀儿童文学奖的名册，以科幻为主的儿童文学一直处于严重贫弱状态，多次出现评选空缺。榜上有名的科幻文艺作品多以普及知识为主，幻想力、趣味性不足，文学性和审美性往往大打折扣。实际上，儿童对科幻文学的渴求就像花儿离不开阳光，鱼儿离不开水一样。因此，《巨虫公园》获得了这样的评语：

> "以奇特的文学想象为读者呈现了令人惊异、生机盎然的昆虫世界，通过写实、夸张、变形、奇幻等文学手段，赋予每一种昆虫以复杂情感和生命尊严，深切表达了热爱动物、人与自然和谐相处的现代理念。作品将新异的科学想象与准确妥帖的文字、曲折生动的故事情节自然融合，有效实现了科普性、趣味性及文学性的完美平衡。"

胡冬林也十分真诚地谈了自己的创作体会："10 多年前，我发现像我女儿那么大的小学五、六年级的学生没有适合他们的书看，便生出给女儿以及他们那代人写本书的念头——给他们一个最好的礼物。"世界上许多著名的儿童文学作家，起初都是在给自己的儿女书写故事，如英国格雷厄姆的《绿林风声》是写给儿子的书信，瑞典作家林格伦的《长袜子皮皮》是给病床上的女儿讲的故事，后来结集成书。正是这种无功利化的书写，与儿童的心灵走得更近。

胡冬林的科幻作品《巨虫公园》，讲述了三位小学生丫丫、纳米虫和王天白以及一只小狗误入纳米博士的实验室的故事。他们被基因转变之后，缩小成十万分之一，比人的头发丝还小，乘坐"大米粒"号飞行舱进入昆虫王国历险。这时候的昆虫不再是人类正常身高下的微小粒子，可以举手就打，抬脚就杀，而三个孩子则变成了弱势群体，当他们重新回到人类生活之中时变得异常艰难。人类寻找失踪的孩子也成为一条重要的线索，昆虫学家丫丫的爷爷也来到昆虫世界，与孩子们一起在昆虫世界历险。小说很好地实现了对昆虫世界陌生化与新奇性、知识化与幻想性、拟人化与故事性、童心化与情感性的关系处理，把新的科学知识与儿童情趣进行了融合，《巨虫公园》可以说是中国儿童科幻文学的一次重要收获。

胡冬林在谈这部小说的创作体会时说："用多年研究昆虫的积累，用先进的环保理念，用奇特的科幻形式，用想象力丰富的冒险故事，结合人生价值教育，写成这本昆虫公园之书。这个大公园约有 3000 多万个生物物种，它们的诞生和进化，为人类的诞生和演变，准备了一个最完美的生态系统。如今，这个生态系统却正以每年灭绝 2.7 万个兄弟物种的速度不断崩溃……事先我也没想到，这个礼物会如此沉重。一个称职的作家，尤其是写生态的作家，一定要为孩子写本书，把自己对地球生态的忧思传递给他们。他们是未来世界的主人。"责任、义务、知识、经验与想象等为他成功地完成《巨虫公园》奠定了扎实的创作基础。

陌生化与新奇性是科幻文学的生命之源，昆虫世界对人类来说既陌生又新奇。法国作家法布尔的《昆虫记》，美国作家乔安娜·柯尔的《神奇校车》，可谓昆虫世界的科普宝典。在以幻想为主的描写昆虫世界的文学作品中，经典作品不多。使人微缩或变形进入昆虫世界，无疑是一种体验昆虫生活的有效新奇的幻想方式。退一步说，微缩或变形是儿童较为喜爱的一种文学形态，德国格林兄弟《白雪公主》中的七个小矮人，日本民间童话《一寸法师》中的一寸法师，英国斯威夫特《格列佛游记》中的小人国，瑞典拉格罗夫《尼尔斯骑鹅旅行记》中骑在鹅背上的小男孩，都是儿童文学天空中耀眼的微缩恒星，受到不同时期世界各国儿童的喜爱。胡冬林的《巨虫公园》以三个小学生、一只狗和一位作为科学家的老爷爷为主人公，通过基因改变他们微缩成米粒大的小人，比昆虫还小，而昆虫却变成了巨人，他们进入了原始森林中的大自然，与昆虫打交道不再占有优势，求生避祸历险成为孩子们的必修课，也是推动故事情节向前发展的内在动力。儿童对昆虫世界的好奇心得到了淋漓尽致的表现，与昆虫打交道，成为他们生存和生活的一部分。这种构思精巧有趣，富有创意，让小读者感到既陌生又新奇。

知识化与幻想性是科幻文学飞翔的翅膀，人类通过幻想建立了与自然的亲缘关系。钱钟书曾在《宋诗选注》中说杨万里的诗"努力要跟事物——主要是自然界——重新建立嫡亲母子的骨肉关系，要恢复耳目观感的天真状态"。《巨虫公园》恢复了人类与虫子的骨肉关系，以昆虫世界和儿童心理为本位，可以是虫子不变，人变小；还可以人不变，虫子变大。当人比昆虫还小，并保持人的外形和内心时，有助于从内部观察和描摹昆虫的世界和表达人类对昆虫的好奇心。人类高高在上的优势不复存在，周围的环境成为威胁人类生命的险境，小草变成大树，连树叶都变成一座小房子，小虫变成巨蟒，螳螂变成绿色巨牛，人类弱小的孩子随时随地都有被昆虫吞噬的危险，他们过着纯粹的原始生活，饿了去寻找新鲜的蜂蜜，渴了喝清澈的露水，住在蜗牛壳的三层小"别墅"里，蜷曲在一片空中悬浮的绿叶中，这一个个优美的意象充满丰富的想象力和艺术张力。胡冬林没有把自然知识作为一个个情节的铺路石，让小说变得凌乱不堪，而是做了文质兼美的形象性、感觉化处理，给孩子们带来全新的生命体验和成长乐趣。

拟人化与故事性是科幻文学的血脉，丰满的人物形象使巨虫公园生机勃勃。科幻小说的难点之一是人物形象的刻画，尤其作为"这一个"昆虫性格的描写，这是挑战作家才情的难题。胡冬林《昆虫公园》中的人物各具特色，如机智勇敢的纳米虫、坚强细致的丫丫、有点小坏有点帅的王天白、充满好奇心而博学的科学家爷爷，人物性格鲜明，有行动的合理性和丰富的情感。

胡冬林在原始林中"找到生平最满意的写字台"，在普通人看来大体相同的虫子，在他笔下各有性格，他尊重"虫性真实"，并赋予了有些昆虫以人格魅力，昆虫具有了人的感觉，人具有了昆虫的体验，昆虫的性格特征便鲜明生动起来。比如细腰蜂的恋家癖形象，骷髅蛾作为偷食蜂蜜的大盗贼形象，还有贪婪的螳螂，机智的大毛毛虫，特别能战斗的红蜻蜓等等，各种昆虫在《昆虫公园》中进行着各种表演。

童心化与情感性是儿童科幻文学的精神，作者对昆虫的生命充满了悲悯情怀。在蜜蜂王国大冒险中，孩子们发现了蜂王、工蜂、清洁蜂、采集蜂等等，每一种蜜蜂都各司其职，其中一只病恹恹的蜜蜂引起了他们的好奇，爷爷查出病情之后，孩子们帮助它揪下身上的蜂虱，小狗巴鲁把病蜂身上的虱子一只只咬死。病蜂痊愈之后，为报答救命恩人，用长长的吻舔丫丫的脸蛋。在夕阳下，那告别的场面缠绵悱恻，不亚于人类的十里长亭相送，"在树墩的最高处，有一只金灿灿的蜜蜂，在向他们久久地遥望着……大家一次又一次回过头去，遥望那颗渐渐远去的光点"，可谓人蜂情未了，堪称儿童文学世界中非常经典的情景交融的画面。文艺理论家张未民说："胡冬林在原始森林里是满心欢快的高兴的，这种精神和情感状态呈现得非常真实而自然，我是相信的，他做到了'齐物'。""齐物"是动物小说的精神家园，情真意切地对待生物才可能"齐物"，胡冬林的《巨虫公园》做到了真正的"齐物"，可以说是文学对动物灵魂守望而结出的一颗硕果。

（四）生态语言给文学带来勃勃生机

语言是文学情感的符号，胡冬林把对原始森林的情感都通过语言描摹出来，让读者有身临其境之感。他善于用拟声词："噗噗噗，耳边传来蝴蝶的扑翼声，一只绿带翠凤蝶轻轻飞过。哩哩哩，一只黄绿色的小蚂蚱在振翅短鸣……从不远处的密林里，传出吱呦——吱呦——尖细宛转的鸣叫，如鸟啭，似儿啼，原来是狍子想来饮水，躲在树林里小心翼翼地观察动静……"在《小鸟斗大鸹》描写一只白脸山雀仿佛是一位自然的野性歌手："长尾巴活泼泼摆来摆去，发出极细微噗噜噜噗噜噜的风声，差一点拂到我的发梢。甫一落定，便开口唱出一串比小溪还无拘无束的野歌。先从高八度的嗞噼——嗞噼——数声试音，再转入急锐多变的嗞嗞啾——嗞嗞啾，嗞嗞啵噜嗞啾——的花腔。……我曾因误入其领地遭到过白脸山雀的斥骂，在我前后左右蹿来跳去，叽驾啾！叽驾啾！连连抗议。"

在《蘑菇课》中对榆黄蘑色彩的描写："那颜色似荷清花（俗名鸭蛋黄）却略淡，比蒲公英花色稍浓，像驴蹄草花一样抢眼又不及它热烈。这样吧，如果把风干的刺五加嫩叶芽用滚开的山泉水沏一下，泡出明澈碧透的茶汤，滴数滴在驴蹄草花的颜色中，可调制出十分恬静又稍许耀眼的淡金黄色。"每一种生命都有一种奇异的属于自己的颜色，对这些自然的色调，胡冬林的敬畏与喜爱之情不绝笔端。在《巨虫公园》中，纳米虫乘坐飞船闯入原始森林，他看到了绿色海洋："深深的墨绿、亮汪汪的宝石绿、沁凉的翡翠绿、暖洋洋的祖母绿、不掺杂丁点杂质的橄榄绿、阳光映透的莴苣绿、浓郁的湖绿……"视觉上见到的多层次的丰富的绿色与人的感觉完美融合，这种对语言的怜爱、珍视与使用是那样小心翼翼，一如他对昆虫生命的敬畏。他敬畏每一个汉字，不管这些字是工作蜂、战斗蜂抑或是蜂后，都给它们找到了恰当的岗位，让它们在昆虫的世界里舞蹈。随便翻开作品的任何一段，一篇篇文质兼美的小散文跃然入目，都可以堂而皇之地挺进语文教科书，叩击读者的心灵，在小读者精神的键盘上演奏出优美的旋律。

不得不承认，胡冬林的语感来自他天才的想象和对文学语言几十年的修炼，以及对儿童文学和自然的无限敬畏之情。王国维在《人间词话》中说："诗人对于宇宙人生，须入乎其内，又须出乎其外。入乎其内，故能写之；出乎其外，故能观之。入乎其内，故有生气；出乎其外，故有高致。"胡冬林是一位真正的诗人，是自然的歌手，他与小鸟深情对歌，他对昆虫世界的深入洞悉使他成为昆虫之王——来自中国长白山深处的法布尔，一位虫情练达的儿童文学作家，一位聆听和抒发对大自然深厚情谊的情歌王子。这种对自然的深厚情感，与他童年与自然的亲近以及与花鸟虫鱼的接触有着密切关系。在《小鸟斗大鸮》中，胡冬林回忆自己童年与一只山雀的情感："11 岁时，妈妈买回一只养在家里。整整一年，任由它在房间里飞来飞去，随处排便、寻食、休息和睡觉。当年，我捉过多少虫子喂给它呀，从小蚂蚱、小青虫到可怕多毛的杨树虫和大黑蜘蛛，这个小勇士照单全收，连夹人很疼的巨型甲虫和力气很大的蝼蛄也统统拿下……"如此这般的关爱和照顾都没有拴住小山雀的心，一天小山雀从家里门缝溜走，再也没回来。

胡冬林在成年之后才明白："那是个春天，强烈的求偶本能促使它逃进山林，追寻爱情去了。"因为童年的这份珍贵的经历，多年之后走入长白山，胡冬林"每当瞥见白脸山雀那忽高忽低的波浪状飞行的小巧身影，或是听到它那种富有特色的鸣叫，我都得到一份邂逅老友的欣喜"。胡冬林的父亲是著名诗人胡昭，母亲陶怡也是一位多产作家，7岁时母亲给他挑选的《森林报》和《昆虫的故事》等自然书籍奠定了他热爱大自然的情感基础。读米切尔·卡逊的《寂静的春天》，他觉得"头脑发生一场地震，至今余震不断"，如今他已在长白山老林子中生活了二十多年。他有一张最牛的写字台，安放在长白山原始森林之中。著名文艺评论家雷达在《胡冬林的生态散文——真正的天籁之音》中强调说："我认为胡冬林把中国的生态文学提到了一个新的境界，达到了一个新的高度。"许多评论家都发现了他创作的意义和价值，但是，也不得不指出，他创作的路数太过忠实于生活本来的样子，还有许多作品"贴地飞行"。文学毕竟是人类精神和情感的守望，做形而上的精神突围应该是他今后创作需要努力的一个方向。

三 追求具有中国质感的儿童小说创作

（一）一个可能的儿童文学时代

国际安徒生奖获得者曹文轩认为："薛涛作品的文学价值一

直是被低估的……就儿童文学圈子来看，许多写作者出道时所走的路子是不理想的。这些作者中，一些人通过后来的摸爬滚打，加上自己的悟性，终于找到了正确的道路，而有一些人直到再也无力维系写作，也未能找到应当走的路。薛涛从一开始，就大大方方、目不斜视地走在文学的正道上。他是属于那种起点很高、出手不凡的作家。"在青岛薛涛儿童文学作品推荐会上，曹文轩不无赞美地真诚宣布"儿童文学薛涛时代已经到来"。

我第一次了解薛涛是在 2004 年《儿童文学》杂志举办的中青年作家小说擂台赛颁奖会上。薛涛的小说《花舍邮局》获得了三等奖，他去领奖，大家看到他时都说他长得像电影明星朱时茂，浓眉大眼，目光深邃而忧郁，有着东北男人沉默寡言的性格。很多人说他是一个非常有前途的儿童文学作家，尤其是徐德霞主编更是对他赞赏有加。我读了他的获奖作品，印象深刻，那种细腻温婉的感情出自这样强悍的男人笔下，让人有一种错愕感。尤其是文笔和语言，跳动出来，诗意唯美，正如评论家朱自强所说："薛涛是一个在创作中有思想、有探求的作家，是一位具有文学的形式感觉的作家。"当时中国原创儿童文学正处于一个从文学殿堂走向市场大潮的时代，出版社走向了市场化，自负盈亏，再加上国外的儿童文学畅销书《哈利·波特》系列登陆中国，创造了财富神话，中国儿童文学界原有的文学性、思想性、艺术性、教育性等价值坚守几乎全军覆没，将销售码洋和卖得好作为儿童文学评价的最高水准，大部分儿童文学作家都开始走上畅销路线，国内也制造了一个又一个儿童文学作家作品销售的财富神话。中国儿童文学界沉浸在对西方儿童文学的顶礼膜拜中，中国儿童文学已经失去了"自信力"。这时候的薛涛，包括东北作家常新港、薛卫民和黑鹤等都表现得非常另类，他们坚守自己作为儿童文学作家的艺术追求，还在坚持用汉语表达的儿童文学的形式感和艺术美。许多人都想方设法去赚钱，他们却在出力不讨好地做纯粹的艺术品。

2005 年 5 月 14 日至 15 日，中国海洋大学在青岛举办了"中国原创儿童文学的现状及发展趋势"研讨会，享誉中国儿童文学界的编辑、记者、作家 50 多位参会，还有 50 多位旁听的学生，会议盛况空前。会议讨论的是中国原创儿童文学，而大多数人也是在比较"安全"的地带讨论问题，期间向外国儿童文学学习的呼声一浪高过一浪。这时候，薛涛的发言几乎成了会议上的一颗重磅炸弹，他发言的题目是《唤醒中国儿童文学的文化性格意识》，与会议期间向西方经典学习的气氛完全相反，他主张回到中国本土，建立自己本土的儿童文学。"找回故乡找回母亲，向它要一个自己的名字，一个可以介绍给外人的、外人可以指认出来的名字。也就是获得文化性格，以赋予文化性格的儿童文学作品予全世界全人类共享。"他的文学野心之大让许多人"不齿"，尤其当他提到不要对国外的某些所谓名著顶礼膜拜，这个儿童文学界也没有什么必读书和必读作家的时候，会场一片混乱，大家争执起来，有人甚至指责作为作家的薛涛不读书是可怕的，一个青年作家怎么能"口出狂言"，会下也有很多人对薛涛议论纷纷。当时还没有人提"中国经验""中国书写"和"中国表达"这样本土化的文学主张和文学思想，在儿童文学创作出版和理论界一致向外学习的形势下，薛涛像《皇帝的新装》里的孩子一样揭露了儿童文学被商业裹挟的谎言，让人不禁发问：他的文学方向和文学自信来自于哪里？他的勇气来自于哪里？

又经过 12 年的时光荏苒，薛涛一直坚守着自己的儿童文学宣言和理念，又成长了一大步，甚至建立起了自己的文学帝国。薛涛出生于 1971 年，辽宁昌图人。曾做过教师、报社编辑，现供职于辽宁省作家协会创研部。国家一级作家，中国作家协会儿童文学委员会委员、全国青联委员。主要作品有长篇小说《精灵闪现》《废墟居民》《泡泡儿去旅行》《夸父与小菊仙》《满山打鬼子》《虚狐》《情报鸽子》《九月的冰河》《白银河》，中短篇小说集《随蒲公英一起飞的女孩》《正午的植物园》《我家的月光电影院》等几十种，先后获中宣部"五个一工程"奖、中国作家协会全国优秀儿童文学奖、文化部蒲公英奖、陈伯吹儿童文学奖、冰心儿童文学新作奖、宋庆龄儿童文学奖等奖项。作品选入大学、中学语文教科书，并在日本、美国、越南、韩国等出版。最近，与俄罗斯著名插画家安娜斯塔西亚阿卡普瓦联袂创作的原创绘本《河对岸》，将温情曼妙的语言和唯美诗意的绘画融合起来，是中俄两国作家与插画家对自然、友谊与爱的理解和艺术表达，更是两国跨文化的交流和心灵的碰撞。

薛涛可以说是中国儿童文学界获奖专业户，一个"大满贯"人物，评论家王泉根称他为中国第五代儿童文学作家的领军人物。关于他的研究和评论文章也令人瞩目，春风文艺出版社专门出版了《重返孩子的世界：薛涛儿童文学创作研究》论文集，将薛涛打造的"儿童文学世界"进行了多角度的分析和研究，也是中国儿童文学当代作家研究中的一个重要理论收获。

　　培育薛涛成长的赵郁秀老师非常熟悉薛涛的文学世界，她从三个方面总结了薛涛儿童文学创作的特色。一是童心、真情、大爱。薛涛的《女孩的暖冬》《黄纱巾》《生日礼物》《爸爸坐在花园里》是充满爱心而唯美的作品，但他并不回避生活中的苦难和哀伤，如《河澡》《空空的红木匣》《稻田笛声》《少年与镜子》都涉及了儿童文学创作中非常敏感的死亡主题，在这些作品中融入了他对生命的思考。二是诗性、哲理、唯美。他的散文、童话、小说都如诗如画，用文字编织着美丽。短篇小说《黄纱巾》，写女孩对黄纱巾的痴爱，因贫困而买不起黄纱巾，却不愿意接受卖主的馈赠，卖主尊重孩子的情感，写了"永不出售"四个大字，让黄纱巾在清风中飘扬，充满诗意和温暖，这样的作品在薛涛的散文和童话中显得非常醒目，如《铁桥那边的林子》《上树的猴子与上网的老熊》《两只相距四点五厘米的蚂蚁》等，都是哲理诗和风景画。三是本土、民族、守望。赵郁秀老师提到了薛涛带有中国神话元素的三部幻想小说《山海经新传说》系列，包括《夸父与小菊仙》《精卫鸟与女娃》《盘古与透明女孩》，可以说这是薛涛回到中国文化源头的一次探秘，同时又不离开对现代生活和现代孩子生存状态的关注。"薛涛奉献给孩子作品，反映的都是他熟悉、热恋的关东黑土地孩子们的生存状态、人物命运。"即使是幻想文学也没有离开地域文化和现实生活，尤其从薛涛的文学语言上，发现了中国传统古代诗词对他的滋养。薛涛近年来的创作继续沿着这三个方向展开，并进行了大胆神奇的探索和超越，无论在主题挖掘、题材选择、人物塑造还是故事架构、语言运用上，都形成了自己独特的艺术风格，并丰富着中国儿童文学创作的版图。

（二）终极哲思与快乐理趣

薛涛在作品中往往以出走和逃离两种基本书写模式来进行形而上的探讨，无论是他以反映现实生活为主的短篇小说，还是以反映儿童幻想世界为主的童话，抑或他近期创作的长篇小说，都有一个在家——离家——归家的基本主题模式，即使不在路上，也以一种失去作为离开的方式。2015 年出版的长篇小说《白银河》，写了一对父子与他们的三匹马在路上的历险故事，而这路上的故事动力不是来自外在的事件推动，而是来自父亲作为屠夫的精神和情感救赎。这种生命的转换和幻化富有形而上精神求索的震撼力。作为屠夫的段老倌杀了一辈子猪，杀了无数头猪，突然有一天，鬼使神差地关注了一下猪的眼睛，"猪临死时的眼神也是水汪汪的，饱含着绝望和乞求"，结果他没能一刀杀死猪，还让脖子上带着刀的猪从案板上逃了，并撞倒了他，从此猪的眼神和猪的命像恶魔一样纠缠着他，他再也干不下去杀猪的营生了，他要还这些猪的命债。同时，因为没有完成杀猪场的工作合同，他还背负上债务。儿子龙雀劝解着父亲："一只蚂蚁是一条命，一头牦牛也是一条命。"为了迅速还上欠债，儿子龙雀与父亲一起踏上了养蜂路。与父子俩形影不离的是一匹老马花背，后来父子俩给不能干活的老马送到庙里颐养天年，等待死神的降临。护生、养生、爱生成了父子俩的人生主题，在这一过程中，他们受到了种种生存考验，有来自人的诡计多端的设计，有来自自然环境的恶劣肆虐与摧残，但这些都没有阻挡他们前行的脚步。薛涛在《文学报》发表文章《儿童文学的黄金海岸》中明确地说："儿童文学之于文学，肯定是要放下一些东西的，比如审丑，比如过于暴露的性，比如匕首和投枪。不过就算要放下，也不能放下文学的根本尊严。矢志不渝地探求人的存在，朝向真理并无限接近真理，这才是文学的尊严所在。文学就是在这个层面上与哲学有了交集。它的表面堆满丰富的、日常的、特定的现象。这些现象就像生活本身，看似一团未加整理的乱象，其实本质与真理便藏在这里。文学的本分便在于此——它为真理提供栖身之处。哲学干了什么呢？哲学是把真理直接喊出来的那个人。一藏一揭，文学与哲学和而不同。"儿童文学尤其要把生活的丰富表象告诉涉世未深的孩子，让他们在"现象"中展开感觉的翅膀，飞翔在"现象"的空气中，还要触撞到真理的骨感与坚硬。

他进一步拨开生活现象的深入勘探，使他的儿童文学作品比一般的儿童文学作品深刻得多，而又不失文学的质感。在《白银河》中，父亲放下屠刀，虽不一定成佛，但对生命的热爱却让人动容。养蜂的信念极为坚定，对马深沉浓郁的情感也掀开了人性善良和美好的面纱。与他们朝夕相处的是两匹马，一个是白青，一个是白银河，他们与它们的生命息息相关。美国作家盖瑞·科瓦斯奇曾深有体会地说："在重建'凡生命皆神圣'这个过程中，我们不仅仅在拯救世界，更是在拯救自身的灵魂。学习如何与其他生物平静地共存，也许我们就能找到内心真正的平静。"在这种关注动物生命和自己内心的过程中，小男孩龙雀成长为真正的男子汉，而白银河经过了天灾人祸也从一个小马驹成长为性格坚强的马，小男孩和小马之间是互动生长，你中有我，我中有你，一种刻骨铭心的友谊弥漫在作品之中。小说写得诗意而凄美，就是这样一个没有多少文化的普通屠夫却有着努力寻找生命和灵魂的坚定信念，实在令人震撼。延续着早期的文学思考，薛涛在 2002 年发表的一篇小说《爸爸蹲在花园里》中写道："死掉不管对于本人还是别人，都不是一种终结，是生命有了另外一种形式。其实什么都没有发生，一切都还是老样子。就像一片叶子从树枝上脱落了，可说不定哪个雷雨天，就在叶子落下的地方生出一堆可爱的油晃晃的小蘑菇出来呐。"就像圣埃克絮佩利的《小王子》中，每一个人都是地球的旅人，都有消失的那一天。生命只是我们来到这个世界的"现象"，最后要还给地球，并在地球上消逝，回到属于他们自己的星球上。

在《儿童文学选粹》的薛涛访谈中，他谈到自己非常喜欢旅行："我喜欢的旅行是个人化的行为，是伴随有内心生活的，实际上是精神上的放逐，圈养的马与草原上奔跑的马在气质上截然不同，就是因为后者获取了天与地的精气神……旅行让我与天地保持了必要的血脉联系。旅行让我的作品从来都不缺少灵性和细润色泽。我的《两只相距四点五厘米的蚂蚁》其实是个旅行的故事。"他所说的旅行，在我看来就是逃离，是他不满于枯燥的无趣的规律的死板的无新意的生活的表征，他甚至都不能满足于生活中的安详，在他看来，外在的舒适只是让身体暂时放松，而灵魂会一直带着他自由漂泊。打碎庸常的愿望就是要让生命充满激情，一种无激情毋宁死的潜意识，一直在他的各种作品中暗流涌动。在《泡泡去旅行》中他借助泡泡小虬与妈妈小离的对话说："小虬问妈妈小离的第一个问题是：家在什么地方？"小离告诉小虬："我们的家在任何地方。""小虬并不十分讨厌这种河水一样流动的生活"，表达了薛涛一种流浪者和漂泊者的生命状态，与20世纪30年代"东北作家群"中萧红、萧军以及端木蕻良的漂泊者主题书写有内在的深刻的文化血缘关系。在任何地方都有家的儿童，不是世界上无处不在吗？也许可以这样说，哪里有儿童，哪里就是人类快乐之家。在王尔德《自私的巨人》中，因为没有儿童，花园里都没有了春天，快乐而无处不在的儿童，正像泡泡一样，在全世界旅行呢？

（三）传奇而唯美的诗性故事空间

故事从来都是薛涛立足儿童文学世界的基石。无论是他写的那些充满离奇古怪情节的山海经新童话小说，还是他写的中国与俄罗斯交界处发生在两国少年之间的友谊故事的《九月的冰河》，都可以成为有力的佐证。在中国和俄罗斯之间有一条河，冻冰的时候小狗可以跑来跑去，一只小狗因为独特的生存环境，拥有了两个主人。中国男孩小满收留了这个流浪狗，并给他起了一个好听的名字——九月，而河对岸的孤独的小房子里住着一个俄罗斯少年尼古拉，他是一个孤儿，更需要小狗，小狗回到了尼古拉身边，中国的小满对这只小狗更是日夜思念，等到三个好朋友可以相见的时候，却遇到了意外，走私犯挟持了他们，在聪明的小狗九月的帮助下，九死一生的小满回到了家里，从此思念成为他生活的色调，而爸爸却不理解小满内心的伤痛。两个少年和一只狗的友谊，跨越国境，跨越物种，跨越冰河，作品把友谊、奉献和勇敢这些人类最美好的感情演绎得摇曳多姿。

以抗日战争为背景的《满山打鬼子》和《情报鸟》也是故事情节离奇曲折、引人入胜的儿童小说。曹文轩认为："薛涛的文学生涯应该是漫长的。……他善于编织故事。一个作家，如果能够没完没了地写作、看不见他有衰败的时候，编故事的能力是一个前提。长篇、短幅，薛涛为我们编了多少个精彩的故事？他的故事涉及的范围十分广泛，那些故事又编得地道。"

故事是人物存在的家园，而人物更是小说成功的灵魂。在儿童文学的家园里，没有人物的作品让人很难想象。薛涛笔下的人物大多性格鲜明，无论是成年人还是儿童，都具有典型的东北人的性格，热情开朗、乐观豁达、深沉忧郁、幽默厚道、生命力顽强等。《我家的月光电影院》作为一部短篇小说，将人物形象和性格拿捏得非常准确传神。爸爸下岗了失业了没有工作了，但还要担起养家的重任，当着孩子和妻子的面还要撑住作为男人的尊严，小说幽默轻松，充满了欢声笑语。作者以调侃的语气写道："'我'正在写作文，题目是'金色的秋天'，撕了六页纸，才写出这样的开头：'在秋天里，农民伯伯高兴地收割果实，工人叔叔兴高采烈的加班加点……'爸爸放假了，去哪加班加点，开头还得重写。""我"的调皮和现场感如一幅画呈现出来，父子的对话更显出了"我"的敏感机灵，怎一个"蔫"字了得！不仅写出了爸爸的精神状态，也反映了"我"看似无忧无虑外表下细腻的情感和责任心。爸爸的形象马上雕塑般矗立起来，他挺直了身子："谁蔫了？这不是好好的吗？"然后爸爸把自己曾经做电影放映员时的老机器找出来，"照例要我帮忙，还不让我碰这碰那，好像这东西马上就可以造钱了。我问爸爸，像我这样经常帮忙的算不算投资，将来赚钱了应不应该分得利润。爸爸说我的劳动算入股，我们这个电影院可能算股份有限公司呢，以后当外人的面要正规点，得叫他总经理吧。我问那我是什么呢？爸爸想了想说，副总经理你妈当了，你就当合法继承人吧。我问，你是说这个放映机以后就归我了？爸爸点点头。我乐坏了，就当合法继承人，这个职位好像比副总经理好多了。"底层人在生活中苦中求乐，东北人达观坚韧、诙谐幽默的性格都呼之欲出。爸爸花钱修好了机器，在家里的院子卖票放电影，"我"早早地就在同学中拉观众，想卖票给同学又不好意思。"李小蝉够朋友。这几年我俩一直在一个班，我可没少请她吃这个吃那个的。算算，单是虾条也有一百袋吧！"小孩子之间友谊的度量衡就是小零食，家庭电影院的票价给李小婵打了半折，传神地表现出了童真童趣。

还有一些人物富有诗意的性格。他们用心灵感知世界的新奇，在他们眼中，无论是自然界的风霜雨雪，还是日常生活中的泡泡和文具盒、书包等，都是人身体的一部分，这一部分是一种新的感觉和发现世界的角度。薛涛能够用好奇的目光发现日常生活的神奇，能够在庸常的生活中发现无处不在的惊喜。其实，生活本身也许没有变化，但是，当以儿童天真的目光和心灵加以感受时，这种生命状态就发生了非常大的变化。叫自然崇拜也好，叫原始思维也好，这种身体和心灵的感知形成了一种非现实的文学形象性格。文学理论家刘再复在《共悟人间：父女两地书》给女儿刘剑梅的信中称这种人有性格的诗意。他描述了现实生活中他的小女儿有着"清泉般的天真，这是真正的无猜无嫉无争无垢的天真"。文学家莎士比亚、曹雪芹、托尔斯泰笔下很多人都具有这样的性格，他特别列举了《红楼梦》中的林黛玉就具有诗意性格，而薛宝钗就不具备诗意性格，因为薛宝钗太世故。

诗意性格人物在薛涛的儿童文学作品中书写得比较多，《黄纱巾》中的小女孩就具有温婉天真诗意的性格，她既有对美的渴望，又有一种高贵的不屈的自尊心。薛涛在他两部反映战争题材的小说《满山打鬼子》和《情报鸟》中的主人公满山就是一个拥有诗意性格的战士和一个普通的孩子性格的融合。满山作为一个普通的东北农村淘气包子，在日常生活中喜欢玩弹弓，喜欢蝈蝈笼子，但是，日本军队的突然入侵，打碎了孩子的一切正常生活，他们集体罢课，不学日本人教的日语。满山憎恨做汉奸的舅舅，因为舅舅把日本人带到了灌水镇，让灌水镇的鸟和虫子们活得很紧张。激烈的战斗之后，满山觉得干净的天空被子弹打漏了，密密麻麻的星星是子弹打出的枪眼儿，这是满山心里的真实感觉。越是纯洁的心灵越反衬出战争的残酷和战争对生命的荼毒。《情报鸟》作为《满山打鬼子》的续集，讲述了1938年叛徒出卖东北抗日联军司令杨靖宇的真实历史故事，作品没有了正面战场的惨烈描写，但是，战争中的情报战就是生死战，围绕着满山送情报的过程，故事情节跌宕起伏，扣人心弦。在残酷的战争环境中，满山历练得越来越坚强、机智、勇敢。与中国五六十年代红色小说中的小英雄不同，抗联战士满山、马戏团流浪孩子李小刀、行走江湖里的小乞丐等，个性鲜明，他们作为童心未泯的孩子，在面对日本人的奴役时，也以孩子的方式表现出他们的抗争，虽天真但很有力量。因此，有人将作品中的主人公满山与小兵张嘎、小英雄雨来一并列为中国儿童文学创造的经典少年英雄形象。

（四）个性化的书写与自我超越

薛涛的儿童文学世界不单单以满足少年儿童的阅读需要来进行书写，而是以努力表达自我对世界、对生命的探索为旨归，他从来就没有忘记在艺术作品中实现自我的价值，以期待实现他童年时代的理想和摆脱"死亡的困扰"。其战胜自我并实现梦想的叙事，带有个人英雄主义和漂泊者情结的浪漫情怀洋溢在字里行间。他是一个理想主义者，他要去流浪，在森林里探险，给自己在大自然中定位，希冀森林包裹自己，仿佛在寻找从母体中抛出来的身体被包裹的安全的感觉。森林的神秘危险和恐怖又无时不在挑战他的神经，那是一种致命的诱惑。这诱惑和伤害不停地撞击着他的身体，在这种种伤害中他感觉到了成长之痛和自身的存在。他的精神需要这样的刺激，一次次刺激，一次次地寻找新的精神动力，因此，他的作品才有如此深邃的探索性。

童年记忆是他创作的源泉，薛涛曾经回忆小时候活不下去，想结束自己生命的经历。他想象着，如果挂在树上，这树是同学每一天上学经过的地方，会使同学想起他。如果跳进河水，那里有他的朋友去游泳，他会把一条河糟蹋了，他不能去糟蹋一条无辜的河，更不能犯下那样的罪恶，让好朋友无处游泳。因此，这个肉身必须存在，而存在的痛苦又那么丰富，如果不把这种痛苦发泄出来，憋在身体里会爆炸的。于是，他找到了一个出口，那就是写作。

这种自己创造一个世界的感觉，让薛涛具有了存在的必要感和意义感，同时精神的苦痛也有了安置的地方，这种苦痛与其说来自于外在的作为教师的薛涛对学生和孩子的教育的需要，不如说来自于自身自我成长的需要。他的写作是浪漫的，是点燃在森林里的灯火，那光芒在黑暗中透出了令人炫目的感觉。他瞪着那光芒，不让那灯盏被风吹灭。这时候他是勇敢的，又是脆弱的。他的叙事往往在这种状态下展开，残酷的真实与浪漫的幻想，严肃的事件与轻松的气氛，诗意的语言与诡异的气氛，掺杂着复杂的生命感受，连作家自己也解释不清，漂泊自由又凝固保守，他坚守他的文学立场，捍卫他的母语写作，这种艺术风格亦庄亦谐，这种风格与东北民俗文化有关，冻土文化残酷的自然环境使这块黑土地上的人们养成了粗犷豪放、乐观坚定的性格。同时也与现代文学家鲁迅犀利透彻的文学目光进行着交流，又深得萧红等东北作家"自然书写"风格的熏染，如他的《月光电影院》就与鲁迅的小说《孔乙己》的格调有相似性，都在以喜写悲，在人们的欢声笑语中透露出生存的艰难和生命的苍凉，这是一个很难达到的艺术高度。薛涛一直在努力探索与超越，创作着具有中国质感的世界儿童文学。作为读者，唯一替孩子担心的是，他的儿童文学创作太过空灵，远离儿童，并走向作家完全的自我世界和自足空间。

四　在童真与自然中游走的儿童诗

（一）关东大地上缪斯女神的低吟浅唱

王立春是在关东大地上成长起来的一位满族青年女诗人。"《骑扁马的扁人》充满灵动之气和浓郁的童趣及地域文化特色，她的诗纯朴自然，不事雕琢，但却诗味蕴藉，着意自己独特的内心体验和灵感把握，有时以散文句式入诗，但不涣散拖沓；有时长句短句杂用，但又严整中不乏疏放。她是'民俗的诗意化'和'记忆的童年化'，诗中有童话，有故事，意境绵邈，韵味悠长，有较强烈的审美冲击力。对于儿童的情感培育、审美养育和道德教育有相当的价值。"

以上是中国作家协会第六届全国优秀儿童文学奖给王立春的获奖评语，中肯透彻，把王立春诗歌的主要特质悉数抓拍，将其童诗的质感和创造性也提炼出来。中国儿童诗坛刮起了一阵"春"风。

老诗人金波在为王立春《骑扁马的扁人》写的序言中概括了王立春儿童诗的三个关键词：乡情、童趣、母爱。

诗眼独特的薛卫民在《说简单的话，想简单的事，写不简单的诗》一文中也盛赞王立春的诗很好地处理了天性、天然、天赋这三者之间微妙的关系。

诗人王宜振在读王立春儿童诗集《乡下老鼠》后，写下《心灵的歌唱》，其中说道："她的诗不随波逐流，她的诗有着自己的独特的艺术个性。"尤其发现了诗人"语言的逻辑变异"和"智性审美"的特点。

诗人萧萍于2007年11月14日在校车上读到王立春的诗集，并用诗表达了她阅读的惊喜："我把你的乡下老鼠揣在怀里／像揣一颗扑扑的心跳／／那些令人心疼的句子们／就这么依偎着我／在这个城市微寒的初冬里／／我只是不停地在画着波浪号。"

我也曾有因痴读立春的诗句而违反交通规则被罚款扣分的经历，那是我驾车十年来唯一一次被交警处罚，心里暗自嗔怪都是这个魔女立春惹的祸。

儿童文学评论家吴其南、刘绪源、汤锐、谭旭东、李利芳等也都对王立春做了十分中肯的评价，读后很受启发。

王立春，辽宁阜新人，满族，中国作家协会会员，一级作家。共出版儿童诗集和儿童长篇小说14部，她的儿童诗和散文曾入选小学和师范院校教材，短篇作品曾获冰心儿童文学新作奖，陈伯吹儿童文学奖，新世纪儿童文学奖，文化部蒲公英奖等。

她的儿童诗集《骑扁马的扁人》获第六届全国优秀儿童文学奖。儿童长篇小说《魔法向日葵》获辽宁省首届未成年人优秀文艺作品奖。儿童诗集《乡下老鼠》获第六届辽宁优秀儿童文学奖。儿童诗集《写给老菜园子的信》上榜第三届"二十一世纪中国儿童阅读推广人论坛"推荐书目。"心爱童诗"系列中的儿童诗集《光着脚丫的小路》入选新闻出版总署向全国青少年推荐百种优秀图书。2013 年出版儿童诗集《贪吃的月光》入围第九届全国优秀儿童文学奖。2016 年，儿童诗自选集《狗尾草出嫁》被收入"百年百部中国儿童文学经典书系"。2007 年获得辽宁省"四个一批"人才称号。2008 年被评为"沈阳市优秀文艺家"。两度被评为《儿童文学》全国十大魅力诗人。

美国作家雷蒙德·卡佛曾有这样的经典句式：当我们在谈论爱情的时候，我们在谈论什么？套用这个句式，我们也可以说：当我们在谈论诗人王立春的时候，我们在谈论什么？我们在谈论儿童诗的艺术本质？我们在谈论儿童诗的丰富性？我们在谈论儿童诗的个性化？我们在谈论儿童诗的天成？我们在谈论王立春儿童诗歌中的轻逸浪漫与无限沉重？我们在谈论儿童诗的幽默与曼妙？我们在谈论儿童诗能够在某个地方掀开童心世界的秘密一角？我们在谈论儿童诗的逻辑和话语方式？我们在谈论东北口语怎样入诗？

我们在谈论王立春的时候，我们可以无所不谈，因为她是东北大野地里盛开出的这样一朵明艳的大蓝花。实际上，越往草原深处，花朵越无处不在，越开得芬芳弥漫，即使每年有 6 个月以上的冬天，在冻土之后的大野上，依然有美丽多姿的花朵在阳光下舞蹈。

（二）自然中成长的精灵们

评论家汤锐敏锐地发现了王立春诗歌里的风俗意象，在《猫头鹰夜巡》《冬天咬人》《谷子》《地里的小痞子》《土地佬》《整天装病的草》《爱管闲事的篱笆》《毛毛虫回姥姥家》《向日葵不敢开花》等诗作中，她发现了"偷黄豆的大眼贼"，在泥土中钻来钻去的"土地佬"，用大牙"咬人"的冬天，穿土布碎花小袄又光着脚急匆匆回姥姥家的毛毛虫，在牵牛花耳边唠唠叨叨的篱笆，以及农家小院的一角镰刀与向日葵的对话……

在这一幅幅画面的背后是儿童与自然的一种天成的血缘关系，当自然展开她温暖的怀抱时，孩子是不会拒绝的，你看，别离和思念都有了狂野的色彩。在王立春《野小河》诗歌中，小河不再是一条普普通通的小河，还是一副悠闲散漫无拘无束淘气包的样子："贴着山脚玩耍""缠着草坡撒欢""枕着小山望天"，这样的小河好像在大地上有无数条，既滋养生命，又镌刻在无数人童年生活的记忆中。城里的河，有剪裁整齐的河道，有规矩的河岸，汉白玉的栏杆、亭子之类的建筑矗立左右，这哪里是小河，哪里是真正的童年，分明是成人加工厂出品的工厂零部件。相比之下，这样的野小河就愈发地弥足珍贵。诗人这样赞叹野小河：

> 小孩子来蹚你的水
> 你就挨个儿亲他的脚趾头
> 咳　离开了你
> 就再也没有水灵灵的欢乐了
>
> ——《野小河》

野小河的快乐是小孩子的快乐，小孩子的快乐是水灵灵的快乐，这话多么天成而稚拙！河水源源不断地流淌才是人类童

年生命的永恒快乐。上善若水，老子几千年前就警示世人生命
与水的大善与天缘。

水与草荣辱相依，人们更多的时候在意的是水的喜怒哀
乐，而很少在意草的幸福安康，王立春驱动于自己童年的生命
感受，发现草并非如古诗句所说，只会"一岁一枯荣"，它们竟
然还有梦：

> 草的梦是绿色的
>
> 有的草还爱说梦话
>
> 嘟咕一句梦话就开出一朵花来
>
> ——《草梦》

"嘟咕一句梦话就开出一朵花来"，草不仅能做绿色的梦，
它们的梦还能开出花来，而开花的声音都是梦话，诗人用拟声
词"嘟咕"这样纯粹儿童的表达，把思维的泛灵性和生命的无我
状态生动地描摹出来。这种细微的、不足为外人道的情感秘密，
在儿童的世界开出花来，并被诗人敏锐地捕捉到，因此，与其
说这是一根草的梦和一朵花的梦话，还不如说是一个孩子的梦
和他们的内心独白。

"草的梦是绿色的"，这些多情多梦的草，就是东北大野
雄厚的愿望，空旷粗粝的大地是细腻丰富的勃勃生机，还有
无穷无尽的草的梦幻？草是不被人如此尊重的，尊重草的梦，
难道不是尊重孩童的梦和自己的梦吗？野草的梦和老菜园
子，伴随着孩子童年的生活。可以尽情玩耍的老菜园子，才

是孩童最美的乐园。诗人反复吟咏的老菜园子是一个妈妈或者是一个老祖母的形象，如同萧红笔下的后花园承载着祖父对她无限厚实纯朴的爱一样。王立春用嗔怪的口气直接与老菜园子唠家常：

老菜园子啊
你可真能惯孩子

土豆秧像母鸡一样蹲着
往土里下蛋
憋得满脸长满小紫花
扁豆敞着怀
领一群孩子到处跑
你搭起架子还让她成串生
黄瓜腰里别着狼牙棒
占别人的地盘
像个找碴儿的坏蛋

老菜园子呀
你装聋作哑看不见么

你是故意让这帮愣头青可秧长啊
你认为
那些能淘出花样的小家伙

长大都会错不了

——《疯长的菜》

　　儿童的思维是象性思维，在他们眼里，植物不仅有动物的生命活力，还有跟人一样的性格，这样就直接把植物带给人的感受放在了植物本身，浑然一体。"土豆秧像母鸡一样蹲着，往土里下蛋"，明喻的不只是两个事物的相似性，而是强调"蹲着"和"下蛋"这两个动作，于是，平时见到的平平常常的土豆秧有了粗犷的性格，而诗人通过写"扁豆敞着怀"领着孩子乱跑，将扁豆长势喜人的状态惟妙惟肖地表现出来，同时让其与"腰里别着狼牙棒"的黄瓜这两个意象互相映衬，增加了无限的趣味。黄瓜仿佛是一个浪迹天涯的大侠，而这些菜成为"欢迎我们的梦想的物，对于存在是何等有力的证明"（加斯东·巴士拉《梦想的诗学》）。稀松平常的蔬菜，因为诗人的梦想已经不再是蔬菜本身，而变成了一种关于物体的新的存在感觉，就像被老菜园子娇惯的孩子，可以肆无忌惮地成长。而把"疯"这个词放在"长"上，也形成了一种新的语趣和语态，"疯长"也是东北口语，经常用来说庄稼长得好、长得快、长得茂盛，人们在口语中是惯用"疯"这个词的，"疯"即不可以人为控制、非理性的意思，就像萧红笔下任性的黄瓜："黄瓜愿意开一个谎花，就开一个谎花，愿意结一个黄瓜，就结一个黄瓜。若不愿意，就是一个黄瓜也不结，一朵花也不开，也没有人问他。"这种儿童的语言，把整个自然界蓬蓬勃勃自由自在的状态描摹出来，一如农村儿童无拘无束自由快乐的童年！

（三）游戏的儿童才是真正的孩子

在世界各地，能吟咏"床前明月光，疑是地上霜。举头望明月，低头思故乡"这样的诗句已经成为华人的文化标识，那么，能脱口说出"扁担钩 扁担钩／你挑水 我馇粥……"也成为东北人的代名词，这个童年记忆和民俗生活在东北人的精神世界中根深蒂固，成为永远的文化乡愁。

长长的扁担是东北农村挑水的用具，而扁担上面挂住水桶的钩子，与蚂蚱前面的两个触须非常形似，于是成为东北孩子面对一个蚂蚱玩耍时心里唱念的歌谣。谁能想到王立春却在古老的童谣上发了新芽，把她的顽皮淘气和反叛——儿童的"坏"淋漓尽致地表现出来，还装出一副天真无邪很有礼貌的样子，一句"对不起"气死了多少扁担钩和唱玩这句童谣的孩子。

扁担钩 扁担钩

你挑水 我馇粥……

对不起 扁担钩

让你挑水那句话我是说着玩的

我可没去馇粥呀

你却认真地挑了整整一夜的水

——《扁担钩》

创造性是艺术的本质属性，"从来如此便对吗？"鲁迅《狂人日记》里的这句话曾经震醒了多少沉睡的人们。而诗人对扁担钩的人生状态有了深刻的悲悯之后，以儿童的目光反思发现自己的话是谎言，"我可没去馇粥呀"，儿童是十分诚实地"撒谎"，与其说这是王立春发现的艺术的魅力，不如说这是童心的魅力所在，一句"我是说着玩"的，逗出了多少童趣的丰饶，儿童在认真地"说着玩"的时候，也是最具创造力的时候。

王立春发现了儿童的这个秘密：童心与童诗的共生性。她在《向着儿童诗的方向》中明确表达了自己的观点："儿童生来就是诗性的"，"儿童精神与诗歌精神的融合"，"我一直在努力地寻找着儿童诗的最佳表达方式，那就是儿童精神和诗歌精神的内在融合和有机统一。是游戏的、天真的、拙朴的、自然的和意境的、神性的、空灵的、张力的，怎样把他们组装到一起，露出儿童诗自己的样子，是我为之苦苦寻找和探索的。"最初的探索便是民谣与儿童诗的结合，尤其是那种游戏歌，王立春更是信手拈来：

呜哇锃　呜哇锃

娶了媳妇尿裤裆……

这句童谣许多东北孩子都会唱念，它有一种生活的粗粝，更有一种儿童的恶作剧的调皮。孩子们在游戏时，往往两个孩子把手臂相连接，另一个孩子坐在手臂上，一边走一边唱，一边荡一边悠，随着歌谣的节奏起起伏伏。抬轿子的人比较辛苦，坐轿的人比较骄傲，但是，随着抬轿子人这种善意的嘲笑的儿歌，坐轿子的人成为被嘲弄的对象，尿裤裆是多么私

人化的秘密，这种细节的戏剧性非常强。王立春很巧妙地借
用这首儿歌和这个游戏，把这个儿童游戏用在了螳螂大哥身上：

> 呜哇镗　呜哇镗
> 娶了媳妇尿裤裆……
> 这句话是在说你呀
> 螳螂大哥
>
> ——《螳螂大哥》

当螳螂大哥作为故事主人公出现在这里时，这个游戏就不
仅仅是一种儿童游戏了，还被赋予了一种奉献精神。据说昆虫
界的雄性螳螂交配之后，是要把自己的肉身献给雌性螳螂作为
食物吃掉的，这是昆虫的自然本性，也暗示了爱情的一种决绝
与凄美。王立春仿佛是一个哲学家，她游戏似的笔墨下，暗藏
了无限的对生命的慨叹，读来令人唏嘘。也许儿童读者只看到
娶媳妇的螳螂大哥的幸福，成人读者才会读懂后面的深层隐喻
吧。安徒生不是说过他写童话的时候，从来就没有忘记儿童读
者身边的成人吗？也许是作为天才儿童诗人王立春的天籁之声
不断响起，才使得她的艺术思维如同泉涌。《骑扁马的扁人》是
她诗集的名字，也是她的一首代表诗：

> 骑扁马的扁人又从大门前
> 走过了
> 月光已经为他铺好了

一条白毯子

我能听见嘀嗒嘀嗒的马蹄声

他慢腾腾走过

每个孩子的门前

孩子们赶紧把梦放下

从窗里往外看⋯⋯

今晚 我不睡觉

——《骑扁马的扁人》

　　这首诗的巧妙构思，让人几乎欢腾起来。多少人都有过童年时候玩剪纸和手影游戏的经历，那几乎是每一个人梦幻童年的最重要的生活内容，与其说它是游戏，不如说它是梦幻，这就是儿童生活的本质，谁能说梦幻就不是儿童生活呢？儿童的生活就是在梦幻中游戏，在游戏中梦幻，梦幻与现实难舍难分，互相纠缠。这种主体和客体的融合性，就是一种创造，也是一种游戏。骑扁马的扁人从孩子的窗前走过的时候，谁还能睡觉呢？与梦同游是孩子的乐趣，也是孩子孤独成长的表征。法国哲学家加斯东·巴士拉在《梦想的诗学》中说："梦想的人在梦想中在场。即使梦想给人以逃离现实、逃离时间及地点的印象，梦想的人却知道他暂时离开了——他这有血有肉的人变成一种'精神'，过去或旅行的幽灵。"扁马上行走的人和孩子一起无论是生命的在场者还是幽灵，都不重要，重要的是成为儿童精神本身的一部分。

　　目光犀利的儿童文学评论家刘绪源甚至发现王立春的《贪

吃的月光》中有一些另类的儿童诗，如《爱打架的树》《地里的小痞子》《乡村老鸟》等，诗人借助动植物的意象写了所谓乡下人的"恶"趣味，打架斗殴、粗话连篇，在传统儿童诗学的范围内，这些是"越轨的笔致"，以唯美浪漫的视角进行审视就会被驱除儿童诗国。但是，用周作人一贯倡导的"有意味的没有意思"的儿童文学标准来衡量，这些诗恰恰是中国儿童文学缺失的一角，"想象是它的特色，也是它的目的，不需要再有拔高，让儿童喜爱这想象的游戏，它已功莫大焉。而其中那些打架、使坏、恶作剧，正可以游戏视之。那样的年龄，正需要那样的作品，过去这类作品太少，现在有一位诗人开了个好头，我们正应为之欢呼！"刘绪源先生发现了王立春儿童诗的独特价值，为中国当代儿童文学史提供了一个重要的思考角度与价值空间。

乡村原生态的生活散发着泥土的气息，而乡村孩子的朋友不单单是人，还有许多动植物。在王立春的诗歌野地里，这样的主人公好多好多，大人物不说，单单一个大眼贼，"他"的成长便是一个传奇。看这个大眼贼的成长史，就像看一部历险记。一个夜不能寐的孩子，他关心家里的老鼠，因为这一只老鼠是"我们家的老鼠"，与"我们家"有血缘关系，可以说是"我们家"的一个成员，当这个老鼠不回家的时候，孩子是何等地惦记和焦虑，诗人在《大眼贼》中写道：

夜里
听不见老鼠走来走去的声音

妈妈　我们的老鼠
又到田里去了

他站在谷地旁
看大眼贼拽谷子
谷粒眼泪刷刷地掉
他却吃吃笑

那个家伙
看他眼睛又大又水灵
却是田里的大盗贼
偷过荞麦未成年的孩子
和玉米的金牙
还在黄豆的家里
把黄豆的荚骨打断了
疼得黄豆满地乱滚
这个恶棍
整天在外边游荡
我们的老鼠竟跟他混在一起
有时还把他的草帽
拿回家来
歪着戴
像个十足的流氓

该管管我们家的老鼠了
跟大眼贼能学出什么好呢

天快亮时
老鼠翻墙回来了
脚步声很响
穿一双新花生皮做的鞋吧
准是大眼贼送他的

妈妈 你听
老鼠把箱子翻得叮喠山响
大眼贼准是劝过他了
他是不是打算明天
离家出走
也搬到田里
做大眼贼呢

——《大眼贼》

　　田鼠在东北农村被称为大眼贼，诗歌通过几幅画面生动形象地勾勒出大眼贼的所作所为：打架、偷东西、歪戴着帽子、毫无教养、一副流氓成性的样子，而"我们家的老鼠"竟然跟这样作恶多端的家伙在一起，令人气愤至极。而更不能让"我"忍受的是，天亮才回家的老鼠，穿着一双花生壳做的鞋子，翻箱倒柜地还要离家出走，一副淘气包的形象跃然纸上。

全诗因为是用孩子的口气来写，因此，孩子的担心、大眼贼的作恶、家里老鼠的自甘堕落都惟妙惟肖地刻画出来，与其说是儿童天真的问话，不如说是现实生活中儿童游戏的一种呈现。如果我们把这首诗当作童话来读，就会被大眼贼逗乐，他与谷子、荞麦、玉米、黄豆打交道时的霸气外露，还有那些富有戏剧性的情节都令人忍俊不禁。诗人在双关语的运用上也比较巧妙，"贼"是偷东西的人，而东北话中"贼好""贼多""贼美丽""贼善良"的"贼"，却是一个表示程度的副词，当大眼贼作为诗歌的主人公出现的时候，被赋予了一个反面角色的特色，于是便有了幽默滑稽的多重味道。儿童的思维是故事性思维，故事性的本质便是将日常生活审美化，儿童正是动用了身体的一切感觉器官来积极配合这种思维狂欢的演出。在这个过程中，诗意、诗性、诗味、诗趣、诗境便被交互地营造出来。

（四）乡村乐园与城市困厄

王立春笔下的老菜园子令孩子无忧无虑、快乐成长，就像日本作家黑柳彻子《窗边小豆豆》中的巴学园，英国童话作家杰姆·巴里《彼得·潘》中的永无岛，曹文轩《草房子》中的大芦苇荡，那是一个永远长不大的童心王国。这个王国给儿童带来物质的丰富与玩耍的自由。可是，当王立春面对现实中成长的孩子，对比自己的童年乡间生活，她犹豫了，彷徨了，甚至发现了那么多与梦幻般童年生活不和谐的音符。

于是，王立春对成人文化宰制儿童生活的现实进行了无情的批判，她在《蜗牛咏叹调》中写道：

一骨碌从梦里爬起来

发现后背很重

镜子里我忽然变成了一只蜗牛……

爬过横道

我放声大哭

全世界人都看见

我变成了

一

　只

　　蜗

　　　牛

却没有一个人在找

从前那个背大书包的孩子

哪里去了

——《蜗牛咏叹调》

"一骨碌"从梦中爬出来，感觉到后背很重很重，是睡得很沉吗？不，是"我"在一个清晨突然变成了蜗牛。变成了蜗牛的孩子，没有人发现他们前世今生的形体变异，大家都只看到了这只蜗牛，却没人在意那个背着书包的孩子，这种儿童的天问使有良心的成人开始反思，城里孩子承受的不只是课业的沉重，成为"作业家"，更面临着人情冷漠与孤独无助。孩子的物质生活丰盈起来了，可是，有多少人关心孩子的心灵和情感世界呢？在《鞋子的自白》中，诗人就满怀信心地发现了童心的自由和美好：

> 做一只小孩的鞋子
>
> 非得坚强
>
> 额头摔破了也不哭
>
> 牙齿磕掉了也不怕
>
> 就是豁豁着嘴
>
> 也绝不喊疼
>
> ——《鞋子的自白》

　　如此顽强的生命，带来的是不一样的人生状态："小孩的鞋子能让脚长大，大人的鞋子却让脚变老。"当大人和孩子坐在生命的两端进行对话时，有哪些大人能发现小孩子生命的伤痛呢？在《校长老羊倌》中，诗人更加深入地对成人的绝对权威对孩子的压制进行了批判，揭示了儿童的文化生命环境的恶劣：

> 清晨我们穿着洁白的校服
>
> 羊群般涌进校门
>
> 老校长啊你站在门口
>
> 笑着说自己是个
>
> 快乐的牧羊人

春天的嫩草

已铺满校园了

阵阵花香

已飘满教室了

我们的老羊倌啊

你不觉得你的羊群

在教室里

关得太久了么

教室是我们的羊圈

黑板是我们的草地

我们没完没了地啃着

那没有香味的

白草般的粉笔字

倒了胃口

——《校长老羊倌》

  校园文化对儿童生命的影响令无数有识之士慨叹，诗人用不如羊的生活状态来描写儿童生命的异化状态。实际上，变形的、异化的不只是儿童的生存环境，还有那不断被剥夺的情感和生命力。有时候，王立春又从母亲的情感出发来关注孩子的成长之痛，《三岁的树》便写了上幼儿园的女儿仿佛被囚禁在一个笼子里的生命状态。

  王立春诗歌中的儿童世界可以分为两层，一层是学校围栏中的儿童加工厂，一层是情感和精神自由自在的野地菜园，前者是现实的儿童生活，后者是理想的农村自然生活——诗人自我童年生活的诗化回忆，美好而浪漫。理想自由的乐园一直是诗人讴歌的对象，而现实儿童的成长之痛也若隐若现，成为时断时续的背景音乐，虽然不是她诗歌创作的主要旋律，但恰恰是这一部分不和谐音符的出现，使得她的诗歌创作更加厚实而又深沉。

王立春在《骑扁马的扁人》的后记中写道："我喜欢儿童诗。儿童诗能让我恣意地想，恣意地写，说简单的话，想简单的事。这样不好吗？虽然我已是成人。于是我的笨拙，我的痴情，我的执着，我的愚钝，全都从这个艺术通道涌出来，好痛快！……写下来一路唏嘘眼泪，一路欢声笑语……"海德格尔认为："人活在自己的语言中，语言是人'存在的家'，人在说话，话在说人。"毫无疑问，当王立春将东北口语和大白话入诗时，她创造了属于自己的儿童诗，更创造了诗人自身，并在儿童诗的国度里拓宽了汉语白话诗歌的图谱，因此，不能不说这是东北儿童文学的一种贡献。

当年萧红创造的不像小说的"萧红体"能跨越百年走入小学生的课本中，让孩子的话和天问成为永恒的人类求索，那么，这些不像儿童诗的"诗"的诞生，不正是王立春存在的意义吗？

王立春最新出版的诗集《跟在李白身后》想象大胆神奇，她在跟古诗词的嬉笑玩耍中，实现着古诗词的当代复活与儿童的话语游戏与复调想象。为了不让孩子背诵古诗词仅仅是为了应付考试，成为一个个装满古诗词的小袋子，诗人王立春跟在李白后面，发出了她的赤子之言：

一地的月光，

照亮了唐朝以后的夜晚。

月光从屋里流出来，

流成一条弯弯曲曲的小路，

踏上这条小路，

就能跟着李白，

找到

自己的故乡。

那面色苍白的故乡啊，

那身只影单的故乡啊，

让我们，

日夜忧伤。

——《跟在李白身后》

与其说这是对月光、故乡、忧愁这些中国古诗词意象的演绎，不如说作为儿童诗人在实现一个心灵与另一个心灵的对话，并在向中国诗歌传统致敬。

不变的中国诗心如月光一样穿越时空，达到永恒，令人唏嘘赞叹，凝眸感动。毋庸讳言，王立春几十年来"不变"的诗风形成了诗人自己的风格，而读者对诗歌"变"的期待和喜新厌旧的阅读需要，也成为王立春今后儿童诗创作发展的最大瓶颈。正像王立春自己对自己的鞭策那样"要永远向着儿童诗的方向"，在梦想的诗学中穿着红舞鞋，永远不停地舞蹈。

五　王位寓言的哲思与理趣

通过语言符号的表情能够了解文体的心思，寓言作为一种文体，顾名思义，就是给语言找一个居住的地方，面向成人的寓言可能是金碧辉煌的宫殿，可能是一座现代化摩天大楼的宾馆，可能是一个幽暗神秘的古堡，可能是田园牧歌的庄园，更可能是一个密不透风囚居人身的牢笼。寓言承载了太多成人的经验和教训，就像寓言的年龄一样古老，好像有人类以来就有这种文体形式。

寓言作为儿童文学的一种文体，人们对寓言作品保持着高度的警觉，总怕有些成人伪君子假借文化之名来戕害幼小孩童的心灵。与古老的寓言相比，人类发现儿童的历史是非常短暂的，儿童寓言的发现是人类现代文明高度发展的产物，面对儿童的寓言就要有现代人的情感温度和智慧理趣。语言构筑的世界，无论是奢华的宫殿，还是简陋的小草屋，对于懵懂的孩童来说，都应该是一个温暖舒适的家。

令人惊喜的是，王位近 30 年的寓言创作，构制了一座又一座精美的小屋：《螃蟹为什么横着走》《秋叶飘零燕子飞》《乌龟见龙王》《长生不死药》《花的寿命有多长》《心中那一道风景》，近千则寓言故事还真的营造了一个又一个温暖舒适的家，让孩子感受到人性的美好和生存的智慧。有的评论者称王位的寓言是"中国最具有悦读价值的寓言故事"。那么，悦读的快感来自何方呢？　王位寓言具备寓言文学的优秀品质，不再泛说，单单他语言营造"象"世界的千姿百态，和他情理趣理真理哲理等

"理"空间的探寻上，就令人着迷。

王位寓言的"象"世界可谓千姿百态异彩纷呈。如果把寓言放在文学的花圃里，就不能缺少文学的本质，即文学是以形象来取悦世界和自我的。在王位的寓言中，这种想象来自大千世界林林总总的丰富多样之中，动物的世界如诗如画地呈现，客观而唯真。天上飞的、地上走的、水里游的、林中跑的动物界的各种知识以各种各样的生命的物象出现在读者面前，每一个生命都具有传奇性，让读者惊叹这种生命的巨大本事，更想象他们在自然环境中的不同命运。

在《扇贝怎样走路》中，故事写道："在大河的浅水湾，生活着河蚌和扇贝。"一次，河蚌和扇贝进行了游泳比赛，"发令枪响起，扇贝喷出两股水柱，用反作用的原理推动身体前进。速度虽然不算太快，但是与慢吞吞的河蚌比起来，还是快了许多"。落在后面的河蚌，"慢慢吞吞地打开蚌壳伸出斧足，不慌不忙地利用肌肉的不断收缩和伸展向前挪动，人家扇贝早就到终点了，他还像蜗牛一样在半路上缓缓地前行呢"。结果不言自明，扇贝这一次取得了决定性的胜利，金牌收入囊中。寓言的高度就在这里，王位并没有停止对大自然的观察和思考，后来，河水暴涨，扇贝和河蚌同时被推到岸上，扇贝和河蚌两个人自我的力量显得微不足道，此时此刻，两个弱者的身影呈现在读者面前。河水终于回落，不幸的是，扇贝与河蚌没能及时回到水里，而是搁浅在河滩上。两者的本能或者说天性发挥了作用，"扇贝急于想回到水里，于是扇贝撒开贝壳施展喷水行走的招数，可是离开水，他的这一招数失灵了"。更令扇贝难以接受的是，"河蚌却不慌不忙地钻进河沙里，朝自己的家径直走去。扇贝眼看着河蚌越走越远，自己一个人在河滩上绝望地哭起来"。作为昔日的冠军，它的努力现出了苍白无力，尤其是在它的失败者面前，显得多么苍凉而凄美，令人产生深切的同情。读者对这生命不是鞭笞与唾骂，而是希望再来一次大水吧，帮助扇贝回家，去找它的爸爸妈妈还有它的兄弟姐妹。这是作为寓言故事最为"抓人心"的艺术形象。环境一改变，不同的物种就显示出不同的优点。这是王位具有现代性多维思考角度的一个精彩例证。

在伊索寓言中，最著名的故事恐怕是《狐狸与葡萄》，狐狸仰望着树上累累硕果而无能为力的形象，可以说深入小读者的心灵，而不是那个狭隘的道理，那个道理是需要成人社会丰厚的经验和教训的灼烧与锤炼，而不是告诉孩子你要记住那个道理，而且这个道理对涉世未深的孩子也许没有什么意义。鲁迅在《文化偏至论》中提出了"首在立人，人立而后凡事举"，寓言创作的第一要义在"立形象"，形象立起来之后，一切事理无疑迎刃而解。每每看《伊索寓言》和中国先秦寓言中的精彩故事，孩子们更多的是对那个主人公做事的身影着迷。王位的创作深得寓言艺术的真谛，把这种古老的艺术形式赋予了生机和活力，绝不是鲁迅批判的那种"活死人"。《聪明的啄树雀》中啄树雀、《送宝》中的鲫鱼、《地麻雀的担心》中的地麻雀、《深海鱼为什么不浮到水面上来》中的比目鱼等等，形象也好意象也罢，这些艺术画廊中的"象"是构成王位寓言艺术创作大厦的根基，没有这些形象，就妄谈一个作家的创作。但是，要创作出世界级的葡萄树下转悠的狐狸，以及把冻僵的蛇放在怀里的农夫，王位还需努力，那还有一段长长的路要走。

在对事理、哲理、真理的探寻上，王位寓言可谓人类好奇心的巨大明敌。世界奇人海伦·凯勒在《假如给我三天光明》一书中，谈到她儿童时期的阅读，她不喜欢拉·封丹的寓言，"动物拟人化表达方式永远无法引起我特别的兴趣，也就无心去领会其中的寓意了"。在海伦·凯勒看来，寓言不能激发人类高尚的情操，更"没有必要由猴子和狼来宣扬伟大的真理"，理性和知识像碎片一样会搅乱人们的心灵。寓言的知识性只是寓言探索真理道路上的一个工具，绝对不能成为寓言的本体，而寓言的理性也会限制儿童读者的想象。如果仔细阅读，王位的寓言可以说知识性极为丰富，与他学理科出身有关系，但在处理知识、道理、真理等看似寓言的目的时，王位的寓言往往采取了比较迂回曲折的办法。他的寓言文字比较长，往往把事件的全过程写清楚，很少在结尾把一个教训性的道理直接点明，他希望通过他的叙述，让读者自己去悟道。《蝗虫为什么结群行动》本来是一个科普知识为主的寓言，但在叙述过程中知识已经发生了位移，倒是故事情节的曲折趣味的空气充满田间地头，一次，上千亿只蝗虫去吃庄稼地中的庄稼，玉米地的玉米成了光杆司令，他深有感触不无痛心地说："这帮可恶的家伙，生理活动十分旺盛，体能消耗较大，所以，他们的身体需要维持较高的体温才行。于是他们便结群而行，身体相互拥挤，以免散失热量，保持体温，只有这样，他们干起坏事来，才更加有力。"故事的主人公发现了敌人制胜的原因，这种知识道理与自然现象的巧妙融合，是王位寓言潜移默化的艺术效果。

他写了大量的寓言,从题目上看就给人一个思考和想象的空间,而且这种问题好像人们司空见惯而又没有人追问,他一本正经地提出来,人们还真张口结舌面红耳赤,既遥远又贴身的现象我们怎么没有注意呢?如《花的寿命有多长》《扇贝怎样走路》《为什么有的鱼离开水还能存活》《蝗虫为什么结群行动》《长颈鹿的脖子为什么那么长》《深海鱼为什么不浮到水面上来》《射水鱼为什么能射水》《螃蟹为什么吐白沫》《猫为什么吃老鼠》等等,对每一个物种的描述,他都建立在客观性的基础之上,"去人类中心主义",对问题本身的探询就是常人忽略的巨大存在,王位的寓言可谓一问一世界,无止无休,一问一世界,一理一存在。正如《道德经》所言"一生二,二生三,三生万物",万物的存在都具有激发人类巨大好奇心的潜质,努力探寻真理的兴趣比告诉人们一般性的道理更有意义和价值,何况真理具有变化性和相对性呢?

国际儿童文学研究会理事长、斯德哥尔摩大学教授玛丽娅·尼古拉叶娃谈到优秀儿童文学应具有现代意识,所谓现代意识包括三个方面:一是问题意识,儿童文学所表达的是一个什么问题,是不是儿童成长、儿童生活中的真问题还是成人作家自说自话。二是引导意识,作品能否激发读者多角度思考,对人生有一种坚定的信念。三是开放性的结尾,对善与恶、美与丑、真与假提供一个较为感性的认识空间。无论主人公遇到多么大的危险和多么强大的敌人,靠他的勇气智慧和力量一定会战胜恶势力。在这三个方面,王位都一直努力着、成就着,并取得了骄人的成果,也给人们带来了阅读的快感。

　　作为儿童文学研究者和热爱者，笔者对文学中传递的理性总是抱着一种警惕和怀疑的态度。中国当代寓言创作虽然取得了一些成就，但是，思维的僵硬化、语言的模式化、叙述的刻板化、文化的侏儒化还是让人不满意的，致使"全国优秀儿童文学奖"连续多届都是"寓言空缺"。世界经典寓言可以说是人类思想智慧和艺术的精华，寓言具有自己独到的审美追求、语言表达、价值判断，套用高尔基的话说："具有主权和法则的一大独立国"。古老寓言与现代生活如何融合，创作出具有时代特征的经典文本，是我们这一代人寓言艺术创作的伟大梦想。如何做到老树发新芽，旧瓶装新酒，我们仍需努力。中国俗语云"五十而知天命"，如果说对这个世界、人生、自我有一定认识和理解的话，人生应从50岁开始，50岁作家的创作才积累了一些令人回味咀嚼的酸甜苦辣，他们的创作也许更有参考价值和意义指向。祝愿刚过50岁的王位，他寓言创作的春天鸟语花香，春满人间，文如其名，建造一座繁花似锦的寓言宫殿，让孩子们在这艺术的宫殿内玩耍嬉戏，给幼小纯洁的心灵一个温暖幸福的家园，将是中国儿童文学的福音。

六　纯朴与感动是谢华良文学世界的底色

　　谢华良是最接吉林乡土气息的儿童文学作家，他是乡间一所学校的语文教师，他的创作以小说为主，他的小说从未离开吉林这片乡土和乡土上的孩子们。他目前已出版《一鸣惊人》《告诉你没啥》《下雪了，天晴了》《我有一匹马》等多部儿童小说。他的小说在《儿童文学》《少年文艺》《读友》等国内重要儿童文学刊物上头题发表，并有多篇被《儿童文学选刊》选载，曾获得冰心儿童文学奖大奖、长白山文艺奖、吉林文学奖一等奖等。一直生活在农村的吉林作家谢华良，却是一位保持"纯朴"，营造感动的乡土作家。

谢华良儿童文学创作以小说为主，题材非常广泛，小说中的人物众多，主要人物都具有纯朴的品质，当纯朴与其他的品质对抗时，纯朴往往占了上风。在谢华良《我很纯朴》里面，作者给自己的纯朴进行了诠释："纯朴，是啊，纯朴，她和校园里流行的那些众多的、能够引起人们激动和兴奋的词儿比较起来，简直太没亮色了。我就亲眼见到，有许多同学鄙视着纯朴，逃避着纯朴——甚至试图把自己身上，哪怕残存的一两丝纯朴，都要连根拔掉……"纯朴包括情感的真挚、道德的善良、人格的健全，它甚至是中国文学传统中一种至高无上的美学境界。《老子》第十九章说"见素抱朴"，说二十八章说"复归于朴""复归于婴儿"，都强调了保持自然纯朴才是人性的一种理想状态。

中国儿童文学理论的奠基人之一周作人把儿童文学作家分为"生就的"和"造就的"两种，在分析两者细微的差别时，曾举了一个生动的例子，他认为："安徒生与王尔德的差别，据我的意见，是在于纯朴与否。王尔德的作品无论哪一篇，总觉得很是漂亮，轻松，而且机警，读者极为愉快，但是有苦的回味，因为在他童话创造出来的不是'第三的世界'，却只在现实上覆了一层极薄的幕，几乎是透明的，所以还是成人的世界。安徒生因为他异常的天性，能够复造出儿童的世界，但也是很少数。他的多数作品大抵是属于'第三世界'的，这可以说是超过成人与儿童的世界，也可以说是融合成人和儿童的世界。"我没有把谢华良的儿童文学创作抬高到安徒生或者是王尔德的位置，我只是想说，在谢华良的文学视域中，当童年世界与成人世界相撞时，就会迸发出迷人的色彩，但这色彩是纯朴的，没有过多的装修和伪饰，是一种天成的自在。

　　谢华良作品情感表达最充沛的地方，往往是作家对童年生活的一种刻骨铭心的爱，对自己儿时生活持续的理解与关照，与瑞典儿童文学作家林格伦的创造态度相似——"写给童年的自己"；而对当下儿童生活的观照，就有一种隔，拉开距离的审美，对儿童生活的一切姿势和表现是持续的温婉的"笑"，这"笑"后面是作家对当下儿童生活与自己儿时生活比照之后，流露出来的最深沉的祝福。即使是他作品中的成人，也是融入了儿童世界和成人世界之后的"第三世界"，这"第三世界"里的成人，都熔铸了一种纯朴的性格。做教师出身的谢华良深深理解儿童成长的苦涩与困惑，他小说中的成人都有鲜明的个性又都有对儿童深刻的理解，尽管方式不同但殊途同归。

　　《奇怪不奇怪》写出了一对少年在成人世界的入口张望着、打量着、惊异着，成人世界人与人之间复杂的社会关系和每个人鲜明的个性"谜"一样地吸引着孩子们，在困惑和探寻中少年渐渐成长。这种生活如一幅画一样展开，所有的"奇怪"都充满了神奇的魅力，成长也就如诗如画了。小说极具现代性，没有大道理和高姿态的人为拔高，更没有给洁和"阎罗王"两个老师做出评判，而是写出了生活本来的朴实面貌。还有《麦子麦子》中省城报刊的主编郭老、洋钉的爸爸等成人，对儿童充满了理解和体贴。成人的多样性和丰富性同时存在于我们的生活中，任何一种以对儿童的理解和关爱为出发点的教育，都有其存在的现实性和合理性，这是当代儿童文学创作中最缺失的地方，也是谢华良小说最令人回味无穷的地方。

面对"死亡"这样残酷的话题，儿童文学作家一般不敢挑战，很多作家都在试图回避这一问题。谢华良却可以把"死亡"的残酷转化成亲情的感动。在小说《雪落无声》中，我感受到儿童文学界久违的贫苦家庭人与人之间温润的情感。谢华良写到的死亡，尽管是一系列的（父亲因车祸而死，爷爷因思念父亲而死），但父亲死后，大家都瞒着奶奶，怕让她知道受不了丧子的打击，奶奶也装作若无其事的样子，直到 18 年后，奶奶临死前才流露出已经知道儿子死了，奶奶怕大家悲伤才装作那么乐观的。为了一个"爱"字，所有活着的人都在"制造幸福"地活着，作品反映出家庭的责任感与人间的温暖与美好。

《生日快乐》也是涉及死亡的一篇小说。一场车祸打碎了一个家庭的幸福和美满，妈妈走了，家里只剩下父女俩，突然的打击使两个人如何生存下去呢？爸爸为了女儿，女儿为了爸爸，都埋藏了内心的悲伤，而是两个人在做一些约定："一年来，两人约好：彼此有保留秘密的权利，但有事要请假——如果一方不准假，请假无效；一年来，两人约好：快快乐乐地活，不许偷着哭——如果必须哭，两人要一起哭；一年来，两人约好：

不轻易提到妈妈……"约定是约了，但是这约定是如何落实的呢？小说紧紧围绕过生日这个线索来展开，那么多具有生活原生态和质感的画面，让人读来感动落泪，作为爸爸老蓬同志和作为女儿的小蓬同学都在坚强着，隐着与忍着成为这部作品最饱满的感情。这一年的时间里，小蓬同学放学从没晚回来过，老蓬同志下班也只晚过一次——那次是单位开会，可那个会开得太长了，已经过了下班时间，领导还在兴致勃勃地讲，讲了一个事又讲了一个事，然后又想起一个事……天就渐渐黑了。老蓬走出会场，往家里打电话，和小蓬同学请假。作品结尾老蓬同志盯着小蓬同学看，两个人围着一个生日蛋糕，互相往脸上抹着奶油，一边抹一边嘿嘿笑，"蛋糕上的彩色小蜡烛在燃烧，火苗一闪一闪，像在一边舞蹈一边唱歌——嗯，那个大家都熟悉和喜欢的歌儿"。这笑中饱含着怎样强大的责任和担当，而火苗的闪烁更象征了父女俩爱的感动与坚强。

谢华良以自己纯朴的文风在中国儿童文学界耕耘了 20 年，而且是中国儿童文学从纯朴走向华丽的 20 年，从单一走向多元的 20 年，从保守走向开放的 20 年。从这"另类"的坚守里面，可以看出他对儿童世界与成人世界融合后的"第三世界"的准确把握，这是中国儿童文学当下需要提倡和坚守的一种有价值的美学方向。

七　一个闪闪发光的儿童文学作家窦晶

窦晶身处吉林，却是一个面向全国乃至世界的儿童文学作家，她的作品以幼儿文学居多。走进她的文学世界，会被她那种坚持童心童趣的创作所打动，她的笔在不动声色中，把地域文化色彩与儿童生命的梦幻与折光很巧妙地表达出来，是一个让读者眼前突然一亮的青年儿童文学作家。窦晶写了大量的童话、童谣、儿童诗和儿童小说，她的作品有《最美最美的新童话》《叽里咕噜搬运魔法》《六个小邋遢鬼》《爱的大口袋》《非常小姐弟》等，曾经获得冰心儿童文学新作奖、全国童谣大赛奖。

窦晶最有潜力和价值的作品应该是幼儿文学创作，代表作《非常小姐弟》是一部妙趣横生的幼儿系列成长小说。作品塑造了两个个性鲜明的儿童形象——吉米花和吉大力，还有一只调皮的小狗"吉星高照"，他们快乐地生活在中国北方的城市里。这两个小家伙好像是在中国幼儿文学天空中升起的两个充满生机的新星，富有儿童生命质感和童情童趣，又具有鲜明的时代特征。

当下，一些80后小夫妻已经有两个孩子了，作为独生子女的年轻父母，怎样分配他们的爱？小朋友怎样处理兄弟姐妹之间的关系？答案就藏在一个个童真童趣的小故事里。在弟弟吉大力的眼里，姐姐吉米花嘴馋、鬼主意多还有点霸道；在姐姐吉米花眼里，弟弟吉大力胆小耍赖还爱打小报告。两个小姐弟满怀热情地饲养宠物，经过无数次失败之后，培养了热爱劳动和认真负责的精神。

停电的黑夜里，吉大力点上蜡烛，唱起了生日快乐歌，没有人过生日怎么办？吉大力说我们给黑天过生日吧，还拿出两个光头饼当作黑天的生日蛋糕。给黑天过了一个隆重的生日之后，还开了一个"停电聚会"，爸爸、妈妈、姐姐和弟弟唱歌跳舞，一家人真是其乐融融。一次日常生活中的停电，被作者妙笔生花成一次精神和情感成长的重头戏，也许会成为吉大力和吉米花生活中最美的记忆，或许会被他们很快忘记，但是，给黑天过生日感恩的心会如雕塑般印在读者的心上，使人久久感动。可以说，有魔法的是作家的心灵而不是道具，从中可以看出窦晶的儿童文学观是对世界和生活的感恩，爱是一种无声而有力的语言。

窦晶塑造人物的成功之处在于儿童在环境中"艰难"地成长，许多在成人看来也许是搞笑的轻松小事，在幼儿那里有时候就是天大的事和天大的困难，而且战胜这些困难需要许多种办法及智慧与勇气。刚刚上学的吉大力遇到的最大的难题是什么呢？不是知识学不会，不是不会跟同学交流，更不是与老师沟通的问题，而是一切都要忍着，忍着上课不说话，忍着屎憋着尿，忍着肚子叽里咕噜叫不能吃东西，忍着摔倒了不能放声大哭，甚至忍住不能放屁，让刚刚上小学一年级的吉大力感到"长大可真不容易"。

控制自己真是太难了，难道人的一生不都是在控制自我和"忍"中过日子的吗？这种故事的底色既写出了人物性格，又通过文学的世界让小读者进行一次生活的体验和心灵的成长，让童年有了丰富的环境和"价值不菲"的痛苦磨砺。这是生命从自然性到社会性的一次艰难的生成和转变，更是儿童从自身生活中发出的绚丽光彩。如果没有儿童本位的儿童观，是无论如何也理解不了儿童成长过程中"痛并快乐"的真谛，那种困扰是许多畅销的儿童文学蔑视或没有发现的，因为那种从概念出发的写作的架空性，也就使儿童文学与儿童的心灵离得很远。

一个女作家在现实世界和不泯的童心之间建立起来一根纽带，达成多种联系，在这千条万缕的联系中，窦晶不忘记作为人最基本的、真理般的感受。她用儿童文学的眼睛点亮了世界也点亮了心灵，心灵与眼睛是童心的本质，这种温婉的美与幽默的智慧，也可以视为一种自我认同和生命力的象征。

作为曾经做过多年少儿节目编导的一位妈妈，窦晶多年与小朋友、老师、家长打交道，当她走进儿童文学世界，可以说是厚积薄发，好多作品水到渠成，灵感的浪花不断涌现，但是窦晶尽量控制自己的创作速度，均匀而富有节奏，让作品呈现出坚实美好的质感。

她的每一个小童谣和小童话都是她心灵的一次起飞，在秉持文学这种精神事业的时候，不断地超越自我，在幼儿的天空中进行单纯而深刻的精神和情感的"历险"，而这些"历险"过程中的城堡险滩和绝境绝对不是高高在上的"玩具"世界，而是多变的现实生活环境本身。作品的读者对象尽管是年龄比较小的孩子，但是，等孩子长大成人之后，也能从那一派天真中体悟到人生的真谛和情感的丰富，享受一种艺术精神为他们的成长所贡献出的神奇力量。

八 向着明亮那方发展的吉林儿童文学

吉林省是中国东北三省之一，在地理位置上处于辽宁和黑龙江之间，吉林省不及辽宁省和黑龙江省幅员辽阔、人口众多、物产丰富。但是随着中华人民共和国的建立，却缔造了新中国汽车工业的摇篮——第一汽车制造厂；缔造了新中国电影的摇篮——长春电影制片厂；还缔造了一个鲜为人知的摇篮，新中国儿童文学的摇篮——东北师范大学。可以说，吉林省儿童文学的发展与东北师范大学密切相连，与新中国文学事业的发展风雨兼程，形成了自己独特的成长历程，可以用一个中心，四个时期，三条线索概括其面貌。一个中心就是以东北师范大学作为儿童文学教学科研与人才培养为中心，贯彻落实党的文艺路线和教育方针。四个时期：第一个时期是吉林儿童文学起步期，从20世纪40年代至新中国成立前；第二个时期是奋进期，新中国成立后17年；第三个时期是繁荣期，从1978年改革开放到20世纪80年代末；第四个时期是多元化时期，从20世纪90年代上半叶到21世纪的近十年。

吉林省儿童文学以三条线索构成立体的网状结构，这三条线索分别是：在题材的选择上，以儿童生活为主的多种题材共同发展；在创作技巧上，以现实主义为主的多种表现手法皆有尝试；在反映民族生活上，以白山黑水上居住的汉民族为主的表现满族、朝鲜族、蒙古族、回族等多种民族生活的文学协调发展。

（一）新中国教学科研与人才发展中心的东北师范大学

如果说上海是中国现代儿童文学的发祥地，那么东北师范大学就是新中国儿童文学的摇篮。"新中国成立后，为了培养新中国自己的儿童文学理论工作者，教育部指定东北师范大学首先开设儿童文学课，由蒋锡金教授带中国第一代儿童文学研究生，东北师范大学成为培养新中国儿童文学作家的摇篮"（《东北儿童文学史》）。蒋锡金先生是鲁迅时代与鲁迅夫人许广平共事过的中国现代著名作家，鲁迅研究专家，是新中国创办的新中国成立后第一所大学东北大学（东北师范大学的前身）的著名教授。他早年在上海领导过诗歌运动，创办过多种诗刊和文学期刊、报纸，他是中国最早的毛泽东诗词解说者，比郭沫若1946年7月10日的评论，起码要早三四个月。这就是他在任《新华日报》华中副刊编辑期间于1946年3月14日所写的《咏雪词话》，解说了毛泽东的《沁园春·雪》。他出版过诗集《黄昏星》《瘸腿的甲鱼》等，创作过剧本《台儿庄》（与他人合作）、《横山镇》。还有译自埃及金字塔的诗歌《亡灵书》《俄罗斯人民的口头创作》（与曲秉成合译）、普希金的童话诗《鲁斯兰和米德柳拉》。为人民文学出版社注释过《鲁迅日记》，并为《新文学史料》等刊物撰写了许多有价值的纪念文坛宿友的文章，如《萧红和她的〈呼兰河传〉》《离乱杂记》《鲁迅为什么不去日本治病？》诸多关于二萧的文章，具有重要的史料价值和研究价值。他可以说是国内享有盛名的研究萧红、萧军和鲁迅的中国现代文学专家。他的文学研究视野非常广阔，儿童文学是他关爱的事业之一，为新中国培养了大量的儿童文学人才。与蒋锡金先生同时代的中国现代文学著名诗人、教授、翻译家穆木天，在新中国成立后也在东北师范大学中文系任教并同时倡导儿童文学，浦漫汀儿童文学事业的缘起和成就都与两位老先生的教诲和影响有直接的关系。姜郁文是蒋锡金教授培养的新中国第一批儿童文学研究生之一，她与浦漫汀同为蒋先生的弟子，他们这三位师生在中国儿童文学界的地位是有目共睹的，由于他们的影响，造就了一大批儿童文学人才，为中国的儿童文学事业做出了贡献。该校的毕业生，如徐荣凡、张少武、崔坪、郭大森、崔乙、顾笑言、孔凡清、尤异、高帆（高云鹏）、文牧（方半林）等，都已成为东北儿童文学理论和创作队伍的中坚力量，他们为发展东北的儿童文学事业做出了巨大贡献。

蒋锡金教授社会兼职很多，曾任中国作家协会吉林分会副主席、吉林省社会科学界联合会副主席、长春市文联主席等职，20 世纪 80 年代任吉林儿童文学研究会会长，直接指导了第二次吉林省少儿文艺创作评奖，有 51 名作者获奖。其中的 5 名作家鄂华、孟左恭、胡昭、郭大森、尤异等的小说童话获得了全国第二次少儿文艺创作奖。蒋锡金先生还为新中国成立 30 周年的《吉林儿童文学作品选》和 80 年代初的《吉林儿童文学近作选》写过两篇长篇序言，对吉林省新中国成立后儿童文学的发展做了评论，对推动吉林儿童文学的繁荣和发展起到了重要的指导作用。此外，他还为张少武的中篇小说《九月的枪声》、陆景林的寓言集《披虎皮的狼》写了序言，对两部作品做了恰如其分的评价。《九月的枪声》获得全国少数民族文学奖，《披虎皮的狼》获吉林省政府长白山文艺奖。90 年代初，蒋先生还为郭大森、高帆共同主编的大型童话辞典《中外童话大作》撰写了长篇序言，用大量篇幅论述了中国古代童话的产生和发展，填补了中国古代童话研究的空白。在中华人民共和国成立 30 周年之际，蒋锡金、郭大森和崔乙共同主编的《儿童文学论文选》，成为儿童文学作家、评论家、出版社编辑重要的学习资料和高校教师进行儿童文学教学的重要参考书。

浦漫汀作为蒋锡金先生的学生为吉林省培养了大批儿童文学教师和作者，使这个新中国儿童文学摇篮的队伍越发壮大。她后来被调到北京师范大学任教，依然关心着吉林儿童文学作家的成长。她的学生在儿童文学方面的成绩，都浸透着她的心血。到北京后，她主持着北京师范大学中文系的儿童文学教研室工作，并担任中国儿童文学研究会副理事长，全国高校儿童文学教学研究会的理事长，对全国的儿童文学理论有着举足轻重的影响作用。她主编的《新中国儿童文学大系》等多部中外儿童文学名著丛书，还有她著作的《浦漫汀儿童文学评论集》《浦漫汀儿童文学论稿》《浦漫汀与儿童文学》等等，都是中国儿童文学不可多得的理论指南，在中国当代儿童文学史中占有重要地位。在她从事儿童文学研究 50 年时，荣获宋庆龄儿童文学奖成就奖，严文井称浦漫汀为"中国儿童文学的辛勤园丁"。

姜郁文，1954 年东北师范大学中文系儿童文学研究生毕业，曾在东北师范大学中文系任教，后调入辽宁大学等高校讲授儿童文学和文艺理论课。1962 年调到辽宁省作家协会，从事理论研究和编辑工作。曾任辽宁省儿童文学学会副会长、秘书长等职。著有《战斗的童年》《论儿童文学的特殊性》《情趣盎然的儿歌》等散文及论文 50 余篇，并有《苏联儿童文学》等译作。1995 年出版了《东北儿童文学史》(与吴庆先、马力合著)，这是她对东北儿童文学研究的重要贡献，蒋锡金先生在该书代序中指出：

"你们花了几年时间，在没有人走过的荆棘丛生的路上，闯过道道难关，不顾一切踏出一条路，终于将东北儿童文学史写出来，为后人研究铺石架桥，它具有破天荒的性质，这个意义是很深远的。"

　　崔坪也是蒋锡金先生的学生，1953年毕业于东北师范大学中文系，曾在沈阳任中学教师，后调到北京语言学院任教。20世纪70年代末调入人民文学出版社任少儿文学组组长、《朝花》儿童文学丛刊执行主编。在此期间，崔坪团结了一大批我国老中青儿童文学作家，出版了许多作家的儿童文学新作，并成功地出版了新中国成立30年儿童文学短篇小说、童话寓言、诗歌、剧本四部选集，汇集了新中国成立30年中国儿童文学的优秀作品，载入了中国儿童文学出版史册。大型儿童文学丛刊《朝花》发表了数百位儿童文学作家的小说、散文、童话、寓言和评论文章，它同国内其他儿童文学期刊，把80年代的中国儿童文学推向了高潮，被人称为中国儿童文学的黄金时期。当时，崔坪身在北京，却时时不忘对吉林儿童文学作家的扶持，发表出版了许多吉林儿童文学作家的小说、散文和评论，还对张少武和李玲修的小说做了专题评论，极大地鼓舞了吉林儿童文学作家的创作热情。崔坪创作的优秀儿童中篇小说《饮马河边》《红色游击队》《暗哨》《大搜捕》等也都是描写东北地区、特别是吉林省九台、磐石、桦甸、敦化一带的抗日斗争生活和解放战争时的儿童团的战斗生活。为了写好《大搜捕》他曾多次深入长白山区和东北边陲体验生活，可见他与家乡人民感情的深厚。

　　高帆（原名高云鹏）1961年毕业于东北师范大学中文系，

浦漫汀老师去北京后，高帆在中文系主讲儿童文学课，并带了10多名儿童文学研究生。侯颖、董国超、赵大军等是他的学生。他的学生们在儿童文学领域所做的努力，也为东北师范大学这个新中国儿童文学摇篮增添了光彩。高帆除教学工作外，还是我国著名的儿童诗诗人，儿童文学评论家，理论专著有《青年学诗》《世界著名童话家》，主编了《实用儿歌鉴赏大全》、与郭大森共同主编了90万字的童话辞典《中外童话大观》。高帆的论文在全国首届儿童文学理论评奖中曾获优秀论文奖，他为中国儿童诗发展和儿童文学理论建设做出了贡献。

朱自强是茅盾研究专家孙中田教授的中国现当代文学博士，日本东京学艺大学访问学者，曾任东北师范大学文学院副院长，博士生导师，后去中国海洋大学任教。他的儿童文学评论视野广阔，主要学术著作有《儿童文学的本质》《中国儿童文学与现代化进程》《小学语文文学教育》《日本儿童文学论》《儿童文学概论》等论著，主编了几十种图书，发表论文、评论100多篇。论著曾获中国图书奖、吉林省社会科学奖。他对儿童文学本质的追问，尤其是他在世界经典儿童文学视野下建构的儿童文学理论，对新时期的儿童文学创作和理论研究有正本清源的作用；他在《中国儿童文学与现代化进程》中提出中国现代儿童文学诞生的"两个现代"的观点：一个是理论的"现代"，以周作人提出的"儿童本位"理论为标志；另一个是创作的"现代"，以《稻草人》《寄小读者》等作品的出现为标志，以此阐明中国现代儿童文学起点为外源性的"现代"，受了外国儿童文学理论和作品"现代性"的催生而建立起来的中国现代儿童文学，伴随社会的现代化而发展。他的儿童文学研究见解独到，在国内乃至东南亚地区享有盛名，影响广泛，对当代中国儿童文学理论的建设和发展有着推动作用。

侯颖是新时期以降东北师范大学第一位儿童文学硕士研究生，曾任北方妇女儿童出版社编审，责编过《世界金质童话》《中国最佳童话》《生态童话系列》等儿童文学精品书，获得过 20 多次国家级和省部级的编辑奖项。2005 年调回东北师大文学院主讲儿童文学课程，担任文学院儿童文学研究中心主任，文学博士，教授，博士生导师。主持国家社科基金项目"人类情理世界的潜文本——动物叙事论"；教育部人文社会科学规划项目"论儿童文学教育性"课题等六个项目，发表了近百篇儿童文学理论文章，《试论中国原创儿童文学的危机》《儿童文学创作中存在几个问题》《网络儿童文学的正负文化价值》等理论文章，在国内儿童文学理论界有一定的影响。

（二）吉林省儿童文学发展的四个时期

第一个时期是吉林儿童文学起步期，从 40 年代至新中国成立前。自五四新文化运动以来，特别是 30 年代之后，东北儿童文学的发展起点是很高的。中国现代著名作家萧军、萧红、骆宾基、舒群等，都是土生土长的东北作家，有的就是吉林省作家，都写出了很出色的儿童文学作品，如萧军的《我的童年》、骆宾基的《鹦鹉和燕子》《蓝色的图们江》、舒群的《没有祖国的孩子》等。萧红的五篇儿童短篇小说《弃儿》《夜风》《山下》《孩子的演讲》《手》，其中前两篇写于东北，后三篇是流亡关内之作。

《手》的主人公小学生王亚明是一个开染坊人家的女儿，因为帮助家里干活，一双手被颜料染得漆黑。上学后，受到学校的校长、老师、舍监甚至同学的种种歧视，最后因为成绩不好被校长勒令退学。一个阶层的种种不幸在30年代黑暗的社会中用这个被染黑的手的符号都诠释出来了。萧红的作品特别善于挖掘人性的弱点，尤其是文化的杀人以及人与人之间的一种虐待和压制，萧红把这种对生存的压抑用"越轨"的笔迹描画出来，以权威与先进的知识为名对儿童或者是学生进行精神的虐杀。更令人同情的是，萧红往往能找到生活中最弱最平庸甚至是最"傻"的人来写，而这些人在生活中大量存在，如若这些人没有什么感觉也就算了，但事实上，他们有着追求人生目标的愿望，更有一种倔强不屈的性格，用萧红的话来说："她（王亚明）的眼泪比我的同情高贵得多！"小说在一种绝望中表达了希望之所在。尤其在作品的结尾，"我"看着王亚明的背影向着弥漫着朝阳的方向走去，"雪地好像碎玻璃似的，越远，那闪光就越刚强。"小说无论是思想内容还是表现手法都是经典的越轨的"笔致"，给人巨大的精神震撼。

舒群，黑龙江省阿城人，1931年参加东北抗日义勇军，1932年开始文学创作，1935年参加中国左翼作家联盟。1942年后任东北局文委副主任、东北大学副校长、东北电影制片厂厂长等职。出版短篇小说集《没有祖国的孩子》《战地》《海的彼岸》《我的女教师》等。代表作《没有祖国的孩子》，写了日本帝国主义侵占东北之后，一个没有祖国的孩子果里在异邦所遭受的苦难和凌辱。小说刻画了果里在遭受民族压迫的时候能够奋起反抗，不甘心当"亡国奴"，以此来警醒中华民族起来反抗日本人的侵略。《水中生活》和《孤儿》也是反映东北沦陷区儿童生活的小说，激发人们反抗日本侵略收复国土的坚定信心。

梅娘是长春人，在三四十年代的中国文坛上曾有"南张北梅"的说法，"南张"指上海的张爱玲，"北梅"指吉林省的梅娘。1936 年，16 岁的梅娘出版了《小姐集》，以"难得的真诚，难得的清丽"出现在东北文坛，刘爱华在《孤独的舞蹈——东北沦陷时期女性作家群体小说论》一书之中说："充分表现了华丽的辞藻和其磅礴的文力"成就了"又一篇《寄小读者》。"而她的短篇小说《侏儒》写了一个可怜的私生子不幸的遭遇，他生来就是畸形，不仅身体残疾，而且精神上也遭到虐待，小小年纪就悲惨死去。小说暴露了畸形社会对人的虐杀，特别是对儿童的虐杀，从而深刻地抨击了黑暗的社会。

师田手是吉林省扶余县人。1933 年加入左翼作家联盟，1945 年返东北，曾任吉林省文教局长、教育厅厅长、东北作家协会副主席等职务。主要作品有短篇小说集《燃烧》、诗集《爷爷和奶奶的故事》《歌唱南泥湾》等。儿童小说《大风雪里》描写了东北抗日联军英勇抗战的故事，秋姐子年仅 14 岁，但已经参加抗日义勇军两年了，在军队里担任交通员，每次都能出色地完成任务。在一次执行任务时被敌人逮捕，敌人用种种酷刑来折磨她，她都能勇敢地面对，最后被敌人残忍地杀害了。作品表现了秋姐子高度的爱国热情和抗战的大无畏精神。

朱媞毕业于吉林女子中学附属的示范班。学生时期就开始文学创作，1945 年出版了短篇小说集《樱》，其中的《小银子和她的家族》讲述了一个女孩的凄惨的命运，由于出身贫寒被卖给一个瞎子家，到被迫街头卖艺，以至于被强奸，最后又被卖给流氓残害致死。通过幼女被凌辱被损害的命运，对黑暗罪恶的社会进行了血泪控诉。

这一时期的儿童文学是东北文学的重要组成部分，以揭露儿童生活的苦难和对敌人的反抗斗争现实主义题材为主，流露出浓郁的东北地域文化色彩和鲜明的时代特征，为新中国吉林省儿童文学的发展奠定了坚实的基础。

第二个时期是奋进期，新中国成立后 17 年，经历了新中国儿童文学 8 年黄金期和后来 9 年的曲折发展期，吉林省儿童文学的发展与新中国的命运休戚相关，在党和政府的关怀培育下，出现了大量优秀的儿童文学作品，并产生了全国影响。

1950 年 4 月，政府召开了第一次全国少年儿童工作干部大会。在大会上，呼吁"作家们或是少年儿童工作者必须多多创作以少年儿童为对象的好的文学艺术作品，以优胜劣汰的形势来淘汰那些不良的作品，解救少年儿童精神上的饥饿"。1955 年《人民日报》发表了《大量创作、出版、发行少年儿童读物》的社论，指出解决少年儿童读物的种类、数量、质量问题，是少年儿童教育事业中的一项极其重要的任务。

响应党和国家的号召，与全国的大环境相呼应，吉林省儿童文学作家率先起步，陶德臻的儿童小说《小先生》发表在 1950 年 2 月《长春新报》文艺副刊第十四期，张家愚的儿童小说《复学》也发表在 1950 年 4 月。新中国成立 17 年期间，吉林人民出版社出版的长篇小说《水晶洞》、中篇小说《草原儿童团》

以及《长耳朵的故事》《三个朋友》《小驼子和兰花》《小五更》《夏夜繁星》等作品集至今仍令人记忆犹新。《长春》文学月刊发表了吕治范的《采蘑菇》、张少武的《摸鱼》、郭大森的《草原上的湖》等,《吉林日报》的《沃土》文学周刊和《长春日报》《布谷》文学周刊,也是五六十年代吉林省儿童文学作家发表作品的重要园地。

鄂华是我国著名作家,他的小说《自由神的眼泪》和《女皇王冠上的钻石》享誉中国。他的长篇儿童小说《水晶洞》出版后,被改编成儿童剧,在北京、上海、西安等地上演,很大地提高了吉林省儿童文学的声誉。鄂华的儿童小说《向往》以一个城市儿童的人生体会为线索,写了假期里来到了荒无人烟的一个桥头扳道工身边,了解了这个 30 年如一日检查铁路线路老工人的生活后,理解了什么是真正的英雄含义,解决了自己思想上不切合实际的想法。小说的题材较新颖,有明显的思想教育倾向,反映了那个时代儿童文学创作的时代特征。

孙景琦的《小小牛司令》,1954 年入选《全国青年文学创作选》是一篇非常成熟的儿童小说,写了朝鲜族少年金东奉,不顾父亲的反对,到生产队里去喂牛,他工作起来勤勤恳恳任劳任怨,把队里的牛饲养得非常健壮,在农耕生产中起了重要的作用,被人们称为"牛司令"。他积极认真的工作态度改变了老饲养员朴"酒瓶子"的人生态度,更改造了父亲的思想,少年改造老年的主题具有一定的创新意义。整个作品基调明快,在平凡的日常生活小事中表现复杂的人物性格,是一篇难得的佳作。

张少武的《逮鸟儿》发表在 1956 年《长春日报》上,是一篇优秀的儿童小说。《摸鱼》发表在 1963 年《长春》，是他的儿童文学代表作，刻画了一个青少年的成长，需要老队长的帮助，他一方面把农活干好不误时令，另一方面与老队长一起摸鱼，满足了自己爱玩的天性。而对摸鱼的细节精到入微的刻画，表现了作者极强的观察能力。

崔坪的《芦苇里响起了枪声》反映了镇反时期少年儿童配合公安人员捉拿反革命的故事，最初发表在 1954 年《少年文艺》上，并在上海等地出过单行本，也深受小读者的喜爱。刘凤仪的《草原儿童团》也是 50 年代就产生过全国影响的儿童小说。

孟左恭表现蒙古族儿童生活的儿童小说《草原的儿子》，发表在 1960 年上海的《少年文艺》，描写了抗日战争时期，蒙古族少年阿尤勒一家不堪蒙古王爷的剥削和压迫，妈妈被蒙古王爷大管家的马活活拖死，爸爸参加了八路军，小阿尤勒勇敢地冲出敌人的包围圈给八路军送信，与爸爸重逢，最后打败了国民党与王爷的联军。从此草原上八路军的队伍又多了一个勇敢的小骑兵，大家称他为草原的儿子。作品情节跌宕起伏，矛盾斗争激烈，把人物所处的险恶环境描写得细腻逼真，极大地渲染了作品的悲剧色彩，而主人公机智勇敢的斗争，又显示出乐观的革命浪漫主义精神，具有传奇色彩，是影响广泛的儿童文学作品，为吉林省儿童文学赢得了荣誉。王汪的《渔家女》、万忆萱的《平原上》也都是反映革命斗争题材的儿童小说，故事情节生动有趣，儿童形象丰满鲜明，是比较难得的儿童文学佳作。

郭大森的《草原上的湖》通过一个城市少年明明来到了牧区，见到了美丽的大草原，展现了草原与湖水的神奇画卷，更写了画卷的主人公草原少年林小鹰，他纯朴善良的品质，机智好玩的天性，都深深地感染了明明，使城市少年与草原少年结下了深厚的友谊。小说具有浓郁的抒情色彩，对自然风光与人物活动的描写都有许多精彩之处，奠定了作者后来儿童文学创作的诗意风格。还有吕治范的《采蘑菇》、梁若冰的《海秋和他的新朋友》、张琦的《小马林和飞毛腿》、郎需才的《"勇敢大王"和"胆小鬼"》都是描写现实生活中的儿童，表现他们丰富多彩生活的同时，又写出了他们各自不同的性格。为儿童文学家园丰富了色彩，积累了创作经验。

胡昭是新中国著名诗人，吉林省舒兰县人，从 1948 年就有诗作问世。他的诗歌《光荣的星云》《军帽下的眼睛》风靡全国。他的诗歌题材分为三个部分，有反映东北森林里动物生活的诗歌，如《小刺猬》《打酒喝喝鸟》《黑熊和回声》《小狐狸》《偷苞米的大黑熊》《大松鼠和大松塔》；有反映东北人民社会主义新生活的诗歌，如《煤》《雪》《洒水车》等；有改编于民间故事的儿童诗歌，如《毛驴参》《神奇的翅膀》《幸福的钥匙》等。1956年他出版了童话诗《响铃公主》和《雁哨》。《雁哨》是一首叙事诗，描写了一队北飞的大雁途中的历险故事，在露营的时候，放哨的大雁发出了两次警告，都没有遭到袭击，第三次警报也没有得到雁群的重视，结果中了猎人的奸计，有三只大雁丧失。作品的主题类似于民间故事狼来了，但诗作的角度新，两条线索清晰，一条是报警的小雁与雁群之间的矛盾，逐渐激化；另一条是猎人与群雁之间的斗争，也愈加激烈，两条线索交叉进行，视角转换迅速，推进故事情节向前发展，营造了紧张的斗争气氛，报警的小雁和抱怨的雁群声音也真实细腻。这首诗堪称新中国成立后东北诗坛上乃至全国最优秀的童话诗之一，获得了第二次全国少儿文艺创作奖。

李中申的儿童诗在 50 年代取得了一定的成绩，他的儿童诗集《城外的白杨》反映了新中国成立后东北农村发生的巨大变化，表现了孩子们学习、劳动、感情以及立志掌握文化科学知识，更好地建设祖国的远大理想。《大海的水浪推浪》《姐姐补网》也都是这一主题的延续。

这一时期影响较大的诗作还有，丁耶《去串阔亲戚》写了农业生产机械化给农村带来的巨大变化，反映了新中国成立以来对新生活的热切愿望；王玎的《洼塘变粮仓》、扬子忱的《丰收戏》、张少武的《喜事》、吴矣的《云彩歌》等，从题目就可以看出，大多数歌颂了社会主义新生活。

这一时期吉林省童话创作比较薄弱，有影响的、比较重要的作家是李光月，他 1920 年生，是长春人。新中国成立前做过印书馆和杂志社的编辑，新中国成立后做过中小学、中小学教师进修学校和长春师专的教师。他在 20 世纪 40 年代就出版过长篇童话《秃秃历险记》，新中国成立后于 50 年代出版过两本童话集《长耳朵的故事》和《三个朋友》。《三个朋友》是一篇写得非常娴熟的童话，主要写了小狗、花猫和公鸡开始都不服气对方，认为别人没有自己本事大，但经过了一件又一件的麻烦事情之后，才发现不同的人有不同的优点，都可以利用自己的长处给别人带来方便，从而团结一致成为好朋友。从整个童话的寓意来讲，就是一篇寓言，但作品在刻画童话形象，描写人物语言，设计故事情节方面都有很强的童话故事色彩，不是简单的说教。《东北儿童文学史》称："东北解放后至'文革'前，在童话创作上成就最大的，是吉林省童话家李光月。""李光月的童话虽然数量不多，但却以其新颖的内容和感人的魅力，成为东北童话园地中的佳篇。"

60年代初期，鄂华的童话《湖上的追逐》（与刘兴诗合作）是吉林童话佳作，为吉林省儿童文学的建设和发展奠定了厚重的基础。

著名童话家严文井在任东北日报副总编时写了三篇童话，有《蚯蚓和蜜蜂的故事》《丁丁的一次奇怪的旅行》和《小花公鸡》。金近在东北电影制片厂担任编剧时写的《谢谢小花猫》《小猫钓鱼》都为吉林省童话的发展起到了推动作用。

相对童话的发展，科幻文学在这一时期，取得了较大的成绩。鄂华的《水晶洞》以惊心动魄的故事情节，深深地吸引了读者。作者巧妙地介绍了水晶的形成过程，构成成分，以及水晶的品种、用途、勘探等方面的知识。作家以其深厚的科学基础和近于完美的文学表达，为少年儿童创作了一部精彩的科幻小说。《天空的梦》也是一篇优美的科学幻想童话，描写了乖巧的小梦神与天空女神带领小女孩玲玲周游宇宙，随着所观测的景物不同，幻境的变化，小梦神和天空女神给玲玲讲解天文知识和自然现象。童话在梦境中展开，虽然介绍知识，但并不枯燥，而是展开神奇的幻想，把知识巧妙地融入故事之中，是科学性和艺术性结合较好的儿童文学佳作。

关于儿童散文的创作数量较少，主要有郎需才出版于1957

年的《连长日记——军事夏令营生活散记》，以日记的形式记载了一群少年到土门岭野游的故事，假借少年的口气写了自己的所见所闻，五天的军营生活生动有趣丰富多彩，每个人物的性格也很有特点。还有文牧，吉林人，又名方半林。60年代出版了儿歌集《抗联叔叔到我家》，他的散文创作更加出色，出版的散文《小伐木工人的笔记》记述了小伐木人在吉林省林区的各种见闻，反映了那个时期少年儿童的生活。《东北儿童文学史》称："文牧的散文无论是对东北山川如诗如画的勾勒，还是于写景抒情中蕴含的具有哲理性的沉思，都表明作家经过执着的艺术追求，在散文领域所达到的艺术境界。"

这一时期的儿童文学创作以儿童小说为主，在反映生活的深广度上都有了进一步的发展，儿童生活的丰富性得以全面的展示。鄂华、崔坪、孙景琦、郭大森、孟左恭的儿童小说、李光月的童话、胡昭的儿童诗、文牧的儿童散文都产生了全国影响，为吉林省儿童文学的进一步发展奠定了坚实的基础。

第三个时期是繁荣期，从1978年改革开放到20世纪80年代末。吉林省儿童文学在党的十一届三中全会之后，一支数量较大素质较好老中青三代的作家队伍形成。创作在以儿童小说和诗歌为主的情况下，童话创作异军突起，其他文体也有斩获，出现了一大批具有全国影响的作品，在第二次全国少儿文艺创作评奖中，吉林省获奖作品（加上三部儿童电影和一首儿童歌曲）数量在上海、北京之后，位于第三位。吉林省儿童文学呈现了"繁花满树子满枝"的丰盛景观。

1979年为迎接新中国成立30周年，吉林人民出版社出版了一批儿童文学图书。鄂华《水晶洞》修订再版，并重印了张天民、刘凤仪、梁若冰、孙景琦等人的儿童小说，同时出版了新中国成立 30 年《吉林儿童文学作品选》，收省内作家新中国成立以来近百篇儿童文学作品，蒋锡金先生为本书作序，在国内产生很大影响。张少武儿童小说集《远方的种子》、万忆萱的童话诗《宝石山的传说》也在这一年出版，更使吉林儿童文学图书的出版呈现出崭新的气象。

东北三省合编《小学生文库》出版后，把吉林儿童文学图书的出版推向了高峰，为全国儿童文学的繁荣做出了重大贡献。几年内先后出版了《茅盾儿童文学作品选》《张天翼儿童文学作品选》《冰心儿童散文选》《叶君健儿童文学作品选》《叶圣陶童话选》《严文井童话选》《陈伯吹童话选》《贺宜童话选》《金近童话选》《包蕾童话选》等。还出版了黄庆云的《从小跟着共产党》、陈模的《凤凰山女儿》、圣野的《诗的散步》、郭风的《搭船的鸟》、金振林的《罗霄山追踪》、严振国的《闯关东》、崔坪的《大搜捕》、浩然的《大肚子蝈蝈》、李凤杰的《老鼠吃猫的故事》、孙幼军的《吉吉变猫熊的故事》、李迪的《恐怖的森林》、赵惠中的《海滨的萤火》、韩静霆的《泥人小芝麻》、高洪波的《狐狸种葡萄》、王家男的《大森林的女儿》、任寰的《六一的风》等近百种之多，这些图书的出版都与吉林省著名儿童文学作家郭大森的辛勤工作密不可分，正是他默默无闻地奉献，才使新时期吉林儿童文学出现了盛世繁华的景象。此外，陈日朋的科普读物、陆景林的寓言集《披虎皮的狼》《张少武儿童小说集》浩然的小说《机灵鬼》等，也都是深受孩子们喜爱的儿童图书。

新中国成立以来,《长春日报》《吉林日报》《城市晚报》《春风》《江城》《绿野》《长白山》《东辽河》《吉林儿童》《吉林文艺》(原名为《长春》,现名为《作家》)等报刊都很重视儿童文学作品的发表。

1980 年,吉林省召开了少年儿童读物出版座谈会,成立了儿童文学研究会,省新闻出版局和省作家协会等八家单位联合发起举办了吉林省少年儿童文学创作评奖,评出了 51 件优秀少儿文艺作品,其中一等奖的作品报送北京参加全国第二次少儿文艺评奖。结果,鄂华的《水晶洞》、胡昭的《雁哨》、孟左恭的《草原的儿子》、郭大森的《天鹅的女儿》、尤异的《彩虹姐姐》等,在这次全国性的评奖上获得了殊荣。通过这次评奖活动,充分显示了吉林省儿童文学作家的创作实力,也极大地鼓舞了吉林省作家的创作信心。

在很短的时间内,吉林省的一批作家便写出了多种儿童文学佳作,王汪的儿童小说《古庙里的号声》、李玲修的《明天要决赛》、郭大森的童话集《天鹅的女儿》、成人文学作家顾笑言的中篇儿童小说《鹿鸣山谷》。尤异儿童长篇小说《周岚和她的学生》获全国优秀少年儿童优秀读物奖。中申新时期以来以写香港风情小说著称,1981 年出版了儿童小说《小脑袋和大鼻子的故事》;吴广孝的寓言从 70 年代见诸报刊,到了 80 年代,寓言集《骄傲的红玫瑰》《猫法官》《鹅女皇》《熊博士》出版,他的寓言《科学家和定律》获 1983 年上海儿童文学园丁奖。文牧的散文在 80 年代获得丰收,《边防村写意》《绿色的边境》《小伐木人的歌》《走向白桦林》等出版。鄂华在上海人民出版社出版的以世界大科学家为题材的短篇小说集《盗火者的足迹》，是一部团中央向全国少年推荐的优秀读物。鄂华、胡昭、孟左恭、郭大森在辽宁少年儿童出版社出版的《东北儿童文学丛书》，进一步奠定了吉林省作家在东北儿童文学史上的位置。

1984年，北方妇女儿童出版社作为专业的少儿读物出版社在吉林省正式成立，极大地丰富了吉林省儿童文学的出版。《吉林儿童文学近作选》把1980—1982年吉林儿童文学创作进行了一次比较全面的总结，老作家蒋锡金教授做了长篇的序言："在短短的三年之中，给年幼的一代提供了丰富多彩的精神食粮，大大地充实了我们省以及全国的儿童文学宝库。这个形势是很喜人的。"

在小说方面，中申的《打赌》是反映儿童现实生活的作品，写了两个孩子不愿意做算术题，因为对作业中"塑料零件"的理解而发生争执，后来把兴趣完全转移到打赌比赛中，忘记了做作业。小说本意是讽刺孩子做事情用心不专一，因为小说能够很好地刻画两个孩子稚气可爱的性格和贪玩的个性，从语言到心理描写都增添了许多儿童情趣，并对儿童接触社会生活的环境的细腻描写，增添了作品的厚重感，能够把读者带到作品中并理解儿童的一些做法，收获了意外的艺术效果。

龙世寿的《小老师》是一个取材别致的小说，写了一位十二三岁的小女孩到爸爸工作的工厂里教工人们学外语，最开始学生们对这个小老师不屑一顾，后来在小老师精彩的讲授中，这些工人都对老师产生了敬佩之情，反映了刚刚粉碎"四人帮"整个社会对知识的渴望，是一篇很有时代特色的小说。

还有一些描写战争题材的小说，如辛路的《尤努斯偷西瓜》写了回民孩子热爱八路军，为八路军伤员恢复健康去偷西瓜的故事。胡昭的《鱼》写老一辈革命家把优良传统传给后代的故事。今新的《山丫头》写了解放战争中，民兵们不畏艰险运送军粮的故事。万捷的《不要忘记妈妈》写了东北抗联在渺无人烟的冰天雪地的大山中抚养烈士遗孤的故事。

这个时期还出现了一些描写风土民情的小说，给人一股清新质朴的感觉，如张少武的《捉"怪"记》写了北方农村的浓郁生活气息。崔贵新的《深谷里亮起了火把》是以长白山区儿童生活为主，写了不同性格的少年儿童的美好心灵。而刘博的《露芭的生日礼花》却是一篇感人至深的作品，写了异国儿童的悲惨生活，反映了阶级压迫的黑暗，显示了作家成熟的驾驭小说的能力。

在童话创作方面，首先当推郭大森的《天鹅的女儿》，发表于1978年3月的《吉林文艺》上，很快被哈尔滨人民广播电台改编成童话剧，几乎全国大多数电台都转播了，后被十几种儿童文学选本收录，是新时期我国童话创作的重要收获之一。这是一篇优美的抒情童话，故事写了天鹅妈妈溺爱小女儿，后来在天鹅爸爸的训练下，练就了一身的本领，不仅能够与姐姐们一起经受暴风雨的考验，还接回了妈妈，篇末写小天鹅参加了百鸟大会的竞赛，至于竞赛的结果如何，引起小读者的无限幻想，童话的构思巧妙，意境优美，语言洗练。尤异的《彩虹姐姐》以民间故事为背景，写了明明得到了奶奶讲的彩虹姐姐的故事的感染，上学之后用三棱镜反射光的原理，把彩虹姐姐请到了家。

在短短两千字的童话里，熔铸了多种童话因素，把幻想世界和科学实验巧妙地结合在一起，扩大了童话的艺术审美力量。

这一时期的儿童诗歌也有很大的收获，在《1949—1978 吉林儿童文学作品选》中，入选了 30 多首诗歌，其中 19 篇为粉碎"四人帮"之后的诗作。《吉林儿童文学近作选》收入了 24 位诗人的 50 多首诗歌，可见诗歌创作成果之丰盛，正如蒋锡金教授所言："诗歌方面所反映的少年儿童的生活和他们的心理状态也是多方面的。有叙事诗、有童话诗、有寓言诗、有生活的抒情诗，也有许多特为儿童编织的反映儿童心理的儿歌。"出版的儿童诗集有中申的《雪花·海风·篝火》、左正的《魔法的宝石》、高帆的《我们的理想多美好》《大自然的影集》《岁月留痕》、姚业涌的《黎明的星》《校园朗诵诗》、张俊以的《星娃娃的天国》、薛卫民的《含笑的花蕾》等。

胡昭 80 年代诗歌创作的题材广阔，主题丰富，艺术技巧更加成熟，写出了一大批深受大家喜欢的儿童诗。如《瘸狼》《山泉里的星星》《桔梗谣》《袄带歌》等。叙事长诗《瘸狼》，深受吉林儿童文学作家们的喜爱，成为他们学习写作的样板。

中申的《海与天》写得清晰晓畅，把海与天之间有一线相隔又相连的景致描绘出来，而且用亲生兄弟做比，给人许多启发。另一首《海风》，写海上吹来的风，吹过田野、渔村和盐场，每每经过这些地方，诗人就用抒情的笔墨讴歌人的生产劳动；而海风给人的感觉也是独特的，既猛烈又柔和、既咸又甜，使得读者读诗的感觉不止于表面，而有更深的体验。

高帆的诗歌创作可以分为校园诗、自然诗以及童话诗。70

年代末，高帆的儿童诗集《我们的理想多美好》表现了校园生活中，青少年蓬勃向上，憧憬未来的豪迈诗情和远大理想。80 年代他的诗歌集《岁月留痕》出版，写了许多回忆童年生活的清新诗歌，如《清清浅水》写了松花江畔的小鱼、蝲蛄、卵石、沙滩、碧水等美丽奇妙的自然景观。80 年代中期，高帆吟咏自然的儿童诗取得了重要收获，如《我看见了风》中写道："风是一个胖子，钻进了对面的树林，挤得小树摇摇晃晃，树缝冒出它气喘的声音。"用拟人的笔法把物象的风人格化性格化，风的顽皮淘气活化出来，物象与读者的审美心理相契合，是一篇儿童诗的珍品。

薛卫民的儿童诗歌在这一时期崭露头角，陆续在《人民文学》《诗刊》《青春》《星星》《少年文艺》《儿童文学》等一大批全国重点文学期刊杂志上发表作品。1984 年，吉林人民出版社出版了他的第一部儿童诗集《含笑的花蕾》，被团中央、文化部、国家教委列入"红领巾读书活动"推荐书目。儿歌集《快乐的小动物》中国少年儿童出版社 1986 年出版。同年出版了儿童诗集《森林城的霓虹灯》。薛卫民的儿童诗以儿童情趣浓郁、用词炼句凝练、意境深远含蓄见长。

这个时期特别值得一提的是齐铁雄的童话剧《寒号鸟》在1982 年全国少年儿童戏剧评奖中获奖。主要故事是写了寒号鸟在秋天百鸟都在忙着为冬天储存食物和搭建鸟窝的时候，这只小鸟却不垒窝，不储粮，寒冬时节用欺骗的手段得到了百鸟的羽毛，就有了百鸟的能耐，去找别的鸟来比试，占有了别的鸟的窝。但还是不满足自己的所得，认为自己的羽毛最美丽、歌声最嘹亮、力气最大，竟然想让凤凰给自己让窝。这种行为惹怒了众鸟，凤凰下令收回所有鸟的鸟毛，这只自作自受的鸟只有在寒风中光秃秃地承受折磨。作品的主题深刻，情节曲折，在环环相扣的故事情节中表现了寒号鸟性格的变化，众多鸟的形象个性突出丰满，剧本的人物语言和叙事语言都很洗练精到，是新时期我国儿童戏剧的重要收获。

这一时期吉林儿童文学无论是文体的丰富性，还是主题的丰富性，题材的广阔性方面都有了很大的收获，可以说是吉林儿童文学的黄金期。

第四个时期是多元化时期，从20世纪90年代上半叶到21世纪的近十年。经历了前十年出版受到经济大潮冲击的彷徨，激发了吉林省儿童文学创作，呈现了多元并存的局面。

吉林省委、省政府，长春市委、市政府，省市作家协会对儿童文学很重视，为鼓励作家进行儿童文学写作，在省市最高文学评奖中，获得成就奖的鄂华、胡昭、郭大森、张少武、杨子忱都在儿童文学创作方面做出了贡献。

北方妇女儿童出版社依旧坚持精品路线，90年代出版了《世界金质童话》《中国最佳童话》《新中国儿童文学名作大观》《外国儿童文学名作大观》，在国内出版界引人注目，深受读者的欢迎。其中的《中国最佳童话》获得全国优秀畅销书奖，10年后，还被中国大百科全书出版社重版向全国中小学生推荐。鄂华的童话诗《雁姑峰上的石像》《吴广孝寓言选》、王位的寓言集《乌龟见龙王》、宫玉春的童话、肖玉华的《龙文鞭影故事选》、全国童话名家作品集《长白山童话集》、张少武的中篇小说《九月的枪声》等陆续出版。

21世纪以来，吉林作家再次起步，金叶的系列小说《都市少年三部曲》、王德富的生态童话、谢华良的儿童小说、高帆、薛卫民、张洪波、钱万成的儿童诗、于德北的儿童小说、宇黎的幻想小说、刘玉林的民间传说故事、吴晋明的低幼散文等都取得了令人瞩目的成绩。

张少武出版于90年代的中篇小说《九月的枪声》产生过全国的影响，对其中"漂零岁月"的章节，蒋锡金先生说："在世界水平的少年儿童作品之中也算得精彩杰出的一段了。"张少武的儿童小说在东北地区乃在全国都是很著名的，是中国儿童文学的宝贵财富。

郭大森的长篇小说《辽河甩弯儿》创作并出版于1999年，以一个少年亲历东北解放战争的全过程为主要线索，形象地歌颂了辽沈战役中军民团结一心的英雄事迹。作品没有过多地描写战争的惨烈场面，而是着重写了斗争中错综复杂的局面，作品的基调明快，即使是在艰苦的环境里，人民群众也是对胜利充满了信心和希望。长篇童话《长白雨燕脱险记》初版于1999年，书名为《绿旋风》，做了很多修改，更名为《长白雨燕脱险记》。其中的挖菜奶奶、仇小宝、老麻雀、小燕子佳佳，以及他们的故事给小读者留有深刻的印象，也为中国儿童文学的艺术画廊增添了新的面孔，注入了新鲜的血液。著名儿童文学理论家浦漫汀教授在出版序言中说："比他以往的童话创作有了很大的突破，是郭大森童话中最优秀的一部。"

王德富的《生态童话系列》，包括《鸭狐鹤狐奇遇记》《鸳鸯孩儿上》《鸳鸯孩儿下》《双狼点儿狈》《少女丛林遇险记》《峡谷降怪》《参童小侠》《淘气包汤姆·球》《飞碟掳走的孩子》《三栖怪孩》十种，曾获"第六届全国优秀少儿图书奖"。创造了在中国第一、在世界童话界也少有人涉猎的生态童话题材的作品，为热闹有余丰富不足的中国童话界注入了新的空气，也是一次难得的"洗血"。王德富的这一组童话，完全以长白山的生态环境为背景，以丰富多彩的野生动植物为描写对象，在曲折多变的故事情节中，塑造了一大批极具个性的童话形象，表现了作家对人与自然及人类生存状态的思索和关怀。

宇黎原名陈新华，创作了"小天使罗琦儿神奇漫游"系列童话，第一部《神圣的火花》（该书已被美国一著名博物馆收藏）、第二部《通往月亮国的路》已经由人民文学出版社出版。其续集《玫瑰园里的梦》正在创作当中。该系列童话讲述了一位勇敢、善良的美丽小天使罗琦儿与一只顽皮、机灵的红毛小狐狸犹犹的冒险故事。故事发生在跨越时空、国界、语言、种族和物种的宏大、浩渺而神奇的宇宙背景中，幻想神奇有趣，是 21 世纪吉林儿童文学在奇幻文学创作上的一次收获。

金叶原名金丽华，代表作长篇小说《都市少年》三部曲，由《太阳桥》《月亮船》《星星河》组成，力图从学校、家庭、社会各方面表现改革开放中国教育对少年儿童的巨大影响，有问题小说之特点，书中提出教师的价值问题、离婚家庭孩子成长问题等，都能深深启迪读者。是吉林儿童文学对城市少年儿童成长生活关注的一部力作。

谢华良坚持农村题材小说的创作，他善于触摸农村儿童复杂的内心世界，更善于表达农村人在教育子女方面重视的品德，如善良、纯朴与友爱等等。他的小说在写作方法上也进行了多种尝试，如《爸爸的玩具车》具有幻想小说的特点，而《下雪了，天晴了》具有浓厚的抒情性，已经形成了自己的清新飘逸的风格。已出版《一鸣惊人》《告诉你没啥》等七部儿童文学作品集。曾经获冰心儿童文学新作奖大奖、全国少工委新世纪儿童文学奖等多种奖项。

在吉林省儿童文学创作队伍中，钱万成是独树一帜的作家。他是以儿童诗起步，并最早形成全国影响。他的儿童诗见诸国内诸多儿童文学名刊，其诗歌代表作《留住童年》《同学》《妈妈》，儿歌《小毛驴盖房》《友谊糖》等被收入中小学教材，被翻译成多种文字介绍到国外。他的童话寓言清新顺畅，构思精巧，立意鲜明，童心可鉴，完全适合儿童的阅读口味。在国内外多次荣获大奖。他虽身居要职，重任在肩，但他却以一颗不泯的童心、爱心，关心着孩子，关心着儿童文学的发展，繁荣。他经常在工余时间不间断地为孩子写作，时有佳作问世，是名副其实的少年儿童的好朋友。

张洪波以油田诗起家，但一直醉心于儿童文学的创作，出版了童话集《童话石油国》、儿童诗集《野果》，他的儿童诗以写动物植物见长，如《夏夜的萤火虫》："生命短暂到只有十几天的日子／十几天／要把生活、爱情和死亡都进行完／对于一只小小的虫子来说／可实在不简单。"他的诗歌善于凝视动植物，把每一物种所承载的自然属性和文化属性通过浅显的诗句表现出来，更是对人生的一种哲思。

这一时期的吉林儿童文学不再形成有组织有系统的出版形式，许多吉林省的作家都在外省的出版物上频频亮相；在创作理念和创作方法上因为社会生活的复杂，每个作家成长环境的不同，也各有千秋，但不乏精品佳构，形成了多元价值共存的时期。于德北奋笔耕耘在文学创作上，诗歌、散文、小说成绩斐然。他出版了小小说集《秋夜》和《杭州路 10 号》，以及长篇随笔 2 部，童话 3 部，科幻小说 1 部，儿童小说 7 部，除此之外，他还是第三届小小说金麻雀奖得主。尤其在儿童题材的创作上，于德北更彰显出其特有的风格。于德北在作品中以一种平民化的价值观、伦理观，来讲述平民故事和平民的感情。在《一个人的生活真美好》中，他通过写一个 14 岁的残了双腿的男孩李小二的外在行为去表现其内心世界。笔触充满灵善与温柔，将这段情感描写得清新、纯美而高尚，令人动容。

谢华良是最接吉林乡土气息的儿童文学作家，他以小说创作为主，他的小说从未离开吉林这片乡土和乡土上的少年们，他目前已出版《一鸣惊人》《告诉你没啥》《下雪了，天晴了》《我有一匹马》等多部儿童小说。他的小说在《儿童文学》《少年文艺》《读友》等国内重要儿童文学刊物上头题发表，并有多篇被《儿童文学选刊》选载，曾获得冰心儿童文学奖大奖、长白山文艺奖、吉林文学奖一等奖等。一直生活在农村的吉林作家谢华良，确是一位保持"纯朴"，营造感动的乡土作家。于德北、谢华良，以自己纯朴的文风在中国儿童文学界耕耘了几十年，这是中国儿童文学当下需要提倡和坚守的一种有价值的美学方向。而吉林文学的传统就在于这种朴实的泥土味，从舒群、孟左恭、郭大森、张少武等老一辈儿童文学作品里，可以闻到金黄色大玉米的香浓气味，但愿这种香气能够持久永恒。

中国寓言文学研究会名誉副会长、顾问吴广孝可谓奇才，他翻译的西班牙诗人《洛尔伽诗选》，可以与戴望舒的译本比肩，他翻译的意大利人文主义巨擘《达·芬奇寓言》在中国的寓言界可谓翘首。他的代表作《骄傲的红玫瑰》《小猴吃辣椒》《猫法官》《鹅女皇》《熊博士》等显示出极高的艺术天赋。最新吉林出版集团出版的"寓言家吴广孝先生作品"系列，可谓当下中国寓言创作的重要收获。吴广孝初试寓言就显示了极高的艺术天赋，把人生的智慧、故事的简练、情感的真诚、语言的诗意很好地结合在一起，在承继寓言以动植物"育人"的属性之外，他笔下大量的动植物获得了人类难以企及的丰富情感，寓言与情感血亲文字，成为"吴广孝体"——充满世界情怀的寓言作品。

吴广孝是一个翻译家，他的寓言取材视野开阔走笔于全世界。在他看来"交流的力量是可以打穿地球的。真诚可以打动铁石心肠"。吴广孝寓言的语言有力道有嚼头，更如醇香的米酒越品越上瘾，阅读的快乐会常常溢满心头，汉语高度凝练的表意性、丰富多姿的情感性、语重心长的哲理性在吴广孝手下如魔术师般精彩融合，在中国寓言文学史上吴广孝寓言应是最美的华章之一。

王位也是执着于寓言创作的一位儿童文学作家，他的寓言视野集中在现实生活当中，《乌龟见龙王》《长生不死药》《花的寿命有多长》和《心中那一道风景》等等六部，近一千则寓言故事，他的寓言创作有科普知识的精准科学、有神秘故事的百转千回，亦有曼妙唯美童话的生命质感，仿佛一只只长白山深处的百灵鸟，把它看到的"鱼鸟世界""动物王国""植物王国""百科天地"唱给世界和人们静听品察。

还有陆景林、丁贵林等的寓言创作，在全国产生了一定的影响。至于一生执着于寓言创作的老许，出版了2000多万字的寓言故事，也是吉林儿童文学创作一道独特的风景。这也许于吉林儿童文学泰斗级的人物公木（张松如）先生与蒋锡金先生对寓言的倡导和扶持有关系，公木先生是我国当代著名诗人、文艺理论家、先秦寓言研究大家，他于1984年在长春倡导和成立了中国寓言文学研究会。蒋锡金先生1957年出版的寓言诗《瘸腿的甲鱼》在全国产生了很大的影响，吉林的寓言创作有很深厚的文学血脉和生活沃土。

21世纪以来，吉林的女作家呈现出强劲的创作势头，窦晶的写作面向低龄儿童，写了大量的儿歌、儿童诗、儿童故事和儿童小说，《最美最美的新童话》《叽里咕噜搬运魔法》《六个小邋遢鬼》《爱的大口袋》等影响较大，曾获得冰心儿童文学新作奖、全国童谣大赛奖等。郝天晓的写作对象以小学高年级和中学生为主，写了《矮子猫和胖脸兔》《飞猫侠》等十几部作品，曾经获得冰心儿童文学新作奖、"作家杯"第五届全国儿童文学新作奖等。这次带来的《鬼马女神捕》，延续了她以前的创作风格，作品集幻想、探案、揭秘、历险、武打等于一体，塑造人物个性鲜明，故事情节曲折复杂，幻想天马行空，大胆神奇，中国文化元素摇曳多姿，叙述节奏酣畅淋漓，是个性饱满的中国原创幻想小说。芷涵的写作以儿歌和儿童诗起家，她的儿童诗《小雨点的公交车》《抢月亮》《懂》《墙角的秘密》等充满儿童情趣，是童心的浪漫流淌。《我不再拖拉了》，是一部描写当下小学生校园生活的小说，以日记和故事相融合的形式，用第一人称叙述了陶小宝和他的同学在学校和家里丰富多彩的成长故事。

（三）吉林儿童文学的特色主要表现在以下三个方面

吉林省儿童文学以三条线索构成立体的网状结构，这三条线索分别是：在题材的选择上，以儿童生活为主的多种题材共同发展；在创作技巧上，以现实主义为主的多种表现手法皆有尝试；在反映民族生活上，以白山黑水上居住的汉民族为主的表现满族、朝鲜族、蒙古族、回族等多种民族生活的文学协调发展。

1. 在题材的选择上，以儿童生活为主的多种题材共同发展。吉林省儿童文学在党和政府的关怀培育之下才得以发展，出现了一大批的儿童文学工作者，但这些人大多数是业余作者，分布在全省的各个地区：从农村到城市、从厂矿到商店、从部队到普通居民、从林区到油田、从机关到学校。各行各业都有，他们所接触的人和事丰富多彩，集中表现在文学创作的题材上就非常丰富，几乎无所不包，但都是以对儿童的思想教育、认识的提高和艺术的陶冶为主。 从作为新中国儿童文学摇篮的东北师范大学所担当的对下一代的教育任务始，革命斗争中儿童生活题材的儿童文学一直占据了很重要的位置，从 50 年代《复学》、60 年代《草原的儿子》、70 年代《小猎人的礼物》直到 90

年代《九月的枪声》和《辽河甩弯儿》，战斗生活中造就了无数个小英雄。吉林的儿童文学始终没有脱离革命传统教育的题材，这类题材创作的坚守中，可以看出吉林人民在中国共产党领导下，对来之不易的幸福生活的珍惜，同时也反映出这块土地上斗争的艰苦卓绝，尤其是抗联的民间故事和传说像长长的流水滋润着东北作家的艺术之根，在儿童文学创作中必然会流露出来，并能够进行很好的艺术表达。吉林是全国的农业大省，作家有浓厚的土地情结，对农村生活非常熟悉，写农村儿童的生活是吉林儿童文学的重要题材，并能够把儿童放在自然的环境中来写，作品的内容与表现手法能够达到很好的融合，如张少武的《摸鱼》，在农村儿童眼里真是一个生机勃勃的世界："清河上金翅金鳞的残照，稻穗上雾一般的绿灰儿，红了脸的高粱，清秀诱人的羊角蜜瓜，傍午火辣的太阳，夏夜小树林上空的月亮；春天玛瑙般的樱桃，秋天欢喜岭下的蘑菇；麦地的山雀，河里的红毛鲤子，这一切都像一幅幅画一样呈现在读者面前。再加上玉米地里的蝈蝈叫，歪脖柳上公老黄鸟的啼鸣，真是一派天籁。在这儿你可以看见绚丽的色彩，闻到清甜的瓜香，听到婉转的鸟鸣。"读这样的文字一下能够联想到萧红笔下的呼兰河，作家如果没有生活是很难达到这样水准的，就是摆在世界儿童小说之林都毫不逊色，吉林儿童文学作家对自然的顶礼膜拜，可以说出现了一大批描写自然的圣手。可以说，吉林儿童文学的这一特点，从创作深广度上区别于辽宁和黑龙江，直到21世纪初谢华良农村儿童小说的创作，都是置身其中的感觉，而不是置之度外的观察，这种创作的深刻体验性，表现出鲜明的地域特点，朴实善良坚韧又不乏智慧幽默与狡黠的农村儿童形象随处可见，具有成长的主体性，继承了东北作家群对儿童生命主体的关注与尊重，而不是被看被观察甚至被怜悯的苦孩子，仿佛鲁迅笔下少年的闰土，富有生机与活力，这些儿童鲜活地出现在读者面前。从某种角度说，地域的就是全国的，也能够被少年儿童普遍地接受和喜爱，表现出极强的艺术生命力。但是吉林作家又不囿于地域生活，如刘博的《露芭的生日礼花》、鄂华的《最贵重的金属》《自由神的证词》《希特勒财宝的秘密》、宇黎的《小天使罗琦儿神奇漫游》等都是反映国际题材的作品。吉林儿童文学创作题材的丰富性，为其进一步发展提供了大视野。

2. 在创作技巧上，以现实主义为主的多种表现手法皆有尝试。吉林儿童文学虽然有较好的东北儿童文学的创作背景，和来自不同地区的儿童文学工作者的创作努力。但儿童文学的诞生与民间故事、民间的神话传说、民间寓言故事、英雄史诗等等，更有千丝万缕的联系，深受地域文化的影响。东北大野的大山和平原，大川和小溪，城镇和乡村都是产生文学的血脉之源。吉林作家创作的儿童小说，大都具有浓厚的幻想色彩和传奇色彩。舒群《没有祖国的孩子》就以蒙太奇的手法，如电影胶片般闪回不同国家孩子的生活。孟左恭《草原的儿子》中的小奴隶阿尤勒在隐姓埋名后参加赛马比赛，获得第一名赶紧放弃领奖怕王爷认出来，那场面真是惊心动魄；在给八路军送信时为了躲避敌人的追杀，隐藏在马肚子底下飞奔的场面，都让人感觉到侠义和神奇。21 世纪以长白山为主要描写对象的王德富的生态童话，都充满了传奇色彩，如《鸭狐鹤狐奇遇记》就是写了两只狐狸——鸭狐和鹤狐的奇遇故事，鹤狐为了寻找弟弟先来到了飞禽国。"这里真美，高大的树木，遮住了太阳，遍地的花草，鲜艳夺目。汩汩流水的小河里，鲜鱼清晰可见。"飞禽国自然环境的优美却没有抑制住狐狸的贪婪，鹤狐的弟弟也因贪吃野鸭变成了狐狸头鸭子身的怪物，鹤狐给弟弟起名鸭狐。之后，鸭狐来到了走兽国，遭遇了"老虎牧猪""悬羊自杀""黑瞎子坐殿"等奇妙有趣惊险刺激的事情。一只狐狸偷吃了九只仙鹤，一夜之间变成了狐头鹤身的怪物，这就是鹤狐。鸭狐听说人参国能够帮助他们恢复常态，于是他们历尽艰难险阻终于到了人参国，童话结尾写到，为了恢复狐狸身，"鹤狐跳完了九个小温泉，随之出现了九只仙鹤。这时，鹤狐筋疲力尽，没有能力再往大温泉跳了。山参王见状，一伸手，将鹤狐丢进大温泉里。……这回从里面出来的，不是仙鹤，也不是鹤身狐狸头的鹤狐，而是一只纯粹的活泼可爱的小狐狸"。经过洗礼得到新生的小狐狸。再也不是童话开篇那个淘气、顽皮、贪婪、凶残、诡计多端的家伙，外表美和内心美达到了一致，变成了一个能弃自己肉体于不顾完成灵魂自救的成熟了的狐狸。这种深刻的主题可以与世界一流的文学作品比肩，如俄国大文学家托尔斯泰的《复活》，就是写了涅赫留道夫经过玛斯洛娃的事件，受到灵魂的洗礼，最后精神得以复活。鹤狐原形的恢复也经过了一系列痛苦的事情，而鸭狐没有哥哥精神受到那么大的煎熬，也没有做哥哥那么多的坏事，虽然到了人参国，救出了野鸭，但却没有变回原来的狐狸模样，只能留在人参国等待下一次的洗礼。鸭狐的结局带有浓厚的悲剧色彩，但却形成了作品更丰富的艺术空间和审美空间。

儿童叙事诗一直在吉林儿童文学中占有重要的位置。如胡昭的《雁哨》和《瘸狼》。《雁哨》写出了小雁做哨兵的警觉,《瘸狼》则叙述小主人公小巴图的英雄行为,为了给爷爷报仇,小巴图苦练一身过硬的本领,并随时提高警惕防止瘸狼的攻击,终于亲手杀死了瘸狼,替爷爷报了仇。诗歌故事情节曲折,人物形象鲜明生动,用误会、巧合、反复的手法来渲染气氛,能够感受到鲜明的时代气息,和传奇而悲愤的诗歌风格。

吉林的方言土语很多,吉林的儿童文学有很多就来自于民间文学的滋养。如郭大森的儿童小说《辽河甩弯儿》,从题目就可以看到东北方言的特有的表达方式,如小说写乡长刁占一和他四姨太葛彩云逃跑的一幕,具有漫画色彩:"平时善于骑马的葛彩云,大概是被枪声吓破了胆,她今儿个说啥也上不去马了,多亏她老爹蛤蜊皮连捧带抱,才把她推上马背,刁占一却由于用力过猛,一纵身,从马背上穿了出去,像个顾头不顾腚的逃命山鸡一般,一头扎到老血瓮里去了。"这样的细节描写增加了情节的趣味性的同时,也表现了人物性格的丰富性。至于小说中的东北方言更是俯拾皆是,如一部东北方言的百科全书。读来生动诙谐,强化了作品所叙述故事的时代性和地域特色,还作品生活的原生态和真实性,这些既反映了生活原生态,又都充满了丰富、大胆的想象,构成神奇的艺术世界。在富有传奇性的现实主义描写的基础上,也不乏浪漫主义的艺术色彩,构成了吉林儿童文学作品别样的情趣。

3. 在反映民族生活上,以白山黑水上居住的汉民族为主的表现满族、朝鲜族、蒙古族、回族等多种民族生活的文学协调发展。新中国成立以来的民族政策，促进了各民族人民的大融合，在吉林这块土地上也是多个民族共同生活共同发展，在儿童文学的表现上，也显出了鲜明的民族特征。朝鲜族在吉林省是仅少于汉族人口的少数民族，朝鲜族的民俗在吉林省各个地区随处可见，而在延边朝鲜族为主的地区，文化生活更显出鲜明的民族特色。如孙景琦的《小小牛司令》，写了朝鲜族少年金东奉的成长故事，作品有很细腻的关于朝鲜族风俗习惯的描写，在小小牛司令很晚回来的时候，李玉子她妈妈给他准备了朝鲜人最爱吃的打糕、辣白菜。金东奉在路上遇到他爹的时候，"他赶紧给老金让路，站在道旁，恭恭敬敬地行了一个九十度的鞠躬礼。这是朝鲜族晚辈看见长辈的礼节。"这种民族习惯的细致描写，一方面增加了作品的真实性，另一方面表现了浓郁的民族情感，尤其是金东奉作为朝鲜族少年被爸爸从家里赶出来之后住在汉族人家里，反映了民族的团结友爱，增添了小说的表现力。胡昭的《桔梗谣》、何鸣雁的《玉女池》等都是反映朝鲜族生活的作品；孟左恭《草原的儿子》、胡昭的《瘸狼》等反映了蒙古族人民的生活；如辛路的《尤努斯偷西瓜》写了回汉两个民族虽然风俗不同，但在抗日战争期间能够团结合作，结下了深厚的军民情。吉林儿童文学反映各民族儿童生活的作品都有深厚的民族土壤，作家们都熟悉并尊重不同的少数民族，在现实生活中各民族人民都能世代友好，民族之间的融合互助已经形成非常好的基础，尤其是不同民族的优秀的文化传统，被各民族的人们所接受和认同，这种和而不同的民族大家庭的生活，致使汉民族的作家能够在艺术表现上与少数民族作家（当然包括少数民族的大量民间文学）互相渗透，很好地表达不同民族人们的生活，出现了许多有全国影响的优秀儿童文学作品。

另外，在文体发展上，吉林儿童文学以小说诗歌为主，散文、戏剧、寓言、科学文艺等都有斩获。吉林儿童文学一共分为四个时期，前两个时期几乎都是儿童小说，在创作的初期，一直以儿童小说为主，收集在《吉林儿童文学作品选》的作品，有26篇小说，在《吉林儿童文学近作选》中以儿童小说为主，兼顾童话、科学文艺、儿童戏剧、儿童诗歌、寓言都有大的发展，直到21世纪儿童诗歌已经沉寂的时候，薛卫民的儿童诗创作却如日中天，连续两次获得全国优秀儿童文学奖，几十首诗歌进入中小学教材。这是一种对纯粹儿童文学的坚守，也为吉林儿童文学赢得了巨大的声誉。

总之，吉林儿童文学有过辉煌的历史，在新中国成立后17年和改革开放新时期都取得了非凡的成绩，涌现了一大批具有全国影响的作家作品，发展线索呈双驼峰形状。进入21世纪以来，存在着一些不足，如创作队伍不够整齐，少儿文学出版呈现滑坡，儿童文学发表阵地萎缩，少有出现在全国有影响的作品。在创作方面，反映儿童现实生活的作品太少，大多数流于表面化和猎奇化；文体发展不平衡，深受儿童喜爱的幻想故事和童话作品始终没有大的突破。但是，知耻而后勇，总结过去是为了更好地面对未来，儿童文学本身就是面对未来的文学。在不远的将来，吉林儿童文学一定会再创辉煌！